新潮文庫

アマチュア

ロバート・リテル
北村太郎訳

新潮社版

thiS booK IS dedicAted

to tHE GraNdpaReNts

LeOn anD syD littElL

anD

their GranDchIlDreN

jonATHaN octOber And

jeSsE AuGuST lItTelL

本書を祖父母

リオンならびにシド・リテルに

また

彼らの孫である

ジョナサン・オクトーバーならびに

ジェシー・オーガスト・リテルに

ささげる

はじめに

厳密にいえばチャーリー・ヘラーなる名前、アメリカで広く知られているわけではない。しかし、かなり多くの人びとが、採りあげる価値のある問題について本を出そうとした彼の努力を（そのことと彼の名前とを必ずしも結びつけることなく）知っている。ヘラー自身は本を書けない。九年前の九月、ＣＩＡに入ったヘラーは、「ＣＩＡはその被雇用者の書くいかなる文書をも検閲する権利を保有する」と規定した紋切り型の契約書にサインしたのである。最高裁判所が、ＣＩＡのこの契約条項を適法とする、まことに奇怪な判断を下したのはそれからまもなくのことであった。したがって、いうまでもないことながら、ヘラー自身の手になる本が、（ヘラーがＣＩＡにつけた愛称を使えば）ビザンティウムの水も漏らさぬ指のあいだをすり抜けて世に出るなんて、どだい無理な話だったのだ。そこで私がこの問題に取り組む仕儀に立ち至った。といって、ヘラー自身、とくに私を選んだわけではない。彼とあるとき話していて分ったのだけれど、たしかにヘラーは、アメリカ人亡命者ルウィンター、さらにはソ連人亡命者クラコフを主人公にした私の〝架空〟の物語を知ってはいた。しかし、どちらにせよ、私はアメリカ版国家機密法などに縛られるいわれはない。ましていわんや多種多様のニュース・ソースから集めた断片情報を継ぎ合わせた、〃架空〃の構成になるヘラー物語を提供するにすぎぬというにおいてをや、だ。私は私の原稿を出版前の検閲（と骨抜き）用にどこかへ提出する必要は、毫《ごう》もこれを認めない。たしかに本書の刊行がCIA当局を不利な立場に陥れるのは明白である。当局は機密漏洩《ろうえい》のかどで私を訴えることもできよう。しかし、そんなことをしたって、私がたしかに漏らすに値する機密を入手していた事実を確認する結果になるだけである。CIAにとっては厄介な問題だ。人によっては当局に同情する者もいるかもしれない。大方そんなところだろう。

これは実録ではなく、小説である。本書の登場人物はすべて架空であり、生存、死亡を問わず、実在の人物とのいかなる類似も……エトセトラ、エトセトラ。結局のところ、ヘラーでさえ私の想像力の産物かもしれないのだ。私は情報公開法の条例に基づき、文書の形でヘラーの履歴書をCIA当局へ請求したのだが、つぎのようなそっけない答えが返ってきただけであった――「CIAは、お尋ねのような名前の人物を過去、現在を問わず、雇用したことはありません」

となれば好都合、では話を始めることにしよう。

ロバート・リテル

南フランス・グラッスにて
一九八〇年八月

pro·fes·sion·al [prəféʃənəl] **n.**

やりがいのあることなら、立派にやってのけるだけの価値があると思っている人。

am·a·teur [ǽmətə:, ǽmətjuə] **n.**

やりがいのあることなら、失敗してもやるだけの価値があるのではと思っている人。

アマチュア

第一章

　定年への道のりを、まるで砕氷船みたいにえっちらおっちら進んでいる女総領事は、右手をちょっと上げ、録音におあつらえ向きの声でこう尋ねた、「あなたは、あなたのいったことが真実であり、真実そのものであり、真実以外の何ものでもないと誓約あるいは確認しますね？」彼女は返答を待たずに署名欄へ総領事館の印を押し、下に自分の頭文字を走り書きしてから、そのパスポート申請書を窓口越しに、中折れ帽《ホンブルグ》をきちんとかぶっているまじめくさった老紳士のほうへ滑らせた。「出納《すいとう》窓口は二階、手数料は十二米ドルまたは同額のドイツ通貨」と切り口上でいう。それから、もう老紳士なぞこの世に存在しないみたいに無視して、後ろの人に呼びかける。「はい、つぎ」

つぎは若いカップルだった。これも見たところアメリカ人で、青年は落着かぬ様子でネクタイの結び目をいじくりまわし、女の子はにきびだらけの顔いっぱいに微笑を浮べている。「あのう、ぼくたち、結婚問題でして」と青年はぼそぼそいう。女の子のほうがずっと要領がよかった。「結婚したいんです、わたしたち。できればきょう、遅くもあしたじゅうに」

自分の夫が話題に上ると、いつも、あの人とはいずれ別れるつもりなのよ、といっていた総領事は、若いカップルの結婚申請というような場合のためにかねて蓄えておいたオスカー・ワイルドの警句を口にのぼせた。うしろでタイプを打っている秘書兼任の女子事務員に脇《わき》ぜりふの調子でいう。「重婚とは一人の連れあいを少しよけいめに持つことである。単婚にしても同じことだ、か。ふん！」総領事は眉《まゆ》を上げてカップルに会釈《えしゃく》した。「パスポートを」

待合室の端《はし》に総領事館広報板があって、若々しい髭《ひげ》を生やし、ナップザックを背負った二人の青年が、レンタカーや、自分の家を民宿として使って貰《もら》いたいと望んでいる人たちの手でピンに留められた案内カードをひとつひとつ調べていた。「あったぞ、ミュンヘン—シュトゥットガルト間のが」と一人がいった。

「日付けを見てみろよ」もう一人の青年が答えた。「期限が先週で切れてるぜ」

広報板の上のほうにポスターが貼《は》ってあった。アメリカのGI《ジーアイ》とドイツの兵士（世界中が知り、かつ愛している例の鉄かぶとをかぶっている）が東——つまりロシア熊《ぐま》の脅威なにするものぞと腕を組んでいる図柄だ。髭の青年の一人が、ちゃめっ気《け》たっぷりに目を光らせ、先のとがった鉛筆を出してポスターの余白に「人間とは速やかに忘却する動物なり」と書き、「カール・サンドバーグ（訳注「シカゴ詩集」で有名な二十世紀の米詩人）」とサインした。

「おーい、カール・サンドバーグ」入口の定位置から歩いて来た海兵隊の衛兵が悠長な口調で呼んだ。階級は伍長《ごちょう》、胸が盛り上がっていて、一級射撃手であることを示すぴかぴかのメダルが隠れるほどだった。偶然だろうが、右手を真っ白なホルスターの垂れ革に当てている。「政府の財産を汚すのは、領事館規則および国内法違反だぞ」

「おれ、カール・サンドバーグって名前じゃねえぞ」と髭の青年が訂正した。

「名前なんかどうだっていい」海兵隊の衛兵、大まじめでいい返す。それから顎《あご》でポスターをさし、「消したまえ」

「消せだと？　からかってるんだな？」髭の青年は衛兵を見、友だちを見、それからもう一度衛兵に視線を戻した。「本気なのか？」

衛兵は、本気だ、と答えた。「書いたのはきみなんだから、きみ、消したまえ」総領事は調べていたパスポートを、いかにも役人らしい手つきでぴしゃっと閉じ、「いわれたとおりにしたほうがいいわよ」といった。

「たかがポスターじゃない」と、にきびだらけの女の子が、とくにだれをということもなく指さしていった。

雨の跡が目立つ古いバーバリ・コートの下に、明るい赤のセーターとプリーツ付きのブルー・ジーンズ・スカートといういでたちの、たいそうきれいな二十代後半の女が、絵葉書を書く手を止めて顔を上げた。待合室のだれもが、落書き事件でどっちの肩を持つか考えているようだったので、彼女も態度を決めなければと口を開いた。「ごみを捨てて捕まったアルロ・ガスリー（訳注　一九四七年生れのアメリカ・フォーク歌手）を思い出すわ」まず海兵隊をちくりと刺し、「落書きなんて、人を捕まえるほどの犯罪じゃないんじゃないかなあ」と付け加えた。そのとき彼女は、どういうわけか総領事、結婚に夢中の若いカップル、頭に中折れ帽をきちんとかぶった老紳士、海兵隊の衛兵、それに髭を生やした二人の青年の皆にほほ笑んでみせた（後になって彼らがテレビのレポーターの取材に応じたとき、だれもが彼女のそのときの微笑について感想を述べることになる——あのほほ笑み、じつに優しくて自然でした、とか、気まずい空気だったのがぱっと明るくなってね、とか、あの微笑を見たとたん、ほんとに身体《からだ》が暖まったみたいでした、とか）。

海兵隊の衛兵は、不意に自信をなくした様子で総領事のほうに向き直り、指図を待った。総領事は口をへの字に結び、電話に手を伸ばして、どうやら考え直している様子だった。そして、やっと何かをいおうとして口を開きかけたが、彼女の言葉は爆弾の破裂音にかき消されてしまった。

総領事館の外側に置かれた六個のプラスチック爆弾が、ずっしりした金属製の防火ドアを吹き飛ばしたのだった。非常口と書かれた赤の文字の色が、やっと読めるくらいにくすんでしまい、蝶番《ちょうつがい》は完全にはずれてしまっていた。

報道されなかった細部。断片。（想像の？）作り話。壁の電気時計はがちゃんと床に落ちたが壊れなかった。手榴弾《しゅりゅうだん》が一個、海兵隊の衛兵の足もとに転がってきたけれど爆発しなかった。カール・サンドバーグは大きな口を開いて悲鳴をあげようとしたが、すーとも声が出てこなかった。盗難警報器が遠くの電話のベルのようにしつこく鳴りつづけていたが、そのうちにだれかが電話に出たみたいに不意に鳴りやんだ。若いカップルは本能的にパスポートをひったくり、それを盾にして隠れるような格好をした。

つぎはテロリスト。皆が皆というわけではないが、おおよそはこんな具合だった——中世の亡霊みたいに煙の中から現われて塵埃《じんあい》を振りまき、さながら受難劇の大団円に登場する仮面の悪魔。ヒエロニモス・ボッシュ描くところの地獄の番人。少なくとも十人以上いるように思われたが、実際には三人だった。男二人、女一人、ゴーグルのような軍隊払い下げのガスマスクをかぶり、A‐17催涙ガス手榴弾を目の前に並べたり、ウツィー軽機関銃を振りまわしたりしていた。機関銃は折り畳み式の金属の台座つきで、手早く装塡《そうてん》できるようにいくつもテープで貼り合わせた各四十発入りの弾帯が付属していた。テロリストたちは卑猥《ひわい》な言葉をぶつぶついったり叫んだりし、互いにスペイン語やドイツ語で呼びかけていたが、動詞が全然なくて意味不明だった。

「おまえをうしろから——」

「両手を使わずに——」

「三でも四でもなく——」

「まずまず——」

女テロリストが銃を腰に構え、壁に据え付けられていた防犯カメラを撃ち落した。

悲鳴をあげてうろたえている人たちのほうに向き直ると、一同をニクソン大統領の政府作製カラー写真の下へ誘導する。海兵隊の衛兵は、口をぽかんと開け、きれいに剃《そ》り上げた顎によだれを垂らしながら、両手をできるだけ高く頭上にあげ、壁にぴったり背をつけた。総領事はこわばった顔つきで、窓越しに外部のめちゃくちゃな状態や立ちのぼる煙、壊れないで床に転がっている時計へ目を走らせていたが、そのうちに機関銃の鼻先に焦点が移り、自分が現に見ているものの正体を知ったとたん金切り声をあげた。その悲鳴は長くて果てしのないサイレンのようで、これでは正常な呼吸ができないのではないかと思われるほどだった。

男のテロリスト二人はガスマスクをはずし、先を争うように二階へ通じる階段を登っていった。リーダーらしいドイツ語をしゃべる男は、二階のホールの机の陰でぶるぶる震えている民間警備員を見つけると、カーペットにうつ伏せの姿勢で寝させた。カーペットは総領事が大分以前から替えようとして果せないでいたしろもので、ひどく擦り切れていた。警備員は首のうしろを撃たれるにちがいないと思い込んで、頭を左右に揺り動かしながら「恵みに満てるサンタ・マリアよ」と繰り返しうめくように祈っていた。どんなに思い出そうとしても、そのつづきが出てこなかった。

いくつもある事務室へ通じるドアの中で、一つだけ二重に鍵《かぎ》をかけてあるのがあった。その部屋では、商務参事官（じつは東ドイツの実業家を狙《ねら》って大勢の売春婦を操っているCIA要員）が、ワシントンの担当係官に電話をかけていた。「恐縮だが、上役の連中を何人か起してくれなきゃならんことになりそうだ」と冷静、沈着に参事官はいった。「総領事館が目下、襲撃されてるんでね」

「襲撃されただと？」と係官が念を押した。

「そのとおりだ」

「書類を焼け」と係官がどなった。

「あわてるな」と参事官がなだめる。「屑入《くずい》れでいま燃えてる最中だよ」

人質の監視は、スペイン語をしゃべるテロリストにまかせ、ドイツ語使いはしきりに鍵のかかったドアを調べていた。やがて一歩下がると、軽機関銃を二回発射して鍵を撃ち壊し、足でドアを内側へ蹴《け》った。屑箱の炎に落着き払って書類をくべている商務参事官を見ると、テロリストはせせら笑いを浮べ、「きさま、CIAの駐在員だな」といった。それから機関銃を持った手で指図し、広間の人質の群れに加えた。

防火ドアが爆破されてから十七分後、軽機関銃で背後から狙いをつけられた総領事と商務参事官は、二階の小さなバルコニーから、手縫いの大きなパレスチナ国旗を掲げた。真っ先に駆けつけたドイツのパトカーが、総領事館前の通りの両端をすでに閉鎖していた。そのうちに武装兵員輸送車、ジープ、トラックの群れはもちろん、戦車まで加わって総領事館を包囲することになるだろう。地方新聞の写真部員が、ローンで買ってまだ支払いが残っている一三五ミリ望遠レンズ付きのライカで、旗が掲げられた瞬間のバルコニーをスナップした。この写真は、あした、世界中の無数の新聞に載せられるにちがいない。

「わたしたち、有名になるわよ、あしたになれば」バルコニーから中へ戻ると、あてつけるように総領事がドイツ語でいった。

「あしたがあれば、の話よ」と女テロリストがドイツ語でぴしゃりと言い返した。そして、声に出して笑い始めたと思ったら、そのうちに笑いは咳《せき》の発作に変り、女は苦しげに身もだえしたが、それでも手にした軽機関銃の銃口は、そのとき二階の隅の大部屋に集められていた人質の群れからそれることはなかった。

「咳をするときには手で口を覆《おお》うものだと、だれもきみに教えたものはいないのか?」と商務参事官が英語で冷やかした。ドイツ語以外の言葉もしゃべれるのか、試してみるつもりだったのだ。

女テロリストはゆっくりと銃口を参事官に向けた。「おまえの膝《ひざ》のお皿、撃ち砕いてもらいたいんだね?」と流暢《りゅうちょう》な英語でどなる。指は引き金にしっかり掛けられた。

「さあ、どうなんだ？　返事をおし。でないと本当に撃つよ！」

参事官は女を見つめたまま無言。

「やめて」と、美人のアメリカ女性が静かにいった。参事官の脇に立っていたのだった。「そんなこと……したってしようがないわ」そういいながら女テロリストの目をじっと見つめ——そしてにっこりほほ笑んだ。

女テロリストはもじもじして顔をそむけた。

部屋の奥、窓からずっと離れた場所（通りの反対側の建物の屋根に腹這《はらば》いになって潜んでいる狙撃兵《そげきへい》にも、その場所なら見えない）で、テロリストのリーダーが電話をかけていた。「おたくの刑務所にぶち込まれている二人のパレスチナ自由戦士を釈放してもらいたい。それからだな、おれとおれの仲間のために飛行機を一機、手配してくれ」しばらく相手の言葉に耳を傾けていたが、こんどは一段と声を荒げた。「取引なんかには一切応じないぞ。交渉じゃないんだ、これは。期限は一時間。それまでにわれわれの条件をのまない場合は……」リーダーは自分の声が大きくなりすぎたのに気づき、少し調子を落した。「われわれの条件をのまない場合にはだな、われわれは、一時間に一人、人質を処刑することにする。人質の運命はおまえらの態度にかかっておる。人質の流血、そちら次第というわけだ」

ボンの総理府には嵐がたけり狂っていた。庁舎の長い大理石の廊下におびただしい数の足音が反響した。下級官吏が四方八方に小走りで駆けてゆき、駆り出されて緊急電話の配置についた秘書の一団が、山のような問いに山のような答えで応対していた。武装した衛兵がいきり立つ新聞記者連中を抑えているいっぽうで、テレビ局のスタッフは、いずれ仲間同士で押しあいへしあいになるはずの短いインタビューに備えて、照明道具やカメラを点検していた。

最も神聖な部屋の内部に台風の目があった。八人の男、二人の女が、毛氈《もうせん》で覆われた大テーブルを囲み、タバコをふかしたり、落着いた声で話し合ったり、不測の事態の対応策についての資料に目を通したり、採るべき手段の良し悪《あ》しを考えたり、あるいは異常事態なんだからあれこれ考えても仕方がないといわんばかりに、ただぼんやり宙を見つめていたりしていた。茶色の電話が一回、低い音で鳴りひびくと、背広姿の、片方の袖《そで》を肱《ひじ》の裏側に折り曲げて小ぎれいにピンでとめた男が、受話器をひったくるようにつかんだ。長いあいだ、じっと耳を傾けていたが、やがて情報を教えてくれた相手にこまごまと礼をいい、受話器を置いた。

「何だね？」と、大テーブルの奥の席から首相が訊《き》いた。首相は両手で頭を抱え、結局は自分が下さなければならぬ決断について悩み抜いているところだった。のろのろと、いかにも苦しげに、首相は頭を上げた。心労のあまり生気を失った目が、片腕のない男のうえに注がれた。

「CIAの支部長でございます」と片腕のない男がいった。「状況判断を通報して参ったのでして——真偽は別といたしまして、ワシントンのCIA長官が承認し、かつアメリカ政府の特別情報に基づくものだそうで」

「アメリカ人って、どんなことにでも特別情報を持っているんですのね」と女の一人がいった。

首相は平静を装《よそお》って尋ねた。「で、その特別情報というのは?」

片腕の男は首相の目から視線をそらした。「アメリカ側の判断では、テロリストは、こけおどし、つまりブラフをかけているのではないということでして。また、こちらの状況判断が間違った結果、アメリカ人の生命が失われでもしたら、アメリカ政府の最上層部に反独感情が噴出するだろうと警告しておりました」

「テロリストのいいなりになれというのか!」と将官服の男が叫んだ。

「われわれを学童扱いにするの、アメリカ人のいつものやり方なんですよね」と、もう一人の女が同意を求めるようにいった。テーブルを囲む数人が頷《うなず》いて賛意を表した。

首相は将軍を見つめた。「アメリカ人の話はひとまずおくとして」——首相の表情からすると、アメリカ側の情報が気がかりなのはみえみえだった——「将軍、軍事的見地からの選択を述べてくれたまえ」

将軍は言葉を慎重に選びながら説明した——事態が悪化し、万一死者が出るようなことになるとしても、自分がこれまでの軍隊生活で極めて慎重な性質《たち》の人間であったことを実績によって知っていただきたいと思う。「すべては、われわれが脅《おど》しを信ずるかどうかにかかっております」と将軍はいった。「脅しを信じないとすれば、じっくり腰を落着けて対処すべきでしょう。時の利はわれにあり、です。事態を長びかせれば、テロリストはそれだけ人質と仲よくなり、奴《やつ》らが人質を殺すなぞということにはとてもなりそうもない、ということですな」

「脅しを信じるとすれば？」と首相がたずねた。

「脅しを信じるとすればですな、奴らの要求を丸のみするか、総領事館に猛攻を加えるか、二つに一つでしょう」

「軍事的にみて、総領事館に猛攻を加えた場合、どうなるかね？」

人びとの目は将軍に集中した。「もちろん、何とも保証いたしかねますな」と将軍はいう。「ご承知のとおり、部隊は選《え》り抜きで訓練も行き届いております。すでに盗聴器を総領事館の煙突に垂らし、人質が抑留されておる部屋を突きとめております。数秒間で建物を煙で充満させることも可能であります。陽動作戦を採ることもできますが、この場合には騒音作戦が効果的でしょう。数分内にわが軍を二階に突入させうるはずです。ただしかし、手榴弾一個、あるいは自動火器による一撃がどうしても必要となりますな」将軍は肩をすくめてみせた。「ドラマチックな救出作戦が成功するか失敗に帰するか、紙一重の問題でしょう」

長いあいだ、だれも口を開かなかった。首相はふたたび頭を抱えた。鼻の穴で重苦しく呼吸していたが、空気を吸い込むたびに顔の筋肉を歪《ゆが》ませている。「すべては」と首相は静かにつぶやいた――まるで独りごとをいっているみたいだった――「すべては脅迫を本当と思うか否《いな》かにかかっておるわけだな」

大テーブルを囲む人たちは、テロリストのリーダーとの電話による会話記録のコピーを幾度も読み返した。だれかが文字でなく、音で実際に聞いたほうがいいのではないかと示唆した。そこで機械が運ばれ、録音テープが繰り返しかけられた。テロリストの首領の声が会議室を満たした。「交渉じゃないんだ、これは……人質の流血、そちら次第というわけだ」

誘拐《ゆうかい》事件で警察と緊密な連絡をとって活躍した経験のある精神分析医が、コピーを手に取った。「この個所、まさにここでテロリストは声を高めていますが、自制心を失っとるんですな」と精神分析医は説明した。彼は横目で録音テープを見、そこから流れ出る声に精神を集中した。「ほら、そこで一瞬休んで、そう、いまです、それからまた自制心を取り戻し、どうにか平常の声になって、また話を進めていますな。この辺で突然平静な気分になったことがお分りでしょう？」分析医は頭を横に振り、眉を寄せ、眼鏡をはずすと、親指と人さし指で両目の端を軽く揉《も》んだ。「百パーセント確実とは決していえませんが、もしテロリストを声のみによって判断せよとなれば、さよう、この男、事件を極めて慎重に考え抜いておる、まことに論理的な奴と想像いたします。で、論理の筋道からすると、人質を殺すぞというのは、脅しとしては最上策だが、実行するとなると最下策ということに相成る。何となれば、ひとたび人質を殺せば、彼らとしても、引っ込みがつかなくなるからです。このリーダーが、もっと絶叫して脅し文句を並べたり、どなり散らしたり、もうちっと荒れ狂った物いいをすれば、私としても憂慮の度合いが一段と強まったでしょうな」

　一同は、それからなお十五分間、録音テープをかけたり止めたりした。気づまりの時間も限度になったところで、やっと首相は、そのために給料をもらっている当《とう》のこと、つまり決断を下す行為に出た。「奴らはブラフをかけておるのだ。引き延ばし作戦で行こう」それから憤《いきどお》りのこもった含み声で付け加える、「この世が地獄にならん限り、アメリカ人どもにわが国のテロリズム対策への口出しは許さんぞ！」

総領事館の二階の角部屋《かどべや》にはベネシアン・ブラインドが下げられていて、板すだれがほんの少し開いており、その隙間《すきま》からさす陽光が、壁や家具に斜めの縞模様《しまもよう》を描いていた。男十二人、女六人の人質は、背を壁にもたせて床に坐《すわ》ったり、数少ない椅子《いす》に腰かけたりしていた。目の前には女テロリストが高いスツールに坐り、両腕に赤ん坊をあやすように軽機関銃を抱えながら、女教師みたいな格好で一同を見張っていた。人質のうちには火のついたタバコを持っている者もいて、その煙が頭上のだんだらの陽光に渦巻き、たゆたっていた。スペイン語使いの男が部屋に入ってきて、腕時計で時刻を確かめ、肩をすくめると、ラテン民族特有のしゃれた手さばきで国務省郵袋の一つからパスポートや身分証明書を一枚一枚取り出し始めた。男がその場から離れると、人質の間で低いざわめきが起ったが、女テロリストが銃を向けるとたちまち静まった。

スペイン語使いの男は入口に近い机に、袋から持ってきたものを置いた。リーダーのテロリストがパスポートや身分証明書を点検しながら、それを二つの山に分けた。

結局、一つの山は五枚となり、残りが別の山になった。リーダーは五枚のパスポートをつかみ、名前を読んだ。「ヒレル・ローゼンバーグ、サミュエル・スタイナー、サラ・ダイアモンド、ネーサン・ゴールドスタイン、モリス・コーエン（訳注　以上いずれもユダヤ人名）。ほかにも該当者がいるかもしれんが、この五人は間違いない」

「急《せ》いては事を仕損じる、だぜ」とスペイン語使いのテロリストが遠まわしにいった。見るからに落着きがなく、庭に臨む小窓から外に目をやっている。「人集めにも、おれたちの要求についての会議にも時間がかかるだろうし――」

リーダーは顔色を変えて、スペイン語の男のほうに向き直った。「行動方針は決行前に全員一致で決めたはずだぞ」忘れたのか、といわんばかりだ。低い声だが、きつい口調だった。早口でしゃべろうとして、あやうくどもりそうになる。「脅しはだれでもかけるが、だれ一人成功しない。相手が本当と思わないからだよ。時間の引き延ばしはなんといっても不利だ。今夜じゅうには、おれたち、奴らを名前で呼ぶほど人質と親しくなってしまう。あしたになると、だれそれには子どもがいる、手足の不自由なおふくろがいる、なんてことまで分ってしまうだろう。冗談じゃない！　どんなことがあっても、おれたちは宣言したとおりのことを実行するのだと権力側に見せつけてやる。これしかないんだ」

スペイン語使いは、しぶしぶ頷いた。リーダーは五枚のパスポートをトランプの札みたいに広げ、相手の前に突き出した。「一枚引け」

スペイン語使いはパスポートをじっと見つめていたが、やがて顔を上げ、リーダーに視線を移した。「おれ、どんなことでもやるつもりだけれど」と、まるでささやくような声だ。「札を引く役だけは勘弁してくれよ」

リーダーはパスポートを引っこめた。「札引き役がきついって奴もいるんだな」そういって角部屋のドアへ目をやり、冷たい微笑を浮べた。「あの子ならやってくれるだろう」

リーダーは、陽光が縞模様に輝いている角部屋に入り、女テロリストに五枚のパスポートを広げてみせた。「時間だ」と彼はドイツ語でいった。「一枚引いてくれ」スペイン語使いはドアのあたりをうろちょろし、女がどうするか、好奇の目差《まなざ》しを注いでいた。

女テロリストは、ためらう素振りも見せず、手を伸ばして真ん中のパスポートを引き、リーダーに渡した。リーダーは表紙を見た。アメリカのパスポートだった。表紙を開いて、名前を読み上げた。「サラ・ダイアモンド」

もともとボンのアメリカ大使館付きで、たまたまミュンヘン総領事館には立ち寄っただけにすぎない商務参事官が、やおら立ち上がった。鉄棒のように痩《や》せた、四十代前半の男で、髪をオールバックにして禿《はげ》の部分を隠している。「私はそんな選び方に、断固抗議する……」次第に含み声になって、神経質に息をのみこみ、先がつづかなかった。

「許せないわ」と総領事がもぐもぐいった。「神の愛にかけて……」

「前に一度経験したことがある」と、中折れ帽の老紳士がいった。「アウシュヴィッツでな」そういってテロリストのリーダーを真正面からきっとにらみつける。しゃべる声は震えていた。「おまえら、父子《おやこ》二代、似たもの同士じゃ。野蛮人め」

リーダーは老紳士を無視した。「サラ・ダイアモンド」と、もう一度名前を呼んだ。

後ろの壁のあたりで、あの美人のアメリカ女性がよろよろと立ち上がった。なんとかほほ笑もうとしていた――そして驚いたことに、微笑らしいものを本当に浮べてみせたのである。「どうしろというの？」と、かすれた声で尋ねた。

「おまえ、ユダヤ人だね」と女テロリストがいった。質問ではなく非難だった。

人質全員がアメリカの女性へ顔を向けた。商務参事官が彼女の視線をとらえ、頭を横に一振りして意志を伝えようとした。彼女は不安気にあたりを見まわした。

「ユダヤ人であるかないか、知ってるはずだね？」と女テロリストがあざけるようにいった。

「ええ、知ってるわ」

「で、どうなんだい？」と、こんどはリーダーが尋ねる。

サラは一呼吸置いて、「ええ、ユダヤ人よ」と答え、微笑して周囲の人質を見まわした。

女たちの中には涙を流す者もいた。

テロリストのリーダーがサラにいった。「おれについてこい」

中折れ帽の老紳士が前へ出ようとした。女テロリストが銃を老紳士の顔へ向けた。アメリカ人女性は老紳士にほほ笑んでみせたが、目に靄《もや》がかかっているような微笑だった。すぐに彼女は人質の群れから離れ、リーダーの後についてドアから出ていった。

報道されなかった細部。断片。（恐怖の？）作り話。総領事館正面入口のドアは開くときにぎーっと軋《きし》った。「出てくるぞーっ」とだれかが甲高い声で叫んだ。静止していた戦車が一輛《りょう》（ドイツ側は戦車の大量投入で舗装道路がめちゃめちゃになるのを恐れ、一輛しか出動させなかった）巨体を揺すぶって前進し、砲塔をゆっくり回転させ、砲が開いた正面入口を直接狙う位置に止めた。サラ・ダイアモンドの姿が現われた。霧と見まごう細かい雨が降っていた。サラは、太陽が出ていたら当然そうしたにちがいなかっただろうが、この雨もよいにも、顔を上げて空を眺めた。テロリストのリーダーが彼女の右後方に猥褻《わいせつ》なほどぴったり寄り添い、左手で固く乳房のあたりをつかみ、右手に握ったエジプト製九ミリ口径パラベルム・ピストルを彼女の頭蓋《ずがい》に押し当てていた。頭上の二階バルコニーからだらっと垂れている手染めのパレスチナ国旗は、雨で色がにじんでいた。

総領事館を囲む数百の兵士の荒い息づかいが聞えるかと思われるほど静まり返っていた。静寂が深すぎて、時が止りかけているような感じだった。

駐車したジープのフェンダーのうしろに膝まずいていたテレビ・カメラマンは、アメリカの女性の顔に望遠レンズを合わせた。イヤホンに撮影チーム・ディレクターの声が小うるさく響いた。「頼むから女の顔がぶれないようにしてくれ。おまえ、手が震えているぞ」

カメラマンはカメラをフェンダーに固定した。

サラは、柔らかい雨の景色を味わいながら微笑しようとしたが、顔の筋肉をうまく働かせることができなかった。いまの自分の身体を、たくさんの人がいるほうへ少しでも近づけようとも努めてみた。しかし、背中に男の身体をぴったりつけられ、乳房のあたりを抱えられたうえ、頭蓋にピストルを押しつけられていてはどうしようもなかった。声にならない涙が顔に流れた。哀願するように前のほうを見渡してみたが、だれも自分を助けられないのを知った。彼女は拳《こぶし》を握り、目を閉じた。膝が曲りそうになった。

ピストルが轟音《ごうおん》を発し、反動で激しく後ずさりした。アメリカの女性はボロ人形のように総領事館入口の石段にくずおれた。テロリストのリーダーは脱兎《だっと》のごとく中へ戻り、叩《たた》きつけるようにしてドアを閉めた。それが乾いた鋭い音となって響き渡ったので、のちに多くの人がピストルは二発発射されたのだと誤り伝えたのも無理からぬことだった。

通りの端のテレビ中継車の中では、ディレクターがモニター・テレビを見つめていた。「女の子、どうなったんだ?」と、現場のカメラマンに通じているマイクに低い声でいった。

カメラマンは千軍万馬のベテランだったけれど、一瞬、声が詰った。やっと彼は答えた。「吹っ飛んじまったよ」

テロリストのリーダーはスペイン語使いの手から受話器を受け取ると、落着き払って相手に伝えた。「一時間に一人ずつだ」すぐに受話器をスペイン語使いに返す。こちらはそれを静かに電話の受け台に置く。

二度目の処刑時刻の十二分前、全部の窓にカーテンを下ろしたバスが一台、総領事館前に止った。スペイン語使いの男がアメリカ女性の死体の脇を通り、バスのまわりを一周した。それからバスに這いのぼり、運転手の服に手を動かして武器のないことを確かめた。やがてウツィーの銃口を前に向けながら、指はむろん引き金から放さず、一歩一歩後ずさりして総領事館へ引き返した。

まもなく中心に三人のテロリストを囲んだ一団が出てきた。十七人の人質がテロリストを隙間もなく取り巻いているのは、望遠照尺による狙撃兵の射撃を不可能にするためだった。一団の人びとは、ある者はうしろ向きに、別の者は前向きに、また斜め方向にと、まるで奇型のムカデみたいに総領事館正面入口とバスの間の短い距離を急速に移動し、たちまちバスの中へ消えた。テロリストたちはバスの通路にしゃがみ、ウツィーを神経質に四方へ向けた。人質はみんな座席に坐った。バスは発車し、あらかじめ陣形を下げられていた警察隊の前を突っ走り、サイレンを鳴らすパトカーに挟《はさ》まれて空港へ向った。

空港に着くと、カーテンを下ろしたバスは鎖の仕切りを張りめぐらした入口を抜け、用意されたルフトハンザ航空ボーイング機の横にぴったりと止った。移動階段の最上段、旅客機のちょうど入口のあたりで、解放された二人のパレスチナ・テロリストがVサインの指を振りながら嬉《うれ》しそうに笑っていた。女テロリストが階段を駆け登り、パレスチナ人と握手した後、背を丸めて中に入り、内部を点検した。まもなく彼女はバスに戻った。ふたたび人質の群れに囲まれた三人のテロリストは、押しあいへしあいの格好でボーイング機に乗った。スペイン語使いが二人のパレスチナ人と抱き合った。ドアが閉まる寸前、彼はちらりと振り返り、ガッツ・ポーズをして見守る人たちをあざけった。

第二章

空気でふくらませたゴム管に胸をつかまれて、ヘラーは息が苦しくなった。

「あなたは外国の政府もしくは諜報《ちょうほう》機関と接触したことがありますか？」と技師がいった。この男、CIA職員で、言葉はものやわらか、角刈《クルーカット》り、官給の細い縦縞《たてじま》服地で作った三つぞろいを着ている。身振り手振りといい、話し方といい、じつに品がよく、ゆったりしていた。ヘラーは、少し前に電子回路装置《ブラック・ボックス》をセットしている男を眺めながら、時計の長針を連想したくらいだった。

「きみ、えーと、こいつをさ、ちょっと緩められないかな？」とヘラーは訊《き》いた。

男は（上着にピンで留められた薄い身分証によると）ジョン・G・マクマスターと

いう名前だったが、少し前屈《まえかが》みになってゴム管に指を挟み、そのきつさを調べた。そのあげく、ゆっくりと頭を横に振る。「信頼するに足るデータを呼吸リズムから読みとるには、装着をこれ以上緩めるわけにはいきませんですな」そういって黄色い法定質問票綴《つづ》りにちらりと目をやり、もう一度いった。「あなたは外国の政府もしくは諜報機関と接触したことがありますか?」

ヘラーは深く息を吸い込んだ。あばら骨がふくらんだゴム管に締めつけられた。

「ないよ」ヘラーの背後のテーブルに電子回路装置があって、そこに三本の自動記録針が引っかくような音を立てていた——まったく予期したとおりの音だったので、少しも耳ざわりではなかった。

マクマスターは長い時間をかけてヘラーの反応記録を分析した。やっと第二の質問。

「あなたはホモセックス的行為にふけったことがありますか?」

ヘラーは、腕に巻かれた血圧計の帯《カフ》と、手の甲いっぱいに張りめぐらされたばねで掌《てのひら》に固定されているいくつかの電極とを、じろじろ眺めながら答えた。「やっぱり女の子《ガールズ》たちのほうがいいな」彼の特徴として多かれ少なかれ人に知られているモナ・リザ的微笑が、ゆっくり顔にひろがっていった。そのとき彼は、とくに一人の女の子のことを考えていたのだった。「いま女の子《ガールズ》たちっていったけど、女の子《ガール》と単数に変えてくれよ」

「はいかいいえか、簡単に答えてください」と技師はいった。「いまの質問、もう一度申し上げましょうか？」

「あなたはホモセックス的行為にふけったことがありますか、だったね？　ない。ホモセックス的行為皆無」

　ヘラーは以前にも、この〝どぎまぎ《フラター》〟器械にかけられたことがあった（ＣＩＡの嘘《うそ》発見器は隠語でLCFLUTTER《エルシーフラター》といわれている）。八年前、ＣＩＡ職員に採用された折で、このときは、当時だれもがそう穏便に呼んでいたのだが、いわゆる〝反対勢力〟に浸透されていないかを確かめるための定期的な点検作業の一環として、ほぼ十八カ月に一度行われていたのだった。いまでもヘラーが通常の回数（たとえば秘書の場合は四、五年に一度）以上に嘘発見器にかけられるのは、仕事が仕事だったからだ。彼は秘密情報部のＤ課に配属されている少数の課員の一人で、Ｄ課は暗号作成《クリプトグラフィー》と暗号分析《クリプタナリシス》に従事しているのだけれど、ＣＩＡ当局としてはこの仕事、その重要性からして国内諜報機構の暗号研究組織の元締めである在メリーランド州フォート・ミードの国家安全保障局（ＮＳＡ）の手に委《ゆだ》ねるわけにはいかぬと考え、ＣＩＡ内にちっぽけな存在ながら〝超最高機密機関〟といわれるＤ課を設けたのだった。

「あなたは」とマクマスターが次の質問を向けた、「公務以外のなんらかの用途で局内コンピューターもしくは機械設備を使用したことがありますか？」

「ないよ」とヘラーは即答した。苦しい姿勢で腕時計を見る。どぎまぎ検査のおかげで、きょうの午前はあらかた空費されてしまっていた。

マクマスターは胸のゴム管の空気を抜いた。「こんどはちょっとお困りのようでしたな」と、針の記録を見つめながらいう。「何か釈明したいことがおありですか、いまの質問について？」

ヘラーはかぶりを振ったが、すぐに思いついて、「あ、そうだ、一つ研究してることがある」と答え、自分の間抜けさ加減に声を出して笑った。「次官室の許可は得ているんだよ。シェイクスピア劇における暗号調査ということでコンピューターを使っている」

懸命に記憶の糸をたぐりながら、倦《う》むことを知らず主題を追求する不屈の探偵、マクマスターは、辛抱づよくうなずいた。「いまの質問を私が、『許可ずみのシェイクスピア劇における暗号調査を除いて、公務以外のなんらかの用途で局内コンピューターもしくは機械設備を使用したことがありますか？』と言い替えたら、ノーと答えられますね？」

「うん」

マクマスターはヘラーの胸に巻きつけたゴム管に、ふたたび空気を入れた。「許可ずみのシェイクスピア劇における暗号調査を除いて、公務以外のなんらかの用途で局内コンピューターもしくは機械設備を使用したことがありますか?」

「ノー」

自動記録針が紙を引っかいた。技師はまたひとわたり記録の跡を見つめた。

「最後の質問です。あなたは政府の財産を盗んだことがありますか?」

「ないよ」

ヘラーは技師の顔の忍び笑いを見落さなかった。

「たぶん、いまの質問、もっと細かく、言い替えたほうがよかったかもしれませんな。そうしましょう」とマクマスターはいった。例によって、聞いていていらいらするほどの悠長な調子だ。「ペン、鉛筆、セロファンテープ、その他の事務用具以外の政府財産を盗んだことがありますか?」

「ないよ」とヘラーは、うんざりして答えた。

「こんどはよろしい」記録をのぞきこみながらマクマスターがいった。

電子回路装置から解放されたヘラー、何気ないふうを装《よそお》ってしゃべりかける。「そういえば、うちの技術部、きみらがお払い箱になるみたいなものを見つけ出したって話だな」

「声紋とかまばたき検査法とかでしたら――」

「そんなんじゃないよ」と、ヘラーはあくまでまじめな表情だ。「秘密情報部の連中が台湾で手に入れたらしい。数世紀も前から、嘘いつわりのない白状かどうかを検査するために、中国人が愛用してきたものだそうだ」

マクマスターの顔、傷心のあまり歪《ゆが》んでしまった。「なんてこった。そんな話、一言も聞いてませんがねえ」

「技術部の連中って、いつもああなのさ」とヘラーはいった。「たぶんきみらをどぎまぎさせたくなかったんだろうよ」そう言い捨ててヘラーは上着に手を通し、ドアのほうへ歩いていった。

「その新装置ってなんなのですか?」とマクマスターがどもりながら訊いた。

ヘラーはドアの所で振り返った。この秘密、マクマスターに打ち明けてもいいのかな、の思い入れよろしく、少し口ごもって、「ま、きみならいいだろう」と、やっと話しだす。「遅かれ早かれ分ることだからな。それね、じつはね、米の粉なんだよ」

「米の粉?」とマクマスターはうなった。

「そ、米の粉」とヘラーは繰り返す。「被疑者の口にスプーン一杯の米の粉を含ませ、それを吐け、と命じるのさ。相手が嘘をついてるとしたら、そいつの唾液腺《だえきせん》、乾き上がってしまうから、粉は乾いたまま外へ飛び出るっていう寸法だ。持ち運び自由で廉《れん》価《か》ときているうえに、百パーセント正確なんだって。中国人の保証つきさ！」

ヘラーは閉店間際《まぎわ》の局内信用組合で個人小切手を現金化したあと、いちばん仲のいい友人、ポール・スレーターといっしょに軽い食事をするつもりでカフェテリアへ足を向けた。ドアの所で制服の警備員がプラスチック製の身分証を点検したが、それには例のモナ・リザ的微笑をいまにも浮べようとするヘラーのカラー写真がついていた。スレーターは若白髪《わかしらが》の中年男で、金属疲労の人間版といった悩みを抱えている年ごろだが、隅のテーブルにヘラーの席を取っておいてくれていた。

「タバコ、あるかい？」とヘラーが訊いた。

「禁煙したはずじゃなかったかな」スレーターはそう答えながら、食パンをそっくりそのまま持ち上げて、中に挿《はさ》んであるツナを調べている。

「禁煙したさ」とヘラーが応じた。「でもね、吸いたい誘惑まで禁じたわけじゃないんだ」

スレーターがシガレットを一本差し出すと、ヘラーはそれを取って、まるでいい匂《にお》いの上等の葉巻《シガー》にするみたいに、鼻の下で何度もそれを往復させる。そのあげく、渋々シガレットをスレーターに返した。

隣のテーブルでだれかが話し声のヴォリュームを上げた。「問題は、うちの役所が機会均等の雇い主じゃないってことなんだ」と男はいった。みんなの顔がそちらへ向いた。「まわりを見てみろよ」と、男は熱っぽくフォークを振りまわしながら続ける。「黒人がいったいどれだけいる?」

スレーターはヘラーに上体を寄せて、「ああいうの、内面《うちづら》が強いっていうんだ」と感想を述べる。「どこにでもあんな手合いがおるんだな。ところで午前ちゅうはどうだったんだ、きみ?」

「いや、ひどいもんだった。まったく文字どおり時間の浪費さ。むだもいいところ」そういって顔をしかめる。「嘘発見器だよ」

「ぼくも時間の浪費だった」スレーターは同病相あわれむ口ぶりだ。「うちの部の若いのが重症のヘルニアで手術ってことになりおった。で、やっこさんが麻酔にかけられてるあいだ、秘密を漏らさないか、手術室での見張り役を仰《おお》せつかって」

「で、どうした?」とヘラーは尋ねた。「秘密、漏らしたかい?」

「漏らしたとも」とスレーターは、内緒だよといわんばかりのもっともらしい顔で、「世界が冷蔵庫をアイスボックスという連中とリフリジレーターという連中の二派に分れとるのはなぜか、なんていうことをね！」

そのあと、チョコレート・チップ・クッキーとコーヒーを前にして、ヘラーは相手の仕事の具合を尋ねた。ポール・スレーターはＣＩＡの数少ない〝包装学者〟の一人だった——〝包装学者〟とは、包装した品物の中身を見抜く専門家のことだ。ソ連船の甲板上にあった巨大な木枠《きわく》の包装から、それがキューバへ運ばれるＭＲＢＭ（中距離弾道ミサイル）と最初に見当をつけたのは、ほかならぬこのスレーターだった。その結果、キューバ上空のＵ－２偵察機による哨戒《しょうかい》が増強され、キューバ・ミサイル紛争として知られる事件が起ったのだった。

「先だってロシア人がニューデリーに送った品物、なんだったか当ててごらん」とスレーターが挑戦した。

「下りるよ」

「秘密情報部員が見せてくれたのは、空港で撮った、ちょっとピンぼけの写真だ」とスレーターは説明する。「このテーブルくらいの大きさの木箱で、ソ連機から運び下ろす際の現場写真だったがね。ニューデリー駐在の部員が神経をちりちりさせたのは、この運搬に武装警備員が同行してたのを嗅《か》ぎつけたからさ」

「それ、なんだったんだい？」と、スレーターの皿からクッキーを摘《つま》みながらヘラーは訊いた。「サム・ミサイルの誘導装置か？　T－54戦車の夜間照準器か？　それとも無線誘導式対戦車装甲破壊ロケットかな？」

「コンドームさ！」と勝ち誇ったようにスレーターは叫んだ。「木枠の組立てがアルマ・アタ（訳注　ソ連カザフスタン共和国の首都）にあるコンドーム工場で使われとるのとぴったり同じだったのだ」スレーターは声を低め、ささやくようにいった。「うちの出先の連中、コンドームに片っぽしから針で穴を開けるぞって張りきってるそうだ——ロシア人の評判、ニューデリーでがた落ちになるようにね」

「またまた包装学の勝利ってわけか」とヘラーは笑った。「ほかに成果は？」

二人は皿を片づけ、上の階へ足を向けた。「きのうはうちの女房にあっといわせてやったよ」とスレーターが控え目な口調でいった。「ちょうど結婚記念日だった。家へ帰ったら、ぼく専用の大皿に、加熱綴《と》じの継ぎ目があるボール箱がのっていた。二《ふた》股《また》撚《よ》りの紐《ひも》をかけた中程度の大きさの細長い箱だ。ぼくはそれを開けずに、内容をずばりと当てた」

「みんな、きみには透視力があると思ったろうな」とヘラーはからかった。「で、中身はなんだった？」

「茎の長い黄色のバラ三本」

「どうして分った？」

「簡単さ」と、平気な顔でスレーターは答える。「どのご家庭でもある話。女房はいつもぼくに黄色いバラ三本くれるんだ。だから二十二回目の結婚記念日も、例によって二十二回目のバラの花束ってわけだな」

D課へ戻る途中、廊下で中国班の女につかまった。フランス語なまりの北京《ペキン》語を流暢《りゅうちょう》に話す（北京語を習ったのはソルボンヌ大学だった）。彼女は八年前、二人ともCIAに入りたてだったとき、ヴァージニア州キャンプ・ピアリーにある研修所で基礎訓練を受けた間柄だった。「これを見ればあなただって信じないわけにいかないわよ」といって、上端に赤で〝最高機密〟とスタンプを押された紙きれを振りまわしながら、豊満な胸でヘラーを壁に追い詰め、一気にしゃべりまくった。「毛沢東の星占いなんだけど、彼、一八九三年十二月二十六日午後三時三十分、胡南省に生れたの。つまり山羊座《やぎざ》ね。でも、この人の性格で何か手がかりをつかみたければ、ね、いまいち詳しくデータを調べなきゃいけないのであって——ようするに毛沢東さん、山羊座＝蝎座《さそりざ》なのよ。蝎座のときに火星と天王星が出ていて、この二つの星、すっごく強かったのよね」

「そんなこと、ぼくにいっていいのかなあ」とヘラーは控え目にほのめかした。

中国班員は急に不安になって一歩後ずさりし、首から金《きん》の紐でぶら下げていた眼鏡をかけると、ヘラーのプラスチック製身分証の上端に赤字で印刷されている機密職分《セキュリティ・クリアランス》をしげしげと見つめた。「あなた、長官と同じじゃないの、機密職分が——最高機密、披見のみ《アイズ・オンリー》、原爆関係、とあるわ」

ヘラーは廊下の左右に目をやって、だれにも聞かれぬのを確かめるふりをし、「きみ、知ってるかな、ええと、中国茶症候群《シンドローム》とかいうの？」と低い声で訊く。

「中国茶症候群？」と、女も声をひそめてオウム返し。ヘラーとはずいぶん長い付き合いだったから、彼には人をからかう癖があり、それでときにはひどい目にあうのも知っていた。よく滑り落ちる彼の眼鏡のうしろから、どんな突き刺すようなユーモアの視線を射てくるか、容易に分らないところがあった。「知らないなあ、わたし」と彼女はいった。「それ、台湾、中国本土、どっちにあるの？」

ヘラーは困った様子で咳《せき》払いをした。「そうだったか」女のほうの機密職分をじろじろ見て肩をすくめる。「ごめんよ。そこまで話すんじゃなかった」いうが早いか踵《くびす》を返して廊下を歩いていったが、その顔にはモナ・リザふうの微笑がゆっくり広がっていた。

ヘラーの身分証は要所要所で警備員から繰り返しチェックされた。こうした保安手続きが度を越していると幾度思ったことか。身分証の写真と実物の顔をいちいち小うるさく点検する警備員たちとは、よくファースト・ネームで呼び合ったりした。実際、ヘラーは行動が少しでも抑えられると、それがどんなものであれ、腹立たしい思いに駆られがちだった。急ぐという行為が、全部ではないにせよ、自分の問題を解決してくれるかのように、彼は速いペースで生きていくたちの人間だった。やっと自分の部屋のドアにたどり着いたが、それまでにどんなに多くの時間を浪費したかと思うと、腹が立って仕方がなかった。ヘラーは自分だけが組合せを知っている暗号式の鍵《かぎ》に飛びついた（この組合せは直属の上司、つまりD課担当の次官補佐の公用金庫にある索引カードにも活字体で書かれていた）。文字盤をまわし、elbow（肱《ひじ》）という綴りを組合せる。ドアがばたんと開いた。文字盤をまわして暗号単語を消すが早いか、部屋へ跳びこんだ。

ヘラーは、一回式《ワンタイム》・暗号通信法《パッド》（訳注　数字帳による高度の暗号法で、任意のページから通信文を作る）で暗号を作成、解読していた。その名が示すとおり、この暗号は一回しか使われず、しかも二人の間にしか解読の鍵《キー》はなかったから、機密保持は万全だった。暗号の送り手は暗号文が解読された直後にコピーを焼却してしまうし（鍵《キー》の用紙には過マンガン酸カリウムが塗ってあって、ごく弱い熱で燃えてしまう）、受け手の側のヘラーは、アメリカで最高度の機密保持を誇る建物の中心に、安全この上なく身を隠しているのだ。

暗号の作成、解読は、通常その大半がメリーランド州フォート・ミードにある巨大な複合集団、国家安全保障局（NSA）内で行われていた。しかしCIAには、たとえ相手がNSAであっても（この役所はCIAと異なり、〝反対勢力〟に浸透されているといわれていた）、漏らしたくない高度の機密情報があった。これらの情報は主に、CIA本部と世界各地に散らばる〝協力者《アセット》〟との間で取り交わされていた。そんなわけで、CIAは独自の暗号施設、といっても小さいものだが、秘密情報部D課なる機構を持っていたのだった。そして、D課の中でも一回式暗号通信を担当しているのはヘラーただ一人だったのである。

ヘラーは、すでに信頼できるとされている方法を、よりいっそう安全なものにするため、一回式暗号通信を使うたびに、その回限りの特徴を加えるやり方を発明していた。これは電文のあらかじめ定《き》められた等間隔ごとに無意味な字、すなわちナルを挿《そう》入《にゅう》し、さらに一字対一字の置き換え方式をもっと複雑な五語ごとの一字対二字方式

（平文《ひらぶん》の一字を暗号では二字にする）に切り換える新工夫《くふう》だった。その結果、暗号パターン識別の絶対的不可能が保証されただけでなく、たとえ敵がこちらの鍵《キー》をどうにか手に入れたとしても、よもや電文の起草者が五語ごとの一字対二字置き換え方法に切り換えたとは、鍵《キー》からは何としても知りえない以上、同じ暗号が敵に使われる可能性をもなくすことになった。

ヘラーは、極秘の資料を取扱っていたから、仕事部屋での機密保持には人一倍用心するよう義務づけられていた。部屋を出るときには、廊下の隅のトイレに行くだけの短いあいだでも、タイプライター・リボンのカートリッジを、目に入る限りの紙屑《かみくず》といっしょに部屋の金庫にしまうのが日常の習慣になっていた。ヘラーが使っていた三百万ドルのコンピューター、毎秒二十二万九千回の加え算ができるＩＢＭ七〇九〇のメモリー・バンクには、彼が作ったすべての一回式暗号通信の鍵《キー》と、これらの鍵《キー》を用いて送られた電報が平文《ひらぶん》で収められていた。コンピューター自体は、ヘラーだけが知っている符号語《コードネーム》で作動する（たとえば車にひかれるような事故の場合に備えて、この符号語はカードに記載され、直属上司の金庫にも収められていた）。一回式暗号通信を解読すると、ヘラーはコピーなしで一枚だけタイプに打ち（彼はキーを見ながら打つ程度の腕前だったので、この作業はにがてだった）、その平文のテキストを秘密情報部のボスである次官に直接手渡すことになっていた。部屋の掃除も厳しい保安規則に従って行われた。毎週木曜日の夕刻、五時から六時の間に、黒人の掃除婦（彼女も胸に例の機密職分を付けていた）が床にモップをかけ、備品やコンピューターの埃《ほこり》をとることを許されていた——その間ヘラーは、おどおどしながらも油断なく監視をつづけていた。

ヘラーが夜勤などをする場合には（こんなとき、彼はたいていシェイクスピア研究に打ち込んでいた。多くの人が指摘している、シェイクスピア劇の中に、シェイクスピア以外のだれかが真の作者であることを証明する暗号が隠されているのではないか、という問題を解くために、ヘラーはコンピューターを使っているのだった）、武装した警備員がドアの前の廊下に張りづめで〝子守り〟をすることになっていた。

ヘラーが暗号学に心を奪われたのはずいぶん昔のことだった。すでに小学校上級生の時分には、朝食の穀物食品の箱に入ってくる簡単な輪《リング》じかけの暗号を解いていた。ハイスクールに入るころにはガーベルスバーガー、シュライ、シュトルツ＝シュライ、マーティ、ブロッカウェイ、デュプロワイエ、スローン＝デュプロワイエ、オウリラーナを含む三十の速記法をマスターしていた。イェール大学在学中には言語を音韻学的、音素学的、文法的、論理学的、意味論的、歴史的、統計学的、比較言語学的に分析した。彼は暗号に引きつけられた――というより、とりこになった――のだけれど、というのも、それが心の底に滲《し》みとおる感覚、たとえば言語の核心に螺旋《らせん》状に迫ってゆくような、あるいは埋もれている貴金属を求めて混沌《こんとん》の層を一枚一枚剝《は》いでゆくみたいな感覚を与えてくれたからだった。むろん、それに加えてたった一人の作業であること、自分だけが思索に沈み、自分だけの直観に従っていけばいいという利点もあった。暗号に取組んでいるとき、彼は忘我の境にあった。ふと我に返るのは、暗号作成者に勝ったとき、断片がそれぞれその所を得て、ちんぷんかんぷんの対象が一個の平明な文章になったときであった。

　ヘラーはいつも一人で行動する人間だった。十歳のとき、ニューヨーク州北部の某キャンプ地での夏季グループ活動に、いやいやながら参加したことがあり、その折、義務として毎日家へ葉書を書かされたのだが、その一枚に「拝啓ママ、ここではみんな二人一組で行動しています。ぼくだけは一人一組でやっております」と記したほどだった。イェール大学でも相変らず孤独人間《ロウナー》で、専門課程在学中、「ケニヨン・レヴュー」誌に、サミュエル・ピープス（訳注　一六三三―一七〇三、イギリス海軍の役人）の有名な日記に使われた暗号法についての論文を発表した。ヘラーは、ピープスは一六四一年、詩人のトマス・スケルトンによって考案された暗号法を焼き直したのだという結論を下した。彼はスケルトンの暗号法を、そのときすでに解読していたのだった。

CIAのスカウト係が、ほかならぬこのピープス論に注目した。CIAと関係のあるイェール大学の某教授がヘラーに打診し、ヘラーは暗号研究に携われるのなら、どんな所へでも就職する気持ちであるむね回答した。そこで即刻、ラングレーにある要《よう》塞《さい》然とした建物に通うことになったわけだが、このビルはワシントン市の下町にある彼おなじみの中華料理店からは八マイルの距離で、いつしか彼も他のすべての役人同様、ビルの冷暖房装置の不調に文句をいうようになる。装置が不調なのは、CIA当局が、空調施設の下請け工事人にビル内に働く人の数を断固として明かさなかったからであった。

まくり上げたワイシャツの袖《そで》も見事なほどおんぼろ、底の擦り切れたクラーク印のブーツは、紐がだんご状、二十九歳と四分の三（分数が好きで、不都合でない場合はいつも分数で年齢《とし》をいった）のヘラーは、品よく人さし指で眼鏡を押し上げ、次官室のドアを一回ノックした。

ほとんど聞き分けられぬほどのぶーんという音がしていた——鍵のすぐ近くに電流が通じている証拠の微《かす》かな音だ！——ドアがかちっと音を立てて開いた。ヘラーは電流の責任者である秘書に肩越しに微笑を送り、中へ急いだ。

背の高い、太った、物柔らかい口調のターナー・ラトリッジという名の次官兼計画本部長がそこにいて、痩《や》せて陰気な顔つきの元《もと》野戦軍人、現《げん》本部長付のマッドのほかに、驚いたことにヘラーの友人、包装学者のポール・スレーターも同席していた。

「きみ、ここで何してるんだい、ポール」とヘラーはにこにこして訊いた。その返事も待たず、金物《かね》のファイルに挟んで持ってきたタイプ用箋《ようせん》の一枚をラトリッジに渡す。「インクワラインからの電文、解きました」とヘラーはいった。「さして難しくなかったです。ちゃんと署名を暗号で送ってきたので、原文の作成者がロシア人でなく、インクワラインってことが分りました。でも文字の置き換えがでたらめなんですよ」ヘラーはエージェントの暗号作成ミスを術語まじりで簡単に説明した。だれも彼のおしゃべりを止めなかった。

ヘラーはここ数日、インクワライン発の電文にかかりきりだった。インクワライン機関と名づけられている在プラハのエージェントから送られてきたその電文は、暗号がいい加減だった。正規の暗号教育を受けていないインクワラインが作成ミスを犯したのは、これが四度目か五度目のはずだった。そのたびにヘラーはIBM七〇九〇の助けを借りてミスを発見し、一回式暗号を解いて平文《ひらぶん》に還元する作業をつづけてきたのだが、そんな手直しの仕事をしているうちに、インクワラインがどんな諜報活動をしているのか、自然に分るようになった——インクワラインなる一機関は、チェコスロヴァキア駐在のソ連軍人に宛《あ》てられた個人的な手紙を、毎週数十通もCIAへもたらしていたのである。どうやらソ連兵士にはトイレット・ペーパーの配給が行われていないようで、その結果、基地近辺で野糞《のぐそ》を垂れる連中は、用便後、手当り次第に紙を使うことになる——それで、この点がCIA諜報機関の注意を引くことになったのだが、結局はポケットにある手紙をトイレット・ペーパー代りに用いるに至ったのだった。インクワラインの手先は、ソ連軍基地周辺一帯を漁《あさ》り、用ずみの手紙多数を収集して、在プラハのインクワラインのもとに運び込んだ。インクワラインはこれをホロホロチョウの籠《かご》の底に敷いた新聞紙の、そのまた下に隠し、西の方《かた》フランスへ移出した。手紙はフランスからラングレーへ送られ、CIA本部内に設けられた洗滌《せんじょう》およびアイロンかけ専用の特別室で、手紙に付着した人と鳥の排泄物《はいせつぶつ》が取り除かれることになる。そのあと、文字どおりクサいこれらの手紙は翻訳に回され、軍隊の動向、命令の変更、軍紀の現状などについて、どんな小さくともいい、有益な手がかりがないものかと、研究の対象にされたのだった。

「じつは」と、ヘラーから手渡されたインクワライン発の電文に一瞥《いちべつ》をくれながら、ターナー・ラトリッジ本部長はいった――この電文はホロホロチョウがもう一籠フランスへ移出されたことを報告し、低空飛行の爆音を遮断《しゃだん》するためのイタリア製の耳栓《みみせん》およびインド料理の手引書の送付を要請していた――「じつは、きみを呼んだのは別の用なのだ」

いつものラトリッジなら、解読された電文を多少とも興奮した面持ちで迎えたはずだった。彼の仕事の処理の仕方には、初めて釣り上げた魚に対する場合もこうにちがいないといったふうなところがあった。つまり、まず自分の手に入ったのを喜ぶが、しかし手に余る（たとえば獲物《えもの》の大きさとか、自分の見込みちがいとか）となると食べる気になれず、喜んでその魚を丁重に水へ返してしまうのである。だが、このときのラトリッジは、異常なほど気難しい顔つきをしていた。困ったような表情を浮べてマッドをじろりと見る。役所の連中は、このマッドがいつもラトリッジの真うしろにいるところから、彼に〝影〟という気のきいた綽名《あだな》をつけていた。影はめったに口をきかなかったけれど、どうしても何かいわねばならない場合には、まるでその問題についていまだかつて何もいわれなかったみたいに、いとも厳《おごそ》かに、権威《エクス・カシードラ》ぶって物をいう癖があった。彼とラトリッジは、二人ながら世界を機械を見るような目で見ていた。つまり、分解はされるが修繕がきき、組立てさえ終れば前よりも円滑に動くものだというふうに。しかし、このときに限っては、マッドもいつもと様子がちがっていた。一度口を開いたが、すぐぴたりと閉じ、すがるような目差《まなざ》しをスレーターに向けた。「先週、ぼくがタイプライターに置き忘れたリボンのことでしたら」とヘラーは、みんなの不機嫌をとりなすように一人一人の顔に視線を移しながらいった、「じつは訳がありまして」（機密保持に神経質なラトリッジは、日曜日、予定外の部署点検を行い、月曜日の朝、違反事項一覧表をかざして部下に訓示したばかりだった）「あれは替えたばかりのリボンで、シェイクスピア研究に使っただけです」

「リボンの一件でもないんだよ」とラトリッジがいった。

不意にヘラーはスレーターのほうに向き直った。「ここできみ、何してるんだい、ポール？」

スレーターが静かな声でいった。「サラのことなんだ」

マッドが口を開いた。「われわれがポールに来てもらったのだ。きみの親友だからな……」といったまま口ごもる。

「サラがどうしたんだい？」とヘラーは直接スレーターに尋ねた。

スレーターはどうしてもいえなかった。くるりと向きを変え、窓の外に目をやった。

「いったい全体、サラがどうしたんだ？」とヘラーは繰り返した。声は材木に食い入った鋸《のこぎり》のようにかすれていた。

次官兼本部長が咳払いをした。「けさ、ミュンヘンのアメリカ総領事館がテロリストに襲われたのだ。連中はドイツ政府に抑留中のパレスチナ人二人を釈放せよと要求した。脅迫の内容は」──ラトリッジは唇をひとなめした──「要求が通るまで、一時間に一人ずつ人質を射殺する、ということだった。ドイツ政府はブラフととった」

ラトリッジの机の内部通話器《インタコム》が鳴った。彼は拳固《げんこ》でレバーをぱちんと押し、「じゃまをするなといったはずだぞ」とどなった。それからふたたびヘラーに視線を戻す。「ドイツ人は見込みちがいをしとったのだ。テロリストの脅迫はブラフではなかったのだよ。一時間後、テロリストはでたらめに一人を選び、女の子を……撃った」ラトリッジは一回深呼吸をして気持ちを落着かせた。「その子がサラだったのだ」そこでふたたび深呼吸、さらに三度《みたび》。「サラは死んだ」

ヘラーはゆっくり机から身を引いた。まるで大波に襲われるのを待っているみたいに両足を踏んばっていた。

「分ってくれ」とラトリッジが呟《つぶや》いた、「われわれがどんなに深くきみに同情しているか。もしわれわれにできることがあれば、どんなことでも……」

ラトリッジは話をつづけていたが、ヘラーの耳にはもう何も聞えなかった。慰めの言葉の波がひたひたと彼に押し寄せてきた。突然、それが——ラトリッジがいったことの意味が、大波となって襲いかかり、彼を押し流し、苦悶《くもん》と悲嘆の淵《ふち》に溺《おぼ》らせた。

「サラ」と彼はうめいた。向きを変えて盲人のように手を伸ばし、壁に行き当ると、それに頭を打ちつけ始めた——短くて荒々しい、規則正しい音が彼の脳髄に響き渡り、遂《つい》にいま自分がどこにいるか、自分が何者であるか、なぜ急に自殺しようとしているのか、もう分らなくなってしまった。

第三章

ヘラーという男は、ある日あることを経験しても、次の日にはそのことを（いささか皮肉っぽい）冷淡さで眺めることができるという稀《まれ》な能力に恵まれていた。ときには、そうなるのに丸一日とかからなかった。また場合によっては、当事者であると同時に傍観者であるという不安感を味わうこともあった。

包装学者の友人スレーターと、空軍機ボーイングから下ろされる棺《ひつぎ》を待っていたときのヘラーは、まさにこのような状態にあった。二日前、壁に打ちつけた頭は、まだずきずき痛んでいたけれど、ほかに格別具合の悪いところはなく、棺を下ろす作業を傍観者流の冷たい目でじっと見つめていた。彼は、荷物室の入口に置かれた粗末な木《もく》棺《かん》に進んでゆくフォークリフトの運転手の手際《てぎわ》のよさに感嘆した。ヘラーには、すべてが悪い冗談——自分とは関係ない人間の悪い冗談のように思われた。

「あの中に何があるか、あててみろよ」とヘラーは、冷たい滑走路で心細げに両脚を踏み変えているスレーターにいった。「材料が節のある松だから——」

「やめろ、チャーリー」といってスレーターは片手を相手の腕に当てた。

「ねじや接着剤ではなく、釘《くぎ》で組立てられているみたいだな」とヘラーは、乱暴にスレーターの手を振り払いながら、なおも言いつのる。「あの長さと幅から判断するとだな、中にあるものの大きさは——」

「頼むから、そんなにふざけないでくれ！」

「中にあるものの大きさは、人間の死体と推定できるっていうわけだ。分ったぞ。死体だ！　あの木箱にあるのはきっと人間の死体。それも、乗組員がやすやすと担《かつ》いだところをみると、たぶん女の死体だろうな。木箱の形は、ドイツから女の死体を詰めて送り出すのに使われるものの形と一致する」

型式は古いが真新しいフォードのバンが一台、クロームめっきの部分を陽の光に氷みたいに輝かせながらやって来て、フォークリフトの方向へバックし、止った。見るからに腕と肩の強そうな、六十代後半か七十代前半の年格好の男が運転していて、車から降りると、ぐるりとまわって後部ドアを開いた。スペア・タイヤ、モーターオイルの罐《かん》、道具箱などを脇《わき》に片づけて、棺を入れる空間を作る。あとはフォークリフトが寄ってくるのを待つばかりだ。

ヘラーは彼のところに歩み寄った。「チャーリー・ヘラーです」

老人はあいまいに頷《うなず》いた。「写真ですぐに分ったよ」どちらからも握手の手を差し伸べなかった。「では」と、サラの父である老人はいった、「助《すけ》てもらおうか」

ダイアモンドとヘラーの二人は、フォークリフトから棺を持ち上げた。思ったより重かった。ヘラーは生れて初めて、重量《デッドウェイト》という言葉の持つ深い意味を知った。つなぎを着た労務者が二人、左右に分れて担ごうと棺に近寄った。スレーターも手助けするつもりで一歩踏みだした。茶のジッパー付きセーターのうえに緑がかった冬のジャケットを着こんだサラの父親は落着かないふうに見えたが、このとき、きっと眉《まゆ》を上げた。そのきつい表情に、労務者もスレーターも思わず足を止めた。「どうかさわらんでくれ」とダイアモンドはいった。言い方は静かだったけれど、命令にはちがいなかった。ダイアモンドは顎《あご》でヘラーに合図し、二人はフォークリフトから数歩のバンに棺を運び、後部仕切りに滑り入れた。

紙ばさみを持った空軍士官がヘラーのところにやってきた。なぜか足音を忍ばせていた。「サインをお願いできますか？」と押しころした声でいい、ボールペンのキャップを取ってヘラーに差し出した。

ダイアモンドが手を伸ばし、士官の手から紙ばさみを取った。礼儀にかなっているとも、無作法ともいえない自然な動作だった。「わしは父親だ」と彼は士官にいった。「サインをするのはわしだ」そういって旧式のパーカーを取りだすと、お役所の形式主義に移民者らしい敬意を表しつつ、注意ぶかく然《しか》るべき余白を捜し、そこへフル・ネームでサインした。第一次大戦前のポーランドの中等学校《ギムナジウム》で習得した老人のサインは、字体が細長く、きちんと斜線を描き、各文字が装飾的な渦巻きや凝りに凝った筆法で厚化粧されることなく、すべて一定の間隔に従って書かれ、いかにも読み易《やす》かった。まったく、そのサインは老人の性格——曲ったことが嫌いで、気品があって、なおかつ世話好きな性格をそのまま写しだしている鏡だった。少し離れた所から見ていたヘラーがこのサイン、つまりこの老人から読みとれた直感はこうだった——すなわち、この世にどんな悪と苦悩があるにしたって、そんなもの、老人にとっては格別目新しくはないのだな、ということ。

「ヘラー君」サラの父親は太い人さし指でヘラーを呼び寄せた。「わしはどちらでもいいのだが——」

巨大なグローブマスター機が轟音《ごうおん》を上げ、老人の声をのみこんでしまった。彼は辛抱づよく空軍機が飛び去るのを待ったうえで、ふたたび口を開いた。「わしはどちらでもいいのだが、よろしかったら車でいっしょに来ないかね？」

ヘラーは老人の話し方に、やや区切りのはっきりしない東ヨーロッパ訛《なま》りがあるのに気づいた。固体より液体、始めもなければ終りもないという話し方だった。

「喜んで」とヘラーはいった。振り返ってスレーターと握手した。「田舎のドライブ、ちょうど医者に勧められたところだ」と彼は友人にいった。「極楽とんぼ病が治るってね」

ヘラーは助手席に乗った。サラの父親は上着をぬいで丁寧に畳むと、それを棺にのせ、運転席に乗りこんだ。ダイアモンドは些細《ささい》なことにもきちょうめんだった。まず腕時計をはずし、表面をこちら向きにして方向指示器の棒に掛けた。それから紙きれに書いたマイル数に目をやった。紙きれには往路の走行距離が記録してあり、帰路にも絶えず参照して、目的地まであとどのくらいか確かめようというのだった。長いドライブの場合、いつでもそれまでの走行距離、これから先の走行距離をつかんでおくと気分が楽だ、というのが老人の持論のようだった。

車は北へ向っていた。二人はそれぞれ物思いにふけっていて、数時間も沈黙をつづけていた。ちょうどフィラデルフィアを出たあたりで、車が隆起物にぶつかり、棺が跳ねたことがあった。ヘラーは、サラの身体《からだ》が棺桶《かんおけ》の中でがたがた揺れ、怖がっているんじゃないか、と想像したが、ダイアモンドは「もう死んでるのだ。何も感じやせんよ」と呟いただけだった。

それからたまたま交わした会話は、話題があちこちへ飛ぶ不自然な断片で、まとまった話になりそうもなかった。「あの子は、きみのことならどんなことでも話してくれおったよ、ヘラー君」と、ぽつりと洩《も》らした。ニュージャージー州の石油精製工場地帯にさしかかったあたりで、タールの臭気が濃く漂っていた。

「チャーリーと呼んでいただければ、ぼく、もっと気楽なんですけれど」とヘラーがいった。「君《くん》づけのほうが、わしには、ずっと気楽なんだよ」とダイアモンドは譲らなかった。老人は、歯に衣《きぬ》着せずにいて、しかも無作法の印象を与えないこつを心得ていた。視線はずうっと前方の高速道路から離さない。かけている眼鏡は厚く、目が歪《ゆが》んで、そのうえ小さく見えるほどだ。一度、ガソリン・スタンドで眼鏡をはずし、すごく大きなハンカチで拭《ふ》く機会があって、ヘラーはそのとき初めて老人の目を見た。ステンレス・スチールみたいに冷たい淡灰色だった。「あの子がいっとったが、きみは一種の天才だそうだな……数学とか……何かそんな学問の」とダイアモンドは口ごもりながらいった。

「政府で暗号の仕事をしてるんですよ」とヘラーは答え、細かい説明を始めたが、自分だけの物思いにふけっているダイアモンドは、勝手に話題を変えた。

「きみ、チェスでコンピューターを負かせるとも聞いたな。そんなことのできる人間、そう多くはおるまい、ヘラー君？」

「強い人ならだれでもコンピューターに勝てますよ」とヘラーは答えた。

ヘラーは横の窓から外を眺めながら、サラにチェスを教えたときのことを思い出していた。彼女は熱心に彼の説明を聴いていて、やがて笑いながら駒《こま》を動かし始めたけれど、その動かし方を見ると、ヘラーの教えたことをほとんどのみこんでいないようだった。動かし方がでたらめになればなるほど、サラの笑い方はいよいよ激しくなって、とどのつまり、頰にはらはらと涙を流しながらヘラーのキングを勝手にポーンで囲み、「これで詰みよ——さあ、キングとセックスしなきゃ」というが早いか、彼のうえにのしかかり、欲望でヘラーを窒息させんばかりの目にあわせたのだった。

高速道路を出ると、ダイアモンドはフロントガラスのワイパーが買い替える時期になっているからと、自動車修理工場に寄った。修理工がこちらの車の存在に気がつくまで数分たち、その修理工が倉庫に入って旧式のフォードにぴったり合うワイパー一組を探しまわるのに、さらに数分かかった。ヘラーはバンに坐《すわ》って待っていた。視野の中をダイアモンドが行ったり来たりしていたが、不意に助手席の脇に来て、手ぶりでヘラーに窓を引き下げるよう合図した。

「あの子、切手を集めておったよ」と老人はいった。「知っていたかね？」いかにも大問題だといわんばかりの、異常な熱意をこめた訊《き》き方だった。

ヘラーは首を横に振った。彼女が切手収集をしていたとは初耳だった。

ダイアモンドは、ヘラーでも細かいことは知らないのだなと知って喜んでいる様子だった。さらに追打ちをかけるようにいう。「赤い切手だがね」

「赤い切手？」

「あの子は赤が大好きだった。服が赤ずくめだったの、気がつかなかったかね？　赤いスカーフ、赤いシャツ、赤いジーンズ」

ヘラーは気がつかなかった。それほど長い付き合いではなかったのだ。初めて会ったのは十一カ月前で、ほとんどすぐにベッドを共にし、たちまち離れられない仲になった。そしてサラが「ナショナル・ジオグラフィック」誌との写真撮影契約でドイツへ発《た》つ直前、結婚することに決めたのだった。同棲《どうせい》していた間を通じて、ヘラーがサラの切手収集、赤色好きに気づいたことは一度もなかった。彼女がユダヤ人であるのは知っていた。しかしその彼も、サラが、たとえ自分の生命がかけられている場合でも、みずからユダヤ人であることを認めようとは、まったく思ってもみなかったのである。


昼食をということで、ダイアモンドはニュージャージー州の街道筋にある小食堂に車を止めた。ヘラーは肩越しに車が窓から見えるカウンターに席をとった。サラごと車を乗り逃げされはしないかと心配しているような顔つきだった。ダイアモンドは三つ重ねの特製サンドイッチをぱくつき、頬をふくらませながらしゃべった。

「革命があったって何も変りゃせんよ」と老人はいった。ヘラーは、何がこんな話題のきっかけになったのか、思い出せなかった。「革命は世の中を整理し直すだけのことだ。ときには」――ダイアモンドは歯に挟まったものを音をたてて吸い込み、人さし指でレシートをよこすよう合図した――「ときには昔のよりも優れた道徳律を創《つく》りだすこともあるが、たいていの場合、革命の前も後も同じようなものだと思うね」

「たいへんな楽観主義者《オプティミスト》ですな」とヘラーは口を挟んだが、老人はまるで独りごとをいうようにまくしたてた。

「楽観主義者とは世間をろくに知らぬ奴《やつ》のことだ！」大声だったので、まわりにいた連中が顔をこちらに向けたが、ダイアモンドは格別気にもとめない。「わしは知りすぎるほど知っておる。いやというほど世間を見てきた。いろいろな国へも行ったよ。たとえば」――老人が手首を突き出し、ヘラーは、その柔らかくて白い手首の内側に、薄青い番号が刺青《いれずみ》されているのを見て、一瞬、組合せ錠の番号かと思ったが、まもなく、初めて見たものではあったけれど、それがなんであるか分ってきた――「たとえば、きみ、日の出、日の入りが当りまえの現象ではなくて、本当に、まぎれもない神の与えたもう奇跡としか思われん国へもだよ」老人は頭を横に振り、震え声でつづけた。「わしだって死人だよ。もう感情なぞありゃせんよ」いうが早いか洗面所へ立ったが、それはいまいったことが嘘《うそ》であるのを隠すためだった。

ヘラーは自動販売機でタバコを買い、封を切って一本口にくわえた。マッチに火をつけ、自分自身をじらすようにゆっくりタバコに近づけたあげく、もうこれだけ試せばいいやとばかり、その一本と残りの入ったタバコの箱を投げ捨てた。

入口近くの凹《くぼ》んだ区画で、ティーンエージャーの女の子が二人、運勢星占いのコンピューターに出てくる文字を陽気にくすくす笑いながら見つめていた。「あら、あなた、背が高くて髪の毛が黒い山羊座《やぎざ》の男がぴったしだって！」と一人が大声でいった。

ダイアモンドがヘラーの背後に来て尋ねた、「きみ、こんなもの信じとるのかね？」「コンピューターですか、それとも星占いですか？」とヘラーは訊いたが、老人はすぐ自分の問いに興味を失ってしまった様子で、ヘラーも深追いはしなかった。

ヘラーは老人に代ってハンドルを握り、ダイアモンドは、丁寧に畳んで窓に掛けた上着に頭をのせたまま、うつらうつらしていた。ハートフォードの南に来たあたりで、老人は急に目をさまし、紙に書いた走行マイル数を点検しながら、まったく関係ないことをぽつりと漏らした。「われわれ人間を狂わしたのは、あのフロイトのばかやろうだ——人間は自己の行動に責任がないのである、なんてぬかしやがって。わしにいわせれば、これこそ、たとえ真理であってもいってはならん種類のことだ。わしにいわせればの話だがね」老人は辛辣《しんらつ》に歯を剝《む》きだして付け加えた。「だれもわしにいわせてくれんが」

二人の車は高速道路を出て二車線の田舎道へ入ったが、道には中央の白線も路肩《ろかた》もなかった。両端に金文字《きんもじ》の史跡標示がある古い橋、枯木の森、とてもそんな所とは思えないのに掲げられている「シカの横断に注意」の標識、廃屋同然の野菜即売店、ドアに大文字で〝モーニングサイド・フラワーズ〟と屋号が書いてある花屋などがつぎつぎにうしろへ去った。不意に道幅が狭くなって一本の小道になり、S字形カーブの中央部にあるユダヤ人墓地に近づいた。入口の門の上には、鉄製のダヴィデの星が飾られていた。

車が門前に止ると、老人は跳び下りて門を開けた。ヘラーは車を墓地に入れ、ダイアモンドはあとに残って門を閉めた。老人を待っているあいだ、ヘラーは林にまで伸びている広大な墓地、うしろの町にまでつづいている林をひとわたり眺めた。季節はずれだったな、と彼は思った。数週間の差で秋に間に合わなかったのだ。花やかな自然は、いまや沈黙し、静まり返り、地味いっぽうにくすみ始めていた――水で薄めすぎて、色がとけたように。

ダイアモンドは掌《たなごころ》をさすように墓地をよく知っているようだった。「そこで左折、はい、もう一度左折」老人は交通巡査よろしく大げさに腕を動かして車を泥道に導き、そこで自分は跳び下りて、こんどは手で合図しながらバンを口の開いた墓へバックさせた。

近くで土を掘っていた墓地の労務者が数人、シャベルを置いて駆け寄り、棺を運ぶのを助けようとしたが、ダイアモンドは彼らを手を振って追っ払った（ヘラーは、この老人、あの連中がここにいるだけでも気にくわないんだな、という印象を受けた）。

二人は棺を墓の縁《ふち》に運んだ。棺の下からキャンバス地の紐《ひも》をかけ、ゆっくり墓穴へ下ろし始めた。ヘラーの持っている端が数インチ、するりと下がった。老人はおっかない目でヘラーをにらみ、自分のほうの端を少し下げて棺の高さを同じにした。まもなく棺は墓穴の底に落着いた。

何もかも終ったのだ。ダイアモンドは長いあいだ、松材の棺を見つめていたが、その顔は、ヘラーにもかろうじて想像がつく千々《ちぢ》の思いで歪んでいた。やっと老人は視線を上げ、穴の反対側にいるヘラーを見た。「きみ、これでもわしはあの子に警告したんだ」と呟くようにいう。

小型飛行機が墓地の上空を、近くの飛行場に向けて飛んでいた。ヘラーはそれが通りすぎるまで黙っていた。「警告、ですって？」つぎ穂のない会話にどう筋を通したものか、よく分らなくて、ヘラーは問い返した。二人ともちょっと頭がおかしいのだ、と思った。「いまごろ、なんであの子に警告したなんておっしゃるんです？」

「わしは、いうからには」と老人は声を震わせた――ヘラーは、眼鏡をはずし、それを白いハンカチで拭き始めたダイアモンドの目に、見る見る溢《あふ》れてくる涙を認めた――「いうからには、千度もいったのだ。理想主義なるものは一個の理想である、とな。理想主義を捨ててこそ、日々生き残れるんだ、とな。あの子が、あの子が、ユダヤ人か、と訊かれて、ノーとさえいってくれたら、こんなことに……」

老人は、眼鏡を注意深く片方ずつ耳にかけた。「わしは、日々生き残るってことについては十分な知識を持っとる。世間でわしくらいその道の専門家はいないよ。それでどのくらい助かったことか。わしの人生、二語でいえるのだが、きみ、知りたいと思わんかい？」老人は胸のつぶれる思いで、もう一度棺を見下ろした。「二語でだぞ！」というなりダイアモンドはもう絶叫していた。「もう少し《オールモウスト》だ！ 終った《オーバー》！ この二語のおかげで、わしは信じてもおらん神に、日々感謝しとるのよ」

ヘラーは、その夜どこかに泊る場所の心当りがあれば、ダイアモンドの半分気乗り薄な一夜の宿の勧め（いったいどういうつもりだったのだろう？ 礼儀からか？ 好奇心、失意の果て？ それとも習慣なのか？）に決して応じなかっただろう。使える部屋はサラの寝室しかなかった。

サラの寝室。天井が斜めに張ってあって、ヘラーが普通の姿勢で立っていられるのは部屋の隅だけだった。ベッドは変色した年代ものの真鍮《しんちゅう》製、一本の脚の下にはハイスクールの卒業記念アルバムをあてがい、びっこにならないようにしてある。枕《まくら》にはあまりきれいとはいえぬ中国人形が寄りかかっていた。四隅にクモの巣がかかっていたけれど、クモはいなかった。本棚には、いかにも十代の少女が読むのにふさわしい書籍がぎっしり詰っていた。そのほかに雑誌「ナショナル・ジオグラフィック」、古いフィルコ社製プレーヤーに十四、五枚のLPレコード――ブランデンブルグ、ヴィラ＝ロボスの「ブラジル風バッハ組曲」、格別お気に入りのモーツァルトのソナタなど。

とても眠れなかった。ヘラーは服を着たままベッドに坐り、足を組んで、新しい回《かい》文《ぶん》――つまり、初めから読んでも終りから読んでも意味が通じる語句を考えることにした。真夜中近くなって、まずrotator（訳注　回転するもの）という単語を思いついた。腕時計が二時十七分を指したまま止ってしまった少し後に、こんどはWas it a cat I saw.（訳注　ぼくが見たのは猫か）なる文章が頭に浮んだ。ヘラーは靴下をはいたまま、爪先《つまさき》立ちで階段を下りていった。急に温かいミルクが飲みたくなったのだった。家の中は、単に光がないという以上の、真の闇《やみ》にすっぽり包みこまれていた。静けさの度合いにもまた、ただ音がしない以上の深まりがあった。キッチンに近寄ると、細い光が一条《すじ》、ドアの隙《すき》間《ま》から洩れていた。ドアは回転式で、ヘラーは指先でほんの少し押し開けてみた。老人はキッチン・テーブルの上に、両手に頭を埋め、うつ伏せになっていた。すすり泣きを抑えようとして、身体が苦しそうに波打っていた。

ヘラーは音を立てぬようにドアを閉め、サラの思い出がいっぱいの部屋に戻った。うつらうつらしながら、やっと眠りに入った。目がさめたとき、両膝《りょうひざ》を顎ちかくまで抱えこんでいて、手足がこわばったうえ冷えていたが、身体には老人がそうしてくれたらしく、ふとんが掛かっていた。部屋の一隅に小さな洗面器と赤い歯ブラシがあった——サラのだ！　ヘラーはそれで歯を磨《みが》き、ダイアモンドの姿を求めて下におりた。

老人は、事務室に使っている張出し窓が付いた居間の、パンフレット類が山と積まれた机に向っていた。老人は、間口だけはいやに広い直接販売《メール・オーダー》を細ぼそと営んでいたのだった。広告は安っぽい紙を使った三文雑誌の裏ページに出していて、ちょっと名前を挙げただけでも、にきび、肥満症、不眠症、そこ豆、肩こり、吃音《きつおん》、赤面症、痔《じ》、大腿《だいたい》異常肥大、扁平足《へんぺいそく》、禿頭《とくとう》など、各種の病気の治療法を書いたパンフレットを売っていた。このほかに身長を伸ばす法とか頭をよくする指針、また豊胸術や記憶増進法、さらに禁酒術、どうしたら爪《つめ》をかむ悪癖を追放できるか、とか、三回の易《やさ》しいレッスンでセゴビアのようにギターが弾けます、あるいは七週間で現地人同様にスワヒリ語を話す方法、などというパンフレットもあった。

ウイークデイには毎朝、郵便屋が封筒をひとやま配達してきた。ダイアモンドは、外食産業のハワード・ジョンソンの店でちょろまかしたナイフでいちいち封を切り、カードにセロファンテープで貼《は》り付けたドル紙幣や硬貨、切手や為替《かわせ》を剝《は》ぎ取ったうえで、粗末なマニラ紙製の封筒に例のきまじめな、荘重かつ実用向きな書体で相手の住所を書き、それぞれに注文どおりのパンフレットを入れるのだった。

ヘラーは、老人が朝の仕事を片づけているあいだ、幾冊かのパンフレットをぱらぱらめくっていた。「面白いのがあったら、きみも客になりたまえ」といいながら、老人は大きなピンク色の舌で封筒の折り口をなめ、手の甲で押して一枚一枚、丁寧に閉じていた。

「もう出かけなけりゃ」とヘラーは、ダイアモンドのうしろについてキッチンへ入りながらいった。

「けさ、きみの代りに電話をかけて訊いておいたよ」とダイアモンドはいった。「直通列車がある。ニューヨークで乗り換えなくてもいいわけだ。四時、ハートフォード着。わしが車で駅まで送る」

「ご面倒をおかけしたくないんですが」

「面倒ぐらいかけさせてくれ」と老人は強くいった。「どうということはないのだから」

ダイアモンドは昼食代りに、炒《いた》めタマネギ付きハンバーグを手早く作ったが、目の前に皿を置かれたヘラーがもじもじしているのを見て、初めて彼が菜食主義者であるのに気づいた。ヘラーは、ほんとにおなか空《す》いていないんです、と言い張ったけれど、老人はハンバーグを手荒く引っこめると、こんどは卵を割ってオムレツを作り始めた。

「この辺の卵は、みんな倉庫に何カ月も寝かされとるのだ」とダイアモンドはいった。「卵が卵らしい味のせんときがある。こんなものを売る連中、わしなぞ卵が卵らしい味がせんでも分らんと思っとるらしい。冗談じゃない。ちゃーんと分っとる」

昼食が終ると二人して皿を洗い、古い二つ折りの盤をキッチンのテーブルに広げ、時間がくるまでということでチェスをさした。白番のヘラーは、まずクイーンの頭のポーンを動かした——クモの巣のように繊細な頭のゲームをゆっくりした一局にするため、通常さされる第一手だ。

ゲームが進み、ダイアモンドは人さし指の先でビショップを前へ押した。「王手」目は盤面に釘づけのままだ。「どうするかね?」

ヘラーは考えにふけりながら答えた。「キングを動かしますよ」

「チェスのことじゃない」とダイアモンドがぴしゃりといった。「きみ、これから先、どうするのかというのだ」

ヘラーは不意に身を固くした。「どうするのを期待されるんです？」

「わしはだれにも何も期待せん」と老人はいらいらしながら声を軋《きし》ませた。「長い経験で、大きな期待をしても反対のものしか手に入らんことは身にしみて分っとる。これっぽっちどころか、いっさい期待せん」やっと声を柔らげ、謝るように片手を振った。「ただ、これからきみがどうするつもりか、と思ったんでね」

「まだどうするか分らないんです」と小さな声でヘラーは答えた。彼の心をかろうじて繋《つな》ぎとめていた細い糸が、しゃべっているうちに緩み始めたようだった。遂《つい》に糸の最後の撚《よ》りもほどけてしまった。それまで第三者の立場であざ笑っていた悪い冗談が、不意に彼自身に跳ね返ってきた。涙が両眼から溢れた。目が見えなくなり、手の甲で盤上の駒《こま》を横へ払い寄せた。「どうにもがまんできないんです……自分の考えてることが……気分が悪くなって……どこかへ消えてしまいたくて」

ダイアモンドはズボンの尻《しり》ポケットから嵩《かさ》ばった財布を抜き、その一つの袋から一枚のスナップ写真を出した。ヘラーによく見えるように、それをキングの駒に立てかける。ヘラーは袖《そで》で目を拭き、写真を見た。

色はセピアに変り、四隅がささくれていた。コールテンのニッカーボッカー、厚めのタートルネック・セーターというでたちの若いダイアモンドが写っている。波形の短髪の小柄な女の肩に片腕をまわしていた。写真には二人の娘もいて、それぞれ両親の前に立っていた。ダイアモンドと妻は、大まじめな目つきでカメラを見つめている。娘たちは懸命に笑いをこらえている顔つきだ。

「どれがサラですか?」やっと聞えるような声でヘラーが訊いた。

老人は首を横に振った。「どれもサラじゃないよ。これは大戦前に撮ったのだ。サラは戦後生れだからな。これは」――そういって写真を手にとり、じっと眺めた――「これはポーランドのザコパネ近くの山地で撮ったやつだな」ぼんやりした顔つきで写真を財布へ戻そうとする。「この初めての女房……初めて持った家族……かわいい二人の娘もみんな亡《な》くしてしまったのだ……戦争で……収容所でな」老人は顔を上げてヘラーを見た。ここで肝心なことをいうつもりなのだ。「この打撃で、わし、死ぬと思ったよ。だがな、わしは生き延びた」

ヘラーは尋ねた、「どうやって?」まるで生き延びたことが犯罪みたいな口調だった。老人の目を穴のあくほどにらみつけていた。この話を聞かせるために家によんだのかな? それとももっと大事な話が?

「近親が死んだあと、生き延びるにはだな」とダイアモンドは説教口調でいった、「儀式が必要なのだよ。収容所では儀式なぞできっこない――死体もないし、葬式もない。弔辞の取り交わしもできない。で、わしは置かれた環境にふさわしい儀式を自分の手で作った」老人は目をつぶり、昔のことを思い出そうとしていた。「わしは三年を、妻と娘をガス室に送り込んだ医者捜しに費やした」

キッチンに恐ろしい沈黙が訪れた。ヘラーは息が詰りそうだった。胸の中に小さなかたまりみたいなものができて、ずきずき痛んだ。「見つかりましたか?」

「うん、見つけたとも」老人はまだ目を閉じていた。

「それで?」それきりダイアモンドが黙っているので、ヘラーは訊いた。「見つけて、どうしたんです?」

ダイアモンドは目を開き、両手を掌《てのひら》を上にして突き出した。「儀式の仕上げをしたよ。この手で奴を絞め殺したのだ」

間《ま》を置いてヘラーが口を開いた。「そんなことしたって、死んだ人が生き返るわけじゃなかったでしょう」

老人はじれったそうに頭を横に振った。この男、まだ分らんのか、といいたいらしい。「生き返ったのは、このわしなんだ!」

第四章

出席者はいくつかの小グループに別れて座席に腰を下ろし、前夜、ワシントンの住宅地ジョージタウンでのカクテル・パーティーで拾い集めた情報を話題にして、静かに語りあっていた。ひとり次官兼計画本部長のラトリッジだけは、この映写室の最前列に坐《すわ》り、それをいい機会にしてＣＩＡの最大の顧客、つまり大統領へ提出するばかりになっている諜報《ちょうほう》報告書に目を通していた。それはソ連の石油生産と石油保有量に関するもので、ＣＩＡが詳しく調べた結果、ソ連の生産は一両年で日産一千二百万バレルのピークに達し、一九八〇年代半ばには三分の一に落ちるだろう——この不足分を埋めるため、モスクワ筋は中東の公開市場で石油買付けに出ざるをえないだろう、との内容だった。

ラトリッジのみるところ、この報告書は冗漫であるばかりか、文体もぎごちなかった(彼は〝しかるが故《ゆえ》に〟で始まる文節《パラグラフ》にでっくわすたびに鳥肌のたつ思いがした)。本部長は学生の論文を採点する英語教授よろしく、報告書の余白にとても判読できないような字で感想を走り書きした。

数列うしろにラトリッジの影、マッドがいて、ニューヨークの某ホテルの天井に仕掛けたオートマチック・カメラで撮影した写真を、一枚一枚めくっていた。写真は国連事務局に配属されたポーランド外交官が、かねてCIAがお膳立《ぜんだ》てしておいた十四歳の淫売婦《いんばいふ》と性交しているところを撮ったものだった。

ラトリッジの脇《わき》の箱台《コンソール》で、電話のベルが一回鳴った。本部長は受話器を取った。

「ヘラーがそちらへ向っております」と相手がいった。

ラトリッジは映写室のうしろにいる連中のほうに振り向いて、「ヘラーが来るぞ」と告げた。

談笑はやみ、どの顔もとってつけたようなまじめな表情になった。

ヘラーは数分後に着いた。ラトリッジは立ち上がり、にっこり笑って手を差し伸べ、自分の隣の擬革《ぎかく》の椅子《いす》に坐らせた。それから電話を取って7を回し、出てきた相手に

「始めてくれ」と指示した。

室内の電灯が消えた。うしろの席にいた身元写真判定課員が、隣にいる次官室地方課報課勤務のドイツ地域専門員に小さな声で訊《き》いた。「ラトリッジの隣の男、だれだい？」

「次官室Ｄ課の男だ」とドイツ地域専門員が答えた。「たしか一回式暗号の作成、解読をやっている奴《やつ》だ」そういいながら指で自分の頭をこつこつ叩《たた》く。「インテリぶった野郎よ。何でも殺された女と関係があったって話」

白黒フィルムの初めの数齣《こま》がちかちか映り始めた。サウンドトラックもなく、無気味なほどの静けさ、薄気味わるくなるほどのろいスピードで、まるで水中撮影のフィルムみたいだった。総領事館の壁に据えられた広角レンズ装備の秘密カメラは、防火ドアが蝶番《ちょうつがい》ごと吹き飛ばされた直後の受付所を映しだしていた。壁かけ時計が爆発のショックで床に落ちたが、こなごなにはならなかった。一級射手のぴかぴか輝くメダルを制服の胸につけた海兵隊員が呆《あき》れ顔をして足もとに転がってきた不発の発煙手《しゅ》榴弾《りゅうだん》を見つめていた。髭《ひげ》を生やした徒歩旅行の青年のうちの一人が、口を大きく開けて悲鳴をあげたようだった。爆弾と幾個かの発煙手榴弾の煙が部屋に満ち、まるで吸いこまれるみたいにカメラへ渦を巻き上げた。ガスマスクとゴーグルのようなものを着けたテロリストが煙の中から現われ、床に手榴弾を並べながら大げさに軽機関銃を振りまわし、人質たちを部屋の隅に押しこめた。突然、女テロリストが壁のカメラに気づき、そのほうへまわりこむが早いか、腰打ちでカメラを撃ち落した。ヘラーは、カメラを撃った弾丸《たま》を避けるように、思わず座席に上体を屈《かが》めた。スクリーンが白くちかちか瞬《また》いて、こんどはスライドが一枚映しだされた。警察で撮影した顔写真で、正面と横顔の二枚だった。

室内の電灯がやや明るくなった。

身元写真判定課長がハンドマイクに電源が入っているかどうか、ふっと一息吹きかけて試した。間違いなく暗記しているくせに、一枚のファイル・カードに時折視線を走らせながら、課長は味もそっけもないきんきん声で女テロリストの経歴を説明し始めた。「本名グレートヒェン・フランケ。二十七歳。母ドイツ人、父キューバ人。姓は母方を名乗っておりました。バーダー＝マインホフ一味に近いグループに属していて、西ドイツ当局の注意を引くことになります。一九七〇年、数回の爆発事件に関係して逮捕――顔写真はそのときのものであります。この女は爆発物の専門家といわれ、爆発物についての知識はＫＧＢの在中央アジア研修所で得たものとの情報がありますが、これは未確認であります。ドイツで未決拘留中、結核療養所に送られました。慢性の咳嗽《がいそう》にかかっておりましたが――」
「いまもそうです」と、ミュンヘン総領事館に商務参事官のふれこみで立ち寄ってい
た例のCIA要員が金切り声で叫んだ。「あいつ、咳《せき》をするのに口も覆《おお》わないんです
よ」
部屋のあちこちから失笑が洩れた。
「慢性の咳嗽にかかっておりますが」と課長は訂正してつづけた、「そのうちに二階
の窓から飛び降りて療養所から脱走いたしました。その後二年半は所在不明ですが、
中東にいたものと推定されます。こうして今回、ふたたびミュンヘンのわが総領事館
に姿を現わしたわけであります」
「なかなかのタマだな」とラトリッジ本部長はいった。
「じつに手ごわい女です」と、ミュンヘンで面《つら》つきあわせたCIA要員が合づちを打
った。スパイのプロとして相応の敬意をこめたような言い方だった。「犠牲者のパス
ポートを引いたのはあの女ですよ。全然ためらいを見せませんでした。まったく冷然
たるもの。まるでトランプのカードを引いているみたいに無表情でした。私は固く信
じているのですが、あの女なら人質を殺せと命令されても、きっと引き金に手をかけ
たにちがいありません」

ヘラーが口を開いた。「質問していいですか？」

「むろんだ」とラトリッジが答えた。「何でも尋ねたまえ」

「防火ドアですが」とヘラーはおずおず訊いた、「蝶番のところから吹き飛ばされていますね……」

影がいった。「道路側に六個のプラスチック爆弾が仕かけられたのだよ。三個が蝶番の裏、二個が錠の、一個がかんぬき棒の裏という具合にね」

「どうしてそんなふうに爆弾を正確に仕かけられたんですか？」とヘラーは訊いた。

少しのあいだ、だれも答えなかった。

ラトリッジが咳払いをした。「総領事館内部の何者かがテロリストにドアの仕様《しよう》を内通したということなら――」

「そのような説を裏づける証拠は一切ありません」と影は声高にいった。その声には、まぎれもなく険があった。だいたい暗号なんぞに携わっている人間が、諜報作戦の機微にわたるようなことに口を出すべきではない。マッドはヘラーを説明会に呼ぶなんて、初めから反対だったが、ラトリッジが、内輪の人間への好意だとか、フィアンセが殺されたのだから説明会に出る権利があるとか理屈をつけて、自分の主張を通したのだった。

「ぼく、そんなつもりでは――」とヘラーは受け身の口調になった。「ただ訊いてみただけでして」

ラトリッジが口を開いた。「奴らが蝶番や錠、かんぬき棒の位置を知る方法なぞいくらでもあるんだよ。テロリストの仲間ないしは共謀者が総領事館に資料やビザをもらいにやって来て、ついでにドアの写真を盗みどりするなんてことも、やろうと思えばいつでもできる」

ラトリッジは電話に手を伸ばした。ヘラーは「ちょっと待ってください」と頼んだ。彼はスクリーン上の顔写真を微細な点に至るまで、食い入るように見つめた。女の荒れた肌、横顔を醜くしている短い顎《あご》、濃い眉毛《まゆげ》、片方の端が上向きになっている口、まくれ上がっている鼻孔――何という顔だろう？　挑戦、激怒、退屈。いったいどんな感情を表わしているのか？

やっとヘラーは頷《うなず》き、ラトリッジは電話に落着いた声で命令した。「空港のフィルムにかかってくれ」

グレートヒエンの顔写真は消え、スクリーンはきれいに拭《ふ》かれた石板のように真っ白になった。

次の一連のフィルムはドイツ警察の写真班が、駐機中のボーイングの向いにある空港ビルの屋上から超強力の望遠レンズで撮影したものだった。解放された二人のパレスチナ人が、にっこり笑いながらVサインの手を振り、旅客機のドアのすぐ内側のところに立っていた。真ん中に三人のテロリストを囲んだ人質の一団がどっとバスから降り、飛行機につなげてある移動階段《ランプ》を早足で昇っていった。屋上に陣取った無名の写真班員はズーム・レンズをいっぱいに伸ばし、何とかして一人のテロリストの顔を捉《とら》えようと、押しあいへし合いする人質の中にまで食いこもうとしていた。それが成功しそうもないと思われた瞬間、ちょうど最後の一握りの人質が大急ぎでドアから旅客機へ入った一瞬、一人の男が肩越しにちらっと振り返ってガッツ・ポーズをした。カメラは、このときとばかり男の顔を大写しに捉えた。映写室のスクリーンいっぱいに拡大された映像は、そのまま静止した。

「あれが二人目のテロリストです」身元写真判定課長がハンドマイクをふたたび手にとった。「本名は不明であります。従って国籍も分りません。テロリストの仲間うちではフワン・アントニオの名前で知られておりまして、ラテン系と推測されます。外見より判断して年齢は三十代半ば。超一流の殺し屋で、二年前、キプロスで警察の一斉手入れの際、至近距離からトルコ人警官の顔を直射したことがあります。チェ・ゲバラが逮捕された折には、ゲバラ・グループに属してボリビアにおりましたが、えーと、その後除名されたそうであります。フワン・アントニオはゲバラ一味にあって神秘なタニアと呼ばれた独身女の情夫《いろ》であったと信じられております。ゲバラの死後、フワン・アントニオは七年間行方不明となりましたが、未確認情報としてドイツ、イタリアだけでなくアイルランドなど各地のテロ活動に加わったとの噂《うわさ》もあります。六〇年代後半にはパレスチナの某最高幹部のボディーガードとしてベイルートに姿を現わし、その後ふたたび行方をくらましました。その後、キプロス事件を除いて、奴が登場したのは今回のこのミュンヘンが初めてであります」

うしろの列のドイツ地域専門員が意見を述べた。「タニアなる女は、みなさんご承知のとおり、東ドイツ国籍で、ソ連のKGBとのつながりが確認されております。つまりフワン・アントニオもタニア同様、最終的にはモスクワに忠誠を誓う人間であると思ってよろしいでしょう」

フワン・アントニオの写真がスクリーンから消えた。

天井の電灯がいっせいに点《つ》いた。ヘラーはラトリッジに顔を向けて尋ねた。「リーダーは見せて下さらないのですか？　実際に引き金を引いたリーダーは？」

ラトリッジは困惑の表情を浮べた。「きみが奴のフィルムを見たがるなんて、考えてもみなかったよ」

「でも見たいのです」ヘラーは静かな口調でいった。

ラトリッジ本部長はヘラーの目をのぞきこむように見た。「できることならやめたまえと忠告したいのだが」

ヘラーはかぶりを振った。もうここまで来てしまったのだ、こうなれば最後まで、と思っていた。

ラトリッジは肩をすくめてみせてから、「三つめのをやってくれ」と電話で指示した。

うしろの数列の席でざわめきが起った。これから何がスクリーンに映るか、知っている連中だった。

室内の電灯が消えた。スクリーンがふたたび白く浮きでたかと思うと、総領事館正面入口のドアが大きく映った。総領事館前の通りからテレビ・カメラが生々《なまなま》しいカラーで撮ったフィルムだった。ドアが開いた。サラ・ダイアモンドが出てきた。テロリストのリーダーは、半ばサラのうしろに隠れ、ぴったり寄り添いながら左手を彼女の胸にまわし、右手に持ったピストルを相手の頭に当てていた。

ヘラーは、肋骨《ろっこつ》が肺を押しつぶすのではないかと思うほど息が苦しくなり、座席に身を沈めた。顔の筋肉が、加速段階に入ったテスト・パイロットみたいに歪《ゆが》んだ。彼は自分が重力で——深い悲しみの力で、かろうじて椅子の背によりかかっていられるのだと思った。

ジープのフェンダーに固定されたテレビ・カメラはサラに急接近《ズーム》した。彼女は、霧雨の空を見上げた。なんとかほほ笑もうとしているようだったが、不意に息をのみこみ、哀願するみたいな目で街路を埋めている警官隊や武装車輌《ぶそうしゃりょう》を眺めた。張りつめた気持ちもそれまでだった。頰に涙が流れた。サラは目を閉じた。うしろのテロリストがくずおれようとする彼女をやっと支えている様子だった。頭に押し当てられたピストルが素早く後ろに引かれた——サラの姿はスクリーンから消えた。まるでトリック写真みたいだった。いまいたはずのサラが、一瞬後には消えてしまった。

サラの不意の消滅にあわてたカメラは数インチ横に動いて、いまや総領事館に戻ろうとするテロリスト・リーダーの顔を捉えた。その顔がスクリーンいっぱいに拡大された。

室内はしいんと静まり返った。ややあって身元写真判定課長がハンドマイクに向ってしゃべり始めた。部品の在庫一覧表を読み上げる資材係事務員みたいな抑揚のない声だった。

「この男はホルスト・シラーであります。三十三歳、ドイツ人。ロンドン経済専門学校在学中からわれわれの注目するところとなりました。極めて優秀な学生でして、わが局のロンドン支部長が将来の要員として目をつけておったほどであります。しかしながら当方が接触できないでおるうちに、本人はモスクワのパトリス・ルムンバ大学に転校いたしました。同地に三年留学、寄宿舎ではKGBで少佐の位を持っておる者と同室でした。つまるところ、シラーがKGBの手先であるとの疑いはすこぶる濃いのでありますが、これを裏づける証拠もまた極めて薄弱なのであります。ともかく、パトリス・ルムンバ大学留学後、シラーは、レバノンのファタハ・グループに潜入します。ハイジャック経験三回。一時はバーダー＝マインホフ・グループにもおりました。その足跡はアイルランド、ポルトガル、イランに及び、今回のミュンヘンに姿を現わしたわけであります。われわれの知る限りでは、これまで一人で殺しを行なったことはありません。今回の事件は奴の転身――すなわち、国際的テロリズムに全面的に加担した冷血な殺し屋への転身を示すものであります。本事件により、シラーは世界で最も重要なテロリスト・リーダーとしての地位を占めたと申せましょう」

ラトリッジは二杯目の水割りバーボンを飲んでいた。影ことマッドは、同じく二杯目のコカ・コーラ。ラトリッジの秘書、ヴァージニア州の小さな町（CIAは通常その秘書を田舎の町から雇うことにしているが、これは大都会の娘より〝政治ずれ〟していないとの考え方に基づいている）出身の爽《さわ》やかな顔をした娘がヘラーにコーヒー・カップを手渡し、にっこり笑いながら砂糖壺《つぼ》を差し出した。ヘラーは初め二個を取り、つぎに一個取った。秘書に礼をいい、それから秘書が部屋を去るまで、ぼんやりカップをかきまわしていた。不意に彼は顔を上げ、愛用の柔らかい革の回転椅子でいい心持ちそうに一杯やっているラトリッジを見た。「どうなさるおつもりですか？打つ手なしですか？」ヘラーはかろうじて怒りを抑えていた。「どうしようもないのですか？」

マッドが顎を引いた。「きみ、あの説明会は次官の特別のお許らいで三つ目のまで――」

ラトリッジは片手でマッドを制した。「なあヘラー、きみがどう思っているか、われわれにはよく分っている。おれがきみの立場だったら、やはり同じような反応をするだろう。だがな、情勢の厳しさちゅうものも考えに入れにゃいかんのだよ」

影が口を挟んだ。「やつらはKGBと結んでいる。資金も武器もそこから出ているんだ。シラーはモスクワで教育を受けているし――」

「どうもよく分りませんね」とヘラーが遮《さえぎ》った。コーヒーをかきまわす手をとめて、

「奴らはテロリストと考えられるが、しかしＫＧＢと結んでいる。それなら少なくとも、なぜその情報を流して、奴らの信用を落してやらないのですか？　その噂を広めたらいかがです？」

「むろん、それも考えたさ」マッドがいかにも上役らしい口調でいった。もう我慢ならんという様子がありありと見えた。「だが、奴らの悪口をいくらいったところで、テロリストの仲間うちでの奴らの地位を高めることにしかならないのだ」

「ま、奴らに推薦文を書いてやるようなものだね」とラトリッジが説明した。しきりに頭を横に振っている。「おまけに奴らときたら、モスクワと関係があるといわれたって全然気にしておらん。遠大な目的のために利用してるだけだと公言しとるんだ」

ヘラーはコーヒーを啜《すす》った。「いま、どこにいるんですか？　つまり奴らが実際にいる場所ですが？」

ラトリッジと影はちらりと目を合わせた。答えたのはラトリッジだった。「チェコスロヴァキアだ」

「息抜きの休養」と影が補足した。「次のテロ活動に備えてな」

「ちょっと待って下さい」ヘラーは驚きのあまり、うめくような声を出した。「ぼくの聞きちがいかな？　奴らの居どころを知っていて、なおかつ何の手も打とうとしないんですか?」

マッドがかっとなって立ち上がった。「しないのじゃない。できないんだ」

「引き渡しを要求して下さい」ヘラーは嘆願するようにいった。「告発して下さいよ。あいつら、人殺しなんですから」

ラトリッジもマッドも黙っていた。

ヘラーは言いつのった。「法的に捕えるのが無理ならば、奴らがのこのこ出てきてこれ以上無辜《むこ》の人を殺さないうちに、こちらから工作員を潜入させて殺せばいいでしょう」そういってから皮肉な口調で付け加えた、「よく使う手じゃないですか?」

ラトリッジは机の吸取紙の上にバーボンを置いて立ち上がった。マッドはヘラーに背を向けて窓の外に目をやった。「いいか、ヘラー」とラトリッジはいった。「役所じゅうの人間は、みんなきみに同情しとる。一、二週間、休暇をとったらどうかね?むろん有給でだ。時間――きみに必要なのはそれだ。時間だ」

ヘラーの友人、包装学専門のスレーターが退庁間際《まぎわ》に電話をかけてきた。「おととい、ハイフォンでソ連貨物船が下ろした積荷、百年かかってもきみには分るまいな」

「ヒントは?」ヘラーが訊《き》く。

「旧式の旅行用トランクぐらいの大きさ。四重のダンボールで縦横を金属帯で補強してある。両側にむろんロシア文字で〝こわれもの〟と手書きで記してあって、やはり手書きの黒い矢印が天の方向に描かれている」

「下りるよ」ヘラーはいった。

「もっとよく考えてみろよ」スレーターは不満そうにいった。

「やっぱり下りる」

「ウォツカ用のクリスタル・グラスさ！」スレーターは嬉《うれ》しそうにいった。「工場はミンスク近郊だ。ダンボールの手書きの字が、うちの手書分類表にあるやつとぴったりだった」

「ソ連側が、もしわがほうに包装判定班なるものが存在するのに気づいてだね」とヘラーは訊いた、「きみらの裏をかいて、たとえばコンドームの場合の包装を使って手榴弾を輸送したら、いったいどういうことになるんだろう？」

「知るか」とスレーターはぴしゃりといって、「ところでチャーリー、今晩ぼくとサンディの夕食につきあわないかね？　近くにオープンしたばかりのメキシコ料理店へ行くつもりなんだが」

「ありがとう」ヘラーは答えた。「でも、もう少し居残りしたいんだよ、今夜は。かたをつけたい仕事があってさ」

ヘラーは管理事務所に電話して夜勤を知らせた。すぐに例の子守役の夜間警備員が派遣され、三回ノックしてドアのすぐ外側の廊下の椅子に陣取っているむねの合図をした。

数時間のあいだ、ヘラーは、なかなか精神が集中しなかったけれど、一回式暗号通信の新しい署名方式に熱心に取組んでいた(古い署名方式はかれこれ一年間使用していて、もうそろそろ変更する時期だった)。彼の事務室は細長く、一方の隅にコンピューターがあって、それは騒音を弱め、また機械をなるべく塵埃《じんあい》から守るために特別にデザインされたプレキシガラスでもって部屋の主空間《メイン・スペース》から区切られていた。壁は窓がなく、船の甲板みたいに灰色に塗られていた。大文字で印刷された単語の紙きれや、解読できない綴《つづ》りの個所を横線《ダッシュ》で示してある小さな紙片が、壁は申すに及ばず、プレキシガラスや部屋の隅の金庫にまでセロファンテープで貼《は》られていた。

ヘラーはタイプライター付きの金属製大型机で働いていた。机には額縁入りのサラの写真、大文字で単語の一部分が記されている索引カード類、象牙《ぞうげ》の駒《こま》つきの時代もののチェス盤(サラからの誕生日のプレゼント)、それに分厚い数冊の辞書があった。机の上、ちょうど目の高さあたりの壁に、ヘラーが現在の職場へ正式に配属が決った日、同じD課の者がくれた額縁が懸っていた（「われわれの仕事がどんなに厳しいものか、日夜この額縁を見て拳々服膺《けんけんふくよう》してくれたまえ」と、その課員はプレゼントに添えた便箋《びんせん》に書いていた）。それには第二次大戦前、国務長官ヘンリー・スティムソンが国務省暗号分析課の閉鎖を命じた折の彼の指令の一部のコピーが収められていた。いわく「紳士たるもの、みだりに他人の親書を読むべからず」

仕事に取組んでいたヘラーの気持ちは、次第に散漫になっていった。磁石みたいにどうしても一つのことに物思いが引きつけられてしまうのだが、それをなんとかして打ち払おうとして、またぞろ例の回文《パリンドローム》に精神を集中してみた。すぐに思いついたのが“Poor Dan in a droop”（哀れやダンはうなだれて）で、いつもお気に入りの“Lewd I did live, evil did I dwel”（ぼくはみだらに生きた、ひどい暮しざまで）に比べれば出来はずっと落ちるけれど、当座はこれでも気がまぎれそうだった。ヘラーはコンピューターのキーをたたいて、シェイクスピアの墓碑に刻まれた狂詩を打ち出した。かねてからこの詩の大文字と小文字の奇妙な使い方が気になっていたのだが、いまコンピューターを使って、ひょっとしたら狂詩が文字の大小を基礎とした二重ないし三重の暗号ではないか、調べてみたくなったのだった。ヘラーは、どこかに手がかりはないものかと、打ち出された狂詩を何度も読み返した。

Good Frend for Iesus SAKE forbeare
To diGG TE Dust Enclo-Ased H E.Re.
Blese be TE Man $^{T}_{Y}$ spares TEs Stones
And curst be He $^{T}_{Y}$ moves my Bones

(イエスにかけて良き友よ、ここに埋められたる
灰を掘り起すことなかれ。
石をそのままにせる者には幸あらんも
わが骨を動かす者は呪われん)

虫の知らせか、ヘラーはこの狂詩にフランシス・ベーコン(訳注 一五六一—一六二六、英の哲学者。経験論の創始者)の発明した暗号を当てはめる気になった。またコンピューターのキーをたたき、暗号をブラウン管に打ち出した。

ベーコンの意図どおりに暗号を使うとすれば、狂詩の大文字はすべてbに、また小文字はaに変える必要があった。ヘラーは、黒板に狂詩を五文字ずつ区切って書き、それぞれの五文字グループの下にaとbから成る暗号を書き添えた。さらにその下に、五つのa、bの組合せによる暗号表を参照して、該当する字を書き加えた。

結果はSAEHRBDYEEPRFTAXARAWARなる綴りで、これではちんぷんかんぷんだった。ヘラーはこの綴り文字をコンピューターに打ち込み、次の人名のどれが出てもよく検索《スキャン》するように指示した。シェイクスピア(たくさんある綴り方のどれでもよい)、フランシス・ベーコン(この独特な暗号の発明者)、クリストファー・

aaaaa – A	abaaa – I,J	baaaa – R
aaaab – B		
aaaba – C	abaab – K	baaab – S
aaabb – D	ababa – L	baaba – T
aabaa – E	ababb – M	baabb – U,V
aabab – F	abbaa – N	babaa – W
aabba – G	abbab – O	babab – X
aabbb – H	abbba – P	babba – Y
	abbbb – Q	babbb – Z

GoodF	rendf	orIes	usSAK	Eforb	eareT
baaab	aaaaa	aabaa	aabbb	baaaa	aaaab
S	A	E	H	R	B
odiGG	T(h)EDu	stEnc	loAse	dHERe	Blese
aaabb	babba	aabaa	aabaa	abbba	baaaa
D	Y	E	E	P	R
beT(h)E	Man$_{Y}^{T}$s	pares	T(h)EsS	tones	Andcu
aabab	baaba	aaaaa	babab	aaaaa	baaaa
F	T	A	X	A	R
rstbe	He$_{Y}^{T}$mo	vesmy	Bones		
aaaaa	babaa	aaaaa	baaaa		
A	W	A	R		

マーロウ、エドワード・デ・ヴィア、ロバート・バートン、アンソニー・シャーリー、ロジャー・マナーズ、ウォルター・ローリー、ロバート・セシル、ウィリアム・スタンリー、エドワード・ダイアー、ダニエル・デフォー、そしてミケーレ・アニョーロ・フローリオ（シェイクスピアのパトロン、サウサンプトン侯の秘書とされるイタリア人）――ようするに一時期、シェイクスピア劇の真の作者として騒がれた人物ばかりで、それぞれの名前を暗号めいた綴りの中に明確に打ち込めば、真の著者たることを通信し返してくれないとも限らないのである。

コンピューターのテープは数秒間しゅうしゅう音を立てていたが、やがて印字したテープが出始めた。ヘラーは思わず息をのんだ。いつもなら「暗号解けず」と出るのが普通だったが、今回はなにか情報が出そうだった。彼は指の間に流れてきたテープを読んだ。

コンピューターは例の綴りが次のように配列されうることを示していた。

```
SAEHR
────────┐
BDYE    │EP
RFTA    │XA
RAWAR   │
```

直線の上と右にある文字を別の順序に置き直せば、Shaxpeare《シェイクスピア》なる単語ができようではないか！

　ヘラーはがっかりして頭を横に振った。暗号なるものはすべて、曖昧《あいまい》な点がまったくないのでなければ物の役に立たない。二人の暗号解読者が同じ鍵《キー》を使って別個に作業するとしたら、結果はまったく同様の〝明快な〟原文を得るのでなければならない。どんな素質のある暗号解読者だって、無数の可能性を検索《スキャン》するコンピューターがなければ、Shaxpeare なる単語を得るに至らせる文字配列法を考え出すなんて、絶対できはしなかったはずである。第一、シェイクスピアがほかならぬ自分の墓のために作った狂詩の中に、自分自身の名前を暗号で隠すとは、いったいどういうわけだ？　まったく意味をなさぬではないか?

ヘラーは壁の時計を見た。九時を過ぎていた。彼は慎重にタイプライターのリボンを外し、部屋中に貼りつけたカードや紙きれを残らず剝《は》がしてまわり、それらを全部、事務室の金庫に入れた。

こうしてヘラーは、しぶしぶ夜勤を切り上げたのだった。


ヘラーは、暗くなった店のショーウインドウから投げ返されてくる映像にそれを見た——傷ついて歩いている己《おの》が姿を。両肩が下がり、動作は鉛のように重く、顔には普通なら肉体的な痛みのせいととられかねない表情が現われていた。彼は手術台で片脚を切られてしまったみたいな気がした。脚はもうないのだ。職業的な笑いを浮べる外科医の手で切り離され、プラスチックの袋に包まれて、ごみ屑《くず》といっしょに用心深く処理されたのだ——そんなふうに思うときがあるかと思うと、また脚がまだ身体《からだ》にしっかり付いているのに安心して、手を伸ばしてわざわざさわったりするときもあった。そして、いま自分がどういう状態にあるのか、つくづく思い知って、恐怖のあまり息をのむのだった。空虚。不在。

もういないのだ。彼女は消えてしまったのだ。いまや採るべき手立てはなかった。

全然ないのだ。できることといったら、手を伸ばして無いものにさわろうなどとしないことだけだった。なんとしても自己を再教育し、空虚を抱きながら生き、どこにも傷がない人間みたいに町を歩かねばならないのだ。しかし、行うより言うが易《やす》しとはこのことだった。

徴候はあった。一夜、彼は木の葉のように震えながら目ざめるのだが、次の夜になると、こんどは熱で汗びっしょりのまま眠りから解き放たれるのだった。わけの分らない漠然とした恐れが彼の心を圧迫した。そのせいか、生れて初めて食料品をどっさり買い込み、棚《たな》を各種の罐詰《かんづめ》や水の罎詰《びんづめ》でふさぐようなことまでした。ひっきりなしに空腹感を覚えたけれど、それかといって食事で気持ちが落着くわけでもなかった。自分の声が遥《はる》か遠くから来るもののように、通り過ぎた何ものかの反響のように聞えた。サイレンの音がすると背骨が凍った。エレベーターが登り始めると心から怖いと思った。部屋の隅が暗いのが恐ろしかった。M街とチェサピーク・オハイオ水路の間の狭い煉瓦《れんが》の通り、通称チェリーヒル・レインにある北部連盟主義者《フェデラリスト》の家を建て直したアパートに帰ると、まずヘラーは手当り次第に部屋中の電気をつけるのだった。天井、卓上だけでなく、物置の裸電球もつけた。モールス信号みたいにちかちかする浴室の天井の蛍光灯のスイッチも入れた。冷蔵庫のドアを開いて、中のちっぽけな電灯までつけたままにしておいた。

それで少しは気が楽になった。

ヘラーは卵を数個炒《いた》め、ポルトガル・ワインの栓《せん》を抜いて、簡易台所《キチネット》のすぐ脇にある時代ものの小型の丸テーブルに置いた。食欲はなく、空腹感よりも習慣で食べものを口に運んだ。そのあいだじゅう、ワインの壜に立てかけた葉書を二度も三度も読み返していた。アパートの部屋に登りかけたとき、自分の郵便受けに入っていたのに気づいたのだった。「愛するあなたへ」とそれは始まっていた。ヘラーの目はその言葉に釘《くぎ》づけになった。頭の中にサラの優しいハスキーな声が蘇《よみがえ》った。「愛するあなた、愛するあなたへ」と繰り返し声が聞えた。「あなたといっしょでなければ、わたし、もう二度と旅行なんかしたくないわ」と葉書の文章はつづいていた。「これからは何をするにもいっしょよ。住むのもね。そして生きるのに倦《あ》きたら、いっしょに死にましょうね」そのあとに、二人の愛誦《あいしょう》している詩が走り書きで認《したた》めてあった。

西風さん、いつ吹くつもりなの、
小雨を降らすあの風を？
ああ、この腕に恋人を抱いて、

もう一度ベッドに入りたいわ。

ベッドという単語にアンダーラインが引いてあり、「わたしを抱いてね、サラ」と署名してあった。

わたしを抱いてね、サラか、とヘラーは思った、でも、もうそのサラはこの世にいない。地球の表面から姿を消してしまった。木の葉みたいに吹き飛ばされてしまったのだ。おれの想像力でしか呼び起せないものになってしまったのだ。サラのことを考えているときには、たしかに彼女は生きているけれど、心の痛みを和らげたり別のことを考えたりしようとすると、すぐにサラはいなくなってしまう。

ヘラーは卵の料理を平らげた。ワインには手をつけなかった。雪が降っていた。窓の外に綿のような雪片が渦を巻いていた。しばらくしてからヘラーは留め金を外して窓を開いた。手を伸ばして雪をつかもうとした。幾片かの雪が掌《てのひら》に落ちたが、すぐに溶けてしまった。

ヘラーは窓を開け放したままにしておいた。冷たい夜の空気が流れこみ、部屋を生きいきとさせた。紙ナプキンが一枚、テーブルから宙に飛んだ。ドアというドアが音を立てて閉まった。窓ぎわのカーテンがぱたぱた翻《ひるがえ》った。仕事机に結婚式の招待状がのっていた——「サラ・ダイアモンドとチャールズ・ヘラーは、このたびあなたを私たちの式にご招待いたしたく……」——それらが一枚ずつ吹きこむ風に乗って部屋中に飛びかかった。

ヘラーは招待状の山に走り寄って両手で鷲《わし》づかみに握り、なんとかしてサラの微笑を呼び起そうとした。しかし、それはなかなか現われなかった。むきになればなるほど、彼女は彼の記憶からすり抜けて行ってしまうのだった。ヘラーは絶望して開け放した窓に寄り、顔を降りしきる雪空に向けた——ちょうどサラが死ぬ間際、太陽のないところに太陽を求めて空を見上げたように。それでもヘラーを助けるものは何ひとつ現われなかった。

「どうしてこんなことに?」ヘラーはうめくように叫んで招待状を窓の外に投げ飛ばし、それらが雪といっしょに下の暗闇《くらやみ》に漂い落ちていくのをじっと見つめていた。

第五章

雪は積らずに、すぐ溶けてしまった。翌朝ヘラーは、公共道路事務所ととぼけた標識が出ている地点で高速道路を下り、ワシントンの商業地区から八マイル、森に囲まれた一二五エーカーの土地にあるＣＩＡ本部へ通じる最後の直線道路に入ったが、雪の痕跡《こんせき》はまったく見られなかった。彼は広大な職員用駐車場に車を止め、正面入口で身分証明書を提示し、ＣＩＡの精神的な父とされるドノヴァン将軍の油絵の前を通っていった。絵の懸っている大理石の壁には「かくて汝《なんじ》ら真実を知り、真実は汝らを自由にせん」の文字が刻まれていた。

ヘラーは真実を信じていた。表面には出ていない元の文章、つまり真実を手に入れるのでなければ、暗号分析術なんて意味ないではないか？　ヘラーは、ＣＩＡで八年間働いてきたいまになって、初めてこの役所の真価を試すみたいな気持ちになっていた——つまり、直属の上司である計画本部長を飛び越えて、より上部の役職者に直接訴えかけようと、堅く決意したのである。ＣＩＡの中にだって、チェコスロヴァキアの聖域でのうのうと暮している三人のテロリストの存在を快からず思っている、頼りがいのある男がいるにちがいなかった。ＣＩＡなる役所にしたって、在ワシントンのどんな他の機構以上に、物ごとの筋を通す力を持っているはずではないか。

ヘラーは次官兼諜報《ちょうほう》本部長で通称コールと気安く呼ばれている男に会いにいった。コールは長年秘密情報部に働いていて、移動工作員としてイラン、その後エジプトなどで任務を遂行していた折、ヘラーと直接接触をつづけていたことのある人物だった。東部の富裕階級の出身、背の高いハンサムな独りもので、母方から相続したかなりの財産を持っていた。露ほどの失敗をも恐れる小心者で、役所では、あの男、靴紐《くつひも》にアイロンをかけなけりゃ街へ出かけないんじゃないかねえ、と噂《うわさ》されていた。

コールは届けられた書類ばさみを脇《わき》へ押しやり、ヘラーの話が終るまで辛抱づよく耳を傾けていた。それから同情ぶかげにかぶりを振り、葉巻をヘラーに勧めたが、彼がそれを断わると自分のに火をつけ、まず口を開く前に物思いにふけるしぐさよろしく、数分間葉巻を吸いつづけていた。彼は、市場で米の量を正確にはかる農夫のように、言葉を注意ぶかく選ぶという評判だった。一粒でも少なすぎてはいけない、一粒でも多すぎてはいけない——そんな話し方なのだ。

「ぼくがいまやってる仕事は分析であって、スパイじゃないんだよね」と、やっとコールは口を開いた。「ソ連の人工衛星から得た電子工学的情報、レニングラード近辺の新設工場オープニングにおける出席高官一覧表、ソ連潜水艦のスクリュー音の分析」——コールは無意識に指を一本ずつ伸ばして数え上げていた——「要人の結婚通知と式に招かれなかった連中の噂、天気予報、生産統計、ボリショイ劇場における政治局員一同の写真、十六カイリ上空で時速が音速の三倍というスピードの飛行機から撮影したロケット発射台の写真。こうしたものがわれわれの仕事の対象なんだな。われわれは集めた情報をプールし、数カ月間、情報の山を前にして沈思黙考する。長い時間をかければ必ず片々たる情報がそれぞれ落着くべきところに落着いて一つのパターンが現われる。こりゃあきみ、絶対的、宗教的信念といっていいくらいのものだ」

コールは葉巻の煙を吐いた。一瞬、頭が煙の陰に隠れた。「秘密情報工作員とかスパイとかの時代、もうじき終りだねえ。ラトリッジや奴《やつ》の手下の影なんぞ、年貢《ねんぐ》の納めどきだよ。ぼくだって今回の事件、心から悲しく思っている——あんなことがあって

ぼくがどんなに心痛しているか、きみならよく分ってくれるはずだよなあ、ヘラー
――しかしね、テロリストとかチェコスロヴァキアなんて」――コールは肩をすくめてみせた――「いまのぼくには関係ないんだよ」

自分の狭い事務室までの廊下を幾つも経めぐって歩いているうちに、ヘラーは副長官とすれ違った。副長官は以前秘密情報部にいたことがあり、ヴェトナム戦争中、一握りのアメリカ人と数万の部族民から成る雇兵を率い、ラオスで一騒動起して勇名を馳《は》せた経験の持ち主だった。

「むろん私も事件のことは承知しとるよ」と副長官はいった。ヘラーが弁じたてると副長官は腕時計にちらりと目をやったので、彼としては早口にしゃべらないわけにいかなかった。

「奴らがどこにいるか分っているのです」ヘラーは熱くなって一席ぶち終り、結論をいった。咽喉《のど》はからからに乾き、声がすっかりかすれていた。「居所《いどころ》は明白なんですよ。CIAとしては必ずやここで採るべき手段が――」

「それ、メモにして私のところへ届けてくれ」と副長官は命じた。ヘラーの返事も待たず、相手はちょうど廊下で行き合った二人の高級職員と連れ立って向うへ行ってしまった。ヘラーは三人の後ろ姿を見送った。高級職員の一人が何かしゃべると、副長

官は大声で爆笑した。

ヘラーの友人、包装専門家のスレーターは、ミート・ローフとマッシュポテトの皿ごしにヘラーの話を聴いた。「きみ、どうかしてるのじゃないかな」スレーターは説教口調だった。「いずれうちの本部長の耳にも入る。部下が本部長の頭越しに上訴したとなれば、やっこさん、黙っていないぞ」

「どんな仕打ちを受けるかな？」ヘラーがのんきに訊《き》いた。「ぼくのコンピューター、取り上げられるかな？」そういいながら上着のポケットを叩《たた》き、中が空《から》なのにいらいらして、「きみ、タバコある？」

「だって吸わないじゃないか」スレーターは暗い声で答えた。

「前は吸ってた。また吸うかもしれん」

スレーターはいった、「いいか、チャーリー、いい加減に手を引け。本部長や副長官を敵にまわすべきじゃないよ」

ヘラーは頑固に首を振った。「もう一人、まだアタックしてない人物が残ってる」

スレーターは相手の顔をまじまじと見つめた。「どうしてもその線で推し進めるのなら、ぼくをランチの席へ誘うのはもうやめてもらうことになるぜ。ぼくだって所帯持ちだしな。この役所でぼちぼち花咲かせたくらいの乏しい才能じゃ、ほかに雇ってくれるところなぞないだろう？」

「包装専門家募集の広告、新聞に毎日出てるじゃないか」とヘラーはいった。

「単に商品を包装する包装専門家とだね」スレーターは冗談じゃないという口調で言い返した、「包装の形から内容を判定する包装専門家とは、仕事がまるでちがっとるのだよ」そしてまじめな顔で言い添える。「強引なやり方はやめろよ、チャーリー。おとなしく勤めておりさえすれば、この役所だってけっこう文明社会だよ。ことを荒立てるような行動は慎め」

しかしヘラーは心を決めていた。サラのためだけでなく、自分のためにも、と思った。身分証に示された機密職分のお陰で、彼はCIAの至聖の部屋、七階の角にあるスイート・ルーム形式の事務室へたどり着くことができた。艶消《つやけ》しガラスの回転ドアには型紙刷《ステンシル》りの文字で慎《つつ》ましくDCI（CIA長官）と書いてあった。

ヘラーは、医者の待合室みたいな雰囲気《ふんいき》だな、と思った。分厚いファイルを抱えた高級職員が数人、ふかふかした椅子《いす》に輪になって坐《すわ》り、抑えた声で何か話し合っていた。回転ドアのすぐ内側に、早期警戒装置といった役目の面会予約係秘書の机があった。秘書はひからびた中年女性で、愛想なぞこれっぽっちも示す必要がないと確信しているみたいな冷たい顔つきをしていた。

「なんですの？」秘書は顔を上げ、疑わしげにヘラーを見た。

ヘラーは机に上体を屈《かが》め、落着いた口調で身元を告げたあと、ごく一般的な言葉づかいで長官に面会したい理由を話した。

秘書は唇を固く結んで無関心を押し隠し、長官面会簿（毎日仕事が終ると金庫へ収められる最高機密書類）をぱらぱらめくって、ヘラーが面会できる日時を調べ始めた。

「これはどうもお手数をかけて」とヘラーは秘書にいった。案ずるより生むが易《やす》しかな、と思った。

「二十分間ならよろしいわ」――あるページを開いて、そこに書いてある項目を調べ、また元のページに戻した――「五週間後にね」

「五週間後！」ヘラーは思わず大声で叫んだ。安楽椅子の高級職員たちが不愉快げに身体《からだ》をもぞもぞ動かした。ヘラーはもう一度上体を屈め、声を低めてしゃべった。

「どうも分って下さらんみたいだな。これ、超緊急の用事なんですよ」

秘書は、また別のページを開いて、そこに指を当てた。「ここにあなたを何とか押し込むことはできるんですけど、十分しかないのよ」そういって顔を上げる。「ここならあしたから四週間後ね」

ヘラーはゆっくり身体を起した。「それ、最後通告ですね？」また大きな声だった。

秘書は落着きはらってヘラーの顔を見た。「そんな皮肉っぽくおっしゃることはないでしょ。長官はたいそうお忙しい方なんです」

高級職員たちは、まるでピンポンの試合を見物しているみたいに顔を交互に動かして秘書とヘラーのやりとりを見ていた。

秘書がいった、「面会予約、おとりになるんですか、ならないんですか？」

ヘラーは無言で回転ドアへ後ずさりし、外へ出るとくるっと踵《かかと》をまわして立ち去っていった。

サラが生きていたときのヘラーの生活には規則正しさ、整い、連続する時間感覚といったものがあった。一日には始まり、真ん中、終りがあり、出来事は順を追って起ったものだった。ところが、サラ亡《な》きいま、すべては混ぜこぜ、日々の生活も気まぐれになってしまい、出来事の後先《あとさき》すら定かに思い出すのがなかなか難しい始末である。たとえば最近、プラハのエージェント、インクワラインから来た配列の手前勝手な暗号文だが、これを解いたのが果して役所の精神分析医の診察を受けた前か後か、しかと思い出せないのだった。医者の名前と住所を教えてくれたのがラトリッジだったところをみると、どうも前らしい、いや前にちがいないなと、かろうじて記憶の糸をたぐるのだ。

インクワラインの暗号文はいつも、解くのがめんどうという種類のものではなかった。ヘラーはコンピューターを使って、まず然《しか》るべき鍵《キー》を当てはめ、インクワラインが暗号化する過程で誤った個所を捜しだすのが第一歩だった。用いた基本技術は頻度《ひんど》調査なる方法であって、彼は英語の統計的分析から任意の文字がe《イー》である確率は一二パーセント、t《ティー》は八パーセントであることを知っていた。h《エッチ》が現われる頻度は、ほとんどの場合、定冠詞 the なる単語の中であると思って間違いない。どのような暗号文であれ、全体の四分の一は the, of, and, to, a, in, that, it, is, I の十語で占めているものである。

ヘラーはまた、インクワライン Inquiline なる単語自体が電文中のどこかにあるはずだということも知っていた。方眼紙を広げて、インクワラインという単語の中にある三つのi《アイ》の探索に熱中する。さして時間をかけずに目あての単語は見つかり、ほどなく幾つかの文字群の中に一定の型があらまし見渡せるようになった。こうなると暗号化の過程での誤りを発見するなど、時間の問題だった。インクワラインは単に、ナル、すなわち傍受した敵の暗号解読者を混乱させる目的で電文中に挿入《そうにゅう》される無意味な文字を、あまりにも多く使いすぎたにすぎなかったのだった。

仕事を始めてから一時間四十五分、ヘラーは翌週ホロホロチョウを一籠《かご》パリへ出荷する旨《むね》の電文を得た。電文にはまた、耳栓とインド料理の手引書、確かに入手、感謝します、とあり、手引書については「遅れてもちっともよりまし」との感想が添えられていた(ここの文句、ヘラーはたっぷり三十分間も考えこんでしまった。「遅れてもしないよりはまし」とあって然るべきところなのだがと小首を傾《かし》げ、さんざん頭を悩ました末、チェコ人の身でありながら英語で暗号作成に従事しているインクワラインが単に英語の常用句《クリシェ》を誤用しただけのことだと得心《とくしん》したのだった)。インクワラインは、こんど新暗号帳を送ってくれるとき、サイズ7の防水ブーツもいっしょにお願いします、と文章をつづけていた。彼の住居の脇を流れている川が、またまた溢《あふ》れそうな気配だからということだった。

インクワラインって奴、男にしては背が低いんだな、とヘラーは思った。ブーツの要求は、暗号文中に書くという引け目からか、ほろりとするほど控え目な文章だった――「まことにこのようなぶしつけなお願い、恐縮千万ですが、相成るべくは……」ヘラーは役所のしきたりを知っていた。CIAの巨大な建物の奥深いどこかで、技術業務部調達課の一課員が――ライター型の超ミニ・カメラ、万年筆型の超小型録音機、あるいは毒薬入り葉巻などを担当しているだれかが――きっとコピー三枚どりの請求伝票に十四ドル七十五セントと記入して現金を受取り、サイズ7の防水ブーツを買う段取りになるだろう。その課員は伝票の決められた欄に買うはずの物品について簡単な説明を書き、「本局では製造していない」と注記して外部で購入するにちがいない。ラトリッジは伝票にサインし、こうして製造元を明示するあらゆるマークが剝《は》がされた一足の防水ブーツ、議会の会計監査に絶対さらされることのない合法的かつ追及不能の資金で秘密裏に買われたブーツは、まもなくプラハへ送られることになるというわけだ。

ヘラーが解読したインクワラインの電文を持っていったとき、ラトリッジはしらけたような表情を浮べていた。「きみ、直接うえのほうへ働きかけたって話だな」

ヘラーは素直にうなずいた。

「知ってのとおり役所には決りってものがあるのだ」ラトリッジはつづけた。「命令系統っていうやつさ。きみはおれに報告する。おれは副長官に報告する。副長官は長官に報告する。長官は神に報告する」

「思いきって固い壁に頭をがつんとぶつけてみましたよ」もう気弱な口調だった。「どうしてもやってみたかったので――もっとも、やめたら気持ちがすごく楽になりましたがね」

「すると、もうやめたわけだな?」

ヘラーは蚊の鳴くような声で答えた。「ええ、やめました」

ラトリッジは紙きれに名前と住所を書いた。「また始めたくなった場合にはだな……」そういって紙きれをヘラーに渡す。「きみが、その……ショックを受けたという事情は、おれも考慮に入れとるつもりだ。きみの神経が参ってしまうちゅうようなことなら、それ相応の気楽な職場にまわそうとも思っとる。また、立ち直るために休暇が必要というならば、それも許可するつもりだよ。何でもやってみることだ、ヘラー」

「ドクター・ベネットってどういう人なんですか?」ラトリッジから渡された紙きれを見ながらヘラーは訊いた。

「うちの役所の精神分析医だ。最高機密、披見のみ《アイズ・オンリー》の情報に関する資格を与えられておる。だから嘘《うそ》発見器の定期検査もしょっちゅうだ。専門的な助言が必要なら、きみ、先生のところへ行ってみるがいいよ」ラトリッジは片手をヘラーの肩に置いて彼をドアへ導いていった。「きみはわれわれにとって実に貴重な財産だ。しかしな、どんな財産にだって、その価値には限界というものがある。魚心あれば水心ありっちゅうこと、きみ、分るかね?」

「分ります」そういってヘラーは相手を安心させた。だが、心の奥底で百パーセントそう思っていたわけではなかった。

二人がその日——いや、その翌日だったか？——の夜、カクテル・パーティーで行きあったとき、ラトリッジは何もなかったような顔をしていた。カクテル・パーティーは、第二次大戦中OSS（戦略事務局）の錠前破り専門の仕事からこの道に入った秘密情報部特別雇員の永年勤続を祝って開かれたのだった。数十人の客——大半は技術事務部所属のかわいい秘書や部員連中で、おえら方の数はごく少なかった——は、小さなグループごとに輪を作り、紙コップに注いだ気の抜けたカリフォルニア・シャンパンを啜《すす》っていた（前もって栓を抜いておいたのだけれど、それがちと早すぎたのだった）。錠前破りの老人はカーという名前で、ラトリッジから贈られた金時計を盛んに見せびらかしていた。「三十五年だよ」カーは満面に笑みをたたえていた。「金むくだな、この時計。十八カラットだ」

薬で髪をブロンドに染めた秘書が口を出した。「カラットって何のことか、だれか知ってる？」

シャンパンの四杯めを啜っていたヘラーが、生徒みたいに手をあげた。「はーい、カラットって棍棒《こんぼう》が役立たないときに使うものでーす」すっかり陽気になっている。

まわりにいた者はだれも相手にしなかったが、さっき質問した秘書だけは別だった。

「あら、面白い」と彼女はいった。胸をヘラーの腕にこすりながらにじり寄ってくる。

スレーターがヘラーのうしろに来て、小さな声でいった。「ちょっと飲みすぎだぞ」

「タバコくれ」ヘラーは命令口調だ。

「吸わんくせに」

「おれ、タバコ吸いたい、酒飲みたい、汚ない言葉使いたい、十代の女の子とやりたい」とヘラーは口の中でもぐもぐいっている。

「わたし、キャサンドラっていうの」ブロンドの秘書がいった。「友だちはケーシーって呼んでるけど」そういって色っぽく首を傾げた。「あなたと初対面なんて、どういうことかしらね？」

「同じ仲間じゃないからさ」とヘラーはいった。

「あなたの仲間ってどんなの？」

ヘラーはにやりと笑った。「品行のいかがわしい仲間さ」

離れたところでラトリッジがカーに話しかけた。「きみもこの商売は長いが、いまでは何もかもずいぶん変ったろうね」

「変りましたとも！　そりゃもう大変りですわ、本部長。私が仕事を始めたころは、聴診器で錠の金具の動きを探り、組合せ番号を突きとめたものです」そういいながら老人は、聴診器を心臓にあてる医者の身振りをしてみせた。「きょう日《び》では、本部長、じつに感度のいい道具があって、隣の部屋からだって錠の動きが盗聴できるんですから。いわせていただければ、もう絶対安全な錠なんてないという時代ですな」

ヘラーは盆からもう一つ紙コップを取った。ケーシーは彼の顔をのぞきこむようにして笑いかけ、ヘラーの仕事を尋ねた。「ぼく、説得係」とヘラーはささやいた。

「説得係って？」

スレーターがヘラーの袖《そで》を引いたけれど、こちらは相手の手を払いのけ、「ほっといてくれ」と一言いい、女の子に話しかけた。「説得係っていうのはだね、つまりこういう仕事だ――いいかい？　うちのお役所がだれかに、これこれのことをしてくれと頼むとする。ところが、そのだれかさん、頼まれても、そんなことしたくないとだだをこねる」ヘラーは視界が朦朧《もうろう》として来たので、何度も瞬《まばた》きをした。「そこで我輩のご出馬と、こうなるんだよ。ぼく、問題のだれかさんに、うちのお役所の頼みをきくのが、あんたの身のためだよと説得するわけさ」

「で、あなた、何か提供して相手が断わりきれないようにするのね」女の子はくすくすす笑った。「映画で見たわよ」

「チャーリー、やめろ」とスレーターがうしろでいった。

「提供するものは金、名誉、女の子、男の子」ヘラーはまじめくさって指折りかぞえている。「それでも利《き》かなきゃ、とっておきの方法で説得するのさ」

秘書は目を大きくあけてヘラーを見つめた。「とっておきの方法って？」

「きみの機密職分は？」ヘラーはそう訊きながら相手の胸の身分証を横目で見た。

「最高機密まで何でもオーケーよ」

「それならいってもかまわんだろう……もし頼みをきいてくれるなら、きみのかみさんにも子どもにも手を出さないようにするぜ、とこう説得するんだ」

「からかってるのね」と女の子はいった。「うちのお役所、そんなことしないわよ」

「そう思うかい？」

「思うわ」なんだか自信のない口調だ。

ヘラーは、いいというのに無理に女の子をアパートへ送ることにした。途中、二人がラトリッジの脇を通り抜けていったとき、彼は若い女の子たちに囲まれて、秘書や上院議員にいつもする十八番《おはこ》の話を上機嫌《じょうきげん》でまくしたてていた。「……そこでわれわれは雪に小便をした。これ、いつもの手なんだよ。小便っていうのは犬どもをまくのに役立つのだ。敵がやっとわれわれの跡を見つけたころには、こちらはすでに国境を越え、一路……」

二人は真《ま》っ暗闇《くらやみ》の中、乱雑なベッドの白かびの匂《にお》いのするシーツの上で抱き合った。うるさいロック・ミュージックをかけたプレーヤーの針が、曲が終りになってもつまみ上げられないで、溝《みぞ》を空《むな》しく引っかいていた。

「そんな……あわてないで」と女の子がヘラーの耳にささやいた。「もっと……ゆっくりね」陰毛は縮れ毛で湿っており、一見おぼこふうだった。女の子は彼の下で身もだえし、とても自然に出たとは思えない小さな叫び声を咽喉にからませていた。女の子は手で彼のものを固くし、彼はそれを相手の中へ突き入れようとしたが、すぐに萎《な》えてしまった。ヘラーはすっかりくたびれてしまい、仰向《あおむ》けにひっくり返った。うまくいかなくて気が滅《め》入《い》り、欲望が起ったり消えたりの奇妙な感覚に捉《とら》われている自分自身に戸惑っていた。「いいのよ……心配しなくたって」と女の子は慰め顔でいった。そして舌の先でヘラーの耳の中をなめ、口で彼のものを固くしたあげく、ヘラーの上にまたがってそれを自分の中へ入れ、何とかオーガズムに達したくて腰をリズミカルに動かし始めた。「ああ……これ……いいわ」うめきながら動きを早め、ヘラーのことなぞすっかり忘れてしまって、自分の唇をなめたり乳房を揉《も》んだりしているうちに、不意に男のほうは不満足な痙攣《けいれん》のうちにたちまち果ててしまった。

「つまんないの」と女の子は鼻を鳴らした。「あんた、もう少し頑張れなかったのお？」


始まりもなく、真ん中もなく、終りもなかった。あらゆることが混ぜこぜになっていた。なぜかヘラーはカクテル・パーティーの翌日、実際には翌日ではなく数日後だったけれど、スレーターとその妻サンディに招かれて夕食を共にしたときのことを考えていた。ヘラーのほかに、スレーターと同じ包装専門員、同夫人、それにCIA史編纂室《へんさんしつ》主任の中年男の三人も呼ばれていた（編纂室は退職した部員の何人かを一年あるいは二年契約、給料もそのままで雇い、回顧録を書かせていたが、むろんCIAの内部資料であって、商業ベースで公刊されるものではなかった）。

その夜の集まりの滑りだしは上々だった。サンディがあらかじめ解凍しておいたオープン・サンドイッチの大皿がまわされ、スレーターは仕事の話で一同を楽しませていた。「ちょうど百個あったんだよ、その箱が」と彼はしゃべった。「どれも長さ六メートルで幅はごく短い。ファイバーグラス社製のガラス繊維で包装され、船舶五号鋼索で結わえてあった。目方は軽いにちがいなかった。だってさ、荷が下ろされる段になるとだね、二人の男が軽がると担《かつ》いで、待機中のトラックに運んだほどなんだから」

「包装には何か字が書いてあったの？」とサンディが尋ねた。

「ラベルの写真、引き伸ばしてみたんだよ」スレーターは説明をつづけた。「ロシア語で〝検閲ずみ〟とあり、そのあとに検閲した人間のイニシャルが読み取れた」

「それだけじゃ大した手がかりにならないわねえ」と、もう一人の包装専門員の細君がいった。

「そんなに軽いんじゃ戦車砲ってこともないし」こんどはＣＩＡ史編纂室主任が意見を述べた。

「長すぎるから戦車砲ってことはない」とヘラーも同感の意を表した。

「レーダー関係のものじゃない？」サンディがいった。

「それともＳＡＭミサイルかしら」別の包装専門員の細君が想像の網を広げる。

「分ったぞ、ぼく」とヘラーがもったいぶっていった。「馬上槍《やり》試合用の槍だ」

みんな声をあげて笑った。「いや、実際それが当らずといえども遠からずなんだよ」

とスレーターが種明かしにとりかかった。「アメリカ製のアルミニウム旗竿《はたざお》だったのさ。非同盟諸国会議用にキューバへ送り出されたたっていうわけ。キューバ人、会場のまわりをポールでぐるっと取り巻いて、たくさん旗を飾りたかったのさ」

「ポールですって？」とサンディ。

「ポールさ」とスレーター。

夕食会は四方山話《よもやまばなし》のうちに進み、その間ヘラーはいつものときより食べ物を少なめに、酒を多めにとった。編纂室主任が数年前、メキシコ・シティに駐在していた折の国内一周の話をし終ったころには大分時間もたっていた。十時半、包装専門員夫妻、編纂室主任の三人が帰った。ヘラーは去りかねてぐずぐずしていた。片隅の椅子に腰かけ、コニャックとミネラル・ウォーターを半々に混ぜた寝酒《ナイトキャップ》をちびりちびり飲んだりしていた。

「どうかしたの？」とサンディが訊いた。スレーターは子どもたちの眠り具合を見にいっていて、その場にいなかった。

「どうもしないよ」

「そんなことないわ」

「あなたはどんなことにでも異議を申し立てるひとだな」

サンディはヘラーが坐っている椅子の腕に腰を下ろした。「わたしたち、あなたがあの事件を忘れたがってると思ったんだけど」

「ぼくは忘れたくなんかない」ヘラーは熱くなって叫んだ。「はっきり覚えていたいんだ」

サンディはわっと泣きだした。「そんな、悲しむなんて、あなただけの、専売特許じゃないわよう」泣きじゃくりながら切れぎれにいう。「あの子が死んで、淋《さび》しいの、決して、あなた一人じゃ、ないんですよ」

「ぼく一人だけだよ」とヘラーは落着きを取り戻して言い返した、「あの子がいないと死んでしまうんじゃないかと思うのはね」

「あの子がいないと死んでしまうんじゃないかと、きみ、本当に思うのかね？」機密職分が最高機密、披見のみ《アイズ・オンリー》とされている精神分析医ベネットが訊いた。

ヘラーはじっくり考えて質問に答えた。「ええ、ぼくという人間は、もう一部が死んでしまってるんですよ」

ひどく痩《や》せた男で、患者に話しかけるときに決して相手を見ないという奇妙な癖の持ち主であるベネットは、ヘラーの答えを聞くと唇をすぼめてみせた。「こういったからとて決してきみの悲しみを軽《かろ》んずるわけではないが」と医者は慎重な言葉づかいでいう、「ごく親しい人間を失って、ああ、おれの一部は死んでしまったなどという感慨に陥るのは、なにも世界できみが最初というわけではない。時間がきみの喪失感を……だんだんに和らげていくよ」

ヘラーはいった、「それこそぼくの恐れていることなんです」

「きみのような立場にいる者ならだれもがそう思うさ。きみの死んだご婦人に対する思い入れはじつに強烈だ。その強烈な感情が日とともに弱まるのをきみは恐れている。そんなふうになるなんて故人に対する裏切り行為だ、とまで考えようとする。相手が非《ひ》業《ごう》の死を遂げた人、早死《はやじに》した人の場合には格別そういうことが多い」

「先生はぼくにお話しになりながら、なぜぼくの顔を見ようとなさらないのですか?」不意にヘラーが訊いた。

医者はきっとなって視線を上げた。「私がきみなら、べつに見られなくても気にかけないがな」

ヘラーは医者にタバコを持っているかと尋ねた。ベネットは、診察室ではなるべく患者にタバコを吸ってもらいたくないと答えた。

「べつに吸いたいわけじゃないんです」ヘラーは自分の考えを述べようとしたが、空しい気分になって話をやめ、ひとつ深呼吸をした。「気になさらないで下さい」彼は坐ったまま椅子をぐるっとまわし、床から天井まで本棚でいっぱいの壁のほうに向いて、おもむろに中の本を眺めまわした。どの本にも長ったらしい題がついているのが目立った。ペーパーバックは一冊もなかった。サラはペーパーバックの本が好きだった。ショルダーバッグにペーパーバックをねじ込まなければ外出しないほどだった。自分では、お守《まも》りみたいなものなの、といっていた。

椅子を元の位置にまわすと、ベネットは腕時計に目をやっているところだった。

「先生のお話、ぼくがとうに知ってることばかりですよ」とヘラーはいった。

「きみの気持ちを確認し、そうした気持ちを抱くのはきみのような立場にある人間なら決しておかしくはないときみに知らせる——これも患者を治す一つの方法なのだよ」ベネットは机に両肱《りょうひじ》をもたせかけた。机には医者の家族の枠《わく》入り写真がたくさん並んでいた。「夢はどうかね?」と医者が訊いた。

「夢はどうかって、どういうことですか?」

「覚えている夢で、私に話したいというのがないかな?」

ヘラーはうなずいた。「ここ七、八年、一つの夢をよくみるんですよ。小石の詰まったとてつもなく大きな袋を背負って、小石だらけの浜辺へ運ばなきゃならんという夢なんですね。袋から小石を出して、少しでも重荷を軽くする道は一つしかない。それは袋の中の小石と正確に釣り合うやつを浜辺の小石の中から見つけた場合に限るんですよ。もし見つかったら、その二つの石を海中へ投げ入れることが許されるんですね」

ベネットは強く興味をかきたてられた様子だった。「きみの仕事は暗号だったな」机上にあるヘラーの履歴書を読みながらいう。「暗号解読者にふさわしい素敵な夢だ——釣り合う小石、釣り合う言葉。いつか論文に使わしてもらってもかまわんかね？」

ヘラーは愉快になった。「かまいませんとも。夢にも著作権使用料《ロイヤルティ》を払って下さいますか？」

「最近その夢をみたのはいつかね？」と医者が訊いた。

ヘラーは天井に目をやって考えこんでから、「先週でした。若い女の子と……寝た夜です。そのときの夢では、浜辺の小石の中から、袋の小石と釣り合うやつを見つけたんですよ。それでその二個の小石を海へ投げようと思って、そちらへ顔を向けました。ところが海は消えちまっているんです。見渡す限り泥の浅瀬で、船の残骸《ざんがい》や鯨の骨だらけ、死んだ魚がいっぱい……」

少し間を置いてベネットがいった、「きみのご婦人を殺したテロリストのことをあれこれ考えることはあるかね？」

「なぜそんなことを？」ヘラーは受け太刀《だち》気味だ。

「考えなかったらおかしいと思ってね」とベネットは軽くかわした。

「ときどき思うことがあるんですよ」ヘラーは用心ぶかく言葉を選んだ、「きっとすごく楽しいだろう……奴らを絞め殺してやることができれば、とね」

ベネットはにっこり笑った。「テロリストを殺すという空想にふけっていると、きみ――どういえばいいのかな――気持ちがいいかね？」

「気持ちがいいって？」

「いや、気持ちが落着く、と言い直そう。きみ、気持ちが落着くかね？　人生を元気でやっていけそうだと思うかね？」

ヘラーはうなずいた。

ベネットはメモに目をやった。「テロリストについて役所のだれかに意見を述べたことがあるかね？」

ヘラーは、ある、と答えた。「説得しようと思ったんですよ」――〝説得〟という言葉がわれながらおかしくて思わず笑ってしまった――「こんな……事情だから、何とか手を打ってくれと」

ドアを軽くノックする音が聞えた。四十五分の診察時間が終ったことを告げる秘書の慎み深い合図だった。

「反応は？」ぜひ聞かせてほしいという表情でベネットが訊いた。

ヘラーは答えた、「問題にならんという考えのようでしたよ」

ベネットは立ち上がった。「それは残念だった」と控え目にいう。「医者の立場からいえば、復讐《ふくしゅう》は精神医学上、治療効果抜群なんだがね」

第六章

初めのうち、その音は夢のなくてはならぬ一部として聞えていた。次に、夢がすーっと引くように消えてしまうと、リーン、リーンという音だけが残った——まぎれもない現実の音。ヘラーはびくっとして目をさまし、電話掛けから受話器をひったくった。やかましい音を片づけるには、こちらも乱暴にやるしかないみたいだった。

受話器のむこうでは、掛け手が自己紹介を始めていた。

「ぼくの番号、どうして知りました？」ヘラーは用心ぶかく切りだした。

相手はその質問に答えなかった。「起して申し訳ありませんな。私、モールトンという男です。フランク・モールトン。ひょっとしたらご存じかも……」

ヘラーには男の名前がぴんと来た。「例の記事を書いたモールトン……」

モールトンは照れ隠しのように笑った。「そう、そのモールトンですよ」

ヘラーはいった、「あなたにばらされたエージェントの連中、咽喉《のど》をかき切って死ぬかもしれないよ」

「私が名前をあげたのはね」――モールトンは熱くなって弁解した――「つけをまわされるアメリカの納税者以外ならだれでも知っているような連中ばかりですよ。ねえ、ヘラーさん、今夜私が電話したのは――」

「ぼくの番号、どうして知ってるんだ？」ヘラーはさっきの質問を繰り返した。

モールトンは一瞬口ごもった。「ま、いわんでおきましょう。ところであなた、ミュンヘン総領事館事件で殺された女性と関係がおありだとか。また、CIAで働いておられたそうですなあ。で、さぞやCIAに幻滅したのではあるまいかと、こう思ったもので――」

ヘラーは最後までいわせなかった。「CIAがあの子を殺したわけじゃないよ」そう決めつけたとたん、こんな場合の役所の内規を思い出し、下手に出なければと考え直した。「ねえ、モールトンさん、だれがぼくのことCIAで働いているといったか知らないが、それ、間違いだよ。ぼくはフォート・ミードのNSA（国家安全保障局）の職員なんだ。タバコ自動販売機の修理工ですよ。どうしてもぼくに会いたいというのなら、対外サービス課の係官に電話して、文書で申込んでくれないかな。たぶんいかんとはいわず、オーケーになるはずで、そうしたらこちらに来てもらったうえでインタビューにも応じましょう。ぼくの働いてるところ——自動販売機にタバコを詰めてる現場の写真だって撮らせてあげますよ」

「き、きらないで下さい」モールトンがあわてて叫んだ。「私はあなたの勤め先、知ってるんです。が、まあ、それはどうでもよろしい。私の望みはただ一つ、気が変ったらぜひ私を思い出していただきたい、ということだけです。うちの新聞社、ご承知のはずだ。ニューヨークのこちらへいつでもご連絡、頼みますよ」

「気が変るなんてこと、ないね」とヘラーはいった。

「ところで」とモールトンは付けたした、「あなたはCIAの規則で、この電話の内容をあなたの部を担当している防諜官《ぼうちょうかん》に報告する義務がある。ご存じないといけないから教えて差しあげるが、防諜官の名前はハワード、ジョージ・C・ハワード。電話は内線の六一〇七です」

「ちくしょう！」ハワードはかんかんになっていた。「年金の半分を使っても、内線番号をばらした奴《やつ》をとっ捕まえてみせるぞ。内線っていうのはだな、機密情報扱いなんだからな」

「奴からまた電話がかかってきたらどうしましょう?」とヘラーは訊《き》いた。

「おととい来いといってやれ」ハワードはまだ怒り狂っていた。「ちくしょう」

「で、きみはいそいそと防諜官のもとへまかり出て報告に及んだっていうんだな?」

スレーターは呆《あき》れ返っていた。

ヘラーは浮かぬ顔でソーセージと豆の料理をいじくりまわしていた。「だってそうすることになってるじゃないか」とこちらは防戦いっぽう。

「むろん、そうすることにはなってるさ」スレーターは、小声だが厳しい口調で咎《とが》めだてた。「でもね、実際に報告に行くなんて、きみ、ばかげてるぞ。モールトンが、きみは奴と会う意志があると思った事実、これはきみの将来にとって何のプラスにもならん。うちの上役ども、このモールトンなる新聞記者《ぶんや》がきみについての未知の情報をつかんでいるのではあるまいかと疑い、さっそくきみの職務適格調査票を再検討する可能性大だな、こりゃ」

「ぼく、モールトンに何日の何時に会うなんて約束しなかったよ」ヘラーはむっつり顔で抗弁した。

「ぼくはきみを信じる」スレーターは断言した。「しかしだ、上の連中、きみを信じるだろうか？」

ラトリッジは巧みに間合《まあ》いをとって話をはぐらかしていた。そして、やっと要点に触れたときでも、まるでいま思いついたみたいな調子だった。「ところで、われわれとしては当分の間、きみに一回式暗号からはずれてもらうことにしたよ」と淀《よど》みなく宣告する。

ヘラーは「こんどはどんな仕事ですか？」と訊いた。

「うちの役所の連中は一人残らず、われこそは絶対に解読不能の新暗号システムを開発できると思いこんどる」ラトリッジ本部長は机上の書類を無意識にぱらぱらめくりながら説明した。「で、その種の新案がごまんとたまってしまい、塵《ちり》に埋もれているんだな。きみには、その中に多少でも実際に利用できる新しいアイデアがあるかどうか、ひとつ点検してほしいのだよ。ひょっとしたらちゅうことがあるからね」

「それはそうですね」ヘラーは熱意のない声でうなずいた。

「となると、きみにはあの部屋とコンピューターから離れてもらわにゃならん」とラトリッジはつづけた。「一回式暗号の仕事を引き継ぐ人間にきみのコンピューターの鍵《かぎ》も渡してもらう。別のをプログラミングするなんて意味ないからな」

「まったく意味ないです」ヘラーはしぶしぶ認めた。

「よし、これで無事一件落着だ」とラトリッジは明るい顔でけりをつけた。

「なにか無事落着しないような気配でもあったんですか?」ヘラーの尋ね方はまったく天真らんまんだった。

ヘラーの新しい事務室の長所は窓があることだった。短所は、その窓から見下ろせる風景が駐車場ということだった。

「すぐ慣れるよ」と同室の男がいった。名前はボブ何とかといい、ソ連海岸線潮汐《ちょうせき》総合表なるものの作成に取組んでいた。もう十四カ月にもなるが、まだ先が見えないという。

ヘラーは預けられた三、四十のファイルを机上に置き、布きれで埃《ほこり》を落してから、まず第一のファイルにとりかかった。在ブラジル・アメリカ大使館勤務の暗号官補佐が〝絶対に解読不可能〟と称して送ってきた新式暗号で、全体を四つの部分に切って置き換える暗号作成法だという。手紙が添えられていて、この新案、政府にたった、たったの一万ドルで売る用意がある、とあった。暗号官補佐はまた、彼が発明したと揚言するこの新方式によって作成した暗号を同封し、だれであれ解読できるものなら解読してみてほしいと挑戦の言葉を付け加えていた。

ヘラーは鉛筆を削り、解読作業を始めた。使われる頻度《ひんど》の多少によって文字を推定する方法で取組んでいるうちに、すぐcipher《サイファー》（暗号）という単語が見つかった。そのあと作業は難航し、単純な自由連想でやり直すしかなかった。彼は窓から駐車場の車の群れを見つめていたが、そのうちに心が白紙の状態になった。そのときを狙《ねら》ってcipher《サイファー》と声に出していってみた。すると、そのあとにつづく単語として最初に頭に浮んだのはsystem《システム》（組織）だった。暗号文に当てはめるとぴったりだった。他の部分も次第に落着くべきところに落着いた。cipher《サイファー》の前はthis《ジス》（この）であり、最後に置かれた単語の後半はcipherable《サイファラブル》（暗号化できる）であった。

四十五分たって、やっと全体を解読し終った。「この暗号組織は絶対に解読不能である」（This cipher system is absolutely undecipherable.）というのが全文だった。

ヘラーは、その平文《ひらぶん》を〝解読不能〟であるはずの暗号文の下に書き写し、暗号官補佐の提案書類にホチキスで留められた役所の用紙へ「アマチュア」と走り書きで記入したうえ、一件書類を部内用の茶封筒に入れ、次の〝解読不能〟提案を挟んだファイルにとりかかった。

ヘラーが正面入口近くの机に坐っている警備員の一人に、胸に差した身元証の札《タッグ》を示して役所から出るころには、もうすっかり暗くなっていた。警備員がヘラーの番号をコンピューターの端末装置にダイヤルをまわして伝えると、ヘラーのカラー写真が小さなブラウン管に映った。警備員はにっこり頷《うなず》いてみせた。ヘラーは放心状態、目はうつろ、なんの反応もみせなかった。

警備員がいった、「いいんですよ、もう」

「や、失礼」ヘラーはその場を離れた。白いつなぎの服を着た労働者が五、六人、大きなクリスマス・ツリーの飾りつけ作業をしている脇《わき》を通り、正面入口から外へ出た。刺すような突風が全身を打った。彼は頭を下げ、羊皮の上着の襟《えり》を立てると、この寒さでは車を出すまでが大変だなとぼんやり考えながら駐車場へ向った。ずいぶん以前からエンジンやプラグを点検してもらわねばと思いながら、まだ一度も実行に移したことはなかった。駐車場の四番目の列に来かかり、自分の車、ピントを止めたはずの場所に出た――だが車はなかった。彼はいぶかしげにあたりを見まわした。どこにもそれらしい影はない。「そんなばかな……」そう呟《つぶや》いて爪先《つまさき》立ちになり、明るい黄色の車体が見つからないものかと居並ぶ車の屋根をひとわたり眺めた。

結局、両手を上着のポケット深く突っ込んで、とぼとぼあたりを歩きまわったあげく、やっと自分のピントを捜しだすまでに二十分もかかってしまった。車は八時間前、まさに彼が止めた場所にあった――駐車場の東側を西側と取り違えていたのだった。骨の髄まで寒く、身体《からだ》じゅうが震え、すっかり気落ちしてしまった。

帰宅するとすぐ、熱めの湯につかり、そのあと愉快な酔い心地になるまで酒を飲んだ。居間の寝椅子《いす》で目をさましたのは午前二時か三時ごろ、全身が木の葉のように震え、盗汗《ねあせ》でびっしょりだった。いつものように部屋じゅうの電灯は全部つけた。毛布にすっぽりくるまり、壁のほうに向き直って眠ろうとしたが、光が瞼《まぶた》の裏から消えず、寝つかれなかった。寝椅子から下り、よろよろと狭い浴室へ足を運んで、薬品箱をかきまわした。バス・タブの端《はし》に腰を下ろし、捜し出した体温計を舌の下に差しこむと、見当で三分ぐらいじっとしていた。抜いた体温計の目盛りは三十八度九分をさしていた。アスピリンを二錠のみ、ベッドのシーツに潜りこんだ。

朝、ヘラーは役所に電話をかけ、病欠すると伝えた。役所はすぐにＣＩＡ所属の専門医を派遣してくれた。医者は咽喉をのぞき、心臓と肺に聴診器を当て、小さなゴムのハンマーで痩せた膝頭《ひざがしら》を叩《たた》いたうえ、インフルエンザのかかり始めと断定した。

高熱は二日つづいて、その後やや下がり始めたけれど、ヘラーはまるで潮流の中へ投げ出されたみたいに衰弱し切ってしまった。スレーターは毎朝電話をかけてよこし、妻のサンディは毎日午後になるとチキン・スープ、野菜の煮つけ、手製のアップルソースを持って来てくれた。彼女はシーツの皺《しわ》を伸ばし、枕《まくら》の埃を落すと、ヘラーの上体をそれに凭《もた》せかけ、自分の力で食べられるようになるまで、スプーンで養ってくれた。四日め、やっとベッドから出て、回文《パリンドローム》――Madam, I'm Adam.（奥さま、ぼくアダムです）式の新しいやつをあれこれ考えた。週末にはまた医者が立ち寄り、必要な個所をすべて診たうえで、完全にとはいわぬまでも、もう治ったも同然と告げた。「食欲はどうかね？」と医者は尋ねた。ヘラーは、だんだん出てきましたよ、と答えた。「よく眠れるかね？」と医者が訊いた。

実際のところ、ヘラーが熟睡できたのは高熱の最中だけだった。熱が引くと寝つきの悪さは元どおりになってしまった――長い時間、胸が苦しく、しきりに寝返りを打つ。眠りはじらすように近くまで寄ってくるけれど、いつの間にかまた遠くへ離れて、彼をがっかりさせるのだ。

「睡眠薬をあげてもいいが」と医者がいった。

「ぼくの不眠に利《き》くような薬はありませんよ」とヘラーは答えた。

ヘラーは以前よりも丈夫になり、たくさん飲み食いするようにもなったが、同時に夜を恐れる癖がついてしまった。うまく眠りに入れる場合もないことはなかったが、そんなときには必ず例の夢に捉《とら》えられてしまうのだ——小石の入った大きな袋を引っぱって海辺を歩いて行く、袋の小石とよく似たのを捜そうと、足もとの小石を念入りに調べる、あの嫌な夢。一度、こんなシーンが夢に現われたことがあった——ちょうど五十セント貨幣ぐらいの大きさの、平べったい小石を濡《ぬ》れた砂から拾い、袋の中にそれとそっくりの小石があったので、二つを海中へほうり投げたのだが、気がついてみると、自分の立っている所は断崖《だんがい》の端っこ、下は月面写真そっくりの峡谷で、見渡す限り沸き立つ溶岩の穴ぼこだらけ、といった場面が。

仕事に戻って昼間の生活は元どおりになったが、夜になるとヘラーは夜遅くまで家に帰らないようになった。料理用の脂《あぶら》とタバコのにおいが立ちこめる小さなレストランで食事し、たいていの場合、おしまいのコーヒーを前にしていつまでもねばるものだから、そのうちに他の客は全部姿を消すし、ウェーターまでオーバーを着こみ始めるのだった。深夜映画に通う癖もついたが、翌日になると物語の筋は絶対に思い出せなかった。一度なぞ、三十分の余《よ》も席に坐《すわ》っていて、やっと数日前に見たぞと気づいたほどだった。

ある日、サーディン・サンドイッチとチョコレート・ケーキの皿を持って、役所のカフェテリアの人ごみを縫っていたとき、ともに一夜を過した例の秘書とばったり出くわした。ヘラーは無理やり微笑らしい表情を浮べ、きょう仕事が終ったらどうするつもり、と訊いた。「何をしようと」と女はわざと甘ったるい口調で答えた、「あなたといっしょはもういやーよっ」

スレーターと向いあってランチをとっていたヘラーは、ちっともおかしくない話に、ひどく大きな声をあげて笑った。人びとの視線が集まった。影ことマッドは、ひとり隅のテーブルで食事していたが、ペンと紙をポケットから出し、手早く何かを書きつけていた。

スレーターが歯に衣《きぬ》着せずにいった、「きみは以前のようにタバコをくれといわなくなった。例のモナ・リザの微笑も見せてくれない。エチオピア向けと見当をつけた木の樽《たる》の中身を当ててごらんと訊いても、持ち出す答えはただ一つ、ピクルズ、ピクルズだ！」そういって嫌なものを追っ払うような片手を振る。「一言でいえば、きみ、昔のような面白い男じゃなくなったってこと」上体をヘラーのほうへ曲げる。「あの子は死んじゃったんだよ、チャーリー、死んで土の中に埋められたんだ。でもね、われわれにはまだ先があるんだぞ」スレーターはサーディン・サンドイッチに手もつけないでいるヘラーを厳しい目つきでにらんだ。「いったい全体、なんできみはそんなに不機嫌なんだ?」

「いったい全体、なんでぼくはそんなに不機嫌かというとだね」ヘラーはそういって、この先おのれの口からどんな言葉が飛び出てくるか、われとわが耳をそばだてている自分に気がついた。「あいつらがチェコスロヴァキアでのうのうと生きてやがると考えるからなんだ。サラの父親のいうとおりだった——ぼくの生命を救う唯一《ゆいいつ》のもの、それは奴らの死なのさ。『目には目を』と書いた人は、たいへんな知恵者《ちえしゃ》だよ。これ、生き延びるためには実に理屈にかなった公式だな。目には目を!」

「奴らには指一本触れられないぜ」とスレーターがにべもなくいった。

「それなんだよ、問題の核心は」ヘラーは正直にいった。

その夜は中華料理店で食事をしたが、メニューのB欄で選んだ料理には化学調味料がやたらに振りかけてあった。ヘラーは店に不快な感じを与えないよう気を使いながら、できるだけ長いことねばったあげく、やっとそこを出て下町の映画館へ入り、批評家がこぞって褒《ほ》めそやしている映画を見た。話の筋を追うのが一苦労だった。そもそも筋なるものがあるのかどうかさえ疑わしく思われたことが再三あった。映画が終りに近くなって、登場人物の一人が別の人物にロシア・ルーレットの遊びを挑むシーンがあった。まず、言いだしっぺの男がゆっくりとピストルをこめかみに当て、引き金に指を巻きつけた。ヘラーは不意に息が詰り、筋肉がこわばるのを感じた。両手で耳を押さえ、よろめくように映画館を出た。まだ息をするのが苦しかったけれど、肺を満たす冷たい空気がありがたかった。そうやって長いあいだ、〝次週封切〟と明るい赤の字で斜めに印刷されたポスターが貼《は》ってある壁によりかかっていた。まるで要《よう》塞《さい》みたいな切符売場の中で夜の収入《あがり》を勘定していたごま塩頭の女が、心配そうに首を伸ばした。「だいじょぶ、あんた？」ガムを嚙《か》むのをやめて、こっちの返事を待っている。

ヘラーは頷き、繰り返し礼をいって自分のアパートの方角へ歩き始めた。実際は吹いていないのに、向い風の中を進むみたいに頭を下げていた。商店のショーウインドウはどこも派手な照明に彩《いろど》られ、金属製の格子《こうし》がはめられていて、盗難防止警報施設完備と記した紙が貼ってあった。ヘラーの目にとまった限りでは（ごくたまに彼は頭を上げていた）、交差点の信号はいつまでも赤のままだった。しかし、この時刻に交差点に通りかかる車は、そんな信号を完全に無視していた。

とあるショーウインドウの前で、ヘラーはそこに映る自分の影に気づき、ウインドウの正面に向き直った。自分の影を透かした内部にあるものに目を凝らした。そこは小ぢんまりした切手専門店で、何十枚もの赤い切手のコレクションが黒い台紙の上に展示されていた。赤い切手！ ヘラーはつい最近まで、サラが赤い切手を集めていたなんて、つゆ知らなかったのだった――

ふとヘラーは人の気配を感じた。首のうしろの皮膚がむずむずした（恐怖からか？ それとも予感？ 希望？）。切手から視線をそらすと、ウインドウのガラスに彼を挟んで立っている二つの影がぼんやりと見えた。

急に襲ってきた全身のだるさに抗《あらが》いながら、ヘラーは足を引きずるようにして向きを変え、相手の顔を見た。

二人とも身体つきのがっしりしたティーンエージャー、ごわごわした黒の革ジャンパーを着ていて、それにはいやにたくさんのジッパーがついていた。どちらも白人で、一人はガムを噛んでいた。ほとほと人生には退屈いたしやした、あっしら知性も感性もいっさい関係ござんせん、といったのっぺりした表情が共通している。

「そっちがじたばたしなきゃ、こっちも手荒なまねはしねえよ」と第一の少年が陰気な声でいった。

「おとなしく財布をよこせっつーことよ」第二の少年がほざいた。そいつはヘラーのほうに一歩足を踏みだし、片手を伸ばして羊皮の上着の内側を探ろうとした。ヘラーは本能的にその手を振り払った。そいつは怒ってヘラーの上着の襟をつかみ、彼を振りまわして、ショーウインドウを覆《おお》っている金属製の格子にぶつけた。二人の少年はじりじりとヘラーに迫った。

ヘラーには、二人の少年の挑んできた暴力が、突如、いま自分が置かれている状況にうってつけの霊的儀式のように思われた。自分が暴力の与え手なのか受け手なのか、そんなことはどうでもいいということが分り始めた。結局、どちらにしても同じことだ。彼は背中を丸め、もうまったく感覚のなくなっている指先で二人の強盗をさし招いた。

「来い」食いしばった歯のあいだから、かすれた声が出た、暴力を呼び、暴力を待ちこがれているような声が。「来い」

二人の少年強盗は、舗道に冷える足をばたつかせ、白い息を吐き、お互いを横目でちらちら見ながら、なんとも困惑しきったような表情でヘラーを見つめていた。突然、二人は声をそろえて爆笑した、これ、みんな誤解なの、なにかの行き違いだよな、といわんばかりに。少年たちの影はゆっくりショーウインドウのガラスから遠ざかった。それからライン・ダンスの踊り子のようにぐるりとまわれ右をしたかと思うと、飛ぶように姿を消した。

丸めた背中をぎごちなく伸ばしたヘラーは、駆けてゆく少年たちを目で追いながら、失望としかいいようのない感情を味わっていた。やつら、せっかく暴力を約束しながら、実行しないとは何ごとだ。やがて、失望とは異なる別の色がヘラーの目に浮んだ。次第に顔の表情が和らぎ、呼吸はずっと平静になり——ついにあのモナ・リザ的微笑が唇にくっきりと戻った。

その夜、彼はアパートの灯を全部消し、赤ん坊のように眠った。おなじみの夢をみた。浜辺で袋の中のとよく似た小石を拾った。二個の小石を投げようと向き直る目の前の、あるべきところに海はあり、目路の限り広がって、静かなさざ波が弓状の浜に寄せては返していた、まるでそれがいつも彼の夢の風景の一部であるかのように。

スレーターはすぐにヘラーの変化に気がついた。「けさはよほど身体にいいもの食ったんだな、きみ」ヘラーが元気よく昼食のテーブルに寄ってくるのを見て、彼は軽《かる》口《くち》をたたいた。

「タバコ、都合してくれるかい？」とヘラーは訊いた。

スレーターの顔は輝いた。「もう一年前にタバコをやめたじゃないか」スレーターの顔から笑いが消えた。「サラがやめさせたんだっけ」口調が急に重くなる。

「あの子、タバコなんか吸う人といっしょに暮すのいやーよっていったんだ」ヘラーの説明は冷静だ。微笑さえ浮べている。「そういわれたら、やめるの簡単だったよ」

スレーターは椅子に坐り直し、まじまじとヘラーの顔を見つめた。「きみ、確かに変ったぞ」感動を嚙みしめている声だった。

ヘラーはうなずいた。「ぼくの生命を救う方法、考えついたのさ」と謎《なぞ》めかしていう。グリルド・チーズ・サンドイッチをうまそうに食べ始めた。「包装学者さん、近ごろはどんな悪だくみをしてるんだい？」

しかしスレーターはびっくりして頭を振るだけだった。「よく戻ってくれたな」と彼は感情をこめていった、「この現《うつ》し世《よ》にさ」

ヘラーはその日、〝解読不可能〟と称する五件の暗号を解き、そのうえ、来年のウラジオストク湾潮汐一覧表に取組む同室の男に加勢して、一覧表の転写を手伝ってやりさえした。午後も遅くなったころ、彼はぶらぶら歩いてラトリッジの執務室へ行き、ドアから首をのぞかせた。「お忙しいところをどうも」明るい笑顔を見せてあいさつする。

ちょうど部下からオール・プラスチック製の新型盗聴器についての説明を聴いてい

たラトリッジは、顔を上げてこちらを見た。「何か用かね、ヘラー？」

「よろしかったら、ぼく、シェイクスピア暗号にかかりたいんですが」

ラトリッジはしばらくのあいだ、ヘラーの顔を見つめていた。「いいとも」やっと大きく頷く。

「夜、勤務外で昔なじみのコンピューターを使わせていただくには本部長の許可が必要と思いまして」とヘラーは説明した。「あの機械のメモリー・バンクには、ぼくが仕込んだ暗号数字がしこたま入ってるんですよ」

ラトリッジがいった、「きみの後任者が使っていないあいだは自由にやってくれ。そうやって腕が衰えないようにするのは、きみのためにもなるっちゅうことだ」

ヘラーはうれしそうに微笑した。「ありがとうございます。本部長の秘書に許可証をタイプで打ってくれるよう頼むことにしますよ」

その夜、退庁の途中、ラトリッジはヘラーの様子をみるつもりで、コンピューターを置いた部屋をのぞいてみた。

ヘラーはちょうど黒板に、初版《ファースト・フォリオ》（訳注　一六一六年、ベン・ジョンソンが出版した二折本の全集）のシェイクスピアの肖像画に添えられた「読者に」と題するベン・ジョンソンの献詩を書き終ったところだった。

きみがここに見るこの肖像は、
紳士シェイクスピアの版画だ。
彫り師は「自然」と苦闘し、
これに生命を吹き込もうとした。
おお、しかし、彫り師は、
顔をうまく刻んだが、心まで、
立派に彫りこめたろうか。そうすれば、
版画は空前の大傑作となったろうに。
だが、じっさいは失敗したのだから、読者よ、
肖像なぞ見ずに、この本をよく読みたまえ。

「まず第一に」とヘラーは熱っぽく説明を始めた、「ぼくはこの詩をコンピューターに入れてですね、果して詩の中に簡単なアクロスティック、アクロテリューティック、ニューメロロジック（訳注　以上いずれも文字や数字のはめこみによる遊戯詩）、あるいはその種の何らかの仕掛けが含ま

れているかどうか、調べるつもりなんです。そのつぎには、もっと複雑な要素をコンピューターに打ちこむ」――ヘラーは、いかにも専門家らしく、目を細めて黒板の字を見つめた――「たとえばベーコンの二記号暗号、あるいはエリザベス朝に使われていた各種の転字法、換字法……」

ラトリッジはドアに手を掛けた。「おれにはちょっと歯が立たない話だな」そういいながらも、ヘラーが立ち直ったことを喜んでいる気色をあらわに見せていた。「きみが新発見をするようになれば、役所にとっても大いに名誉なことだと思うよ」

ドアが閉まってラトリッジの姿が見えなくなると、例のモナ・リザふうの微笑がヘラーの顔に浮んだ――そして、その微笑はしばらくのあいだ消えなかった。彼は椅子をコンピューターのキーボードのところへ引き寄せると、袖《そで》をまくり上げ、ぽつんぽつんとキーを打ち始めた。過去七年間にヘラーが解読した一回式暗号通信法による電文は、すべてコンピューターのメモリー・バンクに収められている。従って、改めて指示文をコンピューターに打ちこめば、使用ずみの暗号システム全体が自由に手に入れられるはずだった。電文はすべて内容別や発信先別にではなく、暗号化の方法別にファイルされていた。

ヘラーはキーをたたき、一つの暗号法をブラウン管に表示した。

母音字変換ニ記号法一回式暗号?

人さし指で回収キーをたたいた。磁気テープがひゅーんと鳴った。やがてコンピュータのプリントアウト・システムが始動し、答えが吐き出されてきた。

メキシコ・シティ支部長ヨリ　長官親展　共産党書記長ノ死ハ事故ト判定サル　当局調査ニヨルモ銃弾、毒薬発見不能　地方検視局長オヨビ事故死ト判定シ不起訴トスルヲ承諾セシ検事ニ各十万スイス・フラン　チューリヒ口座ニ振リ込マレタシ

ヘラーはテープをちぎり取り、また新たに「?」のキーをたたいて、もう一度回収キーを押した。ふたたびプリントアウト・システムが音を立てた。

ローマ支部長ヨリ　長官親展　ジュネーヴヘノ振リ込ミ確認　組合幹部、産児制限支持ノ共産党ヲ非難スル声明ヲスデニ発表シタ　同額ノ報酬デワレワレニ積極的ニ協力スル左翼上院議員獲得ス　経費超過ニ付キ　秘密会計ニヨル追加資金タノム

さらにまた、

ジャカルタ支部長ヨリ　長官親展　将軍ハ令嬢ノ身ノ安全ノタメニハドンナコトモスルト回答　令嬢生存ノ確証ヲ至急要請ス　令嬢ノ最近ノ吹込ミテープ　ワシントン・ポスト最近号ヲ持ツ令嬢ノ写真ナド提供サレタイ

などの電文テープをむしり取ったうえ、なお次のような内容のテープも手に入れた。

マニラ支部長ヨリ　長官親展　左翼議員暗殺ノ指令　再考サレルヨウ大至急要請ス　議員ノ暗殺　目下ノ政情ヨリ逆効果ト判断　選挙後マデ延期スレバ人目ニツカズ現在ヨリ遥《はる》カニ事故ラシク見セカケラレル

こうした仕事を、その週から翌週にかけて、毎夜遅くまでつづけた結果、ヘラーは千枚に近いテープを手中に収めることができた。このうちから最も有望と考えられる約三十枚を手もとに置き、業務連絡事項を主体にした残りのテープは細かに切り刻んで焼却用の袋に詰めたうえ、夜遅く退庁の折、地下室へ寄って、そこの焼却炉にぶち込んだ。選んだテープは薄く折りたたんで靴下とブーツのあいだに押しこみ、こっそり持ち出すことに成功した。

アパートに戻ると、ヘラーは撮影器具をととのえ、さっそく仕事にとりかかった。平らに伸ばした電文をセロファンテープで台所の壁に貼り、卓上ランプで照明を当てたうえ、三脚に据えたペンタックスでつぎつぎに撮影してゆく。原文のテープは、一ページに二枚の割りで、どこにでもあるようなスクラップ・ブックに糊《のり》づけする。撮影ずみのフィルムは、あらかじめ暗室に模様替えしておいた浴室で現像した。現像は高校生のときにやっただけなので、なかなかうまくいかない。初めの一巻は暗すぎ、二つめのは明るすぎた。そこで全過程を最初からやり直し、結局撮影を三回も繰り返すことになった。三度めのは明暗がぴったり決った。焼付けはしなかった。ネガだけがほしかったのだ。フィルムは、医薬品棚と、黒い紙で覆いをした窓とのあいだに張った物干し綱に吊《つる》して乾かした。乾いたフィルムは、できるだけ固く巻き、テープでとめた。

次の日曜日、夜が明けるとすぐ、ヘラーはスクラップ・ブックを茶色の紙袋に入れ、現像ずみのフィルムを上着のポケットに収めたうえ、黄色のピントに乗ってアパートを出た。高速道路を北へ向けて走っていくうち、先日、ダイアモンドがワイパーを取り替えた修理工場の前を通り過ぎた。正午ごろ、やはり同じ日、彼とダイアモンドが立ち寄った道ばたの食堂に車をとめた。ヘラーは茶色の紙袋を腕にしっかり抱えこみ、カウンターに席をとると、特別製クラブ・サンドイッチとビールを注文した。

うしろの凹《くぼ》んだ小部屋の入口で、マネジャーが星占いコンピューターを蹴《け》っとばした。コンピューターとなると黙ってはいられないヘラーは、ぶらぶら小部屋の方へ歩いていった。

「どうしたんだい？」と彼は訊いた。

「また妙ちくりんな画像を吐き出しやがってね」マネジャーは、頬がリンゴみたいに赤く、髪を禿《はげ》隠しのかつらのように撫《な》でつけた若い男だった。「修理屋が来るまで一カ月もかかるんでさあ。お客さん、こういう新式器械、詳しくないかなあ？」

「詳しいよ」とヘラーはいった。「じつは政府のコンピューター・プログラマーなんだ」ビールのコップをコンピューターの上に、茶色の紙袋を床に置いた。「ちょっと見せてごらん。きっとメモリー・バンクのギアかなにかがいかれちゃったんだろ」

「や、ほんと、すみません」マネジャーが顔を崩した。「サンドイッチ、うちのおごりにさせていただきます。何か道具がいるなら、ちょっと呼んでくださいな」いい終ると、もっとよく分り、もっと大事でもある器械、キャッシュ・レジスターのほうへ引っこんでいった。

小部屋に一人残されたヘラーは、メモリー・バンクの蓋《ふた》を開け、あれこれキーを叩いたり、その結果のテープを点検したりして、出力情報装置の修理を始めた。ウェートレスがサンドイッチを運んできて、ビールの隣に置き、少しのあいだ好奇の目で見ていたが、やがて仕事をつづけるヘラーをそのままにして姿を消した。

四十分ばかりして、ヘラーは星占いコンピューターの修理を終えた。「思ったとおり、メモリー・バンクのギアの故障だったよ」しきりに頭を下げるマネジャーにヘラーは説明した。「しょっちゅう掃除をしないと、いかれちゃうんだよね。掃除のあとメモリー・バンクを傾《かし》げて自動装置にはめこめば、すぐに動くんだ」

「お客さんの話、ぜーんぜん分らないですよ」——マネジャーは声をあげて笑った——「でも、ほんと、すみませんでした。お客さんの運勢、出してみましたか？」

ヘラーはやってみなかったと答えた。「お客さんの誕生日と誕生時間、教えてくださいよ」とマネジャーがいった。「ぼくが代りにやってあげます。すっごく面白いんだから」

「いつかまた寄ったとき、やってもらうよ」ヘラーは約束した。

彼は、予定外ではあったけれど、ちょっとした仕事をやりとげた満足感を味わいながら、また高速道路に戻った。ニューヨーク市の高層ビル群のシルエットが、濃い霧の中にぼんやり現われ、やがて右手に消えた。ハートフォードの近くで高速道路から下り、白い中央線も路肩もない二車線の裏道を駆っていった。道路が狭まって小道になると、ヘラーはモーニングサイド・フラワーズとドアに手書きで記した店に車をとめ、長い茎の赤バラの花束を買った。それから十五分、花屋から半マイル先のユダヤ人墓地に車を乗り入れ、鉄製のダヴィデの星を掲げた門の下で下車すると、サラの墓へ足を運んだ。

小さな大理石の墓石には、「サラ・ダイアモンド　一九四五年一月二十四日―一九七二年十二月十二日」と簡潔に記されていた。

ヘラーは、金物《かね》のバンドでひと結びにした枯れたバラを取り除き、あとへ赤バラの花束を置いた。しばらく墓石を見つめていたが、やがて何か大事な決心を再確認するかのように、ひとり頷き、足早に車へ戻った。手には枯れたバラが握られていた。枯れた花びらを厚い本のページに挟み、いつまでも机上に取っておくつもりだった。

町へ入ると、ダイアモンドの家へ曲る角に車をとめ、そこから歩いていってドアのベルを鳴らした。その少し前から、ダイアモンドのぶつぶついう声が聞えていた。

「やっぱりきみだな」ヘラーをじろじろ見ながらダイアモンドはいった。「たぶん、また来ると思っていたよ」

中に入ると、ヘラーはすぐに話の要点に移り、わざわざここまでやってきた理由、だれにも気づかれないうちに帰らねばならないわけ、などを説明した。いくつものレインコートや傘が乱雑に置いてある玄関に突っ立ったまま、老人は熱心に耳を傾けていた。(感嘆の、それとも感謝の?)熾《おき》のような光が、老人の目の奥にきらめき始めた。ヘラーが話し終ると、老人は即座に賛意を表した。

「わしの家なら安心だよ」いささか興奮した老人は、臭い息をヘラーの顔に吹きかけながらいった。

「いっさい質問なさらないお父さんに感謝します」とヘラーはいった。

「きのう生れたばかりの赤ん坊ではあるまいし」老人は任せてくれといわんばかりの口調だった。「何も訊かん、答えも知らんでいるほうが具合がいいことくらい、ばかでも分るさ」

ヘラーは言葉を選んで事情を説明した。「ぼくの身に何かが起ったら……万一、ぼくが行方不明になったとしたら……たとえばの話ですけど、ぼくが死んだというニュースとか……そんな場合は……もうお分りでしょうが」

ダイアモンドは、ヘラーから渡されたフィルムをひねくりまわしながら呟いた。「万一の場合、わしは隠し場所からフィルムを取り出す。焼付けをする。それをフランク・モールトンなる新聞記者に送る——こうだったな?」

戸口で老人はヘラーに、初めて握手の手を差し伸べた。「幸運を祈っとる、チャーリー」いともおごそかな言い方だった。「チャーリーと呼んでもよろしいな、きみ?」と老人は付け加えた。

ヘラーは老人の手を握った。「うまくいったら、死なずにすむかもしれません」

ワシントンに戻ったヘラーはひどく疲れていたが、気分は上々だった。市内へ入る途中、オール・ナイトのサービス・ステーションに寄り、車を洗ってもらって、長時間ドライブの痕跡《こんせき》を消した。最後にオイル・チェンジをしたときの日付けとマイル数を記した札《タッグ》が貼ってあったが、それも取り除いた。翌朝、彼はシャワーを浴び、髭《ひげ》を剃《そ》ると、早めに役所へ向った。

面会予約係の、例の冷たい表情をした長官秘書が、ちょうど九時にやってきたとき、ヘラーはもうとっくに受付け机のところに待っていた。

「また、あなたね」無関心の表情を隠そうともせず、秘書はいった。わざとゆっくり時間をかけて、コートを衣裳戸棚《いしょうとだな》に入れたりしている。そのうちに金庫の真ん前にどっかりとしゃがみ、組合せ数字がヘラーの目に入らないように気を配って、中から長官の面会簿を取り出した。「長官の面会時間の状況ですけれど」と、秘書は椅子にそっと腰を下ろし、スカートの崩れを直しながら、横柄《おうへい》な調子でいった、「あなたがこの前見えたときから、何ひとつ変っていませんよ」

ヘラーは、例のモナ・リザの微笑を浮べてみせた。「いや、それが変ったんだよ」と落着きはらっていう。紙袋からスクラップ・ブックを取り出すと、いいかげんな見当で一ページを裂きとり、それを秘書の吸取紙挟みの上へひらりと投げた。「これ、長官に見せたまえ」と命令口調だ。「そしてだね、十時から十時五分までなら、ぼくの時間を長官のために都合してあげられるんだがと、こう伝えてくれないか。時間厳守ですよ、ともね」

結局、長官がヘラーの事務室に来たのは、決めた時刻よりも七分早かった。うしろにラトリッジと、影ことマッドを従え、恐ろしい勢いでドアをくぐり抜けてきたのだったが、その顔には、おれさまに仕える者はだれでも、神のために忙しく立ち働く枢《すう》機卿《きけい》に媚《こ》びへつらいながら従う僧正どものようであらねばならぬ、といった色がありありとみえた。「出ていけ」長官は、潮汐表《ちょうせきひょう》に取り組んでせかせか働いているヘラーの同僚をどなりつけた。かわいそうに、彼は恐怖に胆《きも》を縮みあがらせ、ほうほうのていで部屋から出て行った。

長官は中西部の出身、たたき上げで今日《こんにち》の地位を占めた男で、東部上流階級の人間らしい薄っぺらな教養がやっと身に着いたばかり。細君は二度め、初めのより痩《や》せ形の明るい女性だという。いつも耳から耳まで口が裂けたような笑いを、まるでバッジのように顔に貼りつけている男。死体を埋めた場所なら、いまでも全部おぼえているぞ、と仄《ほの》めかすような話し方をする。事実、彼はそんな荒仕事をしたのだった。つまり、輝かしい業績をあげた長期間の服務のあいだに、彼は、キューバ人、カンバ人、スマトラの中級軍人たち、ウクライナのパルティザン、苗族、ヴェトナム南部の山地民族、クルド族――ざっと数えてもこれくらいの民族の多くの人間を、ひどい窮地に陥《おとしい》れたまま放《ほう》っておいたことがあるのだ。その結果、彼の心に浮んだ唯一の感情は、漠然とした悲哀だったが、それも巻きこまれた者たち――彼らはそろいもそろってホモだった！――へのというより、政府を転覆しそこない、歴史の進路を変えるチャンスを失ったことに対する悲しみだったのだ。だれかが彼をとがめだてしたら、この男、長い歳月戦っている大国なら、お互い、結局は似たもの同士なのさ、と認めるだろうが、同時に、折々の暗殺計画にせよ、あの奇妙なフェニックス作戦にせよ、似ているのはごく上《うわ》っつらだけなんだよ、と少年ぽい情熱をこめて論じたにちがいない。長官はヘラーが秘書に渡したスクラップ・ブックの一枚をひらひら振りながら、長官はヘラーのほうに向き直り、きつい口調で尋ねた。「いったい、こりゃあどういうことだ？」

ヘラーは少しの間、口ごもっていたが、すぐに早口で答えた。「それは九ページのスクラップ・ブックの中の一ページです。残りの八ページはここにあります」

ヘラーはルーズリーフ式のスクラップ・ブックを長官に渡した。長官はせっかちにページを繰り、目を細めて電文を走り読みしたが、そのうちのいくつかは確かに見覚えがあった。彼はスクラップ・ブックをラトリッジに渡した。ラトリッジの顔は、ページを繰るうちに、みるみる蒼白《そうはく》になった。

長官は机の端にどっかと腰を下ろした。ヘラーの目に、ズボンの下端と靴下の上端のあいだの毛のない白い皮膚が映った。「どうやらきみは」と、長官は人さし指を神経質にひくひく動かしながら、一語一語選ぶようにいった、「何か頼みごとがあるらしいが、頼み方があまり穏やかでないぞ」

「たしかにお願いしたいことがあるんです」とヘラーは認めた。「長官がノーとおっしゃれない仕方でですが」

「そういうのをふつう、脅迫、というんだ」と長官はいった。「しかもきみは、目撃者がいる前で脅迫するという、とんでもない誤りを犯しておる。懲役二十年というところだな」

ヘラーはひるまなかった。しかし、声は割合しっかりしていたけれど、手はいうことをきかなかった——抑えようもなく震えている。

「この電文、みんな写真にとりました。フィルムは隠してあります。ぼくの身に何か起ったら——少しでも異変があったら——電文のコピーは即座に全国の新聞社へばらまかれることになっています」

長いあいだ、だれも一言も口をきかなかった。ラトリッジは、呼吸が止ってしまったみたいに青い顔をしていた。やがて長官がぽつりといった。「なるほどな」

話をはっきりさせたのは影ことマッドだった。「こいつは例のテロリストを殺してもらいたいというんです。それで、こんな手段に出たので」

「なるほど！」とラトリッジが叫んだ。いろいろ思い当ることがあるのか、表情はいよいよ暗くなる。「テロリストなんですな、目的は」

長官はラトリッジの顔を見た。「テロリストって、いったいどこの？」

「ぼくは奴らを殺してもらいたいのじゃありませんよ」ヘラーは、やっと聞きとれるほどの声でラトリッジにいった。「ぼくの手で奴らを殺したいんです！」

長官の拳固《げんこ》が、どーんと机を叩いた。〝公刊された報告書ではない限り責任はもてない！〟と読める小さな印刷物を含む机上のいろいろな物品が宙に跳ねた。「ちくしょう」と長官は不機嫌にがなりたてた。「〝親展〟というのは、わしだけが見るものと思っとった。奴はいったい、どうやって親展電文を手に入れたのだ？」

長官室の柔らかい寝椅子の中に煙のごとく消え入りたい思いをしていたラトリッジ、広い長官室の窓辺に立って、できることならこの七階の角部屋《かどべや》から地面に飛び下りたいと思っていたマッド――二人は思わず顔を見合せた。まずラトリッジのほうが肩をすくめて長官に答えた。「電文はヘラーのコンピューターにプログラムされておりましたから、暗号システムからの電文回収など、お茶の子さいさいだったわけでして……」声が次第にかすれて、しまいまで聞きとれなかった。

影がどもりどもり口を挟んだ。「や、奴は、さ、最高機密、し、親展電文、げ、げ、原子爆弾関係――よ、ようするに全業務について機密職分証を持っておりまして」

「やつが電文の内容を利用するとは、だれ一人、夢にも思わなかった次第で」ラトリッジがもぐもぐ補足した。

長官はかっとして、頭を激しく横に振った。「だれ一人、夢にも、だと？　きみらはな、夢みるために雇われとるんじゃないぞ。事態を正確に把握《はあく》するために雇われとるのだ」長官は机の引出しを開け、錠剤を一個取り出すと、掌《てのひら》から口へぽいと放りこみ、ミネラル・ウォーターでのみ下した。「よろしい」いくらか冷静になったようだった。「まず第一に、戸締まりは厳重にを励行してもらいたい。つまりだ、コンピュータへの立入り体制を再検討し、ここにいる三人を除いては、今後、何人《なんぴと》も――いいか、何人もだぞ――わしへの親展電文を見ることができぬよう、措置してもらいたい」

マッドが訊いた、「ヘラーをどういたしましょうか？」

「困りましたな」とラトリッジがうめくようにいった。「上院の諜報監視委員会が例の電文を手に入れなどしたらどうなりますやら。われわれが宣誓して否定してきた事実が……」

長官は指をこめかみに押しあてた。閉じた目の奥の偏頭痛がなかなか消えず、なんとかしてそれを抑えようとこめかみを揉《も》んだ。「わしの得意先はただ一人」と長官は落着いて口を開いた――ラトリッジとマッドは緊張して耳を傾けた――「アメリカ合衆国の大統領だけだよ。わしは大統領の忠実なる召使いだ。大統領がしてほしいと思うことをするのが役目だ。だが、この件に関しては、大統領が〝私は何も聞いておりません〟と逃げ口上でうまく否定できるような具合にもっていこう」長官が目を開くと、ラトリッジ、マッドの両人、もっともらしく頷いていた。「電文のうちの一通でも報道されたら……」長官は〝公刊された報告書ではない限り責任はもてない！〟とある印刷物に視線を止めた。「だれもわしを脅迫などせんよ」長官は慎重につづけた。「だれもな」指は金《きん》のペーパー・クリップを弄《もてあそ》んでいたが、それはヘンリー・キッシンジャーからのプレゼントだった。最後に、ぼんやりした目でラトリッジをじっと見つめながら長官はいった、「時間をかせごう。知らんふりをして、奴のほしいものはなんでもくれてやれ。向うからいわれなくても、なんでも与えてやれ。研修所《ファーム》に送り込むんだ。研修所で目的地侵入の技術を教え、射撃法も身につけさせてやれ。それから暗号もだ――」

マッドが、ついうっかり口を挟んでしまった。「暗号なら奴は知っておりますが」

長官は冷たく話をつづけた。「奴の知らない実戦用の暗号をだよ。時間が引き延ばせるなら、きみらが何をしようと、わしは一切文句をいわん」長官は回転椅子をぐるりとまわして窓の外を眺めた。長官室は駐車場とは反対の側に面していて、そこからの眺めはすばらしかった。「ところで」と長官は独りごとのように呟いた、「さしあたりフィルム捜しに全力集中といくか。奴は、こんな仕事、アマチュアだからな。友だちとか貸金庫とかに隠したに決っとる。フィルムが手に入ったら、きみらの親愛なるミスター・ヘラー、身体を二つにへし折って、肉は肉、骨は骨でばらばらにしてやることにするか」

第七章

正午、小型の輸送トラックが、高さ十二フィート、細かい網目模様の柵《さく》にある唯一《ゆいいつ》の入口を通り抜け、一軒の粗末な農家の前に止った。両腕にショットガンを赤ん坊のように抱えていた衛兵が、正面のドアを開けた。「到着いたしました」

スポーツマン・タイプのイギリス人、四十がらみで、髪は波状の赤毛、毎朝手入れを怠らない口髭《くちひげ》も燃えるように真っ赤な男が、悠然とポーチへ姿を現わした。上着をまとわぬシャツ姿だが、少しも寒くはない様子だ。男は国民健康保険で作った銀縁眼鏡に指を当て、妙な具合に頭をかしげながら、トラックの後部から跳び下りるヘラーを見つめていた。

「いよーっ」イギリス人は呼びかけたが、どこか嘲《あざけ》りを含んだ、突っかかる口調だった。気ままに飛びこんだ虫かなんぞを見るような目付きで、しげしげとヘラーを観察している。手なんかむろん差し伸べやしない。「ヘンダーソン大佐だ。本名ではない。大佐も本当の階級ではない。どうでもいいことだ。友人はおれのこと、ハンクと呼んどる。きみにはヘンダーソン大佐と呼んでもらいたい。分ったな？」

ヘラーは上目使いで背の高いイギリス人を見た。ヘラーの判断では、まばたきもせず、まったくの無表情で世界を見つめているみたいな、氷のように青い大佐の目には、ユーモアの色合いなぞ、かけらほどもなかった。自分を殺す男が目の前に現われても、退屈だな、という表情しかあらわさないのではないか。「分りました」とヘラーは答えた。

ヘンダーソンはそっけなく頷《うなず》いた。「きみはまさかと思うかもしれんが、おれがきみの担当官《ケース・オフィサー》だ。きみが神を信じていると仮定しての話だが、担当官というのはだな、これから敵国に潜入するエージェントにとって、神のつぎに大切な人間なんだ。おれのいうことをきちんと守りさえすれば、生きて帰れるチャンスも、ほんの少しはある」

「ほんの少し、しかないんですか？」ヘラーは皮肉っぽい口調で訊《き》いた。

ヘンダーソンは厳しく引き締めた顔の輪郭を、かすかな笑いで心持ち緩めた。「きみがここで自信をつけるチャンスのほうは、あり過ぎるほどあると思っとるがね」

ヘンダーソンのうしろで、ショットガンを抱えた衛兵が笑いを嚙《か》みころしていた。

「よし」と大佐はぶっきらぼうにいった。「ついて来たまえ。面白いものを見せてやろう」

ヘラーが来たところは、ヴァージニア州ウィリアムズバーグ近郊の森林地帯に広がる諜報《ちょうほう》要員研修所で、公式には国防総省研究調査センターといわれていた。しかし、実際にはまぎれもないCIAの機関で、この四百八十エーカーの土地には各種火器射撃場、跳躍塔、大講堂、教室、兵舎、士官クラブなどが完備していた。延々とつづく〝共産国国境〟さえ作られていて、監視塔、軍用犬、地雷網、各種エレクトロニクス感知器、その他、プロにでも国境突破をしんどい仕事と思わせる道具立てがそろっていた。研修所は、主としてCIA新入要員の基礎訓練機関として使われており、ヘラー自身も入局当時、ここで教育を受けたことがあった。しかし、研修所には、基礎訓練以上に秘密を要する諸計画、たとえば亡命者からの情報聴取、あるいは重要スパイ育成などの目的に使われる隔離された諸施設があって、これらは厳重な警護の下に置かれ、立入り禁止となっていた。隔離の程度が完璧《かんぺき》なことは、ここで訓練を受けている外国のスパイたち、まさか現在自分のいるところがアメリカとは思ってもみなかったという、研修所職員の自慢話でも知られていた。

ヘラーが送りこまれたのは、そうした〝隔離施設〟の一つだった。農家自体は睡眠、食事、それに各種専門知識を詰めこむ教室に使われていた。近くの納屋《なや》は改築して、室内射撃場になっていた。納屋のうしろの林にある窪地《くぼち》は、「爆発物序論」なるアカデミックな名称の授業が行われる場所だった。

昼食が終るとすぐ、軍用作業衣に着替えさせられ、火器取扱いの第一歩習得のため納屋に連れて行かれた。納屋には、よくプレスのきいた軍服の胸に〝スミス〟の名札を付けた曹長がヘラーを待ち受けていた。納屋の奥には乾草《ほしくさ》が分厚い壁のように積み上げられ、その上に明るいネオン灯が一列に並んでいた。

「まさかあなたも、スミスっていうのは本名じゃないし、曹長も本当の階級じゃない、なんておっしゃるんじゃないでしょうな?」ヘラーは軽口をたたいた。

壁によりかかっていたヘンダーソン大佐がそっけなく口を挟んだ。「機知縦横なお方だな、まったく」

曹長はにこりともしなかった。プロ中のプロ、野戦経験豊富。一見して冷血な殺し屋と分る。曹長は、プロ中のプロが、アマ中のアマに接するにふさわしい軽侮の表情を浮べていた。ばかに大きめのピストルを手にしながら、曹長はヘラーに、おまえ、銃の知識はあるか、と訊いた。

ヘラーは、ありません、と答えた。

「でもよ」と曹長は、鼻の穴がまる見えになるほど顎《あご》をそらして尋ねた、「どっちのほうから弾丸《たま》が出るかくらい、知ってんじゃねえか?」

ヘラーは落着かなげにヘンダーソンの顔をちらりと見た。「いまの曹長のせりふ、たぶん一日がかりで考えたんでしょうな?」

ヘンダーソン大佐は、自分らの不機嫌の理由はこれしかないといわんばかりに、「ここでは、プロばかりを相手にしとるんでね」と答えた。

「プロって?」ヘラーは尋ねた。

ヘンダーソンは長い時間、黙っていた。あまり長いので、ヘラーの質問を忘れてしまったのではないかと思われたほどだった。やがて大佐は口を開いた。「プロとはだな、やりがいのある仕事なら、立派にやってのけるべきだと考える種類の人間のことだ」大佐は曹長にきびしく頷いてみせた。「先をつづけろ」

曹長はピストルを持ち上げ、両手でしっかり握ると、両脚を広く開き、やや屈《かが》み加減になってピストルを前方に突き出し、納屋の一番はしっこの杭《くい》に載せたブリキ罐《かん》に狙《ねら》いをつけた。

「これが研修生に教えてる射撃法なんだからよく覚えとけよ」そういいながら、何回も同じ射撃姿勢を繰り返す。「昔からのCIA方式ってやつだ。こういう姿勢で撃つ野郎がいたら、十中八、九、うちの出と思って間違いない。まず両手でしっかりピストルを握る。両脚を広く開いて、どっしり根を張る。自然に息を一つ吸い、半分ばかり出したところでピストルを前へ突き出す。的の上部に狙いを定め、ピストルがその重みで自然に下がるにまかせる。ピストルが止ったら、術語で引き金と呼ばれている、この小さな可動金属板を静かに絞る。いいか、絶対に引いちゃならねえぞ。絞るんだ。いまいったとおりにやれば、相手の男《ヒー》は一発で死ぬっていうわけだ」

「こりゃまた性差別《セクシスト》」とヘラーが低い声でいった。

曹長は、まるでホモといわれたみたいにびくっとした。射撃の姿勢からのろのろ身体《からだ》を起し、大佐の顔を見る。「このやろう、おれのこと、性差別《セクシスト》ってぬかしましたぜ」

「気にするな」とヘンダーソンはなだめた。「自分じゃ気の利《き》いたせりふだと思ってるんだ。つまりだ、インテリ独特の言いまわしでだ、的は必ずしも男《ヒー》じゃなく、女《シー》かもしれんと、こういいたいわけだ」

スミス曹長は、このインテリめ、こんどはどんな嫌がらせを浴びせるつもりか、といわんばかりに頭を振ると、もう一回、流れるような滑らかな動作で射撃姿勢に入った。狙いをつけたなと思う瞬間、もう引き金を引いていた。納屋の奥のブリキ罐が杭から飛び、コンクリートの床に転がって、からんからんと音を立てた。

「おめえ、やってみろ」スミスはそういって銃尾を先にしてピストルをヘラーに渡した。

ヘラーは腫《は》れものにさわるようにしてピストルを握った。両脚を大きく開き、臆病《おくびょう》そうに背を丸め、両手を突き出して、別のブリキ罐に狙いを定める。曹長はヘラーの背後に立って、ピストルについての講義を始める。まるで小説か詩を朗読するみたいに淀《よど》みがない。「そいつはP－38、九ミリ口径のパラベルムといって、第二次大戦中、ドイツ陸軍が使ったピストルだ。第二次大戦って知っとるだろうな？　戦後、ワルター社がこのピストルの生産を再開、西独国防軍《ブンデスヴェール》の携帯武器として正式に採用された。長さは八・三八インチ。弾丸《たま》を込めない場合の重さ、二ポンド二オンス。銃身には六個の溝《みぞ》があり、弾丸は右回転のねじりによって快調に発射される。弾倉は弾丸八発を収容、ピストルに装弾するとシグナル・ピンが銃尾から突出する仕かけになっておる。初速は毎秒千百フィートくらいで、そのため反動の跳ね返りがかなりきつい。半面、射程が短かければ、たいていの対象を貫通する能力を持っておる。このピストルの欠点は、おめえなんかにはどうせ分らねえだろうが、回転弾倉の前部と銃身の後部のあいだから発射の際、ガスが漏れる点だってことになっておる。これがあまりつづくとピストルの能力が落ちるってわけよ。だが、いま、おめえが震える手で握ってるような程度良好のやつなら、そのくらいの欠点は、よほど使い込まなきゃあ無視しても構わねえくらいのものだ。いま、おめえが撃とうとしてるのは、ぴかぴかの新品だぜ」

「ほんと？」ヘラーはひとことそういって、引き金を引いた。まるで両手の中でピストルが爆発したみたいだった。跳ね返りがひどくて、ヘラーは思わずコンクリートの床に倒れてしまった。気まずそうに顔をしかめ、のろのろと立ち上がる。

スミスは無表情でヘラーを見ていた。「こちらのヘンダーソン大佐殿のお話だと、おめえ、だれかを殺《や》るってことだったが」とスミスはいった、「相手はいってえだれだ？」

ヘラーは、曹長がなぜ相手を知りたいのか、訊き返した。曹長は薄気味わるい笑いを浮べた。「なぜかっつーとだな、おれ、賭《か》けてもいいが、相手は女《シー》だと思うからよ」そういって意地わるく大笑いし、「性差別《セクシスト》なんてぬかしやがって！」と捨てぜりふを吐いた。

ヘラーは曹長から大佐へ視線を移し、また曹長へ戻した。「あなた方、ぼくの味方なんですかあ?」

「おれたち、親切な味方さ」せせら笑いながら大佐がいった。「これから先、親切でないのが、たんと控えているだろうけどな」

二重仕掛けの錠の一つめが、かちんと音をたてて開いた。次に二つめ。ドアが蝶《ちょう》番《つがい》を支点にして向う側に回転すると、白い作業衣を着、手に手に大小さまざまの道具箱を持った一団のCIA係員が、チェリーヒル・レインにあるヘラーのアパートへどっとなだれこんだ。「あわてるな」目の前を走り過ぎる一人一人に、影ことマッドがいった。「時間はたっぷりあるんだ。部屋の主《ぬし》は当分戻らんのだからな。流しの下にゴキブリがいたら、そいつが雄《おす》か雌《めす》か、そこまで突きとめるくらいの意気ごみでやってくれ」

係員は扇形に散開し、一部屋に四人一組の体制で仕事を始めた。壁の刳形《モウルディング》のあたりから手をつけ、床のカーペットを剝《は》がす。台所の食品箱の中を探り、冷蔵庫の製《せい》氷皿《ひょうざら》を一つ残らず解凍する。暖房器や、トイレ、流しの継ぎ目板をはずし、内部を点検する。棚の本を一冊も洩《も》れなくページをめくってみる。レコードのジャケットもぬかりなく調べる。枕《まくら》、マットレス、掛けぶとんに、縫い直して間もない個所が少しでも見つからぬかと、目を皿のようにして当っていく。衣類という衣類にまんべんなく指先を走らせる。テレビ、ラジオ、ハイ・ファイ、時計、ヘア・ドライアー、電気コーヒーわかし、トースター、ガス・レンジ、冷蔵庫のモーター、皿洗い器を分解する。消火器や流しの下の屑《くず》もの入れの中身まで空《から》にする。額縁入りの写真を引っぱがす。水が足りなくて枯れかかっている鉢植えの植物を引っこ抜き、土を篩《ふるい》にかけまでした。

この種の仕事に手馴《てな》れている影は、部屋から部屋へとぶらぶら歩きまわりながら、作業中の一人一人に、お目当ての物が見つからなかったら、いったいどういう始末になるか、分っとるだろうなと叱咤《しった》、激励の言葉を浴びせつづけていた。昇給、臨時手当、夏季休暇、楽な海外出張、みんなお流れ《ゴー・ダウン・ザ・ドレイン》になっちまうぞ、というわけだった。「お流れ《ドレイン》で思い出したが」と影は台所で作業中の一班に声をかけた、「そこの排水管《ドレイン》もぬかりなく調べるんだぞ」

四時間たったけれど、収穫は皆無だった。いや、皆無に近い、というべきか。「何も見つかりませんでした」と影ことマッドはラトリッジ本部長に電話した。「銀行の貸金庫の鍵《かぎ》以外には」マッドは掌《てのひら》に載せた鍵を見ながら付け足した、「貸金庫、ちょっと当ってみるだけのことはあるかもしれませんな」

ラトリッジは押しころしたような声で、いまいましそうにいった、「問題はフィルムだ。まさか見落したのではあるまいな、きみ?」

マッドは引っかきまわされたヘラーの部屋に、ひとわたり視線を走らせた。なんともひどい光景だった。午後の時間をたっぷりかけて、十六人の専門家がミツバチみたいに働いたればこそ、ここまで徹底的にガサ入れできたのだ。「ここには絶対に隠してありません」とマッドは断言した。「私の全キャリアを賭けてもよろしいです」

せせら笑うラトリッジの声が聞えた。マッドの耳に、それは、ヴェトナム戦線の無線電話でさんざ聞かされた妨害電波のように響いた。「きみの全キャリアを賭けたって間に合わんことになるかもな」それっきりで電話は切れた。

ヘラーは、精神、肉体ともに休む間もないほどの忙しい日々を過していた。六時半、ヘンダーソン大佐に叩《たた》き起され、たっぷり搾《しぼ》られたあげく、たいていは十時ごろ、よろめくように自分の部屋に戻ってくる。午前ちゅうは、おおむねスミス曹長といっしょに納屋で過した。ヘラーは、P-38の引き金を、撃つ前から怖気《おじけ》づくようなこともなく、スムーズに引けるこつをのみこむようになり、事実、ときどきは鑵を撃ち落せるほどになったが、だからといってスミス曹長もヘンダーソン大佐も、格別の反応を示すことはなかった。あるとき、ヘラーは八発も連続して失敗したことがあった。曹長はP－38を受取って、新たに一発だけ弾丸を込め、もう一度ピストルをヘラーに手渡した。「うまく当てるにはだな」と、目を細めて相手をじろじろ見ながら、曹長はいった、「なにがなんでも当ててみせるぞ、と、こう思わなきゃいけねえ」

「まるで禅ですね」ヘラーは感想を述べた。

「ゼンってだれだ？」――曹長があざ笑うような口調で訊いた――「また例の性差別《セクシスト》かよ？」

「外国人です」とヘラーは愛想よく答えた。「正確な射撃術を発明した男ですよ」

まったくおかしなことに、なにがなんでも当ててみせるぞ、と自分にいいきかせたうえでの射撃は、たしかに効果があるようだった。眼鏡をぴったり鼻につくように押し上げ、両脚をひろげて背を丸くする。ピストルを握った両手を前方に突き出し、いま撃とうとしている目標をホルスト・シラーと思いなす。P－38が轟音《ごうおん》をあげる――罐は杭からはじき飛んでいた。

いつもの場所で壁にもたれて眺めていたヘンダーソン大佐が、高慢ちきな顔で拍手した。「おめでとう。どうやら、やっと狙った相手に当てるこつを会得《えとく》したようだな」

「いわれたとおりにやっただけですよ、先生」ヘラーは口をとがらせて言い返したが、すぐに後悔した。もう二度と大佐の冷やかしには乗るまいと思った。

昼食前の一時間、ヘラーは、〝スキ〟とみんなが略称で呼んでいるポーランド人の柔道教師にしごかれた。そもそも一対一の肉弾戦なぞ、ヘラーは少しも気が進まなかった。「ぼく、取っ組み合いなんかしたくないんだけどなあ」ぶつぶつこぼしているうちに、はやポーランド人教師はほとんど理解不能の英語で、時折所作を交えながら、〝有効技《わざ》〟のあれこれについて長広舌《ちょうこうぜつ》をふるい始めた。

「取っ組み合うとか合わないとかの問題じゃないのさ」いつもの上役意識まるだしの口調でヘンダーソン大佐が説明した。「きみの精神を――お望みなら気分を、といってよろしいが、それをだ、あらまほしい枠《わく》にはめようというのがだ、この際、大切なんだ。つまり、きみの頭がだ、暴力を日常茶飯《さはん》のものとしてだ、受け入れるための訓練をほどこそうってわけさ」

ヘラーは十回以上も投げ飛ばされ、マットから立ち上がろうとして、そのたびに相手を観察した。ヘラーより大きくも重くもなさそうだが、ポーランド人は信じられないほどのスピードで、まるで猫みたいにしなやかに立ちまわった。ヘラーが技をかけようとしても、巧みに前進、後退して、手の届かぬところへすりぬけてしまう。ヘラーは、せめて一発くらわしてやりたい、としつこく迫った。「先生にだって、弱点、あるに、ちがいないんん、ですがね」ヘラーは、荒い呼吸《いき》の下から、かろうじてヘンダーソンにいった。

「身体じゃないんだよ、きみ」ヘンダーソン大佐は冷やかに答えた。「問題は頭だ。きみ、お手のもののはずだぞ。弱点さがしなぞ、他のだれよりも打ってつけだろうに」

ヘラーは屈せずにやってみたが、どうしても相手の弱点はみつからなかった。

見たところ背かっこうが多少ヘラーと似ている、地味な服を着込んだ男、係員の机に上体を屈めてカードにサインを走り書きした。たちまち分別くさい五十女の顔になった係員は、自分のファイルから別のカードを引き抜き、二つのサインを照合した。筆跡には寸分のちがいもなかった。

係員は顔を上げて微笑した。「おともいたしますわ、ヘラーさん。鍵はお忘れではないでしょうね？」

男は微笑を返した。「肌身離さずですよ」

係員は貸金庫が幾列も並んでいる部屋に案内し、目あての金庫の前に止ると、マスター・キーを差して、ぐるっとまわした。蓋《ふた》が開いた。男は箱を取り出すと、それを仕切り台《ブース》に持っていった。箱の中身を残らずテーブルに広げ、一つ一つチェックし始める。

いろいろな書類があった。出生証明書、生命保険証書、国債、ファースト・デイ・カヴァー（訳注 封筒に新発売の切手を貼《は》り、その切手の発行初日の消印を押したもの）のコレクション、旧式の懐中時計、手あかにまみれた『チェス序盤戦の手引』、秘書の手でヘラーの名前がタイプされている『定年後の生活設計』――これには表紙いっぱいにヘラーの筆跡で〝CIA福祉関係〟と大書してある。

男はもう一度、初めから点検し直し、それから一つ一つ、元どおりに箱へ納め、ブザーを鳴らして係員を呼んだ。数分後、男は銀行のロビーにある電話を取っていた。

「だめです」と男はいった。「フィルムも、手がかりも、何もありゃしません。面白そうなのは『チェス序盤戦の手引』くらいなものですな」

研修所の午後は、プロの連中の用語でいう〝手仕事《トレイドクラフト》〟に当てられていた――もっとも、大半は八年前、CIA入局当時の基礎訓練で教わったことの蒸し返しだった。開封・封緘術《ふうかんじゅつ》（つまり無断で手紙を開けたり封じたりする方法）、火炎壜《かえんびん》製造法、秘密会合場所の選び方、自分の身体の輪郭を変える方法、徒歩または車による尾行術、尾行をまく方法など、いろいろな授業があった。

「見えない手紙の書き方で、きみ、何か覚えていることあるか?」ある日の午後、ヘンダーソン大佐が訊いた。

ヘラーは脳みそを絞りに絞って、やっと答えた。「ええと、いざというときには尿が使えるってこと、覚えていますけど——尿で書いた字は、ゆっくり火にあぶれば出てくるはずだと。それから、頭痛薬ですからヨーロッパの薬局ならどこででも手に入るアスピリンの粉でも、見えない手紙は書ける、と記憶しています。〝現像〟には、たしかヨードチンキの湯気を使うのでした」

ヘンダーソン大佐は、かすかにだが、初めて感心したような表情を見せた。大佐はヘラーにリンネルの白いハンカチを渡した。「向うへ入りこむとき、これを持って行くといい。ちょっと水につけただけで、見えないインクができる。〝現像〟はあぶり出しだ。大切なのは、上質の紙を使うこと、それから、書きこむ前後に柔らかい布きれで紙の全体をこすって、紙の繊維に筆跡が残らないようにすること。剃刀《かみそり》かナイフで削った綿棒《めんぼう》をペン代りに使いたまえ」

「どうして見えないインクなんか使わにゃならんのですか?」いらいらしながらヘラーは尋ねた。「人を殺して帰ってくるだけなのに」

「見えないインク、ぜったい必要になるさ」――また、いつもの大佐に戻っていた――「つまり、きみの失敗談をだ、われわれにだ、詳しく報告するためにな」

また別の日の午後、手仕事《トレイドクラフト》の授業中のことだったが――ちょうど研修所内の仮装共産国国境にある狭い水路での実地訓練を前に、不法越境論の講義に取り組んでいる最中だった――ヘンダーソン大佐は急に視線を上げてヘラーの顔を見た。「前から訊こう訊こうと思ってたのだが」と大佐はいった、「きみはうちのおえら方の、どんな弱点を握っとるのかね？」

ヘラーはびっくりして尋ね返した。「ぼくがだれかの弱点を握ってるなんて、どうしてそんなことを？」

大佐は国民健康保険で調達した眼鏡越しに、じっとヘラーを見つめていた。「いやね、おえら方としては、きみが厄介な相手であるほうが、ずっと仕事がやりやすいに決っとるのさ。ひとつ意地悪なアドバイスをしておくが、どんなことでもいい、彼らの弱点を握っとるのなら、それを大切にしたまえ」

ヘラーの背筋に冷たいものが走った。「あなたはいったい、どっちの味方なんですか？」ヘラーは呟《つぶや》くような声で尋ねた。

ヘンダーソン大佐は返事をしなかった。

白い作業衣を着、手術用のゴム手袋をはめた二十人ばかりの男女技術職員が、封書に順序正しく蒸気を吹きつけて開封する作業用に作られた高めのテーブルに腰を下ろしていた。いったん開封されると、中の手紙は、封筒といっしょにプラスチックの盆に入れられ、組立て作業よろしく次の職員に渡される。この職員はガラス板の下に手紙と封筒を入れて平らにし、それらを写真にとる。撮影ずみの手紙と封筒は、また盆に入れられて次なる技術者に渡される。こちらは手紙を元どおりの折り目に畳み、封筒に戻したのち、特殊なスプレー式の糊《のり》で封緘する。

巡視の長官は技術主任としゃべっていた。「一日にどのくらい処理できるのかね?」

「ただいまのところ」と主任は答えた、「二名欠員でして――つまり、一人は香港へ、もう一人はエジプトへ出張させた結果ですが――まあ、なんとかこなしております。そうですな、大ざっぱに申して、一日千通から千二百通でしょうか。もっとスピード・アップできないことはないのですが、痕跡《こんせき》を残さずに仕上げるからには、どうしても蒸気吹きつけを丁寧にやりませんと」主任は落着かなげに笑った。「急《せ》いては事を仕損じる、と申しまして」

「そりゃそうだな」と長官は頷いた。「まったく、そのとおりだ」

影ことマッドが、小走りに作業室に入ってきて、ラトリッジ本部長の耳に何事かささやいた。本部長は長官の袖《そで》を引いて窓ぎわへ行った。本部長は一分近く、低い声でしゃべっていた。

「ちくしょう！」長官の怒声が響いた。技術職員の中には、仕事から目を離して長官の顔をうかがった者が何人かいたが、すぐまた元の蒸気吹きかけ作業に戻った。

「どこかに持ち出されとるに間違いない」長官の口調はいくらか平静になっていた。

「まず身内から始めろ。何人おるのかね？」

「兄と父親ですが」とラトリッジが答えた。

「そいつらに当ってみたまえ」長官が命令した。「国家の機密保持で押すんだ。友人関係も調べろ。高校時代のハンドボール仲間まで徹底的にな」まだまだ勝負はこれからだといわんばかりにかぶりを振る。「どこかに持ち出されとるに間違いないんだ。われわれを脅《おど》そうたって、そうはいかんぞ」

ラトリッジ本部長がおずおずと意見を述べた。「ヘラーを思いどおり放したらいかがでしょう？　最悪の場合、やつはシラーを殺すという場合も考えられますが、うまくいけばシラーのほうが先にやつを殺すでしょうから」

長官は本部長の思いつきを、すばやくかぶりを振って一蹴《しゅう》した。「危険が多すぎる。

見込みのない賭けだ。ヘラーは出したくない。わしはなんとしてでもフィルムがほしいのだ」

「あすこを見ろ」曹長は、室内射撃場の遠くの端に並ぶ木製のアヒルを指さしながら説明した、「あれは仲間うちで移動目標といわれてるやつだ。おまえが狙うのが、雄か雌か知らねえが、こんどは動かずに突っ立ってる相手じゃねえぞ」

ヘンダーソン大佐が毛布にくるんだライフルを持ってきて、スミス曹長に手渡した。曹長は毛布を剝がし、ライフルを高く持ち上げた。「フュジ社のF1型だ」曹長は講義を始める。「手で遊底《ゆうてい》を操作する式の連発狙撃《そげき》ライフルで、命中率はかなりのものだ。一九六六年のNATOのルクレルク賞射撃大会の折、フランス陸軍がこいつで一等になった」驚いたことに、スミス曹長のフランス語の発音はなかなか正確だった。「格好はあまりよくねえが、機構はしっかりしとる。もともと競技用のライフルで、後に狙撃銃として軍用化されたわけだが、そのほうが標準的な軍用ライフルの精度を改良するより気が利いてるってことだ。つまり、標準的な軍用ライフルっつーのは、初めから精度があまりよくないような出来だったからな。床尾《しょうび》の長さは調節可能。折り畳み式二脚架《にきゃくか》は」――スミス曹長は片手で二脚架をかちんと下ろした――「狙いを安定させるのに役立つ。引き金は測微《そくび》ねじで調節できる。全長四十四インチ。重量は弾丸抜きで八ポンド二オンス。弾倉は十発収容。初速は秒速二千八百フィートだ」

ヘンダーソン大佐が退屈そうな声で口を挟んだ。「きみ、このての銃が必要なら、プラハにいるうちの支部長が都合してくれるはずだ」

スミス曹長はライフルを目の高さに構え、銃身に取りつけた暗視照準鏡《スナイパスコープ》を目標に合わせた。「このライフルにはレーザースコープがついとるんだが」と曹長は説明をつづけた、「これを使えば、まず狙いをはずすことはない。このボタンを押すと、小さな赤い点が目標に投射される。暗視照準鏡の向うに見えるはずだ。赤い点と目標が一致したら引き金を絞る。弾丸《たま》は狙いどおり飛んでくってわけだが――引き金は絶対に引いちゃいけねえ」

スミスはライフルをヘラーに手渡した。「当りめえの話だが」と曹長は指さしながらいった、「あの移動目標、静止目標ほど簡単にはいかねえぞ。つまりだ」――と言いかけてヘンダーソン大佐のほうに顔を向け――「専門用語を使ってよろしいでありますか？」――と大佐の了解をとりつけたうえで、ふたたびヘラーへの講釈に戻る――「つまり、いわば目標と弾丸とが重なりあうようにだな、目標の前方狙い撃ちをせにゃならんつーことだ」

ヘラーは暗視照準鏡をのぞいてみた。なるほど、狙った木のアヒルに小さな赤い点が踊っている。「そんなに難しくはなさそうだな」とヘラーは呟く。ライフルを下げてアヒルまでの距離を大ざっぱに目測した。「ええと初速はどのくらいでしたっけ?」スミスとヘンダーソンは目を見かわした。「秒速二千八百フィートだ」と曹長がいった。

ヘラーは暗算で弾丸が目標に達するまでの時間を計算し、さらに同じ時間内に目標のアヒルが動く距離を測った。そして一歩さがると、適正な射撃角度を心に思い描こうとするように目標までの空間をにらんだ。「うーむ」

曹長と大佐はまた目を見かわした。

ヘラーは二脚開架でライフルを安定させ、踊る赤い点を追いながら、計算したとおり動く目標の前方に発射した。木のアヒルが向うへはじけ飛んだ。

ヘラーの顔に、例のモナ・リザの微笑がうっすらと浮んだ。「射撃角度を計算すりゃ簡単ってわけですな」ヘラーは羞《は》ずかしそうに呟いた。「ぼく、数字には強うござんしてね、へっへ」

規則一、相手をくつろいだ気分にさせること。影ことマッドはヘラーの父親に優しく話しかけた。「心配なさるようなことは何もないんですよ、お父さん。息子さんは政府と祖国にとっての大事な勤めを、きちんと果していらっしゃるんですからな」

短く刈りこんだ白髪、年のころは七十代の半ば。厚いレンズの眼鏡ごしに世間と接しているヘラーの父親は大きく頷いて微笑を浮べた。「そうでしょうとも。チャーリーの仕事がどんなものか、細かくは知りませんが、きっと大事な仕事にちがいないと思っとります、はい」

規則二、訪問の真の目的を隠すこと。「では本題に入らせていただきましょうか、ヘラーさん。実は、このニューヨークにソ連スパイの一味がですな、ヨーロッパ旅行社の派遣員というふれこみで、わがCIAの重要な地位にある職員の家族に近づき、ブダペストへの無料旅行を提供するという、どうもそんな動きをしてるようなのです」

熱心に耳を傾けていたヘラー氏が口を挟んだ。「ブダペストといいますと、たしか鉄のカーテンの向うでしたな？」

マッドはしたり顔で頷いた。「さ、そこが問題なんですわ」

「ははあ」ヘラー氏がいった。「やっぱりこんなことって実際にあるんですなあ」

マッドは声をひそめる。「相手があなたたなればこそ、ここまでお話しできるわけでして」

「もちろん、分っとります」

「奴《やつ》らはですな、いったんうちの職員の家族をホームグラウンドへ引っぱりこんだら、申すまでもなく、もうこっちのものとばかり、弱点を突いてきます——酒、女、あらゆる手段でですな——あげく、向うの手に落ちてしまう。さ、そうなると、奴らはいうなりになった家族をアメリカへ、つまり、つねづね機密に接している職員を擁しておる家庭に送り返すってわけですわね」

「ご安心ください」ヘラー氏は真剣な顔でいった、「そんな連中、まだ私のところへ近づいてきておりませんから。ここだけの話ですが、私だったらブダペストという言葉を耳にしただけで、こりゃ臭いと思ったでしょうなあ」

「なんと申しましても、まず用心」とマッドがいった。「万一、接触の気《け》でもありましたら——」

「直ちにお知らせしましょう」ヘラー氏は約束した。

「頭から断わってはいけませんな」マッドは手のうちを教える。「適当にあしらって、少し考えさせてもらいましょう、かなんかいっておけばよろしい」

「任せといてください」

規則三、肝心の質問は、あとから思いついたような顔をして持ちだすこと。「そうそう、忘れてました」——マッドはドアから出かかったところでヘラー氏のほうへ振り返った——「チャーリーからお父さんに写真を送ってきませんでしたかな？」

「写真？　チャーリーは写真など送ってよこしませんよ」

「はて、送ったと聞いたんだが」とマッドはいぶかしげに眉《まゆ》をひそめた。「あれはたしか」——といって思い出そうとするふりをしながら——「そうそう、十日前でしたよ。二週間前に皆で外出して、ポトマックへ遠出としゃれこみましてね」そういいながら、マッドは父親の目、とくに瞼《まぶた》に鋭い視線を注いでいた。嘘《うそ》をついている人間の瞼は、われ知らず小刻みに動くものなのだ。

ヘラーの父親が嘘をついているのでないことは、一目で分った。「郵便局でまぎれちまったにちがいない」とマッドはいった。「まったく、郵便局っていう役所、だんだん手に負えなくなりますな。こないだなんぞ、私の退職金引当て小切手が一枚紛失、局に調べてくれるよう頼んだような始末で」

ある夜、食事が終ってから、ヘラーは興味津々《しんしん》たる話を聞いた。「シラーとフワン・アントニオを探しあてるにはだな」とヘンダーソン大佐は、まわりに赤いリボンを巻いて、表紙にべたべた〝最高機密〟のスタンプが押されている古ぼけた紙挟みのページを繰りながらいった、「まずグレートヒェンなるドイツ娘を見つけにゃならん。さらにだ、グレートヒェンに近づくにはだ、ロジェンコという名前のロシア人が鍵になっとる」

「ロジェンコってどんな人物なんです？」ヘラーは訊いた。

ヘンダーソン大佐はコニャックを一啜《すす》りした。この男、鼻をぴくつかせて毎晩一杯やるけれど、一度たりともヘラーに勧めたためしがなかった。「ロジェンコとはだな」大佐はヘラーの顔をじろじろ眺めながら説明した、「関係書類によると在プラハ・ソ連大使館の文化アタッシェだ。少し毛色の変った奴で――エリザベス朝文学の研究でだな、モスクワ大学から学位なぞ授与されとる」ロシア人がエリザベス朝文学に興味を持っているというだけで、ヘンダーソン大佐にはたいそう気色《きしょく》が悪いらしく、いかにも吐いて捨てるような物の言い方だった。「奴の研究はだな、タイプで打ってありさえすればどんなのだって掲載するという名もないイギリスの季刊誌に発表されておる論文によるとだ、ウィリアム・シェイクスピアなるイギリス人の手になる劇のうち、いくつかは実はエドワード・デ・ヴィアの作である、というのがテーマだそうだ」

ヘンダーソン大佐はコニャックの杯を脇《わき》に置き、ティシューを一枚とって騒々しく鼻をかんだ。赤々と燃えている暖炉の薪《まき》へ、そいつをぽいと投げこむ。「こいつの正体はだ」と大佐はつづけた、「KGBの中佐。パトリス・ルムンバ大学ではシラーと寄宿舎で同室。グレートヒェンの担当官《ケース・オフィサー》にして情人」

ヘラーはいった、「ぼくの場合、あなたがぼくの担当官という線まででご勘弁いただきたいもので」

ヘンダーソン大佐、このーっ、という目でヘラーをにらんだが、こちらは知らん顔、人さし指で眼鏡を押し上げ、大佐が二人の中間の低いテーブルにぽいと投げた写真を手にとって、じっと眺めている。一枚めは望遠レンズで遥《はる》か遠くからとったもの。キオスクで新聞を買っている背広姿のロジェンコをとらえている。がっちりした身体《からだ》つき、インテリ面《づら》で目つきが鋭い。髪は豊かで、きれいなオールバック。二枚めは自動車の席に背を丸めて坐《すわ》っているところ。車の外で大男の運転手が開いたドアを押さえている。三枚めの写真は望遠撮影で、これはロジェンコとグレートヒェンが手に手を組んで田舎道を歩いているところだが、ご両人、会話に熱中している様子。

ヘラーが気のないみたいな口調で尋ねた、「タバコ、もらえます?」

「なんできみ、いつもタバコをねだるんだ?」大佐が反問した。「おれがいつくれてやっても、吸ったためしがないじゃないか」

ヘラーは写真から顔を上げた。「試してるんですよ」

「試すって何をだ？」大佐が訊いた。「だれをだ？」

「きょうのぼくがきのうのぼくと同じかどうか、試してるんですよ」

ヘンダーソン大佐は、困った奴だといわんばかりの表情を浮べ、紙挟みから別の一枚を引き抜いた。「プラハに行ったらだ」倦《あ》きあきしたといわんばかりの声で大佐はつづける、「きみはヤーネフという名のＣＩＡ支部長の翼下に入る」

「その人の見分け方は？」

「間違いようがない」ヘンダーソンは断言した。「太っちょで――たしか二十ストーンはゆうにある」

「ストーンって？」

「一ストーンは十四ポンド」

「するてえと二百八十ポンド（訳注　約百二十七キロ）！」ヘラーは口笛を鳴らした。「目立たない、並みのスパイとはえらい相違ですな」

ヘンダーソン大佐は、プラハ入りののちヤーネフと接触する場所および身元確認のサインを教えた。「ヤーネフはきみの泊る所を世話してくれるはずだ。たぶん隠れ家のうちの一軒をあてがってくれるだろう。いずれにせよ、彼の考え次第だ。ヤーネフはきみが必要とする装備——爆弾だろうがレーザースコープ付きのライフルだろうが、なんでもととのえてくれることになっとる。さて国外脱出という段になったら、これも彼が、きみを連れだしてくれる連中の手へ引き渡す役を勤めてくれる」ヘンダーソン大佐は閉じた封筒を紙挟みから抜き、指さきで開くと、中の紙片にざっと目を通した。「もう一つ。いいか、こうある——万一貴官が行動中逮捕された場合は、当方の名簿から貴官の名は完全に削除するものとする。当方の了解するところによれば、貴官は無理からぬ理由により復讐《ふくしゅう》の挙に出《い》ずる一私人だからである。ピリオド。貴官よろしく了承されんことを。分ったな？」

「分りました」

ヘラーはその紙片を繰り返し読み、忘れぬように頭へたたきこんだ。ヘンダーソン大佐がコニャックの最後の一杯を飲みほすと、ヘラーはそちらに向き直り、「もうこも卒業の潮どきだと思いますが」といった。

大佐はヘラーの申し出に興味を抱いたようだった。「ここでは三カ月の訓練が普通なんだぞ。きみなぞ、まだ一週間とちょっとではないか」

「これ以上いても上達の見込みはなさそうですよ」ヘラーはしつこく食い下がった。

「かえって腕がなまるだけです」

「それを決めるのはおれじゃない」ヘンダーソン大佐は答えた。

「どなたが決めるのか知りませんが、彼に」——といってヘラーはにっこりした——「あるいは彼女にいってくださいよ、ぼく、遅くていらいらしてるって。すぐ仕事を始めたいんです。さもないと」

燃えている薪が跳ねて、その音が静かな部屋に大きく響いた。「さもないと?」大佐が好奇心をあらわにして尋ねた。

「さもないと、ぼく、とても手に負えないことになりますよ」とヘラーは言い返した。

「ぼくが手に負えなくなるの、だれも望んでいないはずだがな」

第八章

七階の長官事務室には、厚い黒カーテンが引かれていた。長官、副長官、それに数人の補佐官が、軌道衛星から撮影したソ連のミサイル基地のスライドを見ていた。

「警報が出てミサイルが発射態勢をとるまで、どのくらい時間がかかったのかね？」と長官が尋ねた。

「十四分です」副長官が答えた。

補佐官の一人が補足した。「前回より約八十秒早うございました」

長官が言葉を継いだ。「ミサイル要員の訓練で八十秒削れたわけじゃあるまい。なんらかの技術的進歩があったのだろう」

「私も同意見です」と副長官が賛意を表した。

暗い事務室にラトリッジ本部長が足音を忍ばせて入ってきた。長官にタイプしたメモ用紙を渡す。長官は映写機の光にかざしてメモを読んだ。

「これ、きみの思いも及ばなかったことだろうな」不機嫌にそういうと、椅子《いす》を回転させてメモをラトリッジに返した。「奴《やつ》に脱出経路は説明したのだろうな？」

ラトリッジは暗闇《くらやみ》の中で頷《うなず》いた。

「地方警察の状態はどうなんだ？　服のほうはどうなっとる？」

「服まで問題であるとは考えてもみませんでした」とラトリッジが答えた。

「明らかに服だって問題だぞ、きみ」と長官はつづけた。「奴に服を新調させるんだ。仕立て屋に慎重にやらせて、なんとか時間かせぎをしたまえ」長官はスクリーンに戻ると、いらだたしそうに手を振った。「次のスライドに移ってくれ」

服・アクセサリー部の係員は、いかにもプロらしく一歩下がると、細くした目で肩のあたりを眺め、チョークで数カ所に印をつけた。「あんまりぴったり合わないほうがいいのでしたね？」知っているくせに職人は念を押す。たっぷり裾《すそ》を折返した襞《ひだ》だらけのズボンと、ダブルの上着を着たヘラーは、鏡の中のおのが姿にしげしげと見入っていた。

窓の敷居に腰を下ろしたヘンダーソンが口をはさむ。「服のほかにオーバーコート、上等な帽子がいる——帽子は例のロシア式の毛皮がついたやつがいい——それに手袋、踵《かかと》の厚い防水靴もな」

服・アクセサリー部から来た男は、自分の下襟《したえり》にたくさんのピンを留めていて、上着が一段落すると、それを脱がせて、こんどはズボンにとりかかった。このズボン、腰まわりがぶかぶかである。

ヘンダーソン大佐は、職人が来るまでヘラーと論じていた話を再開した。「えーと、どこまで話したっけな？ そうそう、四鉛化エチル——うん、例の高オクタン価・ガソリンの添加物さ——これを数滴、皮膚に垂らすのもいい、ってところまでだったな。この方法だとあっという間に死ぬ。外傷、他殺の証拠、まったく残さずにだ。凍死という方法もある。枕《まくら》を使って窒息死させる手もあるが、この際は身体《からだ》に暴力の跡を残さぬよう注意が肝心。分厚い布きれが一つあれば窒息死させるのなぞ朝飯まえだ——バス・タオルを使えば手ぎわよく仕上がる。細かい点にまで気をくばりさえすれば、以上、どの方法を使っても、いっさい病理学的証拠は残らんはずだ」

「痛い！」ヘラーが叫んだ。ピンが皮膚に触れたのだ。

「すいません」しゃがんでピンを刺していた職人が顔を上げて謝った。

「ええと、何か言い忘れたこと、あるかな？」ヘンダーソン大佐は眉《まゆ》を寄せ、無意識に髭《ひげ》の先をもてあそびながら、しばし黙想した。「そうそうX線だ。X線を忘れてた。X線を致死量ぶん被曝《ひばく》させるっていう手もある。即死するわけではないが、被曝の結果どうなるかを相手の男に——あるいは女に——とっくり説明してやれば、そいつは恐怖のあまり死なぬとも限らぬ。つまり、外傷なしの心臓麻痺《まひ》ってわけだな」

ヘラーは首をまわして意見を述べた。「ぼくはなんといっても、あのドイツ製のピストルがいいですな」

ヘンダーソン大佐は鼻をふふんと鳴らした。「きみなんぞがピストルで殺《や》るとなるとだな、よほど近くから撃たにゃあなるまい」

「近くからって、どのくらい？」

「至近距離の水平射撃。それでも相手を倒す確率は五分五分ってところだろうな。ふふ」

ヘラーは、職人の刺したピンに触れぬよう、用心しいしいズボンを脱ぎ始めた。

「準備も整ったことだし、いまのような細かい話をいろいろ聞かせてもらいたいものですな」とヘラーはいった。

「参考になるような細かい話、この先もせいぜい耳に入れてやるよ」そうはいったものの、ヘンダーソン大佐、さして乗り気ではないようだった。

長官はホールから少し離れた廊下の電話を取った。うしろのほうからおなじみの音――ワシントンの社交界特有の、あのざわめきが聞える。

「どうした？」長官は訊《き》いた。ラトリッジはたっぷり一分間、しゃべりつづけた。この男、悪いニュースだと一気にしゃべりまくり、しゃべりきらないうちは絶対こちらに物をいわせない癖がある。

長官は鼻の穴をふくらませて大きな溜《た》め息をつく。すぐに厳しい指示。「ヘンダーソンに命令しろ、できるだけ時間かせぎをしろ、とな」

電話を切ると、この家《や》の女あるじが、シャンパンのグラスを二つ持って居間から現われた。一つは長官、もう一つは自分用のだ。「スパイの冒険談なんて、もうたくさん」そういって陽気に笑う。「あなた方、遊ぶってこと、しないのね？」

長官は、また元のチャーミングな老人に返って、シャンパン・グラスを受け取る。「遊んどるさ」長官はいった。「年がら年じゅうな」

ヘンダーソン大佐は作戦状況説明室のテーブルにチェコスロヴァキア西部の地図を広げ、四隅に手当りしだいのもの——食卓塩の罎《びん》、コーヒー茶碗《ぢゃわん》二個、ソ連製バックファイア爆撃機の模型を置いて文鎮《ぶんちん》がわりにした。飛行操縦士——彼がヘラーと行動をともにする仲間であることは後刻分った——が部屋の奥の、二人の話が聞えないテレビのあたりでぶらぶらしていた。ヘラーは寸法がひとまわり大きいチェコ式のオーバーを着こみ、ロシア式の毛皮帽子をかぶって、ヘンダーソン大佐の肩越しに地図を眺めていた。

「われわれは空軍機でミュンヘンへ行く」大佐が静かにいった。「そこからレンタカーでオーストリアのリンツへ赴く。リンツからは一路国境へ、というわけだな」

ヘラーは眼鏡をそっとずり上げた。「国境へ着いたら、ぼく、どうすりゃいいんです?」

「ガイドを雇って、チェスケ・ブジェヨヴィツェの南で越境する」

「敵のパトロールは? 地雷地帯はどうなんです?」

「両方ともある」大佐は冷静に答えた。ヘラーをまじまじと見つめ、その顔に恐怖の最初の兆候が現われるかどうか、探ろうとしている。「パトロール、地雷地帯、それらの在《あ》り場所を知るのが問題だ。しかし、きみの雇うガイド、その種の経験は豊富なんだよ——おれも二度、世話になった」

「チェコに行った経験がおありなんですね？」

「東ヨーロッパで、おれが越えなかった国境はほんのわずかしかないよ、きみ——夜、腹這《はらば》いで、丘の上から犬どもに吠《ほ》えられながらだ。まったく興味津々、何もかもがすっかり楽しく思えたものだ」そういいながら指で地図をとんとん叩《たた》く。「このチェスケ・ブジェヨヴィツェで、きみを女の手に渡す。女はピセクへ連れていってくれるはずだ。そこからヴルタヴァ川沿いに下り、川幅最大の所へ出る」

「川幅最大の所とは？」

「プラハだよ。プラハ市の住所はおぼえてるだろうな？」

「美術館裏で、ヴノフラディ街四十五番地。四階、右手の一番近い部屋。ドアにだれが出てこようと、ぼくはこういいます、『歴史の本はありませんか』するとプラハのあなたの手下はこう答える、『あるのは伝記だけです』」ヘラーはくすくす笑った。

「ずいぶん古くさい合言葉だなあ。CIAにはよほどの読書家がいるんですね」

ヘンダーソンはぎろりとヘラーを睨《にら》んだ。「こういう古い諺《ことわざ》があるの、知ってるだろう、『最後に笑う者がいちばんよく笑う』」

「ぼく、冗談をいっただけですよ」とヘラーは口をとがらせていった。

「おれもそうさ」と大佐は答えた。

査察総監は頑固《がんこ》一徹の男だった。「私の任務は簡単明瞭《めいりょう》ですな」と彼はいった。「噂《うわさ》だけでも仕事のきっかけになる。まず関係書類を全部調べたいですな。直接、関係人物にも会いたい。嘘《うそ》をついてる疑いのある奴は嘘発見器にかけたい。不正をかばう奴がいたら、即座に首を切る。噂が真実と判明したあかつきには、容赦なく告発する、と、こういうわけです」

「まあまあ、フランク」長官は査察総監をなだめた。「ここは一日に千も噂が立つ所だぜ――」

「でも今回のような噂は、千に一つもありゃしません」と総監は言い返し、目玉をぎょろりと一回転させて呟《つぶや》くように言い添えた、「まったく、なんてこった」

長官は別の手でやってみることにした。「なあ、きみ、では噂が本当だと仮定してみようじゃないか。うちの暗号関係者が実際われわれを脅迫していると仮定しよう。その場合、この事件はだね、まさに内密裏に、かつ穏当に片づけるべき種類の事件とちがうかね？」

査察総監はかたくなに首を横に振った。「長官は私の立場をご存じのはずです。この種の事件、いつかはきっと起るのですな。身内の事件だとしたら、うちの役所にとっていっそ好都合です。上院委員会などが介入して、向うさまの手でかきまわされるより、うちうちできれいさっぱり片づけるほうが、どれだけいいか」総監は、宣誓するみたいに右手を上げた。「小の機密は譲っても大の機密は守る、これが私のモットーでして。うちの役所に脅迫なんかする奴がいたら、直ちに相応の処置をすべきです」

長官は相手の機嫌をとるように、にっこり笑った。「フランク、わしは大も小も、機密ってものはすべて守るように教えられたけどな。噂なんかに引きずられて、少しでも漏らしたらいかん、とな」そういって総監の目をじっと見つめる。「わしらを脅迫しとる奴など、おりゃせんのだよ。本当だぜ、きみ」

査察総監は心の底から吐息をついた。「残念ながら」と彼はいった、「そのお言葉だけでは引き下がるわけにまいりません」

長官は深ぶかと息を吸った。一瞬、査察総監は、気の短い長官、かんしゃく玉を破裂させるのかな、と緊張した。しかし、長官は吸った息をゆっくり吐き出しただけだった。

総監は掌《てのひら》を上にして両手を広げた。「いいですか、長官。もしだれかがうちの役所を脅《おど》そうとするなら、そやつはうちの重要機密書類にタッチしていると確信しているからにちがいない。私は、奴の思うほど重要ならば、ぜひこの目でその書類を見たいのです。さらに私は、役所が脅迫にひるんでいないことも確かめたい。CIAに対して、CIAのしたくないことを強制するとは、いったい何ごとですか？　うちの役所がすべきではない行動をとりつつある危険性は十分にあるのですぞ」査察総監は椅子に背をもたせた。「私は書類を拝見したい。関係者にも会わせていただきたい」

不意に長官が起立した。「分った」

総監もびっくりして起《た》ち上がった。二人は長いこと、何もいわずにいた。やがて査察総監はひとつ頷いて踵《くびす》を返し、部屋を出ていった。

長官はドアが閉まるや否《いな》や、電話に飛びついてラトリッジ本部長を呼び出した。「奴、どこで嗅《か》ぎつけたんだ、いったい？」長官はぷりぷりして叫んだ。「重要なのは、奴が詳しく知ってるらしいってことだ」そこで声をひそめる。「あの査察総監め、まったくしつっこいんだからな。奴が糸口を見つけてずるずる引いたら、たちまち全貌《ぜんぼう》暴露だ。いわんでも分っとるだろうが、ヘラーよりもこっちの足もとに火がぼうぼうってことだ。ヘラーがあの変てこりんなスクラップ・ブックに貼《は》りつけた文書よりも、こっちの状況のほうがよほど重大な危機に瀕《ひん》しとるよ」

それから数刻後、長官の部屋ではラトリッジ本部長が暗然と呟いていた。「まったく、進退谷《きわ》まった感じですなあ」

マッドが口を挟んだ。「あの書類を奪い返すこともできぬし、といって――」

長官が後をついだ。「といってピストル携行のヘラーをチェコに放すわけにもいかぬ。たとえ奴がピストルの使い方をろくに知らぬとしてもだ。どうもこりゃまずいことになってしまったな」

長官は自分の爪《つめ》をつくづくと眺めた。この数週間で、ひどく色つやが悪くなってしまった。われながら皮膚は黄ばみ、皺《しわ》が多くなったような気がする。鏡からこちらを見返している顔も、一段と老《ふ》けこんだようだ。「わしはいつも思ってたものさ、この仕事、いつか自分を殺すことになるぞ、とな」だれにともなく呟く。こわばった笑いが浮ぶ。「こんなことで何ゆえびくつかにゃならんのかな」長官は強い意志力で沈む気分を跳ねのけた。「まず手近の問題から片づけよう」とラトリッジ本部長と影ことマッドにいった。「査察総監が本筋を見失うことはありえない。奴はきみら二人を喚問するだろう。きみたち、事態を知っていたら脅迫なんかに屈するものですか、でも、事実、何も知らないのです、ということにしておきたまえ。奴はD課の暗号要員にも当るだろうが、あすこの連中は本当に何も知ってはおらん。査察総監がヘラーにも面会したいといったらだな、女友だちに不幸があって、目下休暇中と答えておくのだな。ほかに何かあるかな？」

「ヘラーのアパートをくまなく調べたマッドの部下がいます」とラトリッジがいった。

「しかし、彼らにしたって詳しい事情は何も知ってはおりません。ただ捜索の専門家というだけですから」

「ところで、きみたち、いまどんなことをやらせてるのかね？」長官は目下の情勢を知りたがった。

「しかるべき場所は全部調べさせたのですが」と影ことマッドは答えた。

「ヘラーの親戚《しんせき》、知友、大学の同級生など、男女とりまぜて一人一人面会しました」とラトリッジが説明した。「といって大した数ではありませんでした。ヘラーって奴は、あまり人づきあいのいいほうじゃありませんでしたからね。うちの役所で一番の親友だった男も厳重に調べました。あの包装関係の仕事をしてる奴ですが——」

「万一、ヘラーの身に何か起きれば、奴がフィルムを託した人間がそいつを公開しちまうというわけか」と長官がいった。採るべき手段を改めて探っている様子だった。

「崩壊《ペリッシュ》か公開《パブリッシュ》か、ですな」ラトリッジ本部長は駄洒落《だじゃれ》をいったが、すぐ後悔した。

「そんな駄洒落をいえる状況なら」——長官は苦虫《にがむし》を嚙《か》みつぶしたような顔になった

——「おれだって仲間に入れてもらいたいくらいのものだよ」長官は窓のほうに椅子を回転させ、田舎の風景にじっと見入った。「外へ持ち出されたんだ、フィルムは……どこかに……どこかにな。きみらはアパートを捜索した。貸金庫も調べた。奴の車もチェックした……」

ラトリッジとマッドは互いに目を見かわした。マッドがいった、「奴が車を持ってるなんて知りませんでした」

八分後、マッドは電話で部下に召集をかけた。午前零時を過ぎてまだいくらもたたないころ、作業員の一人が、ヘラーが自家用のピントを預けておいた民間駐車場へ歩いていった。作業員はすぐにピントを高速道路へ向け、料金を払って闇のハイウェイに消えた。車を運んでいった先は、ＣＩＡと特別な関係にあるヴァージニア州外の修理工場だった。マッドの部下が、そこでいっせいに仕事にとりかかった。圧搾《あっさく》器具を使って、ねじというねじを洩《も》れなく抜いた。二人の作業員が車の下にもぐりこみ、各種のボルトを取り除き始めた。車輪がはずされ、タイヤも空気を抜いて徹底的に調べられた。車内の敷物類はすべて外へ持ち出された。外部、内部を問わず、すべての照明器具が分解、調査された。

少し離れた所で、マッドは部下の作業を監視していた。足もとのコンクリートの床いっぱいに広げられた各種の部品をひとわたり見まわした。ふと視線が枯れたバラの花束に落ちた。助手席の床にあったのが見つかり、外へ投げ捨てられていたのだった。花束を固く結んでいる細い金物《かね》のバンドが、光を受けてきらりと輝いた。マッドは屈《かが》んで、もっと近くから見ようとした。盲人が点字に触れるみたいに、指先でバンドの表面を探ってみた。それから注意深くバンドをはずし、光にかざしてバンドに刻んである文字を見た。

〝モーニングサイド・フラワーズ〟とあった。

長官室に持ちこまれたバンドは、机の吸取紙挟みの上に伸ばして置かれ、熱心な研究対象となった。国内の電話番号をすべて記憶しているコンピューターが作動し始め、たった三十五秒の間に、東岸から西岸まで、〝モーニングサイド〟と屋号をつけた三十三軒の花屋の電話番号を吐き出した。さらに点検が進み、すでに廃業している七軒、プラスチックの造花しか売っていない三軒、ワシントンから車で一日以上かかる場所にある十八軒、ここ数カ月、赤いバラを扱っていない二軒が除かれた。

残りは三軒。

長官とラトリッジ本部長が見守るなかで、マッドが長官室の電話をとった。まず一軒め、マッドは、赤バラの花束、きれいですね、なんてもぐもぐいいながら、もう少しほしいんですが、と切りこんだ。「おたくの店の名前、花束に巻いた金物《かね》のバンドで知ったんですよ」

「えーっ、バンドですって？」と相手は尋ねた。

「うちはリボンを使ってるんですの」というのが二軒めの売り子の答えだった。

三軒めで、やっとマッドは狙《ねら》いの店に当ったわけだった。「広告っていうのは利《き》くものなんですのね」電話に出た女主人が笑いながら答えた。マッドは店の場所を尋ねた。相手の答えに耳を澄まし、大げさに礼を述べたてから電話を切った。「分りましたぞ」とマッドは長官と本部長にいった。「モーニングサイドっていう店、あの女の子が埋葬された場所の近くですよ！」

「やっぱり」ラトリッジと長官が異口同音にいった、「あの女か！」

マッドと四人の部下はヘリコプターでハートフォードに飛び、飛行場から車を借りると、最後の目標、ユダヤ人墓地に向った。マッドは、墓地の支配人が実際に確かめるひまがないほど手早く発掘許可書を振りまわしながら、発掘と開棺《かいかん》を命じた。支配人は、マッドが問題の要点をのみこむまで、さかんに空咳《からせき》を連発した。結局は、発掘に従事する労務者に、だれが金を払うか、ということだった。マッドはすぐに二十ドル札を数枚（別に支配人にも幾枚かを）与えて問題を解決し、仕事を始めさせた。

棺《ひつぎ》が手ぎわよく地面に掘り上げられると、労務者たちは最寄《もよ》りのバーにでも行って待機し、三十分後に戻ってくるように、と指示された。マッドと四人の部下は、かねて用意の道具で棺の蓋《ふた》を開け、棺の中や、ぼろぼろになった死体をくまなく調べるという、世にも恐ろしいフィルム捜しに手をつけ始めた。

いっぽう支配人は、先刻目の前にひらひら振りかざされた発掘許可書が気になって、あれこれ考えつづけていた。いっそ警察を呼ぼうか、とも思ったが、もしあの連中が見かけどおり本当の役人だったとしたら、ばかをみるのはおれってことになるな、と考え直した。でも、役人って、どこの？　それが気にかかった。いったい全体、ドイツでテロリストの手にかかった可哀《かわい》そうな女の子の墓をあばくなんて、どういうわけなんだい？　支配人はダイアモンドとは仲よしだった。時折はトランプ遊びで、お互いの家を訪問しあったりしていた。

事務所の窓から墓石の群れを眺めていた支配人は、やっと心を決めた。電話を取り上げ、ダイアモンドにダイヤルをまわした。

「いったい、そいつらはだれなのかね？」支配人が一部始終を話し終えると、ダイアモンドは尋ねた。声音《こわね》には怒りのいろがあらわだった。「サラの棺を掘り出すなんて、いったい奴らにそんな権利があるのかい？」

「ほんとのことというと」と支配人は打ち明けた、「おれ、たしかに許可書を見たのだが、実際に中身を読んだわけじゃないんだ」

「すぐ、そっちへ行くよ」ダイアモンドはいった。

ダイアモンドは旧式のフォードのアクセルを目いっぱい踏んだ。しまいにはモーターがぶるぶる震えるほどだった。現場に着いたのは、ちょうどマッドの部下が死体の衣服を調べ終ったときだった。まる裸の腐敗死体を目にしたとたん、ダイアモンドは狂わんばかりに激昂《げっこう》した。「どういうことなんだ、これは?」叫ぶが早いか、手近の作業員につかみかかって棺から引き離し、振り返って死体を見つめたが、すぐに両手で自分の目を覆《おお》い、その場に膝《ひざ》をついて、身体を前後に揺すりながら「うう、うう」とうなった。

老人が落着きをとり戻し、どうにか口がきけるようになったのを見はからって、マッドが声をかけた。「いったい、あんたはだれなんだ?」

マッドの一隊（その日も遅くなって、さらに四人の部下が新規に投入された）は、ダイアモンドの住む小屋の捜索にとりかかった。老人はキッチンで紅茶を飲んでいたが、時折、立ち上がってはぶらぶら歩きまわり、無表情な目差《まなざ》しでちらりと様子をうかがったりした。「おまえさんたちみたいなのと、以前にもつきあったことがあったよ」とダイアモンドは、サラの赤い切手のコレクションを調べている若い作業員に話しかけた。

「どこでです？」若者は丁重に尋ねた。

「クラカウのわしのアパートさ。ゲシュタポに捜索されたのだ」ダイアモンドは一本調子の声で説明した。「みんな格好《かっこ》のいい若者たちだったな。髭はきれいに剃《そ》り、顔色もよく、髪は短く刈り上げて、ちょうどきみらみたいに自信たっぷりだった。奴らは地下組織発行の新聞を捜しまわっていたのさ」作業員が格別の反応を見せないでいると、老人はさらに付け加えた、「わしはストーブに新聞を詰め込んでな、上から火をつけておいたんだが、けっきょく見つかってしまったよ。家族一同、家畜専用車にぶちこまれ、諸君ご存じの場所へ連れていかれた。うん、アウシュヴィッツさ。女房、子ども二人。生き残ったのはわしだけ」

若い作業員は、たとえうるさいなと思ったとしても、顔には表わさないようにしつけられていた。「それとこれとはちがいますよ」と若者は意見を述べた。

「どうちがうんだね？」

「今回のは国家の機密問題なんですから」と若者は説明した。

「へーえ」と老人はいった、「こいつは驚いた」老人の皮肉は若い作業員には通じなかった。彼はちょうど切手の調べを終えて、サラのベッドの枕《まくら》によりかかっている、いかにも薄汚れた中国人形へ目を向けたところだった。人形のまるまるした手足を見ている若者の視線が、いやにぎらぎらしているのを見ると、老人は猥褻《わいせつ》な笑い声を漏らした。「わしらのころにはな」と老人は軽蔑《けいべつ》するようにいった、「きみらぐらいの年ごろの男は、生身《なまみ》の女の子にのぼせていたものよ」

影ことマッドがやってきて、若者に仕事の具合を尋ねた。「あとはベッドだけです」と若者は報告した。「それでこの部屋は終りです」

部屋の隅にいた老人の顔の筋肉がこわばった——どんな微風にも敏感な帆船の乗組員同然のマッドが、それに気づかぬはずはなかった。「よし、おれが手つだおう」二人は仕事にとりかかった。マッドはベッドの脚の所にあった古ぼけたアルバムを取り、一ページ一ページたんねんに調べたあと、脇《わき》に積み上げられたほかの本の上に投げた。次に目をつけたのは変色した旧式の真鍮《しんちゅう》製ベッドで、どこかにねじで留めた個所がないか、ひとわたり手探りしてみた。連結部はすぐに見つかった。マッドは支柱の上部のねじをはずし、懐中電灯を中空の個所へ向け、じろりと老人に目をやった。老人はゆっくりと身体を屈め、音も立てず床に倒れこんだ。右手が弱々しく心臓のあたりをさすっていた。固く結んだ唇から、なにやらごろごろいう音が漏れてくる。まるで水中にいながら、なんとか物をいいたがっているみたいだった。

二人は老人をベッドに寝かせた。マッドはダイアモンドの息も絶えだえな様子（ほしいのは空気か？　命《いのち》か？　昔の記憶か？）に驚いて、ワイシャツのボタンをはずしてやり、脈拍を調べようとした。

不意にダイアモンドは両目をかっと見開き、マッドの服の袖《そで》をつかむと、何か低い声でひとことといい、そのままベッドに沈みこんで絶命した。

マッドにも若い作業員にも、老人の最後の言葉は分らなかった。老人のしゃべったのはポーランド語で、二人にはちんぷんかんぷんなのだった。


長官は電話でマッドの報告を受けた。「よしよし」と長官はいった、「奴の家を元どおりに片づけ、きみの部下を全部退散させてから、地元の警察と取引きして心臓病の男を始末させろ。国家機密の件で訊問《じんもん》中、突然ぶっ倒れ、心臓を摩擦したのだが、とかなんとかいえばよろしい」

長官は電話を切り、ラトリッジのほうに振り向いた。「見つけたぞ。ベッドの支柱の中だ」

ラトリッジ本部長は、ほっと息をつき、微笑を浮べた。「連中の隠し場所ときたら、いつだってベッドの支柱なんですな」

長官の目は憎悪《ぞうお》で燃えていた。「ヘラーの奴、いまどこにいるんだ?」

ラトリッジの微笑はたちまち消え去った。腕時計を見て、すばやく計算する。「今夜越境するはずです。もう、こちらの手の及ばぬ所へ出たかもしれません」

長官の指示は厳しかった。「まだ越境しとらんのだったら、絶対越境させるな。すでに越境しとるのだったら、二度と戻れぬようにしろ」

下された命令には服従あるのみのラトリッジ本部長は、直ちに退出した。

第九章

上の階のトイレでがしゃんと音がしたかと思うと、壁に通じている排水管をやかましく水が流れ落ちてきた。ホテルのバーの奥にある調理場の、そのまた裏手の倉庫。オーストリア・チェコ国境からいくらも離れていない場所だったが、ヘラーは、その倉庫にあらかじめ用意してあった古いマットレスでうつらうつら眠ったのだった。また例の夢をみた——背中にしょった大きな袋にあるのとそっくりの小石を海辺に捜す夢。とある場所で、表面に白い円を描いた、石炭のように真っ黒な小石を見つけた。袋にも、それと同じようなのがあったので、その二個を海へほうり投げた——そして、なぜかかわれとわが身が、石のあとを追うようにして海へ入り始める。踝《くるぶし》を水が冷たく濡《ぬ》らし、足の裏を砂がスポンジのようにくすぐる。おれ、このままどんどん進んでくつもりなのだろうかと思うまもなく、引き波に吸い込まれて、海辺から遠くへ、さらに遠くへ――

「起きろ！」ヘンダーソン大佐が肩を揺すぶっていた。「かれこれ二時――出発の時刻だぞ」

ヘラーは起きた。上背《うわぜい》から肉づきまでヘラーとよく似た青年、チェコ人のガイドが裏手のドア近くの床に坐《すわ》って罐《かん》ビールを飲んでいた。長いひさしの付いた変な形のハンティング帽を、額が隠れるほど目深《まぶか》くかぶっていたので、ヘラーには、ガイドの両目があるあたりの深い窪《くぼ》みしか見えなかった。

ヘンダーソン大佐はハンター服の上に羊皮の胴着というでたちで、たった一つしかない倉庫の窓から、弦月《げんげつ》の光でかろうじて見える平坦《へいたん》な田園地帯へ目をこらしていた。「うーむ、国境を見ていると、ぞくぞくするほど嬉《うれ》しくなるな」大佐は、だれにともなくそう呟《つぶや》き、まるで国境の匂《にお》いを嗅《か》ぐみたいに鼻孔をふくらませて大きく息を吸いこんだ。それからヘラーのほうに向き直って、てきぱきと話を進める。「五時間もすれば明るくなってしまう。それまでにきみは絶対越境せにゃならん。よし、最後にもう一度、状況説明のおさらいをしよう。まず、あの原野を」――といいながら頭を窓の方角へ一振りする——「横断すると小川に出る。そこを渡って森を斜めに行くと、また原野にでっくわし、村落に至る。これが、ちょうど国境を越えた、すぐの所の村なんだな。村を迂回《うかい》して行くと、幅の広い、浅い川に出る。流れをさかのぼって行くと列車用の鉄橋が見えてくる——」

「通常、警備兵はいないとされています」とヘラーがあとをつづけた。「その場合は鉄橋を渡って行きます。万一、警備兵がいたら、川を徒渉して線路づたいにどんどん歩いて行くことになります」

大佐は頷《うなず》いた。「線路づたいといっても、地雷の危険があるから、枕木《まくらぎ》の上を歩いていくよう、十分注意せにゃならんぞ。そのうちに風車小屋のある農園が見えてくる。そこから五十フィート先に小さな納屋《なや》がある。隠れるのはこの納屋で、風車小屋ではないということを忘れるな。昼のうちは納屋に身を潜めていること。あすの晩、車がやってきて、きみをチェスケ・ブジェヨヴィツェへ連れていってくれる」

ヘラーは立ち上がって、ずれた眼鏡の位置を直し、枕がわりにしていたチェコふうのオーバーを急いで着こんだうえ、ロシア式の毛皮帽子を、物音がよく聞えるように左右の垂れ縁《ぶち》を上に結んで、しっかり頭にかぶった。それから重たいP－38を取り出し、挿弾子《そうだんし》を一度はずしてから、またぱちんと元に戻したうえ、服のポケットにスペアの挿弾子が三個あるのを確かめた。ピストルはオーバーのポケットにしまった。部屋の隅に寝ていたチェコ人のガイドがのろのろと起き上がった。青年は、いかにも自然な優雅さで肩の筋肉をほぐし、ヘラーににっこり笑いかけながら、腕時計のガラスの面を人さし指でこつこつ叩《たた》いてみせた。

ヘラーが無愛想にいった、「いよいよ待っていた時が来たようですね」外の闇《やみ》を相変らず瞬《まばた》きもせず、さして興味もなさそうに眺めていたヘンダーソン大佐は、握手の手も差し伸べなかった。「元気でな」というのが大佐の言葉のすべてだった。

ヘラーは「そちらも」といってドアを開け、原野へ一歩踏み出した。ガイドも外へ出て、風に鼻の穴をふくらませ、弦月をかすめて飛ぶ雲をちらりと見ると、チェコ語で何かいいながら拳《こぶし》で方角を示すと、原野へ足早に歩き始めた。ヘラーは、その後にぴったりついていった。

ヘンダーソン大佐は一人残って、闇に消えてゆく二人の影を見つめていた。大佐は優秀な軍人で、いっさいの命令に反問せず、まただれがそれを与えたかも批判せずに、忠実に従うタイプだった。しかし、CIAに長年勤務したけれど、こんどのヘラーのような例は経験したことがなく、どうも腑《ふ》に落ちなかった。CIAが三人のテロリストを（うちうちの言葉でいえば）〝毛嫌いして消す〟のを望んでいる事実は、大佐にとってまったく当然だと思われた。だが、この仕事にまさかヘラーが選ばれるとは――もっと正確にいえば、わざわざ自薦《じせん》のうえ、役所にその仕事をさせるように強制するとは、近年ＣＩＡ内部に蔓延《まんえん》している不健全な兆候の好例ではないかと、大佐は心穏やかではなかった。といって、このおかしな方針にも何か理屈があるとすれば、おれが口出しするわけにもいくまい。やはり、命令は命令として――

ヘンダーソン大佐のうしろの壁で、電話がけたたましく鳴った。大佐は考えこむように眉《まゆ》をひそめ、しばらく電話を見つめていたが、応答することに決めた。受話器をフックからはずし、ごく短い間、耳を傾けた。たちまちびっくりして、大きく目を見開く。「遅すぎました。奴は喜び勇んで、もう出発してしまいましたよ」また耳を澄ます。「まさか本気じゃないんでしょうな？」電話の相手の罵《のの》り声。「本気なんですか！」とヘンダーソン大佐はいった。そして、ほんのちょっと嫌味《いやみ》のユーモアを添えて付けたした、「冷戦《コールド・ウォー》が一段と厳しくなるってわけですな。ま、できる手だてを考えましょう」

大佐は急いで奥のドアから外へ飛びだし、ホテルのバーの裏をまわって正面駐車場へ行った。レンタカーのオペルに歩み寄ると、トランクを開け、毛布にくるんだ細長い物体を取り出す。ふたたび倉庫に戻った大佐は、毛布を剝《は》いでレーザースコープ付きの狙撃《そげき》用ライフルを点検し、弾丸《たま》が込められているのを確認した。事態の奇怪な展開に――きっと局長主催のCIAカクテル・パーティーでは大変な話題になることだろう！――いい加減うんざりしてしまったが、大佐は肩にライフルをかけ、ヘラーの跡を追って闇夜の原野へ出かけていった。

風はやんでいた。見渡す限りの原野には何も――草の葉一枚、虫一匹、動いていない。一つの影（特徴のある帽子のひさしでガイドと分る）が、ごくゆっくり、膝《ひざ》をついて上体を起した。二つめの影（ロシア式の毛皮帽子でヘラーと分る）も、第一の影につづいて身体《からだ》を起した。二人はその姿勢のまま、じっと耳を澄ませていた。しばらくしてガイドの青年がヘラーの肩に軽く手を触れ、二人は小川へ向けて進んでいった。

ヘラーはこのときほど、足の運びの一歩一歩を意識した経験はなかった。重い靴の踵《かかと》の下に、大地の肌ざわりが刻々変化するのが感じられる。まだ聴覚の範囲に入っていないはずなのに、せせらぎの音が聞えた。草がそよともしないのに、微風の最初のひと吹きが頰に感じられた。銀色の月光を浴びた森がまだ視野に入ってこないのに、もう静まり返った木々の群れが見えてくる。ヘラーは、夜の匂いが昼の匂いとはちがうのをしみじみ実感した。想像力が余分な働きをしているのではなくて、彼の感覚が生れて初めて生きいきと活動し始めたにちがいなかった。

二人は倒木の幹づたいに小川を渡り、森を斜めに横断した。森のはずれに来るとガイドは片膝をつき、しばらく耳を澄まして様子をうかがった。やがてヘラーの腕を静かに引き、ふたたび広々とした原野へヘラーを導いていった。数分後、道は上り坂になった。ヘラーは息が苦しくなり、しゃがみこんだ。ガイドの青年が横に寄ってきた。なんだか妙な目つきでヘラーの顔をのぞきこんでいる。ガイドはにっこり笑い、チェコ語で何かいった。

「ぼく、チェコ語が分らんのだよ」ヘラーは低い声でいった。

それでもまだにやにや笑いながら、ガイドはひさし付きの帽子をぬぐと、それをヘラーに差し出した。身ぶり手ぶりで、ヘラーの毛皮帽子と交換しようといっているのが分る。

ヘラーはかぶりを振った。「この帽子はね、ぼくのオーバーにこそ似合うんだよ」とヘラーはささやいた。

ガイドの顔から笑いが消えた。それでも相変らず身ぶり手ぶりをつづける。どうしても帽子を交換したいらしい。

ヘラーは肩をすくめてみせた。「きみにしてみれば」とヘラーはぶつぶつ呟いた、「こっちの弱みにつけこむ絶好のチャンスってことだな」

二人は帽子を交換した。ガイドのハンティング帽は少しきつかったけれど、ヘラーは何もかぶらないよりましだと思った。ガイドはふたたび笑い顔に返り、ロシア帽をちょっと斜めの小粋《こいき》な角度でかぶると、くるりと身を翻《ひるがえ》し、そこから数ヤードを這《は》うようにして、丘の頂上へ出た。用心深く頂上から頭をもたげ、ちょうど反対側にある村を眺めている。

村のどこかでさかりのついた猫が、まるで人間のような太くて低い声で啼《な》いていた。ガイドの背中を見ていたヘラーは、不意に全神経が緊張した。どうも何かおかしいぞ、と感じて一、二秒、すぐにヘラーの脳は自分の目が見ているものをはっきり言葉に表わすことができた——小さな赤の点々の光がガイドの背中に踊ってるぞ！

狙撃用ライフルからのレーザー光線だ！　ヘラーは口を開き、低い声で気をつけろといおうとした一瞬、鋭いライフルの射撃音が原野をつんざいた。近くの藪《やぶ》から、十数羽の鳥が驚いて飛び立った。ガイドは前のほうへうつぶせに倒れた。身体から低い音が漏れていた——静まり返った湖の表面へ上ってくる泡《あわ》ぶくの音。ヘラーは背後の原野にだれかが駆けてくる足音を聞いた。ヘンダーソン大佐の姿が見えてきた。肩にライフルをつるしていた。ヘラーは立ち上がった。両脚を広く開き、ドイツ製のピストルを両手に握って、身体の真ん前へ突き出し、前進してくる目標に狙《ねら》いを定めた。射撃にふさわしい場所の見当をつけて駆けていたヘンダーソン大佐は、恐怖のあまり口をぽかんと開けた。自分を待ち受けていたのがガイドではなく、ヘラーだったとは！　大佐は止ろうとしたが、駆け足の勢いが強くて、いつかヘラーのすぐ近くにまで来てしまった。倒れるように両膝をつき、荒い息をつきながら恐怖で身体をこわばらしている。ライフルは肩からはずれて地面に転がった。短い間隔の呼吸であえぎ、その一呼吸一呼吸のどれかが人生最後のそれになるのではないかと恐れながら、大佐は自分の顔の前に片腕を伸ばした。「たのむ」ヘンダーソンは彼自身もヘラーも一度も聞いたことのない声音《こわね》で哀願した。「撃たんでくれよ」

ヘラーのピストルは大佐の頭から数インチしか離れていなかった。ヘラーの指は、引き金を引くのではなく、静かに絞ろうとしていた。

「お願いだ、たのむ」ヘンダーソンはうめくようにいった。「もう一度チャンスを与えてくれ」温かいしみが分厚いズボンの内側から広がり始めた。

「お互い五分五分のチャンスで、あんたのほうはもうすんだはずだ」とヘラーはあざけるようにいった。「こんどはこちらが至近距離の水平射撃で撃つ番さ」

ヘラーは撃とうとした。人さし指に全神経を集中し、絞ろうとした。その意志が強すぎたのか、手が震え始めた。相手をやっつけるにはだな、と曹長がいったじゃないか、なにがなんでも当ててみせるぞと思わなきゃだめだ、と。

ごくゆっくりとヘラーの指の緊張はほぐれ、やがてピストルは垂れ、銃口は地面に向いた。

ヘンダーソン大佐は両腕を力なく垂らし、もう人間のものとは見えぬ顔をあらわにして跪《ひざまず》いていた。威風堂々のイメージを剝ぎとられ、一生とりつづけてきたポーズも無用のものとなり果てた大佐は、いまや屈辱や恐怖を突き抜けたところにいた。最後に残されたのはすすり泣く幼児、首尾一貫した思考、会話、行動のできない幼児でしかなかった。簡単な動作でさえ——たとえば立ち上がったり、片方の脚の先にもう一方の脚を持っていくなど——もう一度初めから仕込みなおさねばならなくなるような子どもだった。

ヘラーはヘンダーソン大佐のライフルの銃身をつかみ、闇の中にほうり投げた。そして、事の成り行きにおののきながら、蠟燭《ろうそく》みたいにグロテスクに溶けていくような感じの人物から後ずさりし始めた。大佐のこちらを凝視する目がやっと見えなくなるほど遠く離れると、ヘラーはまわれ右をし、駆け足で丘から、村から、彼が初めて経験した小ぜりあいの現場から離れていった。

犬どもがやかましく吠《ほ》え、柵《さく》につないでいる鎖を切らんばかりに引っぱっていた。明りをつけた家が何軒かあった。どこかでドアがぱたんと開いた。男の声がチェコ語で犬に何か怒鳴った。

ヘラーは、もう人に見られてもかまうものかとばかり、よろよろと駆けまくって、村を迂回し、かっかしながら藪のあたりに飛び込むと、顔に刺さろうとする小枝を両腕で振り払った（その自分の身ぶりで、さっき顔の真ん前に腕を突き出した大佐のイメージが蘇《よみがえ》ってきた）。藪を死にもの狂いで駆け抜けると、その先は冬キャベツを植えた小さな畑だった。かまわず踏み荒して行くうちにせせらぎの音が聞え、やがて川に出た。浅瀬の滑りやすい玉石《たまいし》づたいに冷たい流れを渡って行く。やっと堤防沿いの川岸にたどり着く。そこで一休みし、顔にかかった水しぶきを拭《ぬぐ》った。皮膚が針を刺したように冷たい。しばらくは、指が無感覚になったままだった。小石だらけの川岸を歩いていると、例のよくみる夢の場面にいる心地がした。感覚を取り戻さなければと、指をひっきりなしにもみほぐしながら、いつか足は川上への道をたどり始めていた。

十分か十五分、蛇行《だこう》する川沿いに進んで行く。何時ごろかさっぱり分らない。倒木、月光を受けて黄銅鉱のように輝く岩地、堤防から落ちてぺしゃんこになった赤錆《あかさび》だらけの自動車の残骸《ざんがい》まで踏み越えていった。やがて川岸が急カーブして、単線の鉄橋が目の前に現われた。

ヘラーは低木地帯の陰に身をひそめ、鉄橋を観察した。見渡したところ人影はない。数を五十かぞえてから行動に移ることにした。三十八までかぞえたところで、橋の遥《はる》かかなたにマッチの火らしいものがぼーっと燃えた。衛兵がタバコに火をつけているのだろう。

タバコか！　場合が場合なら、吸わないくせに一本くれないかと頼むところだな！

ヘラーは低木地帯からそろそろと、もと来た道へ引き返した。急カーブの道をまわって鉄橋の見えない所へ出ると、靴、靴下、ズボン、オーバーを脱いだ。堤防で拾った棒で川の深さを測ってから、ダンスよろしく手足を大げさに振って、浅い川を渡っていった。ようやく岸にたどりつくと、オーバーコートで血の気《け》が戻るまで足や膝をこすってから、急いで衣服をもとどおりに着なおし、冷えきった両手をはすかいに腋《わき》の下に埋めると、耕してはあるが何も植わっていない畑を、よろめくように鉄道線路があるはずの方向へ歩いていった。

やっとヘラーは線路を見つけた——いや、線路が彼を見つけたというべきか。二十分ばかり歩いてから、つまずいて転んでしまったのだが、見るとそれが線路だったのだ。彼はその場にうずくまり、まる一分間、じっと耳を澄ましたが、夜のしじまのほか、格別おかしな音は聞えてこなかった。やがてヘラーは、枕木づたいに線路を歩き始めた。川や橋はだんだん遠くなっていった。

しばらくは枕木の数をかぞえつづけていたが、やがてそれもやめ、足を交互に運ぶことに注意を集中した。それ以外のことは何も考えないようにしたが、頭の片隅では、いままでの出来事の謎《なぞ》の部分を、なんとか理屈づけようとしていた。ヘンダーソン大佐は越境中のおれを殺そうとしたが、あれはどう考えても書類を（それにきっとこの指まで！）剝ぎ取ったうえ、おれを身元不明の死体として処理したかったからに相違ない――服装からみてチェコ人らしい男が不法にチェコスロヴァキアから出国、あるいは他国から入国しようとして射殺、またも冷戦《コールド・ウォー》の犠牲者、ということで片づけようとしたのだ。ということは――ヘラーにはとても有りえぬことに思われたのだけれど――CIA当局が例のフィルムを入手したことを意味する。「きみが彼らの弱点を握っているのなら、それを大切にしたまえ」と大佐はいったことがある。その大切なもの、もう間違いなくおれの手から離れてしまったのだな、とヘラーは思った。もう一つ、別の考えが彼の神経組織を恐怖の衝撃で貫いた。おれは、身の安全をもっぱらCIAの関係者に託している国へ一歩また一歩と深く潜入しているわけだが、そのCIAがこのおれを消そうとたくらんだのではないか。ヘラーはこの点についてもっと細心に考えてみなければ、と思った……もっと細かく……しかし、いまの彼は心身ともに疲れきっていた……枕木から枕木へと足を運ぶ動作自体が能力の限界を越えていると思われるほど疲れきっていた。

枕木上の歩行を四十五分もつづけたころだろうか、ふと顔を上げると見なれぬ影が目に映った。「風車小屋だ！」とヘラーは呟いた。風車小屋という言葉を口に出したことで、幻《ヴィジョン》のような影が形あるものとなり、たしかにこの世にあるものとして目に見えてきた。ヘラーは疲労困憊《ひろうこんぱい》も忘れて枕木を離れ、畑を横断して風車小屋へ駆けだしていった。

その電文は、大使館の幾台か並ぶ高速プリンターの一つに入ってきた。夜勤の暗号官は紙を剝ぎとると、それを持って暗号の鍵《キー》が保管してある最上階の部屋の中の部屋、通称〝浮き部屋〟と呼ばれている窓のない部屋へ上がっていった。卓上ランプを引き寄せ、しかるべき一回式暗号法の書類と首っぴきで電文を解読したのち、一通だけタイプで打って「原文、コピーとらず」と書きこみ、二つに折りたたんでクリップボードに挟みこむ。暗号官は急いで下に降りると、大使の寝椅子《いす》で眠っていた夜の当直職員にクリップボードを手渡した。

当直職員は大使用の浴室に行って、冷たい水を顔にさっと振りかけてから、部屋に戻って電文を読んだ。即刻行動を起すべき内容であるのはすぐに分った。当直職員は暗号官の帳簿に、コピーなしの八一二号電文をたしかに受領した旨《むね》、サインした。一人になると、当直は電話のダイヤルをまわし、相手が出るまでベルの音を聞いていた。

「どなた？」とねむそうな声が尋ねた。

当直職員はいった、「おれがきみなら、急いで服を着て、すぐに来るがね」

電話の向うに出た太った男は、いっぺんに眠気《ねむけ》をさまされた。「十五分でそっちへ行くよ」

男は約束を守った。十五分後、職員はロビーで太っちょに会い、一通の電文を挟んだクリップボードを渡した。太っちょは荒い呼吸をしながら、海兵隊員が通用口のドアを警備している部屋の椅子に腰を下ろし、電文を熟読した。それから一言もいわず電文を職員に返し、辞去した。

太っちょはプロだった。彼は二十分間を基本的な街頭行動で費やし、尾行されていないのを確認した。それから街灯の下に車を止め、細かい指示を小文字で紙きれに、そっくりそのまま書いた(一、……と接触すること。二、……と取引きすること。三、さして乗り気でない様子を示すこと)あと、その紙きれを丸めて秘密の隠し箱(それは使用ずみバス切符用の金物《かなもの》容器のうしろにあった)に入れた。おしまいに太っちょはバス停留場の近くの公衆電話に駆けこみ、接触先にダイヤルをまわした。

ベルが一度鳴っただけですぐに通じたから、相手はベッドのすぐ近くに電話を置いて眠っていたにちがいなかった。「おれだよ」と太っちょはいった。「きみにフルーツを持ってきたところだ。一時間以内に受取ってくれないと腐っちゃうんだがね」

相手の男は、ポーランド訛《なま》りのひどい英語で答えた。そいつは老人で、高等教育を受け、いやに形式ばったタイプの男だった。「きみの持ってきたフルーツっていうのは、いったい何だね?」

「桃《ピーチ》だよ」と太っちょはいった。「きめの細《ピーチズ・アンド・クリーム》かい頬という、あの桃《ピーチ》だよ」

ポーランド人の年寄りは、その〝桃〟を三十分後に回収し、公衆便所で内容をしっかり頭に収めてしまってから、紙きれを下水道に流しこんだ。そのあと取引き先のブルガリア大使館員にダイヤルをまわす。二人はロシア語で取引きの条件を話しあい、値段を決め、やっと老人は電文の内容を告げた。

ブルガリア人は上司の私宅に電話をかけ、入手したばかりの情報を報告した。上司は直ちにチェコスロヴァキア防諜部《ぼうちょうぶ》の接触先に連絡した。チェコ防諜部の係官は、こんどはフラチャニ城のすぐ下の古いビルの小さなアパートに細君と住んでいる教授にダイヤルをまわす。

その夜、二、三日中に大学のセミナーで講義するつもりの論文に遅くまで没頭していた教授は、食堂で電話をとり、狭い寝室をほとんどいっぱいに占めているダブルベッドで眠っている妻を起さぬように、低い声で応答した。「その情報、出どこはどこかね？」と教授は訊《き》いた。受話器を顎《あご》と肩に挾みながら、両手で紅茶用の薬罐《やかん》に水を満たしている。

「ブルガリア筋ですが」と係官はいった。

「ブルガリア筋はどこから得たのかね、その情報？」

「さあ」

「調べたまえ」と教授は命令した。「どんな情報でも、ただひとつ大事なのは、その出どこだ。出どこさえ分れば、内容の重要さも分るはずだ」

「はい、かしこまりました」

チェコスロヴァキア諜報局防諜部長の教授は咳払《せき》いをした。命令を下すのは、いつもにがてなのだった。「二十分後に車をよこしてくれ」と教授は指示した。

「車はもうそちらに向わせました」教授の部下、利発な若者カロルは答えた。

「チェスケ・ブジェヨヴィツェ駐在のうちの部員にも警戒態勢をとらせるべきだな」と教授は付け加えた。

「失礼ですが教授」とカロルが答えた、「わたくし、チェスケ・ブジェヨヴィツェにはすでに警戒せよと通報いたしました」

教授はカロルの手ぎわのよさにだんだんいらいらしてきた。「きみ、なんだか私の身代りみたいだな」と教授は冷淡な口調でいった。「ええと、現場直行のヘリコプターの手配をしてくれないか」そういいながらも内心おもしろくなかった。教授はヘリコプターが大きらいなのだった——空中に静止状態になったかと思うと、突然とんでもない角度で弧を描いたりする。まるで重力なんぞこの世に存在しないみたいに自由奔放、〝上昇〟〝下降〟なんて単なる術語であって、どっちの方向へ飛ぶのかなんてまるで問題にしていないようなヘリコプターの飛行ぶりが気にくわなかった。

電話の向う側で、カロルは困惑のあまりしばらく口ごもっていたが、思いきって返事をした。「あのう、ヘリコプターもとっくに手配いたしましたが」

少しのあいだ無言の状態がつづいた。口を開いたのは教授のほうだった。「カロル、どう考えてもきみは先っ走りをしようってたちだな。方法を心得とる点では利口だが、すぐに行動に移したがる点では阿呆《あほう》だ」そういうと受話器を静かに置いた。

どこか遠くでニワトリが啼いた。幾条《いくすじ》かの微光が荒涼たる地平線から射《さ》していた。寒風が平野を駆け抜け、闇に匍匐《ほふく》して風車小屋を取りかこんでいるチェコ軍兵士たちの骨を凍らせた。教授はアストラカンの帽子を耳までかぶり、作戦指揮に当っている士官の手からバッテリー内蔵の携帯用メガフォンを取った。溜《た》まった水が氷になっている窪地に這いつくばってメガフォンをONにし、ひびのできた唇に当てる。風車小屋をとりかこむ、重い冬オーバーと毛皮の軍帽といういでたちの兵士たちは、いっせいにライフルの発射準備を完了した。調教師に革紐《かわひも》を握られた四頭の犬は、獲物《えもの》を狙って耳をぴんと立てている。

「風車小屋に隠れている者に告げる」と教授はメガフォンを通じて語りかけた。細かい点にまで気をくばった英語で、ほんのかすかだが、訛りがある。「両手を頭にのせて出てこい。それだけが助かる道だ。おまえは完全に包囲されている」

教授はメガフォンを口から下ろし、風車小屋の古ぼけた木のドアを見つめた。物音は聞えず、生きもののいる気配もない。

教授はまたメガフォンを口もとに当てた。「これが最後の警告である。両手を頭にのせて出てこい。中に隠れているのは分っておるのだ。三分の猶予《ゆうよ》を与える」

教授はチョッキのポケットから年代もののパテック・フィリップ製懐中時計を探り出し、蓋《ふた》を開けた。一分、二分、二分三十秒。士官に頷いてみせる。士官は左手を上げた。小屋をかこむ兵士たちはライフルを構え、唯一《ゆいいつ》のドア、それに数カ所の窓に狙いをつけた。時計が三分の制限時間経過を告げた。教授は仕方がないというふうにかぶりを振り、時計をポケットに戻してから、両耳を手袋をはめた手で覆《おお》い、士官にもう一度頷いてみせた。士官は、まるで見えざる犠牲者《いけにえ》に空手チョップを加えるかのように、左手を一気に振り下ろした。荒々しい一斉射撃の音が朝の静寂を破った。

五十ヤード離れた所にある、いまは使われていない農具格納用の納屋で、オーバーにくるまって眠りこんでいたヘラーは、ぎょっとして上体を起した。ライフル発射音に間違いなかった。手探りしてつかんだ眼鏡をかけ、ドアの隙間《すきま》からのぞいてみた。兵士がまた射撃を加え、風車小屋の壁が粉々に散るのが見えた。ヘラーはオーバーを引っつかみ、ガラスの代りにタール紙を貼《は》ってある裏窓から外へ出ると、兵士の一隊からは盲点になっている方向の森へ駆けだしていった。

背後では、兵士たちが——実は訓練の行き届いた国境警備隊だった——射撃を繰り返したあと、数人が窓とドアへ走り寄った。潮どきを見はからって手榴弾《しゅりゅうだん》を投げ入れる。一瞬後、爆発音がとどろくと、入口にいた数人の兵士がドアを蹴破《けやぶ》り、軽機関銃を腰に当てて、短い間隔で連射しながら内部に姿を消した。

すぐに発射音はやんだ。厳しい静寂があたり一帯を包んだ。突入した兵士の一人が小屋から出て来て、軽機関銃の銃尾を腰に当てたまま、銃口だけを上へ向ける姿勢をとった。「中にはだれもおりません」兵士は士官に報告した。

士官は教授を見つめた。「たしかお話では……」

教授は眉を寄せた。「情報は間違いなく――アメリカ人の越境者が一人、風車小屋に潜んでおる、ということだったが」

士官は立ち上がると、周囲に大音声《だいおんじょう》で命令を下した。「この一帯をくまなく捜索せよ」

兵士は散開し、崩れかかった物置小屋、廃虚同然の鳥小屋《とや》の中を調べた。二人の隊員が納屋のドアを蹴破って中に入った。と思うとすぐに一人が顔を出し、何か興奮して叫んだ。ライフルを頭上にかかげた。銃口に、長いひさしのついた妙ちくりんな形のハンティング帽が引っかけられていた。

「犬だ」と士官が怒鳴った。調教師が犬どもに帽子とヘラーが寝ていた納屋の床《ゆか》のにおいを嗅がせた。犬はにおいをたどってタール紙の貼ってある裏窓へ行き、それから外の嗅跡《きゅうせき》を探り当てて森の方向へ歩き始めた。革紐がぴーんと張り、犬どもは気が狂ったように鼻をひくつかせて大地を嗅ぎ進んでいった。警備隊の兵士たちは、各犬のうしろを横一線に散開し、銃を構えながら前進する。経験豊富の兵士たちは要領を心得ていた。

ヘラーは幸先《さいさき》のよいスタートを切ったのだったが、遠からず追跡されるのは覚悟していた。冬麦の畑を踏み抜けていくとき、少しのあいだとまって呼吸を整えた。うしろの空に巻き上がる黒煙がかすかに見えた——さっき聞えた爆発で風車小屋に火がついたにちがいなかった——それからすぐに、不吉な犬の啼き声が耳に入ってきた。やっと冬麦の畑が終り、その先は開けた原野だった。四分の三ほど横断したところに枯れた古木があり、ヘラーはそこで一呼吸いれた。枯木は葉のない細枝を老人の指のように空へ突き出していた。畑の遥かかなたで、農夫のケープを肩にまとった十代の少年が、らばを動かそうと躍気になっていた。らばがいうことをきかないので、少年は勢いをつけてそいつの睾丸《こうがん》を蹴った。らばは痛がって悲鳴をあげ、やっと動いた。

うしろに犬どもの声がした。犬が麦畑に入って、距離は一段と縮まったようだった。不意に、いつかラトリッジ本部長がカクテル・パーティーで、小便をして犬どもの追跡をまいた自慢話を秘書たちにしていた話を思い出した。唇を固く嚙《か》みしめながらこわばった笑いを浮べ、ヘラーは枯木に小便をし、若木の松林の方向へ全速力で駆けていった。

松林に入るか入らぬかに、犬どもは麦畑を抜け、開けた原野に姿を現わした。すぐうしろには兵士たちがつづいていた。教授は重い半長オーバーシューズを脚に巻きつけているくせに、年齢《とし》の割りには驚くほど身のこなしが軽く、一隊からさして後れをとらぬ位置を保ちつづけていた。犬どもは跳びはねるようにして枯木にたどりつくと、戸惑ったようにその周囲をぐるぐるまわり始めた。兵士たちも教授も立ち止り、苦しそうに息をしていた。調教師が犬を枯木から離した。「相手はプロですな」と彼はいった。「小便をして犬をまこうという手を使ってます」そういうと木から二十歩ばかり離れた所に犬を連れてゆき、四頭に大きな弧を描かせてにおいを嗅ぎとらせようとした。一頭がやっと嗅跡を探りあて、二度吠えると松林の方角へ走りだした。

ヘラーは、においを嗅ぎあてて吠えたける犬の声を耳にすると、駆け足のペースを早めた。急な勾配《こうばい》を滑り下り、木から木へ移り、白い中央線が引いてある二車線の路肩のついた高速道路に出た。背後の林では犬が相変らず吠えたてていた。距離はいよいよ縮まる。道路のかなたは、どこまでも木一本みえぬ原野が地平線まで伸びていた。松林で士官が肩越しに教授へ叫びかけた。「もう捕えたも同然です。すぐそこが高速道路で、その先は真っ平らで何もない原野ですから」

犬は林を駆け抜けると、興奮して道路への斜面を下った。兵士たちが身軽にその後へつづいた。森林地帯の切れたところから、隊員はいっせいに道路へ殺到した。犬どもはアスファルトに鼻をこすりつけ、くんくんいいながら嗅ぎまわっていた。

教授は道路に下り立って遥かな原野を見渡した。何も見えなかった。それから道路の前後に目を向けたが、どちらにも人っ子ひとり見えなかった。教授は眉をひそめ、こちらの立腹の様子を士官が感じとってくれればいいがと思った。士官は、叱責《しっせき》を覚悟して緊張していたが、教授はただ、「仕方ないな」といっただけだった。

第十章

温度の急激な変化がヘラーの眼鏡を曇らせ、霧のかかったレンズからのぞける外界の物体は、すべて縁《ふち》が滲《にじ》んでいて、幾何学的な形に溶けこんでいた。たとえば運転手だが、目を前方の高速道路に釘《くぎ》づけにしながら口を片方に寄せてぶつぶついっている姿は、ぼんやりとした八角形にしか見えない。「ちえっ。国境でパスポート調べ、もうすんだはずだがな」と運転手はぼやいていた。

折り畳みベッド、トイレ、小さな台所が下に設備され、上に座席があるイギリスの二階式バスが、まったくきわどいところで斜面にいたヘラーの視野に入ってきたのだった。ヘラーはためらわなかった。頭上で両手を振り、道の中央に走り出た。運転手はすぐに車を止め――ヘラーの行動にはうむをいわせぬ勢いがあった――ドアを開けてくれた。

「パスポート」とヘラーは英語でいったのだったが、東ヨーロッパの言語の訛《なま》りが少しでもまじっていればいいが、と思った。車へ乗りこむと、彼は運転手に手の甲で前進をつづけるようにと合図した。

イギリスの観光団はロンドンから十八日間の日程で、長旅だけに少々うんざりした様子の一行の目は、ヘラーのばかでかいオーバーと、形の崩れたズボンに集中した。ヘラーはハンカチでレンズをぬぐってから、きちんと眼鏡をかけ直した。あるがままの外界がやっと戻ってきた。唾《つば》で唇をしめすと、彼は何度も「パスポート」という言葉を繰り返した。

「だからいっただろ、ここは警察国家だって」サスペンダーつきのズボンをはいた男が、太った細君にいった。「ここの警察ときたらひどいんだから」

血色のいい頬の、かつらをつけた長身の学校教師が、指を上げてヘラーの注意を引いた。「失礼ですがね、きみ、プラハまであとどのくらいあるんですか？」

ヘラーはぽかんとした顔つきで相手を見つめ返した。

教師はダブルの上着の胸ポケットからパスポートを抜き、ヘラーに渡した。「こりゃすごい」と教師は大声でいった。「こいつの服、見てごらんなさいよ！　このオーバー、こりゃ四〇年代にはやったしろものに相違ない。それにしても冴《さ》えないねえ、この男？」

バスのあちこちから忍び笑いの声が広がった。教師はいかにも得意そうにあたりを見まわした。

ヘラーは乗客一人一人のパスポートを点検し、もっともらしく写真と本人の顔を見比べたうえで、それぞれの持ち主に返した。全員の点検をすますと、最後列の非常口の隣の席が空いていたので、そこに腰を下ろした。しばらくのあいだ観光客たちは、ちらちらヘラーのほうへ振り向いては内緒話を繰り返していた。しかし、時がたつにつれて、彼の存在などすっかり忘れてしまったようにみえた。

バスはチェスケ・ブジェヨヴィツェ市の清潔な大通りを走っていった。道の両側には、洗濯がすんで、ちょうどいま日光に乾《ほ》しに出したみたいな低いビルの群れが並んでいた。バスが、西ヨーロッパにはモルダウの名で知られ、チェコ人はヴルタヴァと呼んでいる川と並行して走る四車線の高速道路に入ったころには、ヘラーは観光客の一団にすっかり溶け込んでしまっていた。サービス係の女性が狭いキッチンでこしらえたサンドイッチを乗客に配って歩いたが、彼女はヘラーにもにっこり笑って差し出すのを忘れなかった。こちらは静かに笑って（内心は大いにがつがつして）サンドイッチを受取った。

プラハまでの八十マイル、断続的にではあったが、ヘラーは文字どおり居眠りをした。目を覚ましたのは、棒みたいに瘦《や》せた学校教師がハンド・マイクロフォンの電源をつないで、プラハの町の歴史についての蘊蓄《うんちく》を披露し始めたときだった。「フスの、ケプラーの、リルケの、カフカ、スメタナの、そしてドヴォルザークの町、プラハ」前夜用意した6×8の寸法のファイルをのぞきこみながら、教師は節をつけるようにして講釈をすすめた（イギリス人っていうのは観光にさえ、かくもまじめなのだ！）。「創建したのはドイツ人ですが、八世紀のあいだにスウェーデン、フランス、プロシア、ドイツ、さらにはごく最近ですが……えーと」――といって最後部座席にちらりと視線を向け、ヘラーが窓のそとをぼんやり眺めているのをたしかめてから――「東のわが友邦に侵略されてきました」

教師はものうげに講釈をつづけた（ボヘミアの諸侯……バロック……ロココ……町には十三の橋がありますが、中でも世界に知られたカレル橋）。窓外のヴルタヴァ川を含む風景は静かに展開していって、まるでアイロンをかけたズボンみたいに徐々に平べったくなってゆき、やがて首都をかこむ無数の工場群の先鋒《せんぽう》が視野に入ってきた

——治りかけて皺《しわ》ができた傷跡のように、かたまって広がっている。そのうちに市街電車が、アスファルトの道に変って敷石の道が、さらに白手袋をはめ、警棒を握った警官の姿が見えてきた。大きな交差点の真ん中には、どこにも小さな丸い台が置かれて、警官が警棒を振りまわしながら交通整理をしていた。

警官らしい人影が道ばたにかたまっていた。バスの前の窓ごしにそれを見たヘラーは、初めは事故でもあったのだろうと思った。ところが近づいてみると、ジープのうしろに機関銃を積んだ兵士の一団で、そのほかに折り畳み式の銃座つき軽機関銃を抱えた三人の男がおり、こちらは作業服、赤いベレ帽というでたち、数珠《じゅず》つなぎの車から車へ渡っていって、窓ごしに差し出される書類を点検し、車体がどの程度泥に汚れているか——つまり、それでどのくらい遠くからやってきたのか見当がつくわけで、その点も調べている様子だった。

三人の男——実は民兵で、内務省に配属されている予備兵士だった——は、とうとうイギリスの観光バスにまでやって来た。一人が結婚指輪をはめた指でガラスのドアを叩《たた》いた。運転手がレバーを引き、ドアを開けた。一人は入口の段々のとっかかりに立って警戒し、他の二人は厳しい目つきながらも丁重な態度で乗客一人一人にパスポートの提示を求めて通路を進み始めた。

「もうたくさんだよ」と棒みたいな教師がうめくようにいった。「ほんと、いいかげんにしてくれや」そうはいいながらも、自分の番がくると黙ってパスポートを手渡した。

民兵は二人ともまじめな若者で、仕事は手なれたものだった。顔の点検にかなりの注意を払っていたけれど、若者たちの関心の的は写真だけでなく、生年月日、年齢、パスポート発行の場所、国境通過日付けの確認印を押してあるビザも厳重に調べた。民兵は乗客点検にたっぷり時間をかけた。やっと最後部の席にやってきて、初めて非常口が開いているのに気づいた。二人は、乗客の幾人かが溜飲《りゅういん》を下げたのだが、なんとも情けない表情で目と目を見かわし、あわててバスを降りていった。

ヘラーは初めてその名前に出っくわして、事務室備えつけの辞書に当ってみたときのことを覚えている。

in·qui·line [ínkwəlàin] n.（他の動物の巣や穴に住む）共生動物。

CIAプラハ支部のエージェントについては、ほかにも知っていることがあった。

住居はプラハ空港進入路の下（だからこそ耳栓《みみせん》の注文なんかしたのだ）。家の脇《わき》に川があって、たぶんヴルタヴァ川だろうが、ここでは最近出水《でみず》があった（だからこそサイズ７の長靴をよこせといってきたのだ）。このエージェントは、頭に角質《かくしつ》の突起物があり、大きさは七面鳥くらい、羽は暗灰色の点々で覆《おお》われていて、庭先を駆けまわるニワトリに飽き、もっときれいな家禽《かきん》をほしがっているヨーロッパ人に人気があるホロホロチョウを飼育、輸出しているはずだった。

プラハまでバスに揺られているあいだ、ある考えがヘラーの頭にこびりついて離れなかった。ヘンダーソン大佐があんな行動に出たからには、プラハ駐在の担当官《ケース・オフィサー》と接触するのは自殺行為に等しいのではないか、ということだった。とはいえ、こちらに三人のテロリストの居場所を突きとめ、ゆくゆくは彼らを殺すまでのもくろみがある以上、いわば作戦基地の設定は至上命令といえた。

ヘラーがインクワラインを思い浮べたのはそんな訳あいからだった。この男についてはすでにいろいろな知識があった――靴のサイズ（７）、好きな食事（インド料理）、エージェントとしてＣＩＡに果している役割（ソ連人の手紙を鳥籠《とりかご》の底に敷いた新聞紙の下に隠して西側へ送ること）等々、これだけ打ち明ければ、おれがＣＩＡから出張してきたのだといっても、インクワラインを信用させることができるだろう。しかし、出張といっても……いったい目的は何とすればいいのかな？　むろん、一回式暗号の正しい使い方を教えるため、これだ！　インクワラインが、おれの避けようとしている担当官と接触している恐れは十分ある。へたをすると担当官と二人してこっちの話をあばき出し、役所の殺し屋を呼んで、おれを消しにかかるかもしれんぞ。でも、それまでには時間がかかるだろう。どちらにしても、ここは一番、男の賭《か》けだ……ヘラーに選択の余地はなかった。ともかくも一週間くらいインクワラインの家に隠れ、彼に毎朝一時間、一回式暗号の再教育をしてやることにしよう、あとの時間は市内に用事があるとかなんとか言いつくろって家を出ればいい、と心に決めた。話がうまくゆけば、もしこちらが金がほしいといえば都合してくれ、なんとか車をと頼めば調達してくれるかもしれないぞ、と思った。

インクワラインをみつけるのが先決問題だった。ヘラーは裏通りを縫いながら、餌《え》につかみかかるハヤブサのような格好でプラハの街にそびえているフラチャニ城の方向へ歩いていった。近づくにつれて、大プラハ市に通じる道路がたいていそうであるように、道幅は次第に狭まり、縄のようにうねっていった。建物の二階以上の部分は側溝《そっこう》の上に突き出ており、窓ガラスが完全に備わっている家はほとんどなかった。観光バスがたくさん並んでいる城前の広場はお祭り騒ぎだった。屑入《くずい》れの罐《かん》のたき火に手をかざして暖をとっている運転手たちは、時折腕時計に目をやって、城内の博物館めぐりをしている客たちが帰ってくるまで、あとどのぐらい待っていなければならないのかといらだっていた。カメラを肩にかけた人びとが道ばたの屋台に群れ、プラハという文字が入ったアクセサリー類をいじくりまわしたり、絵葉書をあれこれあさったりしていた。厚着をした老婆《ろうば》が一人、大きな金物の魔法壜《まほうびん》をぶらさげ、ホット・ワインはいかが、と呼び売りしていた。あばた面《づら》の醜いチェコ青年がボール箱の上で三枚のカードをかきまぜて、いんちき賭博《とばく》まがいの商売をしていた。博物館めぐりを終えたソ連兵士が数人、スペードのエースと思ったところに金を置いた。青年がどんなにゆっくり三枚のカードをかきまぜても、ソ連兵士はどうしても勝てなかった。

だらだら下りの道をヴルタヴァ川のほうへ歩いて行くと、いつかフラチャニ城周辺の旧市街を抜け出て、完全な碁盤目に配置された街（ということは、この一帯が大プラハ市以後に設計・建設された証拠だが）へ入っていた。ビルは一段と灰色が濃く、ずっとモダンで、窓ガラスも大きく、破れた個所は全然目につかなかった。通りは夕方の光を浴びて家路に向う子どもたちでいっぱいだった。小さい生徒は重い教科書を入れた袋を背負い、年かさの生徒は擬革《ぎかく》のかばんを手にさげていた。ヘラーはカレル橋の上の、ちょうど聖ガエタヌス像と聖アウグスティヌス像の中間に足をとめ、静かに流れるヴルタヴァ川を見下ろした。淡灰色の水面が冷たい冬の入り日を受けて、桃色にきらきら輝いていた。

橋を渡ると夕闇《ゆうやみ》は一段と濃くなり、教会の尖《とが》り屋根や官庁街のビルが、そのシルエットをくっきり空に描いていた。プラハって街は文化を古い冬のオーバーコートみたいに着ているんだな、本当は、冷たい風が吹くことはあまりないのに、いつも擦り切れ襟《えり》を立ててさ、とヘラーは思った。たいていの市民は美しいプラハの街を愛しているが、ウェディング・ケーキだってきっと好きなのにちがいなかった。

ヘラーは、古い寺院と通り一つへだてた狭い敷石の街、プルチョドニで、お目当てのものをみつけた。その小動物店のドアを押すと、内側に取り付けた小さなベルがちりんちりんと鳴った。カウンターのうしろで新聞を読んでいた女が顔をのぞかせた。

「英話、しゃべれる?」とヘラーは訊《き》いた。

「ええ、少しなら」小鳥たちが侵入者に向っていっせいにさえずり始め、女は声を高めなければならなかった。

ヘラーは、ホロホロチョウに興味があるんだが、といった。

女は首を左右に振った。「オウム。熱帯鳥。ハトもね。でもホロホロチョウ、ないよ」

「一羽や二羽じゃない」とヘラーはいった。「たくさんほしいんだよ。イギリスへ輸入したいんだ。プラハに輸出用のホロホロチョウを飼育してる人がいるって聞いたんだけどね」

女は用心ぶかげに頷《うなず》いた。「たしかに、そんな人、いた。詩人だったかな。郊外。川沿い。もう何年も前のことよ。まだ商売してるかどうか、私、知らないよ」疲れた顔にお世辞笑いを浮べる。「ほんとに、オウムに興味ないか？　エンゲルスって名前のオウム、いるよ。〝疎外《そがい》〟〝疎外〟って、いつも啼《な》くよ」

ヘラーはかぶりを振った。「ホロホロチョウにしか興味ないんだ」うしろでドアのベルがちりんちりんと鳴った。男の子を連れた市民が入って来た。ヘラーは急いで礼をいい、店を出た。

もう一度川岸へ戻り、しばらく心を決めかねていた。上流へか、それとも下流へ行くべきか？　あれこれ考えていると、右手に微《かす》かではあるが、まぎれもないジェット機の爆音が聞えた。空港だ！　まるでだれかに右手を指さされた人のように、急ぎ足で北を目ざしていった。

川筋をはずさないように歩こうとしたが、それこそ言うは易《やす》く、行うは難《かた》し、だった。しばらくのあいだ、道は川と並行していた。冬季は休業のはしけが数隻《せき》浮んでいて、プラスチックの鼠《ねずみ》よけをつけた太い綱で係船柱《けいせんちゅう》にもやってあった。中にレストランに転用されて、明りが煌々《こうこう》とついている一隻があった。各テーブルの蠟燭《ろうそく》に火をつけてまわる白いジャケット姿のウェーターの影が何人か見えた。ところが、すぐに川幅が広くなり、道は倉庫をかこむ高い柵《さく》の所で行きどまりになってしまった。

ヘラーは街区へ戻り、やがて川と並行して路面電車が通じている狭い通りに出た。数分ごとに乗客で満員の電車（首都が郊外からの勤め人を吐きだしてるというわけだ！）が、ゴム引きの車輪を回転させて静かに走っていった。

一時間もすると電車は内陸のほうへ曲り、それから数分たつと道はさらに街区へ転じて、しばらくするとこんどは反対方向へまわり、ふたたび川と並行する道へ出たが、そのあたりになるとまだ舗装されていなかった。三階建てのブロック造りのアパート群が長々とつづいていて、歩道がないこと、道らしきものと各戸の入口との間を板でつないでいることなどから推して、割りに最近建てられたものと思われた。自家用車はちらほらという程度で、たまに目にする車はたいてい黒い防水シートがかけられ、ロープでしっかり縛ってあった。

ヘラーは高いフェンスにかこまれた小公園に来かかった。中でトレパンを着た十代の少年がちょこまか走っていて、濃くなりまさる闇に亡霊の影かとも見えたが、じつはフェンスにサッカー・ボールを打ち込んでいたのだった。打ち込み方がものすごくて、その音がアパートの棟《むね》から棟へとこだましていった。奇妙なことに、その光景も音響も、ヘラーには少しも場ちがいなものとは思われなかった。

進むにつれてアパート群の影は次第にまばらになっていった。建設機械が置きっ放しになっていた──ソ連製のブルドーザー、まるで巨大な模型の組立てセットみたいに分解されてひっそり横たわっているクレーンの部品──遠からず新しいアパート群が建つにちがいなかった。

やっと野原が見えてきた。ぬかるみの氷結した平地で、縁《へり》のほうに生ごみが散らばっている。革紐《かわひも》を手にした老人が哀れっぽい声で名前を呼んでいたが、ヘラーの姿を見るとすぐ飛んできて、チェコ語で何か問いかけた。犬がどこかに行ってしまったらしく、話しながらも目は犬の姿を求めて、いかにも心配そうだった。ヘラーには老人の声が全然聞きとれなかった。ここからは見えないヴルタヴァ川対岸の丘に広がる空港に向って、進入路の最終コースへ突入した頭上のジェット機の轟音《ごうおん》に、老人の声はかき消されてしまったのだった。

ヘラーは、明るい翼灯を昆虫《こんちゅう》の触角のように突き出しながら川を越えて、闇に包まれた西の方へ消えて行くジェット機をじっと見つめていた。近くのヴルタヴァ川の堤に腰を下ろして眺めていると、ジェット機は巨大な巣のような着陸地を求めて、いつまでも上空を旋回していた。「共生動物《インクワライン》だな」とヘラーは呟《つぶや》いた。うしろのほうでは、老人が相変らず、どこかへ行ってしまった犬の名を呼んでうろつきまわっていた。ヘラーは踵《くびす》を返し、インクワラインの隠れ家のほうへ野原をとぼとぼ歩いていった。

その家は——ともかくも家にはちがいなかったので、こう呼ぶほかないのだが——例の無邪気なモダン・アート時代（ナチ・ドイツのオーストリア合併以前の時期）、週末をヴルタヴァ川沿岸でのバード・ウォッチングに過すプラハの富豪の別荘用に、気まぐれなチェコ建築家が建てたものだった。コンクリートと材木を豊富に使って巨大な鳥の巣を作るのが建築家の狙《ねら》いだった。こんな浮わついた建築にはふさわしからぬ言い方かもしれないが、哲学的にいえば、この家はアール・デコを論理的に、極端に活用した（当時の評論家ご愛用の言葉を使えば〝笑うべき〟）代表作だった。形はどんぶりのように丸くて、壁面には皮を剝《は》いだ木の幹がほとんどでたらめに貼《は》り合わされていたが、これが鳥の巣の小枝を象徴しているわけだった。木の幹の間にはところどころ割れ目があって、窓がわりになっていた。右手の奥には、長くて軒の低い木製の小屋が二つあり、そこからかん高い鳥の啼き声が聞えた。ふーむ、ホロホロチョウまで勘定に入れて設計したとは！

家は漆黒の闇に包まれ、人のいる気配はなかった。ヘラーはオーバーのポケットのピストルを握り――インクワラインの家へ立ちまわるのをCIAに悟られている心配があった――数歩ごとに立ちどまって耳を澄ましながら、そろそろと鳥の巣へ近づいていった。聞えるのは自分の心臓の鼓動だけだった（興奮してか？　恐怖のせいか？）。指先で打ちっ放しのコンクリートの壁をまさぐり、窓のあるところではいちいち中をのぞきこみながら、外壁沿いに進んでいったが、人影も灯も見えなかった。いつしか裏口のドアと思われるあたりに来ていた。ノブをまわしたけれど、錠が下りていた。ヘラーはピストルを取り出してオーバーの裾《すそ》で銃尾を包むと、錠の上のガラス窓を軽く叩いた。ガラスが落ちて砕けた。ヘラーは息をころした。室内は相変らず静まり返っている。左手を差し入れて錠をはずし、すばやく中へ入った。

背中を壁に押しつけて立っていると、なにやら宗教的な啓示そっくりの感動を覚えた。破壊、侵入という行為には、いうにいわれぬ満足感があるな、と思った。つまるところ、錠なるものは言葉の最も深い意味において反人間的なのだ。人間ならだれでもしたがるようなこと――たとえば中へ入って雨露をしのいだり、しかるべきものがあればお互いに分ちあったり、といったようなことを禁ずる薄ぎたない発明、それこそが錠なるものの正体ではないか。大昔、他人を中に入れぬ目的で考案された錠というものがまだなかったころ、寒気を防ぐ意味で作られたドアだけが存在していた時代、農夫たちは不意の客が来るのをおもんぱかって、食卓に食べものを用意してからでなくては野良《のら》へ出かけなかったものだった。だが、人びとが財産を集め始めると、この習慣はすたれてしまった。財産についで人びとが集め始めたのが錠ということになってしまったのだった。

ヘラーはすっかりいい気分になってあたりを見まわした。食卓に乾されていたブドウをひとつかみして口にほおばり、調理用テーブルのパンをむしってがつがつ食った。ここそまさにお目当ての家だとの確信がいよいよ強まったのは、流しの上の小さな棚にそれを見つけたときだった——マドフール・ジャフリー著『インド料理入門』。最新刊のその本は、ヒチェリ・ウンダ（インド式スクランブルド・エッグ）の作り方のページが開かれたままになっていた。ドア脇に敷いた新聞紙にはゴム引きのブーツがあった。ヘラーはそれを月光が洩《も》れ入る窓ぎわに持ち上げてみた。たしかにサイズ7の標示が読めた。

不意に大小の棚に積み重ねられた皿やガラス器が、まるで生命を得たかのように初めは静かに、やがて激しい音を立ててかたかた鳴り始め、キッチンじゅうに響いた。

低空飛行のジェット機の轟音が近づくと、家自体が身ぶるいするようなあんばいだった。

轟音が遠のくと、ヘラーは鳥の巣の奥へ入っていった――広間の部分は総二階になっていて、窓がわりの割れ目から、あまり手入れのよくない大理石の床に月影がさしていた。四隅には白かびが生えている。壁のペンキは剝がれ、穴ぐら状の室内に家具らしいものはほとんど見えなかった。どんな小さな音でもこだましそうだった。ヴルタヴァ川に面している側には大ガラス一枚のはめころしの窓があり、高低さまざまのところに吊《つる》した植物の蔓《つる》で覆われていた。茶、赤、緑の葉が密生している蔓は、レース編みで包んだ鉢からあふれるように垂れ下がっていた。

ヘラーは二階にも行ってみた。大きなバス・タブ、金《きん》で象眼した人魚型の注湯口を備えた浴室があった。浴室の隣は寝室で、天井が低く、面積も狭いこの部屋には、不調和な色合いのカバーにくるまれたクッションが山と積まれていた。柳枝製のダブルベッドがあって、その上の水漆喰《みずしっくい》を塗った壁に、両側を細い燭台《しょくだい》で挟まれた古い聖画像があった。ベッドの隣に時代ものの金ぴかの額縁があって、おっかない顔をした中年男（これがインクワラインにちがいない）と、不ぞろいの歯を見せてはいるが笑いの表情の欠けている白衣の若い女の結婚写真が収められていた。ヘラーは、女がたいそう地味な顔立ちで、自分の考えているスパイの妻のイメージとはまったくそぐわないのに驚いた。

ヘラーがもっとよく見ようと、その写真を手に取ったとき、舗装をしていない道をこちらに向けて走ってくる車の音が聞えた。彼は急いで広間に通じる階段の上へ出た。また低空飛行のジェット機が轟音をあげて頭上をかすめ、一瞬穴ぐらを恐ろしい響きで満たした。その轟音たるやものすごいもので、ヘラーは空気がすっかりさらわれて窒息するのではないかと思ったほどだった。騒音が去ると同時に、家の前に止った車のヘッドライトの光が窓がわりの割れ目からさしこんできた。車のドアの閉まる音がした。ヘラーはピストルを手もとに引き、突き出ている信号ピンに指で触れて弾丸《たま》の装塡《そうてん》ずみをたしかめると、両脚を開き、身を屈《かが》める射撃姿勢をとって、両手に握ったP－38を前に突き出し、玄関のドアに真っすぐ向けた。

大きな錠に大きな鍵《かぎ》が鳴った。ドアが開いた。人影が入ってきた。ドアが閉じた。電灯のスイッチを押す低い音がした。頭上のいちばん高いところにある、白鳥が翼を広げた形のクリスタルのシャンデリアがぱっとついた。不意の光を受けてクリスタルは生き返り、柔らかい空気の中に遠くから聞えてくるエオリアン・ハープさながら、微かにちりんちりんと鳴った。

ドアの女は靴をぬぐと、それで歩きさえすれば自然と大理石の床を磨くことになるフェルト底のスリッパにはきかえた。見るともなくシャンデリアを見やった視線が、こちらにピストルを向けて階段のてっぺんに立っているヘラーをとらえた。顔の表情も手足も凍りついたように動かなくなった。動きさえしなければ命が助かるとでもいうふうに。格別狼狽《ろうばい》した様子はみられないが、限りなく深い恐怖の表情があった。ヘラーの存在を避けられないものとして受け入れているような表情だった。ヘラーには、この女、おれが撃つにちがいないと思っているのだな、ということが分ってきて、それが少なからぬショックだった。女の身体《からだ》は弾丸を受けるものと決めて緊張しきっており、弾丸が撃たれそうもないとなると、女はびっくりする（あるいはがっかりするのか、ヘラーにはどちらとも分らなかったが）のではないかと思われた。と、女はひとつ深く息を吸い、背中が壁につくほど上体をのけぞらせた。

女はチェコ語で静かに何かいった。

ヘラーのピストルが揺れ、次第に銃口が下がって、ついに大理石の床に向いた。ヘラーは開いていた脚を閉じて直立した。途方にくれて「チェコ語、話せないんだよ」とだけいった。

女は階段の下に進み、ヘラーを見上げた。ヘラーの目に女の長いまつげ、恐怖の色を浮べた瞳《ひとみ》が見えた。「英語、しゃべるのね？」女はチェコ語でいい、それを英語で繰り返した。

「アメリカ英語ならね」とヘラーはいった。

「わたしをどうしようっていうの？」

ヘラーは落着かなげに笑った。「タバコを一本」

女の目はピストルに釘づけ、戸惑っている様子だ。「わたし、吸わないの」なんとか全身全霊を絞り、気のきいた言葉でこっちの頼みをきいてもらわなければと、気をもんだあげく、「あなた……なんとか……それを片づけてくれない？　おねがい」

ヘラーはＰ－38をオーバーのポケットにしまった。「ぼく、捜してるんだよ……インクワラインをさ」

女は顔色を変えた。唇が少し開いた。ヘラーは歯が不ぞろいなのを見て、さっきの写真の白衣の女性と知った。

「インクワラインってどういう人か、知ってるの？」と女は訊いた。

ジェット機がまた頭上を過ぎた。ヘラーは不安げに目を上げて轟音のあとを追った。女はヘラーから凝視の眼《まなこ》を放さなかった。声が聞きとれるようになると、女は質問を繰り返した。「インクワラインってどういう人か、知ってるの？」

ヘラーは知っている限りのことを話した——インド料理の本、サイズ7のブーツ、イタリア製の耳栓、鳥籠に隠した手紙。

女はいった、「わたしなのよ、インクワラインって」

不意を打たれたのは、こんどはヘラーのほうだった。「きみが……ぼくはワシントンできみの電文を解読してた男だよ」と彼はしゃべり始めた。「きみは電文一通につき、必ず一カ所、誤りを犯していたぜ。ぼくがここへ来た目的の一つは、暗号文作成の講義なんだよ」

彼女にしてみれば真偽のほどをたしかめかねる問題だった。プラハでの唯一《ゆいいつ》の連絡先は担当官《ケース・オフィサー》で、この男はアメリカ大使館に出入りしている太っちょだが、用事はいつも先方から一方的に伝えられることになっていた。黒海で保養している架空の伯母から郵便葉書が来ることがあったけれど、これは配達不能郵便集配所に必要な小包が届いているぞとか、プラハ市中心までの中間に位置するヴルタヴァ川河畔に放置されたごみ入れにしかるべき物品を入れておいたぞとかいう合図だった。どうしてもこちらから連絡したいことがあるときは、まず見えないインクで絵葉書に用件を書いたうえ、プラハ見物に来た女が在パリの姉へ観光報告をするという体裁の文章で余白全体を埋め、それを投函《とうかん》するきまりになっていた。

彼女にヘラーを信じさせる理屈がないわけではなかった。つまり、この男がさっきの言葉どおりの人間でないとすれば、あれだけの事実を知っている以上、自分はとっくの昔にチェコの秘密警察にしょっぴかれて刑務所入りしているはず、というわけだった。

「おなか、ぺこぺこでしょ」女は事務的な口調でいい、初めてヘラーに微笑を浮べてみせた――顔の筋肉全体が抵抗しているような、じつにこわばった微笑ではあったけれど。「靴、おぬぎになって。ここでは土足厳禁なのよ」

ヘラーはフェルト・スリッパにはきかえ、女のあとについてキッチンに入ると、何を食べさせるつもりか、食事の準備に余念がない女をじっと見つめながら、これでどうやらゆっくり相手を観察できるぞと思った。赤茶色の髪。驟雨《しゅうう》直前の夏空のような灰色の大きな目。怒りの色が絶えずちらちらしている。女はオーバーのボタンをはずし、椅子《いす》の背に投げ掛けた。下には男物のスーツを着ていたが、少なくともワン・サイズは大きかった。チャップリン的といってもさしておかしくはない。

「どうしてそんなだぶだぶの服、着ているんだい？」とヘラーは尋ねた。「大きめのに着慣れているのかい？」

女は怒気のこもる目で振り返った。「貧乏慣れよ」とやり返す。

ヘラーは話題を変えた。「本名、知らないんだけどな」

「親につけてもらった名はエリザベス。結婚後の姓は……」そこで別のことを考えているふうだったが、すぐわれに返って、「姓のほうは、あなた、きっと発音もできないし、覚えられもしないわ」

疲れきっていたヘラーは、キッチン・チェアの一つに気持ちよさそうに身を沈めた。

エリザベスがいった、「うち、冷蔵庫ないのよ。お肉も」

「肉は食べないんだ」とヘラーがいった。「菜食主義なんでね」

「ホロホロチョウの卵でオムレツ作ってあげるわ」とエリザベス。

彼女は割れたガラスの散らばる床を掃除し、ドアにあいた穴に新聞紙を詰めてから、ボウルにいっぱいの卵の中から五個を取って割り始めた。「ラジオが国境に事件があったと放送してるわ」とエリザベスがいった。引出しを探ってフォークを出し、卵をかきまぜる。「一人死んでいたって。だれか越境して逃げこんできたそうよ……いま捜査中ですって」

ヘラーは、自分の身体からエネルギーの最後の貯《たくわ》えが抜け落ちていくような気がした。「きみ、なんで腕時計を二つもはめているんだい?」女の細い腕を見ながらヘラーは訊いた。卵をかきまぜるので、さっき腕まくりしたのだった。

エリザベスは、リノリウムのきれを敷いた棚から、使い古しのフライパンを取った。「ひとつはいま何時か教えてくれる時計」と彼女は説明した。「もうひとつは、わたしがお好みの時間に合わせた時計」

ヘラーは好奇心をそそられた。「きみのお好みの時間って何時なの？」

エリザベスはヘラーの目をまともに見た。「いま以外なら何時でも」と不機嫌に答える。「あなた、どうやってチェコスロヴァキアに入国したの？」

ヘラーは質問を無視した。「きみみたいにすてきな子が、なんで役所《カンパニー》の御用をつとめているんだい？」

「会社《カンパニー》って、どこの会社？」

「ザ・カンパニーだよ」とヘラーはいった。「CIAのことだよ」

「あなた、本当は国境の事件に関係があるのね」エリザベスは決めつけた。

ヘラーは相手から目を離さずに話した。「どんな事件か、よく知らない。ある男がガイドを殺したんだ」そこで視線が宙を漂う。「ぼくはその男をもう少しで殺すところだった。殺すべきだったかもしれない。奴らの仲間を一人減らせるところだったのにな」

エリザベスはスイッチを入れた三つの電気ストーブの一つにフライパンをかけ、といた卵を入れた。じゅーっと音がした。横目でヘラーをちらりと見る。唇をゆがめて皮肉に笑う。「わたしたちだって奴らになってるわけよ」落着きはらった声だった。またジェット機が頭上にとどろいた。皿やガラス器が棚の上で跳ねた。「いつもあんな状態なの？」とヘラーが訊いた。

女は頷いた。「これ、慣れるってわけにいかないわよ」

「慣れるなんて初めから思っていやしない。きみのホロホロチョウに対する影響は？」

「眠りが足りなくなって、卵ばかりたんと産むわ」

エリザベスはオムレツを二つに割り、端の欠けた安っぽい皿に分けた。

ヘラーはうさんくさそうな目つきでホロホロチョウのオムレツを見つめた。「きみ、タバコ持ってないかな？」

「わたし、吸わないの」

「そうか」

食事をすますと、エリザベスは皿を流しに積み上げ、ヘラーを二階の寝室へ案内した。それで分ったのだが、この家の寝室はここ一部屋だけなのだった。彼女は電気ヒーターのスイッチを押し——コイルはたちまち真っ赤になった——ふとんを運んでヘラーの寝支度を整えた。それから浴室へ入ってバス・タブの栓《せん》を緩めた。ヘラーはエリザベスが戸口に出てきたところで、先刻のオムレツの礼をいった。

「もっとたくさん作ればよかったんだけど」とエリザベスは申しわけながった。

「満腹したよ」ヘラーはいった。

エリザベスの顔に控えめの微笑がちらっと浮んだ。「お百姓さんのことわざでこういうのがあるの」初めはチェコ語でいい、次に英語で繰り返した。「満腹はごちそうも同様」

エリザベスはバス・タブの栓をしめ、寝室に戻ってドレッサーのいちばん下の引出しからタオルを出した。「さっき、プラハへ来た理由の一つはわたしに暗号を教えることだっていったけど、ほかにどんな理由があるの？」

ヘラーは、本当のことを少しは話しても、もうだいじょうぶだろうと思った。ひょっとしたら助けになってくれるかもしれない。「あるロシア人を捜しているんだ」と彼はいった。

「プラハで？　干し草の山で糸を捜すようなものね！」

ヘラーはいった、「干し草の山で針を、だよ」

「糸、針」エリザベスは、分らない、といわんばかりに頭を横に振った。「同じことじゃないの。どちらにしたって干し草の山に埋まっていたら捜しにくいわ。で、そのロシア人、どんな人相？」

　ヘラーは胸ポケットから写真を出した。エリザベスは両膝《りょうひざ》をつき、写真を手に取って顔に近よせると、穴のあくほど見つめつづけた。「この顔にしては口が大きすぎるわ」と彼女はいった。「目も気にくわないな。なんというのか」——なかなか適当な英語が思いつかないらしい——「疑い深すぎていやね」そういって写真を返す。「とりかえがきくのなら、別のロシア人を捜しなさい」

　ヘラーはいった、「とりかえがきかないんだよね、それが」

　エリザベスは肩をすくめてみせた。「こういう人みると、わたし、ぞくぞくする《ギヴ・ミー・ザ・ウィリアムズ》」

先刻から口にされつづけたエリザベスの不完全な常用句《クリシェ》が、ヘラーの記憶を真正面から揺り動かした。一瞬ぴんと来なかったけれど、すぐに思い出した——エリザベスは暗号化した電文に常用句を使うのが癖だったが、それがいつも少しずつ間違っていたことを。「ぞくぞくするっていうのはだね、ギヴ・ミー・ザ・ウィリーズっていうんだよ」とヘラーは直してやった。相手が相変らず平気な顔をしているので、「きみ、いま、ギヴ・ミー・ザ・ウィリアムズっていったぜ」とだめ押しをした。それでもまだ顔色を変えない。ヘラーは「ま、いいや、そんなこと」と呟いた。

「気を悪くしないで」とエリザベスはいった。「わたし、アメリカ狂なのよ。アメリカのものならなんでも大好きよ」

「きみはアメリカのことなど、何ひとつ知っとらん」とヘラーは口をとがらせた。

「それでどうして大好きだなんて?」

「新聞の切り抜き、してるわ」とエリザベスはいった。「古いアメリカ映画を見ることもあるのよ。ヴォイス・オヴ・アメリカはいつも聴いているし。きのうはアメリカ動物虐待《ぎゃくたい》促進協会についての放送をやってたわ」

ヘラーはいらいらして壁にもたれていた。「きみみたいないい子が、なんでCIAの片棒をかついでいるんだい?」

エリザベスは椅子に深ぶかと坐《すわ》った。「ある日、ある人がやってきて、仕事をやらんかね、っていったの」

「ほんとにそんな? いきなりかい?」

エリザベスは落着かなげだった。「いえ……いきなりというわけでもないのよ」そういって結婚指輪をはめたまま、まわしつづけている。「わたしの……夫……コミュニスト政府に投獄されちゃったの」

ヘラーは頷いた。「だんなさん、何をしたの? いや、何をしなかったの、と訊いたほうがいいのかな？」

エリザベスは堰《せき》を切ったように話し始めた。「主人は詩人だったの。大詩人じゃなかったわ。でも、とっても立派な詩人。若い人たちのあこがれの的でした。主人はね、一九六八年、ソ連軍のチェコスロヴァキア占領を詩に作って、朗読会で読んでね、それでもって捕まっちゃったのよ。きっと分ってくださるでしょうけど、わたし」——といって唇を噛《か》む——「わたし、とってもつらくて。主人は靴下二足を片っぽうのポケットに、『草の葉』をもう一方のポケットに突っこんで刑務所へ行きました。ウォルター・ホイットマンというアメリカの詩人、ご存じね？　ある日、うちへやってきたっていう人、その詩集から切り取った一ページを持ってきたのよ。余白に、わたしへの短いメッセージが書いてあったわ。その人、ご主人は獄死したよ、奥さん、あなた、復讐《ふくしゅう》する気はないかって」

これは話が面白くなってきたぞ、とヘラーは、「で、そのチャンスに飛びついたってわけ？」

「すぐにじゃないのよ」とエリザベスはいった。「一度は逃げ尻《しり》になって——」

「それをいうんなら逃げ腰だ」

「こわかったのよ。そのうちに、こわいより腹が立って。やっぱり復讐しようと決心したの。そのときは、すてきな考えだと思ったわ」

ヘラーは静かな声で、「そのときはっていうと？」と尋ねた。

エリザベスは、質問の意味が分っていたけれど、肩をすくめてみせただけで、答えるのを拒んだ。ヘラーはしつこかった。「すると、いまではそう思っていないわけか？」

「だって復讐しても、あの人、わたしんところへ帰ってくるわけじゃないもの」立ち上がって遠くを見ている目つきになる。「でも、引受ければ……いいこともあるから」

ヘラーは鋭い視線でエリザベスを見上げた。「たとえば？」

目の縁《ふち》に涙があふれ、エリザベスは顔をそむけた。「仕事は、わたしの日々を満たしてくれるのよ」とあいまいに答える。

「満たすって、何でもってさ？」

エリザベスはふたたび顔をヘラーに向けた。「恐怖でもって」自制心を取り戻し、きっぱりした口調だった。「仕事は、わたしの日々を恐怖でもって満たしてくれるのよ」

エリザベスは浴室に姿を消し、ヘラーの耳にバス・タブへ入る音、しばらくしてそこから出る音が聞きとれた。ヘラーは天井の電灯を消し、闇の中で服をぬぐと、さっきエリザベスがくれた毛布を顎《あご》まで引き上げた。彼女が浴室から出てきた様子だったので、そのほうへ顔を向けた。身に着けているのはTシャツだけだった。うしろの浴室の電気を消す。ヘラーの耳に、ためらいながらベッドの隣にもぐりこんでくるエリザベスの気配が分った。突然、まるで一気に片づけなければならない儀式みたいに、早口の声がいった。「どうしてもっていうなら、わたしたち、やってもいいのよ」

ヘラーはその気になっていた。エリザベスの細い、しなやかな肉体を抱くさまが想像できた。壁の割れ目から洩れる銀色の月光で、かろうじてエリザベスが見えた。あらぬ方を眺めている。視線をたどると、ベッド脇の結婚写真を見つめているのだった。「どうしてもということはないさ」とヘラーはしゃがれ声でいい、妄想《もうそう》をなんとか始末しなければな、と思いながら、顔を壁のほうに向け、心を無にして眠ろうと努めた。

第十一章

子ども時代の出来事でエリザベスの記憶に残っていることはあまりない。気づかぬうちに、ほとんど指のあいだからこぼれ落ちるように消えてしまっていた。わずかに残っている記憶だって、どこかとりとめがない。母は、エリザベスがごく幼いときに死んだ。だから、母については、巨大な四柱式の寝台に横たわって日ごとに瘦《や》せ衰えていく、あらかた髪の毛の抜け落ちた女のイメージを、ぼんやり思い浮べられるくらいのものだ。何も知らない幼女のエリザベスは、ベッドというものはだんだん大きくなるのかと思った。そこに横たわる瀕死《ひんし》の女のほうが、日ごとに小さくなっていくなんて、思ってもみなかったのである。そしてある日、召使いたちが部屋の隅でささやきあっているところへ、腕に黒い喪章を巻いた父が現われて、ベッドは空《から》になってい た。シーツの具合からみて、前の晩、そこに寝た人はいなかったようだった。

エリザベスは正直ほっとしたが、すぐに、そんな気持ちになるなんて悪いことなんだと思った。父は、目に温かな、想像力豊かな光をたたえた教養人で、娘が罪悪感にさいなまれているのを悲嘆のあまりと取りちがえ、なんとかして娘の気をまぎらせようとした。〝旅行ごっこ〟が始まったのはそんな折である——イランへ、アフガニスタンへ、エジプト、フランス、スペインへ、一度だけだったがイギリスへも、という具合に。旅行は父娘《おやこ》そろって日曜日の朝早く出発し、結局、その夜はプラハの家の自分のベッドにエリザベスがすやすや眠ることで終りとなる。父は柳枝製のバスケットにピクニック・ランチを詰めこみ、まだ暗いうちから娘を列車の駅へ連れていくのだ。一時間かそこらで、二人はさして遠くない町の駅に着く。父はさっそく駅長、赤帽、あるいは改札係をとっつかまえ、その場で思いついた外国語で話しかける。エリザベスは羞《は》ずかしそうに父のうしろに隠れながらも、いま自分が、父の想像力の産物であるパリ、あるいはマドリード見物をしているような心地になり、それが嬉《うれ》しくてにこにこ笑っていたものだった。

ある〝旅行ごっこ〟の折——エリザベスの記憶では中央アジアのアルマ・アタ見物

だったはずだが——父は中央アジア語を流暢《りゅうちょう》に使いこなして、エンジンのない飛行機、つまりグライダーへ娘を乗りこませた。二人は、これはエンジンの付いた本ものの小型飛行機に曳《ひ》かれて、よく晴れたアジアの空へ飛び立ち、やがて飛行機から切り離されて宙に漂い始めた。幼い娘には永遠と思われるくらいの長い時間、二人はグライダー・クラブの平坦《へいたん》な草原の上空を翔《と》びつづけた。パイロットは厚い眼鏡をかけたまじめな青年だったが、操縦装置に置かれた青年の指加減ひとつで、グライダーは下降したり上昇したりした。この日の、いわば無音感覚、自由な飛翔《ひしょう》感覚をエリザベスはいまでも覚えている——地上から解き放たれ、地上をわが身から引き剥《は》がすような感覚、まったく地上なんかいらないみたいな気持ちだった。

エリザベスはいつ、どんな具合に着陸したか、覚えていない。しかし、ふたたび地上に降り立ったときの足の重さは記憶にある。それから数日間、鉛の踵《かかと》をつけた靴をはいて歩きまわっているような心持ちがしたものだった。

エリザベスは成長して、足の格好がよくないことと（これは最初の恋人が指摘したのだが）、非ユークリッド的性向とにコンプレックスを持つ、気性《きしょう》の強い娘になった。彼女にとって、二点間の最短距離は曲線だった。彼女の注意の範囲《アテンション・スパン》（訳注　心理学用語で精神の集中度をいう）は割りに短く、思考は横道へそれがちだった。エリザベスの話し相手になった者は、果てしなく広がる彼女のおしゃべりについていこうとして、へとへとになった経験を幾度か持たされたものだった。そのころのエリザベスの〝趣味《ホビー》〟は、立ち聞きだった――つまり、相互に関連のない会話を拾い集めるわけで、それというのも後日、ある会話の切れはしを結びつけることによって、全体のありようが一気に解明されるのを期待してのことであった。

　エリザベスは、父がまだそれほどの年齢《とし》ではないのに心臓発作でこの世を去ってから数年後、初めてその男の声を聞いた。彼女は大学食堂の一つのテーブルに、十数人の学生と肩をこするようにして坐《すわ》っていた。すぐ前に中年の男がいた。エリザベスは、父が生きていたらこのくらいの年齢《とし》だろうな、と思った。テーブルをかこむ学生たちは、ちょっとしたおしゃべり、瞬間的な笑いにさえ、あらわな敬意をこめてこの中年男に対していた。話を聞いているうちに、男が詩人であることが分った。食事のあいだ、詩人はエリザベスを見つめつづけていた。彼女がサラダを食べ終ると、男は不意に尋ねた、「きみのジュースをもらってもかまわんだろうね?」そして、許しも待たずに手を伸ばしてコップを載せた皿を取り、分厚い肉感的な唇へ持っていった。

　エリザベスはそれまでにも恋に落ち、相手と寝た経験はあったが、彼女を性的無知から救い出したのはほかならぬこの詩人だった。まるでグライダーで空を漂っているみたいな快い経験だった。二人はその点に触れるのを避けて話題にしなかったけれど、エリザベスも詩人も、自分たちの関係に父娘の感情があるのを知っていて、それを心楽しく味わいさえした。それはお互いが感じあっている愛情に近親相姦《きんしんそうかん》的な味わいを添加した。おのずから性行為は宗教的儀式、ベッドはそのための祭壇に近いありようを示すことになった。

詩人は同棲《どうせい》して扱いやすいたちの男ではなかった。ヴルタヴァ河畔に家をみつけ、二人で苦労して家を買う金をためてそこへ引っ越した後でも、また、穴ぐらのような広間での簡素な結婚式（聖職者の説教は着陸態勢のジェット機に時折中断された）を終えた後でさえ、エリザベスは彼が心のある部分を隠しつづけているのを知っていた（政治闘争の成り行きに確信が持てるまでは心の秘密を明かすまいとの戦略的配慮だったのかもしれなかったが）。彼は機嫌のよしあし、または午前、午後、あるいは天気や腹具合次第で、親しい〝きみ、ぼく〟の対話形式で話したり話さなかったりする癖があった。エリザベスが文句をいうと、男女の関係は一定の型にはめこむべきものじゃないんだよと、ぶつぶつ呟《つぶや》くだけだった。結婚してから三カ月たったある日、彼は「本当のことをいうと、ぼくはきみを愛しているときもあり、愛していないときもある」とエリザベスに書いた（大切な事柄だとわざわざ紙に書いてエリザベスに渡すのも彼の癖の一つだった）。「また別のときには、きみを愛している時間がだんだん多く、長くなっていくように思われることもある」

二人はお互いの過去の恋愛問題で言い争ったあげく、数カ月も別居し、その後、前よりもいっそう強い愛情に引かれて、また同居したりした。それにしても楽しい日々だった。〝巣〟や大学の奥まった教室での詩の朗読会。夜を徹しての仲間との政治論議。アレクサンデル・ドプチェクの最新演説のラジオに耳を傾ける友人たち。公然と過去の〝行き過ぎ〟を批判する新聞記事。だれにも社会主義を逆立ちさせ、それを民主化し、世界に第三の道を示すべきだとの信念があった。

そして一九六八年八月二十日、彼らの住んでいたカードの家は崩壊する。ソ連軍がなだれを打って越境してきた。学生たちは戦車のハッチから首を突き出すソ連兵をからかい、弾痕《だんこん》の生なましい壁に反ソの落書きをかき散らした。しかし、そうした行為の空《むな》しさを知らぬ者はいなかった。〝人間の顔をした社会主義〟の実験は終ったのだった。

詩人は水曜日の早朝、逮捕された。前夜、大学で詩の朗読をした彼は、帰宅すると、冷静に毛糸の靴下二足、手あかのついた『草の葉』、それに若干の筆記用具、大好物のバルト海産ニシンの罐詰《かんづめ》数個をオーバーのポケットに突っこんだ。二人は裸になってベッドに入り、性交のあと眠った。目ざめて、もう一度まじわった。三時半、黒い四《フォー》ドアのシュコダが〝巣〟の前にとまった。中の男たちはジェット機が頭上を過ぎるのを待って、一度警笛を鳴らした。十分に気を配って衣服を身に着けた詩人は、外に出て行き、男たちと何やら話していた。家に引き返した彼の顔には安堵《あんど》の色がみえた。「奴《やつ》らがほしいのはぼくだけだそうだ」と妻にいった。

「あなたを捕えるのなら、せめて車から降りて、こっちへ来るべきよ」エリザベスは泣き叫んだが、詩人は肩をすくめてみせただけで、何やら意味のないしぐさをして呟くと、細君に別れのキスもしないで踵《くびす》を返し、車の後部座席に姿を消した。

一年近くのあいだ、エリザベスの耳には夫の運命についてのどんな情報も入らなかった。他の無数の細君たちと同様、四方八方、手づるを求めて走りまわった。起訴された犯罪人の一件書類にコネがあって近づけるだれそれと知合いらしいだれそれから、ひょっとしたら大まかな話が聞けるかもしれないと、果てしない行列に加わって順番を待ったこともあった。エリザベスはたくさんの手紙を書き、知っている限りの刑務所気付で送りまくったけれど、手紙が宛《あ》て先に着いたかどうかすら、しかとは分らなかった。あるとき、検察庁次官補佐という、臭い息をする疲れた顔の男が、もしエリザベスがしかるべき愛情で酬《むく》いるつもりがあるなら、それ相応に助けてやれるかもしれぬとほのめかした。エリザベスはすぐに誘いに乗った。不安な状態に終止符が打て、夫の生死だけでもはっきりするなら、どんなことでもするつもりだったのだ。エリザベスは検察庁次官補佐の献身的な情婦となった。男が喜ぶならどんなことでもした——文字どおりどんなことでも。週に二度、男は運転手つきの車で家にやってきた。どこか歪《ゆが》んだところのある生なましい想像力の持ち主である男は、注文の多い情人だった。三カ月が過ぎた。ある日、男はズボンをはきながら、きょうが最後だよといい、女のサービスに見合う代償として、刑務所の名前と夫の刑期とを記した紙きれを渡した——刑期は十年だった。

エリザベスは毎月小包を届けに行ったが、それには中央刑務所の特別窓口の前、雪の積った街頭で、またもや列を作るという段どりに従わねばならなかった。とりとめもない長い手紙を書き送りもしたけれど、いちばん大切なことは行間に匂《にお》わすより仕方がなかった。大学はやめ、友人の勧めに従って生計のためにホロホロチョウを飼うことにし、敷地内に細長くつづく軒の低い空室の部分を飼育場に当てた。

エリザベスは待ちつづけた。

三年後、夫が、役所のいうところを信じると、肺炎で獄死したという知らせを受けた。母を亡《な》くしたときと同じようにほっとした——夫のためにも自分のためにも——

けれど、そんな気持ちになるなんて悪い女だ、とすぐに思った。その夜、ヴルタヴァ川のほとりにたたずんでいると、不意に夫は死んだのだという思いが大波のようにエリザベスに押し寄せ、彼女の心をさらって、苦しみと悲しみの淵《ふち》に沈めた。エリザベスはよろけながら家へ戻ると、しまいには髪が血でもつれるほど強く頭を壁に打ちつづけ、明け方まで号泣した。やがて気が落着くと深い溜《た》め息をひとつつき、いつぞや太っちょがやってきて勧めた仕事のことをあれこれ考えてみた。仕事を引受ければ、自分の人生を救うことになるか、それに終止符を打つことになるか、どちらかに決りそうな気がした。

どちらに転ぶにせよ、引受けてもいいと思った。

ヘラーが翌朝目ざめたとき、エリザベスの姿はどこにも見えなかった。やっと見つかった所は屋根の低い鳥小屋で、ホロホロチョウの卵を集め、麦わらで編んだバスケットに入れている最中だった。エリザベスは朝食に落とし卵《ポーチド・エッグ》をこしらえてくれた。食事がすむと、二人は穴ぐらのような広間の大理石の床に坐り、一時間に及ぶ一回式暗号電文作成法のレクチャーを始めたが、講義は滑走路へ戻るジェット機の騒音で、十数分ごとに中断された。

「騒音がやむときってあるのかい？」ヘラーはつい口に出してこぼした。

エリザベスはヘラーの不快を楽しむみたいな表情を浮べた。「大雨、濃霧、吹雪《ふぶき》、それに東風のときは静かになるわ」

「東風ってどういうわけ？」

「別の滑走路を使うらしいの」

「へーえ」

ヘラーは変な顔をしてエリザベスを見つめた。

「どうしたの？」とエリザベスは訊《き》いた。

ヘラーはかぶりを振った。「べつに」

エリザベスはいった、「分った、タバコがほしいんでしょ」

「ぼく、吸わないんだ」

二人は同時に微笑した。お互いの心が初めて溶けあった。

レクチャーが終ってから、エリザベスはヘラーをプラハ市内へのドライブに誘った。ヘラーは、車を借りる見込みがつきそうだという理由からだけではなく、これはいままでの人生で二度めの経験だったが、一人で町を歩く気にはどうしてもなれなかったので、エリザベスの誘いに応じることにしたのだった。

ラッシュ・アワーの時刻、二人を乗せた小型フィアットは、ポド・カスタニのソ連大使館からほど遠からぬ場所に駐車していた。「あれが奴だ」ヘラーは興奮してエリザベスの肩を叩《たた》いた。「いま出てくる男」

フロントガラスからロジェンコの姿が見えた。髪は角刈り、四十がらみ、背広を着こんではいるが、挙措・動作はどうみても軍隊式だった。細長いボール箱を小脇《こわき》に抱えている。大使館の玄関を出ると、すぐに立ち止ってタバコに火をつけたが、それは、舗道に止めてあるチェコ製の自動車シュコダの後部座席にもぐり込む前に、通りの前後を一瞥《いちべつ》するいつもの習慣らしかった。ロジェンコは上体を屈《かが》め、運転手に行き先を指示した。運転手も平服姿だったが、一見して軍人と分った。頷《うなず》いてエンジンをかけ、もう夕暮れに近い市街へ車を向けた。

エリザベスはイグニション・キーをかけ、ロジェンコの車から数台離れて尾行を開始した。ヘラーがいった、「奴のフル・ネームはヴィクトール・ヴラジーミロヴィッチ・ロジェンコ。表面上、大使館の文化アタッシェということになってるけれど、本当はKGBのプラハ支部長なんだ」

エリザベスは前方を注視しながら訊いた、「どうしてあの男を尾行するの？」

「それはだね」とヘラーは説明した、「奴がグレートヒェンという名前の、じつに気にくわぬドイツ娘についての手がかりを与えてくれそうな男だからさ。ロジェンコは娘の担当官《ケース・オフィサー》なんだ」ヘラーは、ブレーキを踏んだり、ギア・チェンジするたびにスカートの下でかすかに動くエリザベスの太腿《ふともも》を見つめ、前夜、彼女の申し出をはねつけたのを後悔した。せめて、この次はぜひ、とでもいっておくべきだったな、と思った。「担当官っていうのはね」とヘラーは話をつづけた、「エージェントにとっては世界中で神さまに次いでいちばん偉い人なんだ——きみが神さまを信じていればの話だけど」

トラックがまわりこんできて、エリザベスの目は一瞬シュコダを見失ったが、すぐに角を曲るロジェンコの車をとらえた。「わたしにも担当官がいるわ」と彼女はいった。「ヤーネフっていう人。すごいでぶよ」

ヘラーがいった、「ロジェンコのかみさんもすごいでぶだ。モスクワにいる。グレートヒェンっていう娘はでぶじゃない。こちらはプラハにいる」

エリザベスには、ヘラーのいう意味が即座にのみこめた。「ロジェンコ、彼女の情人ってわけね！　なぜ初めからそういってくれなかったの？　鼠《ねずみ》がいないと犬が暴れるってわけね」

「猫がいないと鼠が暴れる（訳注　鬼のいぬ間のせんたくの意）、だよ」とヘラーが訂正した。

「猫?」エリザベスはきょとんとしている。「鼠?」

「猫。鼠」ヘラーはそう答えながら、シュコダが減速したせいで二台の車の間隔が縮まったのに気づいた。「注意しろ。あまり近づくなよ」

「あなた、こういうことってさんざやってきたの?」エリザベスが尋ねた。

「毎日さ」とヘラーは答えた。「尾行のプロだ」

エリザベスは赤に変りかけた信号を無視して進んだ。

次の交差点でとまると、また質問の矢を放つ。「ドイツ人の女の子をみつけたら、あなた、どうしようっていうの?」

ヘラーは横目でエリザベスをちらりと見、すぐに視線を四台前のシュコダに戻した。

「ほかの二人の人間の居どころを白状させる」

エリザベスは、深追いしすぎるかな、と思いながらなおも尋ねた。「そのあとは?」

口調はあくまでも何気《なにげ》ない。「その子が白状したら? そしたらどうする気?」

ヘラーは答えずに前方を見つづけていた。

エリザベスはそれ以上なにも訊かなかった。

いつか車は、市の北方、ガラスとコンクリートの配分度に西ヨーロッパの影響がうかがわれる高層アパート地区に入っていた。前を行くシュコダがその一棟の前に止った。運転手が、オーバーのポケットに突っこんだ右手で何かをまさぐりながら、早足でその建物のロビーに入り、あたりを見まわした。まもなく玄関のドアに姿を現わし、後部座席の人影に手を振る。シュコダから下りたロジェンコは急ぎ足でアパートへ。下りるあいだ車のドアを押えていた運転手もすぐあとを追った。

エリザベスは視線を前に向けたまま、ハンドバッグに手を伸ばし、中からリンゴを二個取り出した。一個をヘラーに渡し、残りのリンゴに嚙《か》みつく。ややあって、口をもぐもぐさせながら感想を述べる。「あなたのロシア人って、ずいぶん用心深いのね」ロジェンコのアパートを頭でさす。「で、これからどうするの?」

「待つのさ」とヘラーはいった。

「待つって?」

「ドイツ娘さ。出ていくのか入っていくのか分らんけど」

エリザベスはリンゴを食べ終ると、窓を少し開け、芯《しん》を溝《みぞ》に捨てた。それから深ぶかと座席に坐り直し、またもや感想を述べる。「忍耐は敬神に近し、ね」（訳注　じつは「清潔は敬神に近し」）

ヘラーは目玉を一回転させてみせてから、視線をシュコダの止っているアパートに戻した。四階の一室に灯がともり、ヘラーの目に部屋を歩きまわるロジェンコの影が見えた。運転手は窓の一つにがんばっていた。ひとわたり外を見渡してから、手を伸ばしてカーテンを閉めた。まもなく運転手は建物から出てきてシュコダに乗り、その場を去っていった。

ヘラーは四階の部屋に目を釘《くぎ》づけにしていた。エリザベスは後部座席にくるんで置いてあった毛布をとり、身体《からだ》にかけた。仮眠するつもりらしい。目を閉じて溜め息をつく。「わたしって割りに世間知らずなのよね」独りごとをいっているような具合だった。「夫にウォルター・ホイットマンを教えてもらうまで、ブルックリンって橋だとばかり思っていたの」うふふと思い出し笑いをしたが、ヘラーにはそれが涙とうらはらの笑いであることがすぐに分った。

ヘラーは、ほとんど闇《やみ》に覆《おお》われてしまったエリザベスの顔を、しばらくじっと眺めていた。そとには三々五々、頭を垂れてアパートに帰る人びとの群れが見えた。家へ帰れば、まだましな暖かさと静けさがあるのだ。街角をがたごと走る路面電車に乗っている客の数は次第に少なくなり、遂《つい》にはほとんど空車同然になってしまった。スカーフをかぶり、毛編みの帽子を耳まで下げて遊んでいた子どもたちの影も、夕食の時刻が過ぎるといっせいに街頭から消えた。アパートの四階の部屋に、一つの人影がカーテンを開け、長いあいだ闇を見つめていたが、やがて中へ入っていった。

エリザベスは手を伸ばし、指先でヘラーの腕にさわった。「遠慮なくいって」と彼女はいった。「あなた、わたしのこと」――と、そこでしばらく適当な言葉を捜していた――「陰気な女だと思ってるんでしょう。怒らないわよ。だって本当なんだもの。わたしってね、田舎を歩いていて開拓地なんか見ると、切り払われてしまった木のことが気がかりになるたちなのね。陰気だけれど、人間だけが持っている、物事のありのままの姿と、あったかもしれない姿とを比べる能力だけはあるのよ」声が震えていて、ヘラーはエリザベスが泣いているのに気がついた。「わたし、自分が経験しなかったことにあこがれるの。会ったことのない人が懐《なつ》かしくなるの。書かれなかった詩に涙を流すの」

ヘラーは雲に隠れた太陽に顔を向けていたサラのことを考えていた。「歴史ってやつはね」とヘラーはいった、「人をもてあそぶ癖があるんだよ――」

エリザベスはあざけるように吹きだしてみせた。「歴史ってものは」と冷笑を浮べていう、「骨みたいにきれいにしゃぶられて、庭の隅に隠されてるの」そして、不意に身体のどこか深いところから湧《わ》き出てきたような悪意をあらわにして、こう呟いた、「眠っている豚を起すな、よ」

ヘラーは言い間違いを直す気になれなかった（訳注　本当は「眠っている犬を起すな」藪をつついて蛇を出すな、の意）。

あと十分で午前零時というころ、四階の部屋の灯が消えた。エリザベスはエンジンをかけ、少しのあいだヒーターをつけたが、まもなくそれを止め、窓に頭をもたせかけて眠りに落ちた。ヘラーは靴の中で踵《かかと》を、手袋の中で指を、もぞもぞ動かしたりして、なんとか眠りに引きこまれないように努めた。居眠りをしそうになって、何度われに返ったことか。一度なぞは本当に眠ってしまって、はっと目ざめると、肩にエリザベスの頭が載っていた。彼女のほうもびっくりして坐り直した。

「何時かしら、いま?」とエリザベスは訊いた。

ヘラーは腕時計をのぞいた。「二時をまわったところだ」と、ヘラーは答えた。「これで今夜の仕事はおしまいにしよう《レッツ・コール・イット・ア・ナイト》」

エリザベスは闇の中でヘラーのほうを見た。「どういう意味、コール・イット・ア・ナイトって?　夜といわなきゃなんというのよ?」

「とにかく引きあげよう」ヘラーはなんだかすっかり気がめいってしまった。

エリザベスはかじかんだ手でエンジンをかけ、車をヴルタヴァ川沿いの家へ向けた。曲り角の舗道ぎわに黒のメルセデスが駐車していた。エリザベスのフィアットのテール・ランプが見えなくなると、メルセデスは発進し、市の中心部へ戻っていった。初めてぶつかった公衆電話ボックスのところで、すでに止っている車の外側に停車した。太った男が出てきて、大きな身体を無理に押し込むようにしてボックスへ入った。ダイヤルをまわす。相手のベルが鳴る。硬貨を入れる。「分るな？　おれだ」とまず第一声。「やっこさん、きみが思ったとおりの場所へ現われた。うん、あのロシア人のアパートの前」そこで少し相手の話に耳を傾けてから、「一人じゃなかったぜ。インクワラインといっしょだった」また相手の話。それから一気にまくしたてる。「どうやって奴が女をつきとめたか、そんなこと知るかい。大事なのは、現に奴がそうしたってことだ。いいか、あの女といっしょにいる限り、おれは奴に指一本触れられないんだ。女が地元の人間と手を組んでごたごたを起すのが落ちだろうからな」太っちょは鼻をふくらませて、また言い返す。「そうあわてなさんな、大佐。何事にも潮どきってものがある」

エリザベスは入口のドアを開け、ヘラーを中へ入れてから閉めた。「電灯のスイッチ、どこだっけ？」とヘラーが訊いた。手を壁に這《は》わせているうちにみつかった。天井の白鳥の形をしたシャンデリアが煌々《こうこう》と蘇《よみがえ》った。エリザベスは靴をぬいだ。ヘラーもそれにならった。フェルトのスリッパを引きずり、大理石の床を一歩ごとに磨きながら、二人は二階の寝室へ向った。寝室はものすごく寒かった。「ヒーターをつけっ放しにしておくべきだったな」オーバーをまだ着たままなのに、ヘラーはがたがた震えている。

エリザベスは屈《かが》んでヒーターをONにした。「お湯があるわよ」と彼女はいった。「お湯がなんの役に立つんだい？」とヘラーはふしぎそうに訊く。

エリザベスは大きな灰色の目を三角にしてヘラーをにらみつけた。「どっぷり浸《つ》かれるじゃないのよーっ」世の中にこれ以上明々白々なことはないといわんばかりの口調だ。

エリザベスはアール・デコのバス・タブに香油を数滴垂らしてから湯の栓《せん》をひねった。淑女ぶりに対するヨーロッパ人特有の軽侮の色をあらわに見せて、さっさとすっぽんぽんになると、長い髪を掻《か》き上げてピンでとめ、タブに入る。こちら、アメリカ人特有の自己抑制心の権化《ごんげ》であるヘラーは、寝室で服をぬぎ、裸身をバス・タオルでくるむと、できるだけ慎み深く、可能なかぎり速やかに、タブのエリザベスが入っているところから最も遠い端《はし》っこへまわって、湯に入った。初めは火傷《やけど》するほど熱かったが、次第に馴《な》れて、しまいにはすっかりいい気分になり、頭をタブの縁《ふち》にのせた。湯煙りと香油の匂いが鼻に満ち、眼鏡を曇らせた。ヘラーは眼鏡を額に押し上げて、つくづくエリザベスを眺める。長い首と頭だけが静かな湯の表面から突き出ていて、まるで神話上の人物みたいだ。乳房と手足が透けて見える。ひとつには口をきかねばという思いから、またひとつには好奇心から、ヘラーは尋ねてみた。「だんなさんって、どんな人だったの？」

エリザベスの唇に微笑が浮んだ。「一種の聖者ね。なにしろ叩き殺せないのよ、えーと、何一匹だっけな――」英語の単語が思い出せなくて、ほら、あれよ、といわんばかりにぶううんと低くうなってみせた。しかし、ちょうどジェット機の低空飛行で、せっかくのうなり声、たちまち聞えなくなってしまった。

轟音《ごうおん》が過ぎてから、ヘラーは単語をいってみた。「蚊だろ？」

「そう、蚊一匹。他人のも自分のも、暴力っていっさい我慢ならなかったのね。頑固な人でもあったわ。譲るということを知らないの。妥協なんて考えることさえしない人だから、ときどき、わたし、気が狂いそうになったわ」

「たとえば？」

「たとえば」といってエリザベスはちょっと考えこむ。「そう、たとえばね、あの人、詩人だったけれど、小説を書くのが生涯の野心だったの。あの人の説によると、世の中のすべては詩か散文か、どちらかだっていうのね。本のページに印刷された形のことじゃないのよ。書かれた言葉の地理学といってたわ。いえ、つまり言葉がどういう感じで使われてるかっていうこと。括弧のように一語一語をかこんでいる沈黙に、どう働きかけるかっていうことね。そこで彼はじっくり腰を落着けて、えーと」――としばらく考えこんでいたが、正しい常用句《クリシェ》が思い浮んだせいか、目をぱっちりと輝かせた――「牛の角をつかんだわけ（訳注 難問に取り組むの意）。――そしてとうとう小説を書き上げたわ」

エリザベスは口が湯の中に入るまで身体を沈めた。耐えられるだけそのままの状態でいて、やがてぱちゃんと音を立てて顔を上げ、空気を吸った。「ところが、流れ作業みたいに文化行政を操っている阿呆《あほう》どもが、書き替えろって命令してきたの」

「で、だんなさんは拒否した？」

「あの人、電動タイプを借りてきて、全文を×点《ばってん》で消し、それを当局に送りつけ、また詩作に戻ったの。詩なら行間に思いをこめて、どんなことでも書けるものね」

エリザベスはしばらくのあいだ黙って、じっと考えこんでいた。ヘラーが口を開いた。「前にもたくさん来たことあるの……ぼくみたいなお客？」

エリザベスは快活な声で答えた。「いいえ、あなたがはじめての本もののスパイ。これまでわたしがしてきたのは、鳥籠《とりかご》に隠して手紙を密送したこと、それに、たまに大使館の担当官《ケース・オフィサー》に報告文書を送ったことぐらいよ」

ヘラーは報告文書の内容を尋ねた。

「まあ噂話《うわさばなし》ね」とエリザベスは大まかにいった。「町の人たちから聞いた話」そういって湯の中の脚を組み直す。「どういう罪名でなのか知らないけど、ある受刑者の話を聞いたことがあるわ。この人、何か認めてもらいたいことがあってハンガー・ストライキをやったのね。役人は独房にまで食料を持ってきたけれど、手も触れなかったんだって。結局、その囚人、飢えでふらふらになっちゃったところへ、ある日、人が来て、おまえの要求、通ったぞって告げたわけ。囚人、そこで弱々しく笑ったんだって。つまり、精神がもうろうとしていて、もう集中力がなくなっていたのね。だいいち、自分が何を要求したのかも思い出せなかったそうよ。で、思い出せるまで、また食べるのを拒否しちゃったの。まわりの人たち、お前の要求、これこれだったんだよといってやったんだけど、全然信じないんだって。しようがないから、無理やり食べさせたけれど、数週間後に死んでしまったの」

「組織が腐ってるよ」ヘラーは憤激していった。「政治が腐ってるよ。どんな期待が持てるっていうんだい、この国は？」

エリザベスは沈めた身体を起した。丸い肩と乳房がしぶきを立てて湯の中から現われた。「美しき国アメリカにだって、ずいぶんひどい問題があるじゃないのよっ」突然狂ったように叫ぶ。

「たしか、きみ、アメリカにぞっこん惚《ほ》れこんでるんじゃなかったかな」とヘラーはやり返した。

「そうよ」とエリザベスは声高にいう。「ぞっこんよ。欠点も知ってるから、なおさら好きなのよ」いらいらして底の留め栓を引き抜くと、タブから跳び出て、大きなバス・タオルで身体を包み、足音高く浴室から姿を消した。

ヘラーは身体をふき、電灯を消してタブを出た。寝室の唯一《ゆいいつ》の光は、電気ヒーターの赤い輝きだけだった。エリザベスはベッドに入っていた。使ったバス・タオルが床に落ちたままになっていた。ヘラーはもじもじしながらベッドへ寄った。息をするのもやっとのくせに、虚勢をはっていう、「どうしてもっていうなら、やってもいいんだよ」

エリザベスはちょっと考えていたが、すぐためらいがちに答えた。「べつにどうしてもってことはないけど」そういうと手を伸ばして、ヘラーが隣へ入れるように掛ぶとんの裾《すそ》を上げた。

ジェット機がまた滑走路の最後の進入路に入ってきたが、エンジンの轟音も、二人のあいだに噴き出す情熱の嵐に聞えなくなってしまった——死にそうなくらい咽喉《のど》のかわいた者が清流によろよろと倒れこむ、みたいな優雅さはまるでなくて、まったく暴力的といっていいほどの二個の肉体の結合だった。行為の最中のどの辺なのか、自分の手足がエリザベスのと一つになっているため、どこでどう自分が動きをとめ、どこでいかように相手が動きを始めたのかすら、もうしかとは分らなくなって、ヘラーはエリザベスの耳もとに口を寄せた。「きみ、いったい、どういう、つもりで、やって、いるの？」

エリザベスは声が出せぬほどあえいでいた。やっとの思いで声に出したけれど、とても自分のとは思えぬ響きだった。「時間を、過す、ためよ」そして、ほとんど間を置かず、上《うわ》の空で付け足した、「安らかに、ね」

でもエリザベスは、すぐに金切り声をあげたのだった（ヘラーにはそれが苦痛からなのか快感からなのか、よく分らなかった）。そして、チェコ語で（ヘラーにはそれが詩なのか散文なのか、さっぱり分らなかった）何か叫び、空気を求めて悶《もだ》えながら、息も絶えだえに英語を発した。「もう、満腹よ！」

ヘラーは、その言葉を取り巻く広漠《こうばく》たる沈黙の領域にひたり、エリザベスの耳もとにささやいた、「満腹はごちそうも同様」そして残酷なのを承知のうえで、もう一度エリザベスの中へ突き刺した。

二度目の結合は隠れた可能性の開拓だった。二人はほとんど動かず、ゆっくりやった。お互いの身体を時間をかけて探りあい、呼吸とまがう短いあえぎを十分に味わったあげく、もうこれ以上は無理と思われるまで我慢を重ねたうえで、ようやくしっかりと抱きあい、結合しあった。

しばらくしてヘラーは身体をまわし、手探りで床のタオルを取ると、まず自分をふいてから、それをエリザベスに渡した。脇を下にして横たわっていたエリザベスは、じっと電気ヒーターの赤いコイルを見つめていた。ヘラーは優しくいった、「きみがいま考えてること教えてくれたら――あるだけのお金、あげるんだがな」

エリザベスの返事は、長いトンネルの向うの端からのように聞えた。「何も考えていないわ」と彼女はいった。「頭の中、からっぽよ。何も思い出せないわ。いつか、ある人が自由連想ごっこをしようっていったの。その人、〝熱い〟っていったわ。ところがわたしときたら、どんな言葉も思いつけなかったの」そこで深く溜め息をついて、「その人、わたしのいうこと、信じてくれなかったわ」

ヘラーはいった、「ぼくは信じるよ」

エリザベスは寝返りを打って手足を伸ばした。「今夜のセックス、すごくよかったわ。あなた、とてもすてきだった。よく考えてみると、わたし、セックスと同じくらい好きなの、モーツァルトだけね」そういってヘラーの顔をまじまじと見つめる。「初めてのときと同じように人を愛することなんて、できないわ。どんなことにだって、同じ繰り返しはありえないのよ、どっちが惚れたって。分ってちょうだいね」

ヘラーは闇の中で頷いた。「いいとも」実際、そのとおりだと思った。満腹はごちそうに及ばぬと、しみじみ悟ったのだった。

第十二章

翌朝、ヴルタヴァ川沿岸はエンドウマメのスープみたいに、一面濃い霧に包まれた。川面《かわも》に渦巻く霧に干し草の匂《にお》いがした。ジェット機の着陸は禁止となり、エリザベスは静寂のうちに目ざめた。彼女がヘラーを突っつくと、こちらはびっくりしてベッドに上体を起したが、顔に浮んだ驚きの色も、浴室に入って行くエリザベスの裸の背中を見るとたちまち消えた。朝食（ホロホロチョウの半熟卵《ウフ・ア・ラ・コック》）がすむとヘラーは、かねてエリザベスが知りたがっていたナル（つまり解読を困難ならしめるため暗号文に挿入《そうにゅう》する無意味な語）について、洗いざらい教えこもうとしたが、どうも彼女はこのテーマに精神医学でいう思考途絶《メンタル・ブロック》の症状を呈するようだった。

「こんな簡単なことがなぜ分らないんだ！」とヘラーは十数回もどならねばならなかった。「あなたにとっては簡単でしょうよ」とエリザベスは文句をいった。「だってあなたはとっくに会得《えとく》してるんだもの。でもね、わたしにはまだ、すごく複雑なのよ。そんなにどなったってむだよ」

ヘラーは溜《た》め息をついた。「いいかい」と彼は初めからレクチャーを繰り返した。「ナルを使わないとだね、解読する側は絶対有利な条件で作業を始められるんだよ。暗号の原文が何文字でできているか、すぐ分ってしまうんだから」

「わたしが分らないのは」とエリザベスはいった、「あなたとわたしにしか鍵《キー》が知れていないのに、どうして第三者が解読できるのかっていう点なの」

ヘラーはあることを思いついた。「それではナルなしで文章を暗号化してごらん」

エリザベスは鉛筆をとった。「どんな文章にしようかしら？」

「好きなように書きたまえ」ヘラーはそういってエリザベスに背中を向けた。「暗号文ができたら、ぼくが解読してみせる」

「即座に？」

「即座にだ」

エリザベスはまず〝インクワライン〟とサインした文章を書き、それをチェス入門書の表紙の二に印刷された言葉を鍵《キー》に使って暗号化した。出来あがった暗号文をヘラーに渡す。

「その鉛筆、貸してくれないか」ヘラーはそういって、さっそく解読にとりかかった。たちまち〝インクワライン〟の中の三つのi《アイ》を見つけてしまうと、それから数分後には名前の全体が解けた。「ずきずき痛む親指みたいにすぐ分る（訳注 一目瞭然の意のきまり文句）」とヘラーはエリザベスにいった。

彼女は嬉《うれ》しそうに目を大きく見開いた。「ずきずき痛む親指のようにすぐ分る、ですって？ とてもきれいな常用句《クリシェ》ね」覚えるつもりか、何度も声に出して繰り返している。

ヘラーは暗号解読に打ちこむ。二十五分後、勝ち誇ったように顔を上げた。「双生《ふた》児《ご》の姉妹『死』と『夜』は」――詩の一行ということが分っているので、静かな朗読調になった――「この汚れた世界を優しく洗いつづけている、いつまでも飽きることなく」

「ウォルター・ホイットマンの詩よ」とエリザベスは低い声でいった。

ヘラーは彼女の目ににじむ涙に気づいた。「ナルの勉強は、またあしたしよう」とヘラーはいった。

それから正午まで、エリザベスはホロホロチョウの面倒をみていた。寝室から数段高いところにある書庫で本を拾い読みしていたヘラーの耳に、鳥たちの啼《な》き声が聞えた。老婆《ろうば》がどことも知れぬ国の言葉で噂話《うわさばなし》をしているような、妙にくぐもった声だった。ヘラーは、重みで真ん中のあたりがたわんでいる本棚に目を走らせた。ほとんどチェコ語の本ばかりで、タイトルも読めなかったが、同じ本で二部ずつ並んでいるのがたくさんあるのに気づいた。シェイクスピアの『テンペスト』が、これは英語版で一冊あり、だいぶ手あかにまみれていた。それを棚から引き抜いたちょうどそのとき、エリザベスがキッチンから「おひるですよ」と声をかけた。

ホロホロチョウの卵のインド風スクランブルド・エッグ（エリザベスは料理中も『インド料理入門』をちらちらのぞいていた）で昼食をとりながら、彼女は書棚に同じ本が二部ずつあるわけを話した。夫は愛読書となると夢中になるたちで、ぼろぼろになって読めなくなるのが心配なあまり、二部そろえる癖がついたという。「人間には食べものを貯《た》めるひともいれば、本を貯めるひともいるってわけね」とエリザベスは説明した。「いまでも覚えてるけど、あの人、詩の朗読会にアフマトーヴァの同じ詩集を二冊、小脇《こわき》に抱えて駆けつけたこともあったわ。一種の変人で、言葉が滋養物だったのね。麻薬中毒みたいに、毎日一定量とらなきゃ納まらないの。でも、言葉の危険性ということも承知してたわ。言語が行動を決定する、絶対その逆ではないって、よくいってた。常用句《クリシェ》の多い詩なんて枯れた花も同然で、退屈だと思っていたようよ。世界は必要以上に言葉でもって書かれすぎている、見えるのは記述ばかりで、現実そのものではない——そんな場合がよくあるよ、ともいってたわ」顔の筋肉が、悲しみをたたえた微笑で少しこわばった。舌が不ぞろいな歯なみのうえで震えた。それから深い吐息をつき、窓外を眺めた。ごく短いあいだだったけれど、うつろな表情が浮んだ。「でもね、なんといってもあの人」エリザベスは気をとり直していった、「すてきな恋人だったな！」

気づまりな一瞬だった。ヘラーは、これ以上早食いはできぬほどのスピードでスクランブルド・エッグにむしゃぶりついた。口いっぱいの卵をのみ下す合間《あいま》合間《あいま》に、シェイクスピア劇の暗号を調べている話をした。「ぼく、『テンペスト』にはあまり関心を持ったこと、なかったな」と、何かいい考えが浮んだらしく、眉《まゆ》を寄せていう。「シェイクスピアの最後の作品だけどさ。エピローグに、彼の遺言とされている言葉もあってね——ふーむ、この部分に本当の筆者が暗号で名前を入れると考えるのは筋が通っているぞ」

エリザベスが訊《き》いた、「それがどうしたっていうの？」

ヘラーには質問の意味がよくのみこめなかった。「それがって、何が？」

「つまりね、シェイクスピアがシェイクスピア劇の本当の作者じゃないとしたら、どういうことになるの？」

ヘラーは答えず、逆に質問を返した。「シェイクスピア、読んだことあるのかい、きみ？」

エリザベスはかぶりを振った。「わたし、英語、にがてなのよ。だいいち、詩は翻訳では読まない建前にしてるし。詩の味なんて、翻訳したら消えちゃうものなのよ」

ヘラーはいった、「きみのだんなは翻訳で詩を読んでいたぜ」

エリザベスは、自分がいっていることの矛盾に気づかないようだった。「だってあの人、詩人でしょ」と彼女はいった。「うまく書けない場合は翻訳詩を読んで詩想を得たのよ」


二人は、ロジェンコが一日の仕事を終えて大使館を出るところから尾行を始めた。レインコートを襟《えり》を立てて着こみ、腋《わき》のしたに例の細長いボール箱を抱えていた。エリザベスはフィアットを慎重に操り、ラッシュ・アワーで混雑する道を縫って行く。途中、放送局の前を過ぎたが、建物は弾痕《だんこん》だらけで、一九六八年、ソ連軍占領の忌《いま》わしい記念物となっていた。数分後、エリザベスは車をウェンツェル広場に向け、博物館や、すぐその下の、ソ連軍駐留に抗議してヤン・パラシュがみずからを犠牲《いけにえ》に捧《ささ》げた噴水を経由し、ヴルタヴァ川への下り坂に入っていった。朝からの霧はもう大分うすれていたが、小雨が降りつづき、濡《ぬ》れた石畳と市内電車の軌道が滑らかにきらめいて、いつもより早くからつけられた街灯の光を映し返していた。旧市街広場近くのあるキオスクの前で、お目当てのシュコダは止った。車を降りたロジェンコは新聞を買うと、急ぎ足で狭い石畳の街へ消えていった。ヘラーはあとをつけることにした。

エリザベスがいった、「心配しないで。わたし、砦《とりで》を運《キャリー》んでるから」

ヘラーは片足を車から下ろしたところだった。「それをいうなら守《ホールド》るだよ。運《キャリー》ぶじゃない。きみは砦を守るんだ」

「むろん、そういう意味でいったのよ」とエリザベスが言い返した。

ヘラーはかぶりを振り、肩をすくめてみせたが、すぐに角を曲って旧市街広場へ消えていったロジェンコのあとを追った。

ヘラーが角を曲ると、旧市庁舎の大時計が四時を打った。時計の脇の戸口からキリストと使徒たちの像が現われた。雨が降ってはいたが、数十人の観光客が押しあいへしあいして、首を伸ばし、この光景を眺めていた。ロジェンコは足を止め、腕時計で時刻を確認した。

広場の向うから、雨に濡れていとど重たげな緑のオーバーをまとった太った男が、ぶらぶらヘラーのほうにやってきた。広場は人の波だった。太っちょの行く手で、ペダルを踏みながら砥石《といし》でナイフを磨いている老商人が、はでに火花の雨を降らせたが、男はヘラーから目を放さず、人ごみを縫って近づいてきた。子どもが一人、火花を手袋でつかもうとして、危うく太っちょにぶつかりそうになった。太っちょは気がつかぬ様子で、それほどにも油断なく犠牲《いけにえ》へ視線を向けつづけていたのだった。

太っちょはヘラーへ五、六歩までの距離に迫ると、不意に左手でオーバーの前を開いた——裸体を見せびらかそうとするような、なんとも猥褻《わいせつ》なしぐさだった。オーバーのポケットに突っこまれた右手がスリットからのぞいていたが、それにはサイレンサー付きのピストルが握られていた。

前が開いたオーバーの奇妙な猥褻感、ピストルの金属的なきらめき、獲物《えもの》に向けられた太っちょの鋭い目差《まなざ》し——ヘラーは何が自分に危機を知らせてくれたのか分らなかった。ともかく何ものかが彼の頭を太っちょのほうに向けさせ、ヘラーは屈曲姿勢をとった男が、両手で握ったピストルをおもむろに上げて自分を狙《ねら》うのを見たのだった。

ヘラーがあわてて一歩横へ身体《からだ》をそらした瞬間、サイレンサー付きのピストルが、ぷしゅーっ、と鳴った。ヘラーのうしろで一人の女が吹っ飛び、胃のあたりを押えて舗道に倒れた。群衆の頭上で機械仕掛けのキリストと使徒たちが、順序正しく大時計の中にひっこんだ。倒れた女を興奮した人びとがとりかこんだ。革紐《かわひも》が切れんばかりに首を突き出した犬が、口を開けたり閉めたりして、声にならない悲鳴をあげていた。ティーンエージャーの女の子が、倒れた女の手の下から滲《にじ》みでる血を目にして、金切り声できゃーっと叫んだ。

太っちょはもう一度ヘラーに狙いを定めようとして舗道の脇へしりぞいたが、人の往来は切れめなくつづいていた。まもなく、ごく短い時間だったが、倒れた女とピストルのあいだに完全な隙間《すきま》ができた。太っちょは、チャンスとばかり引き金を引こうとしたが、その瞬間、恐怖におののいて現場から駆けだしていった別の女に目標をさえぎられた。太っちょはいまいましげにピストルをオーバーの下に隠し、数歩あとずさりして路地へ姿を消した。

ヘラーは顔面蒼白《そうはく》、ぶるぶる震えながらフィアットの待っている街角へ戻り、車に乗った。「まるで幽霊でも見たような顔色よ」とエリザベスがいった。「どうしたの？　何があったの？」

遠くからやっとサイレンの音がかすかに聞えてきた。舗道の人びとが四方八方から駆けだしていった。ヘラーは顔の汗をぬぐった。「ぼくみたいな臆病者《おくびょうもの》が」と彼はいった、「CIAの仕事をするなんて、こりゃ、どういうことなのかね？」

紅茶を五、六度いれかえ、さすがにもう十分というところで、教授はカロルを呼び、高級官吏が野心満々の若手役人を相手にするときにだけ使う口調で、きょうはこれで引き揚げるぞ、といった。いわれなくてもカロルには教授の早退《はやび》けが分っていた。教授の細君は、雪だろうが晴れだろうが、冬の季節には毎日、夫に半長のオーバーシューズをはかせていたのだが、その日、教授は室内でもそれをぬごうとしなかったのだった。それにカロルは、かねてタイプを頼まれていた論文を、さっき教授に渡し終えてもいた（原文にあった二カ所の誤りを訂正しておいたので、若者は両手を震わせながら差し出した）。表紙は黒、赤いリボンで結んであった。黒は教授の、赤は秘書カロルのアイデアだった。

教授は論文を受け取るとのっそり立ち上がり、オーバーを着、アストラカンの帽子を目《ま》ぶかにかぶって、このような場合によけいな気くばりをする若手役人の「どこかお加減が悪いのですか？」とか「何か私にできることでも？」といったお定《き》まりの質問の矢から逃れていった。

教授の妻はアパートメントの戸口で夫を待っていた。「できたぞ」教授は論文を振りかざしていった。

「どのくらいの分量でした？」帽子を受け取り、オーバーをぬぐのを手つだいながら細君は訊いた。教授は少しでも早くタイプ論文を繰ってみたくて、いかにももどかしげに一回転してオーバーをぬいだ。

「六十六ページだよ」と教授は答えた。「一ページ三十四行どり、一行で平均十語だから——合計二万二千四百四十語ということになるね」

夫婦はキッチンにくつろいだ。細君がオーブンでオレンジ・ケーキを焼いていたから、家の中でこの部屋がいちばん暖かかった。細君は二つのカップに手ぎわよくジャスミン茶を注《つ》いだ。教授は赤いリボンを解くと、真っ白なページを汚さぬよう、指のほんの先っちょだけでページを繰り、論文の一部を細君に読んで聞かせた。

「概説のところから始めるか。いいかね、こういうのだ——『フランシス・ベーコンは家柄、旅行経験、学識、諸国語の自在な駆使、宮廷での地位、法律知識等々、いずれの点からみても当代一流の士でした』——私のいわんとしているところ、分るね？さて、こんどはここ」——教授は数ページ先をめくった——「ベーコンの備忘録を詳細に検討し、記載項目と文章とを比較、対照した個所だが……」

細君は椅子《いす》を近くへ引き寄せると、夫の肩ごしに、論文の当該個所をさし示す教授の指のあとをたどっていった。

「この部分で問題の核心――つまり、ベーコンが大法官として賄賂《わいろ》を受け取った問題の真偽、結局、刑の執行が免除され、彼が追放されることになった理由を論じたわけだが、ほら、私は脳みそを絞って、こう名文句を書いたんだよ――『ベーコンは気楽な牧草地へ追放されたのでした』」

「きっと大評判になるわよ」と細君は予言した。「それにあなたの脚注、とってもすてきね」

それから一時間後、二人して短い書誌の個所を読みふけっているところへ、カロルから電話がかかった。

「なんだね？」顎《あご》と肩のあいだに受話器を挟んだ教授は、いかにも不機嫌そうに尋ねた。

カロルは、お楽しみのところをおじゃまして、と大げさに謝り、わざわざ私宅に電話しなければならなかったわけを手短かに述べた。

「何時ごろ起きたのかね、その事件？」教授は尋ねた。

カロルは質問に答え、さらに詳細な報告を付け加えた。腹を撃たれた女は現在手術を受けている最中で、医者の見通しでは生命に別条はないらしい、緑のオーバーを着た太っちょが怪しいとの噂が流れている、ピストルの発射音を聞いたものはいない、等々。

教授はカロルに、例の盗聴器はまだ使っているのか、と質《ただ》した。相手は、はい、と答え、またぞろ悪い癖で、よけいなひとことを付けたした。「やつらが思惑どおりあの男を殺しますと、われわれとしては、男が追求している相手がだれなのか、分らなくなってしまいます」

教授はあいまいに「まあな」といって電話を切ると、事件に比べれば複雑さの程度が軽い論文に視線を戻した。

エリザベスは脚にかけた毛布を引き上げると、ハンドバッグからミツバチ花粉の壜《びん》を出して中身を掌《てのひら》に少しあけ、舌の先でなめ始めた。二人は長いこと、めいめい物思いにふけりながら、静まり返った闇《やみ》の中にじっと坐《すわ》っていた。ヘラーは腕時計――ちょうど午前零時だった――にちらりと走らせた視線を、四階のロジェンコの部屋へ向けた。もう一時間も電灯はつかぬままだった。建物には幾人かが出たり入ったりしたけれど、ロジェンコやグレートヒェンらしい人物は見えなかった。不意にエリザベスが指をヘラーの手に絡《から》ませ、挑むような口調でいった、「あなたの性の初体験、いってごらんなさい」

ヘラーは、面白いことをいう女だな、と思った。「ギリシャにピレエフスという港があって、大昔、ソクラテスがアテネからよく歩いて来たことがあるというこの港町の、とある酒場が、ぼくの初体験の場所だったんだ」とヘラーは話し始めた。「ちょうど大学の三年になったころで、ヨーロッパじゅうをヒッチハイクで経めぐっていたんだよ。この酒場の女の子に、あたしの部屋においで、と連れていかれたのさ。彼女、うつされるような悪い病気を持っていないかと、ぼくの身体をさんざ調べたあげく、部屋の電気を消した。ペパーミント・ガムをくちゃくちゃ噛《か》んでいてね、その匂いがとってもいやだった。そういうと、女の子、ガムをつまみ出してね、枕《まくら》もとの電気スタンドの台にぺたっと貼《は》りつけた。さて、ことが終って、その子が第一にしたのはだね、さっきのガムを剝《は》ぎとって、もう一度口に入れることだったのさ」ヘラーはエリザベスのほうに顔を向けた。「で、きみはどうだったの?」

「わたしの場合もギリシャだったの」とエリザベスはいった。「せいぜい七つか八つのころだったわ。いとこたちの家へ遊びにいったことがあるの、アテネの。ただし、このアテネは、ほら、父が〝旅行ごっこ〟で連れていってくれたんだから、本当は近くの町なのよ。いとこたちは、旅行ごっこにつきあうよう、言い含められていたのね。お昼に、見たこともないお食事を出して、これ、ギリシャふうランチ、なんていってたわ。それに二人のいとこったら、変てこりんな言葉でしゃべりあっていて、どうもいんちき臭いんだけれど、バイブルにかけて誓う、これぞギリシャ語である、なんていってたわ。お食事がすんで、午睡の時間。てんでに部屋へお引きとりということになったんだけど、わたし、ふらふらと屋根裏の部屋へ登って行っちゃったのね。そして、宝ものでもないかなと思って、引出しやたんすをひっかきまわしていたのよ。そのうちに、ふと足音が聞えたものだから、わたし、冬ものの洋服掛けの陰に隠れたの。やって来たのは二人のいとこで、男の子のほうは二十歳《はたち》くらい、女の子は十六歳。女の子が床の絨毯《じゅうたん》に寝ると、男の子ったら、女の子の足のあいだにうずくまって、スカートに手を入れ、女の子のパンツを取っちゃったの。それから男の子、わたしのほうに顔を向けてじろり。わたし、きっと身じろぎしちゃったのね。思わず、ぞーっ。でも、隠れてるの知られたなと感づいただけで、どうしようもないの。男の子、いかにも密《みそ》かごとを楽しむみたいににやりと笑って、女の子の性器に顔を近づけていったわ。いま思い出してみると……なんだか始めから終りまで……とても宗教的な……アラブがモスクでお祈りしているみたいな感じだったわ」

しばし無言。ややあってヘラーがロジェンコの部屋を見上げながら呟《つぶや》いた、「どうもぴんとこないな」

「ぴんとこないって、何が？」とエリザベスが訊いた。急に寒くなったらしく、エンジンをかけて暖気を入れる。

「ロジェンコとドイツ娘の間柄、どうもきみたちの典型的な大恋愛とはだいぶちがうみたいだな」

「きみたちの典型的な大恋愛とは何よ？」

ヘラーは声をひそめて笑った。「ま、人さまざまってことかな」そういって闇の中のエリザベスを見たが、どうやら相手もこちらをじろじろ見つめているらしい。「結局、経験の問題だろうね」とヘラーは静かにいった。

エリザベスは経験という言葉に飛びつき、二人はしばらく、経験とはなんぞやについて激しい論争を交わした。「あなた、間違ってるわ」とエリザベスは言いつのった。「ぜったい間違ってる。人間は、あることを経験しなければ、それについてしみじみ考えることはできないなんて、そんなことないのよ」そういって激情を隠すように面《おもて》をそむける。「たとえば結婚記念日。わたし、一度も経験したことないわ。なにしろ、その前に役人どもがあの人を――」

「少なくとも結婚式をあげた経験はあるじゃないか」ヘラーは冷たく言い放った。「思ったより意地わるね、あなたって」

こちらに向き直ったエリザベスの顔には、困惑の色がありありと見えた。

ヘラーは肩をすくめてみせた。「さあ、これで《レッツ》――」

エリザベスがきまり文句を正しく受けた、「――今夜は終りとしましょう《コール・イット・ア・ナイト》」

翌朝、壁の割れ目から日光がさし、寝室じゅうに穏やかに漂う細かい塵《ちり》を明るく照らし出した。ジェット機が十二分ないし十五分おきに騒音をとどろかせ、棚やテーブルを小刻みに震わせた。

階下で朝食の用意を万端ととのえ終ったヘラーは、狭い階段を駆けのぼり、エリザベスを起した。ベッドに上半身を起したエリザベスは、冷えびえとした日光に目をぱちくりさせていた。

「やあ、お目ざめだね」とヘラーは笑いかけた。

エリザベスは毛布を細い身体に巻きつけ、はだしで浴室へ歩いていった。「早起きは――」

「――三文の得！」

エリザベスは足を止めた。「うーん、わたしがおしまいまでいおうと思ってたのに」

「ほんとかな」とヘラーはからかった。

ほどなくキッチンに入ってきたエリザベスは、思わず目を大きく見開いてしまった。食卓のうえがまるで『不思議の国のアリス』なのである。ヘラーが思いつきでやったことだった。スプーンとナイフの代りに、大きな木製のしゃもじ、泡立《あわだ》て器、罐切《かんき》りが置いてあった。皿の代りに、サラダ・ボウルや大鍋《おおなべ》の蓋《ふた》が使われていた。茶碗《ちゃわん》の代用品は計量カップだった。

「どう、ぼくだってけっこう手ぎわがいいと思わない？」とヘラーは下手《したて》に出て尋ねた。

ところがエリザベスときたら喜ぶどころの段ではなかった。「どうしてこんなことしたのよ？」

どうやらユーモアを楽しむ雰囲気《ふんいき》は雲散霧消のかたちだった。「ぼく、ただきみに笑ってもらいたかっただけなんだがな」とヘラーは大まじめな顔で弁解した。

二人は食卓ごしににらみあった。エリザベスは高まる怒りを抑えかねているようだった。「わたしを笑わそうなんて、そんなこと、しないでちょうだい。わたしの生活にちょっかい出さないでちょうだい。仕事が終り次第、さっさと元のお国へ帰って。わたし、ハッピー・エンディングなんか望まないのよ。終り《エンディング》だけでいいのよ」

ロジェンコがソ連大使館から出てきたときも、まだエリザベスはふくれっ面《つら》をしていた。姿を見せたのはいつもより早い時刻で、相変らず細長いボール箱を小脇《こわき》に抱えていた。そそくさとシュコダに乗りこむと、約束の時刻に間にあわなくなるぞといわんばかりの勢いで、即座に車をスタートさせた。

エリザベスは、あいだにトラックを一台挟んで尾行をつづけた。時折、首を伸ばしては、ロジェンコの車を見失っていないかどうか、確かめる。シュコダが不意に左折して狭い一方通行の道に入り、エリザベスのフィアットが乗客を下ろす電車に前をふさがれたときには、さすがにヘラーもあせったが、エリザベスは信号を無視して同じ角を左折し、やがて大学の構内へ入って行こうとするシュコダを視野に捉《とら》えることができた。

「こんどはきっと見込みがあるぞ」ヘラーは両手をダッシュボードに押しつけ、身体を乗りだすようにして叫んだ。エリザベスは駐車場に入り、フィアットを止めた。フロントガラスから、大学の主屋になっている建物の正面入口近くに駐車しているシュコダが見えた。運転手が車のドアに背をもたせて日光浴をしていた。ロジェンコはちょうど正面入口のドアに姿を消したところだった。

ヘラーはフィアットから下りようとして、ふとエリザベスに前から訊きたいと思っていたことがあるのを思い出した。「たしかきみの担当官《ケース・オフィサー》、太っちょだという話だったね。人相を詳しく教えてくれないか?」

「一度しか会ったことないのよ」とエリザベスは答えた。「私の雇い入れが決ったときにだけど。緑のオーバーを着てたわ。とてもおとなしそうな感じ。肌がすべすべしていて、まるで生《う》ぶ毛だらけの――そう、ティーンエージャーみたいだったわ。どうしてそんなこと訊くの?」

「ちょっと気になったのでね」ヘラーはそう呟いて車を下りると、一度自分を殺そうとした、そしてもう一度姿を現わしかねない、とてもおとなしそうな感じの、生ぶ毛だらけの太っちょを警戒しながら大学へ歩いていった。

ロジェンコはロビーで正式服装《キャップ・アンド・ガウン》に身を固めた二人の学者と握手をしているところだった。やがて三人は連れだって廊下を進み、回転ドアを押して姿を消した。

ヘラーは広報板を読むふりをしながら横目であたりの様子をうかがい、中に入るのは難しそうだぞと思った。内側のドアには制服のガードマンがいて、そこから入る者にいちいち学生証の提示を求めているようだった。

ヘラーはいったん道へ出て、いらいらしながら周囲を見まわした。ロジェンコの運転手は、たっぷり一日分の日光浴をすませたらしく、シュコダの後部座席にどっかり坐りこんで新聞を読んでいた。左手を見ると、トラックが止っていて、一人の配送員が荷台の清涼飲料を通用口から大学内に運び入れているところだった。ヘラーは何くわぬ顔をしてトラックに近づくと、手近の清涼飲料水の一箱を勝手に選びとり、ひょいと肩にかつぐが早いか、配送員のあとを追い、傾斜路の先のドアに入っていった。入口で張り番に当っていた学生は、読みふけっている教科書から目を上げもしなかった。ヘラーは箱を倉庫の前に置くと、一目散に地下室の狭い廊下を駆けていった。すぐに階段がみつかった。一階に上っていくと、大勢の学生、教師が三々五々、固まって談笑している広い通路に出た。不意にヘラーの頭上でベルが鳴り響いた。人の輪は崩れ、学生や教師たちは急ぎ足で教室へ向った。

ヘラーは正面入口と思われる方向へゆっくり歩いていった。やはり前方に学生証を点検しているガードマンの姿が見えた。さっきロジェンコが姿を消していった回転ドアがすぐ近くにあった。

回転ドアを押して中に入ると、そこは大講堂の後部座席に近い場所だった。五十人ばかりの学生、それにロンドンからわざわざセミナーのためにやってきた十人ほどの教授が、だだっ広い空間にちらほら見えるばかりで、ほとんど空っぽに近かった。演壇の長いテーブルには六人のパネリストが坐っていた。一人一人の前にマイクロフォンと名札が置いてあった。いちばん右の端にロジェンコがいた。頭を反《そ》らし、目をつぶって、中央に席を占めている男の発言に耳を澄ましている。男は名札によるとエメリトゥス・ラコ教授で、赤いリボンをつけた黒表紙の論文を見ながら、かなり巧みな英語で一席ぶっていた。

演壇の片方の端に、枠《わく》をはめた標示板があって、それには、

一九三〇年創立
ベーコン協会
冬季総会

と手書きで記されていた。

エメリトゥス・ラコ教授は、先に進むにつれて、次第に自信を深めていく様子だった。論文から目を上げる度合いがずっと多くなり、ときには右手でテーブルを叩《たた》いて、

論旨を強調しさえした。「彼が大学に通っていたとの記録はまったく見当りません。これらの劇の真の作者は、スペイン、フランス、イタリア、デンマーク、ナヴァール、スコットランドについて、直接現地で仕入れた知識を有することを誇示しておるのでありますが、彼がイングランドから一歩でも足を踏みだした記録は、これまた全然見当らないのであります。さらに筆跡の問題があります。彼のものとされるサインはほとんど判読不能、無学な人間のなぐり書き同然である。しかるに劇の原稿を受け取った編集者たちは、口をそろえて原稿の文字がすこぶるきれいで、抹消《まっしょう》した個所さえないと証言いたしておるのであります」教授はここでコップの水を一口飲み、一気に本題へ突っこんだ。「一方、わがフランシス・ベーコンは……」

最後部の席に坐っていたヘラーは、セミナーのテーマを瞬時に知り、思わず声に出してうなってしまった。

エメリトゥス・ラコ教授は、ベーコンが勲爵士《ナイト》から法務長官へ、国璽尚書《こくじしょうしょ》へ、ついには大法官にまで昇進した次第を詳しく述べた。ついでベーコン卿《きょう》没落の段。教授の口調は、ふだんは淡々としているのだが（感動を伝えるのは言葉であって声の調子ではない、というのが教授の持論で、原則として映画も音楽ぬきのほうがよいと思っていた）、このときばかりはさすがに熱がこもった。ベーコンは収賄のかどで起訴される。裁判では有罪とされ、罰金四万ポンド、宮廷から追放、ロンドン塔幽閉を申し渡されるが、即刻赦免。罰金、追放、入獄が撤回されたわけだが、それはなぜでしょうか、と教授は思い入れたっぷりに聴衆に問い、ここから三カ月に及ぶロンドンでの法廷古文書探索を含めて十カ年を費やした熱心な調査・研究の成果を開陳する。教授の結論はこうであった——ベーコンはたしかに賄賂を受け取ったのである。金《かね》に関する限り、彼の指はだれに劣らず薄汚れていた。ベーコン自身、有罪を認めていることも無視しえないであろう。しかるに彼は刑の執行を免除された。なぜか。それは国王ジェームズ一世および宮廷の有力な一部が、当時その説はしきりに流布《るふ》されていたのであるけれど、ウィリアム・シェイク‐スピアなる卑賤《ひせん》な役者を座長とする一座が打ってまわっていた一連の劇、当該座長の作とされる数々の興味ある芝居の真の作者こそ、ほかならぬベーコンであったことを知っていたからである、うんぬん。ラコ教授は、参照すべき個所を間違えないように指を論文に当てたまま、数多くの章《チャプター》、詩句《ヴァース》、書簡の断片、活字となって残された宮廷の噂、公文書のあれこれ、複雑に絡みあう諸記録類、さらに、確固とした視点に立ってこそ初めて説明しうる日記記載のあいまいな関連事項を引用した。ようやく終った教授の発言は、いくぶん重箱の隅をつつく感はあったにせよ、圧倒的な感銘を聴衆に与えたようだった。

ロジェンコは教授の発言の一部始終を、まるで神がかりにあったような表情で聴いていた。教授が黒表紙の論文を閉じ、まばらな拍手が消えると、こんどはロジェンコが司会者に紹介される番だった。「ソヴィエト社会主義共和国連邦の尊敬おくあたわざる文化アタッシェ、シェイクスピア作とされる諸劇の真の作者問題について少なからぬ論文を著述してこられた文人、エリザベス朝文学の専門家としてモスクワ大学から博士号を贈られたヴィクトール・ロジェンコ氏を紹介いたします」

ロジェンコは、ラコ教授同様、巧みな英語を駆使しながら、自分ごとき不束者《ふつつかもの》が場ちがいの所にしゃしゃり出るのを許していただきましてと、まず奥ゆかしく謝辞を述べた。錚々《そうそう》たるベーコン学者の真っただ中で彼が打ちだしたのは、フランシス・ベーコンよりも、むしろエドワード・デ・ヴィアのほうこそ、〝シェイクスピア〟劇の真の作者とするにふさわしいのではないか、とする説だった。ロジェンコは自説を数多くの挿話《そうわ》とエリザベス朝式の健全なユーモアで味つけしながら、デ・ヴィアのために一席弁じた――バルベック卿としてのデ・ヴィアの紋章は剣《スピア》を振《シェイク》るっているライオンである。生涯を通じての芝居への執着、個人的に二つの俳優団体を所有していた事実も見すごせない。貴族が単に俳優ないし作者として芝居にかかわるのと、俳優団体を所有するのとでは天地霄壌《てんちしょうじょう》の差があろうではないか。卿の地位、立場からして、デ・ヴィアは本名を隠さざるをえなかったにちがいない。『尺には尺を』は、よく知られている卿のアンヌ・ド・ヴァヴァスールとの恋愛事件を下敷きにしておるのではあるまいか、うんぬん。

ロジェンコは、一九三〇年代の初期、ベーコン協会ドイツ支部が刊行した『ドイツ・ベーコン協会機関誌』のバック・ナンバーからその一部を、ところどころドイツ語を英語に翻訳しながら紹介し、必要な折には適宜注釈を加えた。パネリストの一人がひとこと茶々を入れ、学生たちは爆笑した。ロジェンコはにっこり笑って頷《うなず》いただけで、かまわず先をつづけた。

講堂の斜め横に別の回転ドアがあった。それが内側に開いて、緑のオーバーを着た太っちょが現われた。背中を壁につけ、ロジェンコの話に耳を傾けていて、一度もヘラーのほうに視線を動かさなかった。

ヘラーは高鳴る心臓を押えながら、そっと講堂を抜け出て、正面入口のあたりをうかがった。ドアの脇には学生証を点検する制服姿のガードマンが相変らず立っていたが、入場者には気を使っても退場者には関心がないふうだった。ヘラーは一歩踏みだした――が、その足はすぐに止ってしまった。太っちょがヘラーとガードマンの中間に姿を現わしたのだった。ヘラーはくるりと振り向くが早いか、一目散で別の方向に走りだした。廊下を二つばかり曲ったところで一度振り返ってみたが、ぞっとしたことに太っちょはもう三十ヤードばかりうしろに迫っていた。肥満者独特の軽く流すような足の運びで、身体の割りに機敏な身のこなしは、一団の学生のあいだにあって抜きつ抜かれつ疾走する必死のフィールド・ランナーを彷彿《ほうふつ》させた。

ヘラーは行く手に非常口を見つけると、急いでドアを開け、下りの階段を一度に二段ずつ飛んでいった。次の踊り場にドアがあって、ノブをまわしてみたが、あいにく鍵《かぎ》がかかっていた。上のほうでばたんとドアの閉まる音と、階段を下りてくる太っちょのバレエの踊り子みたいな足音が聞えてきた。ヘラーはあわてて別の階段を下りたが、そこのドアも開かなかった。大急ぎで二つめの階段を駆け下り、やけっぱちでドアを押した。こんどは開いた。ヘラーは大学の暖房機械室に当てられている地下二階に入りこんだのだった。

ヘラーはボイラーのうしろに隠れ、ドイツ製ピストルをポケットから出した。両手でしっかり握りしめ、両脚を踏んばり、P－38型ピストル独特の前傾姿勢をとって、太っちょが姿を現わすはずのドアにぴったり狙いを定めた。呼吸を整え、じっと時を待つ。

これなら、いつ太っちょが真正面に現われてもだいじょうぶだと思った。ふと、自分が当事者であると同時に傍観者であるという、いつか経験した奇妙な感覚にふたたび襲われた。ボイラーのうしろでドアを狙っている自分と、おまえ、術語で引き金といっている小ちゃな金属片を、あわてることなく、スムーズに絞れるのかね、とぼんやり疑っている自分。

遥《はる》か右後方にボイラーがもう一基あって、太っちょはその陰からピストルを突き出していた。滑らかに肩の力を抜いた前傾姿勢をとり、ヘラーに狙いをつける。別のドアから地下二階に下り、やっと目ざす獲物を捜しあてたのだ。おもむろに下げるピストルの照準がヘラーの頭部に合う寸前、太っちょは軽く息を吐き、静かに引き金を絞った。

狙っているドアにだれも現われないのに業《ごう》をにやしたヘラーは、もっと様子をよく見ようとして、ふと身体を左に寄せた——その瞬間、背後でかすかにぷしゅーっと音が聞えた。ついさっきまで彼の頭があったボイラーの部分に、きれいな穴が開いた。恐怖より驚愕《きょうがく》のほうが強かった。振り向いたヘラーは、第二弾の発射にかかろうとしてピストルを振り下ろす前傾姿勢の太っちょを見るが早いか、キャットウォーク（訳注　工場の上部や橋の両端などに設けられた狭い通路）やスチーム・パイプが迷路のように張りめぐらされている中に突進し、それらのあいだを縫ってただひたすら駆けまくったが、気がつくといつか呼吸はあえぎ声に変っていた。物陰に入ったところで一息つき、耳を澄ませた。どの方向からか、忍び寄る太っちょの足音が聞えた。ヴェンチレーターの管のうしろに身をひそめた瞬間、また例のぷしゅーっの第二弾、つづいて第三弾が背後から襲った。管の中に、だれかが金属片を投げこんだみたいな、からんからんという音が響き渡った。

ヘラーは短い梯子《はしご》を駆け登り、地下二階から重たそうな防火ドアに向けて急角度に曲って架けられているキャットウォークを走っていった。一度止って耳を澄ませると、太っちょのぱたんぱたんと鳴る足音がはっきり聞えた。ヘラーは本能的に手を伸ばして靴をぬぎ、防火ドアのほうへあとずさりしていった。

ヘラーを追う太っちょは、足を止めて全身を耳にした。不意にぎいと音がしたかと思うと防火ドアが開いた。太っちょはキャットウォークを全力疾走してきた。もう少しで防火ドアというところで、それは半回転して閉まった。太っちょはピストルを突き出し、ヘラーが反対側で待機している場合に備えて、片足でドアを押し開けようとした。

柱の陰に隠れていたヘラーは太っちょの背後にまわり、大型ピストルを背骨に押しつけた。太っちょはびくっと震えた。「頼みがある」とヘラーはいった。「そのピストル、そこへ落してくれないか?」相手がためらっているのを見て、ヘラーは付け加えた、「ぼくがきみの立場だったら、いわれたとおりするがね。なにせこの種のことには新米《しんまい》で、とても気が短くなってるんでね」

太っちょのピストルがキャットウォークに落ちて、がらんと鳴った。

ヘラーはいった、「なかなか見事にやったな。このぼくもだけれど。この先もお互いに協力しましょ。それでまず手始めにだけど、その足もとの物騒なやつ、きみの太い足で端のほうへ蹴《け》とばしてくれないかな？」

太っちょはいわれたとおりにした。「相手はアマチュアと聞いていたんだが」と、ぶすっとした声でいう。「あんた、覚えが早いんだな」

「だれがそんなことといったんだい？」とヘラーは尋ねた。「きみ、あのピストル射撃法、どこで習ったんだ？　大方、ヴァージニアの研修所でだろうがね」

太っちょは鼻先でせせら笑った。

ヘラーはピストルを相手の背中に一段と深く突きつけた。「質問にはちゃんと答えてもらいたいな。さもないと、もう質問はぬきにして撃たせてもらうことになるぜ」

「みんなあんたに想像がつくようなことばかりだ」と太っちょは無愛想にいった。

「CIAだろ、きみ？」

「ずいぶんおつむがいいようだな」

きれぎれの疑問が一つになって、急に全体が見えそうになってきた。「きみは、ぼくがロジェンコをつけてるのを知って、奴《やつ》のあとを追いまわしてたわけだ。ドイツ娘に近づかないうちにぼくを片づけようってことだな」

「いうことなし」と太っちょがいった。「そのぶんじゃ自問自答ですんじまうぜ」

不意に頭にひらめくものがあった。その思念の端っこに齧《かじ》りつきはしたが、深く食いついてみたことはなかった。ヘラーはやっと核心がつかめたと思った。「ようするに上の奴らは、ぼくがテロリストどもを捜しあてるのを望んでいないってわけだ!」

ヘラーの目は太っちょの背中に注がれていたが、たしかに自問自答も同然だった。

「でも、なぜだ?」

太っちょが鼻を鳴らした。「あんた、もう見込みないよ。おれがやらなくても、だれかほかの奴がやる」

ヘラーは不快げに顔をしかめた。「ぼくたちにお似合いの仕事ってわけか」と低い声で呟く。

太っちょは心理戦法に出た。「たとえ絶体絶命のときでも、あんたにゃ引き金は引けないね」すごく優しい、音楽的といってもよい声音《こわね》に変っていた。いやに自信ありげだった。「アマチュアなんだよ、あんたは。とても手に負えねえことをやってるのさ」そういい終えると、不意に大声で命令した。「さあ、さっさと逃げだせ！」

ヘラーはよほどいわれたとおりにしようかと思った。しかし、身の安全が保てるほど遠くへ逃げきれるとは思えなかった。いずれはこの太っちょと対決する日がくるのだ。それなら早く片づけておいたほうがよかろう。ヘラーは一歩あとへ引くと、両手に握ったピストルの位置を上げ、男の後頭部を狙った。しかし、引き金を本当に引き、弾丸《たま》を頭蓋骨《ずがいこつ》にぶちこもうと思っても、気持ちはなかなか定《き》まらなかった。

もう少しで心の整理がつきそうだった。いよいよいくぞ、と思った——やるのもやめるのも、まだ自分の意志で決める余地が残っている程度の〝いよいよ〟だった。ピストルがごくかすかに揺れた。われとわが心のふがいなさにかっとしたヘラーは、ピストルを相手の左膝《ひだりひざ》のひかがみを狙う位置にまで下げた。腹立ちまぎれに、とうとう引き金を引いた。

地下二階の部屋に雷のような轟音《ごうおん》が響き渡った。狭い室内にはまったく不相応な音だった。

太っちょはつっかえ棒をはずされたみたいにくずおれた。膝を押え、苦痛をこらえながらヘラーをにらみつけた。「や、やっぱり……きさま……アマチュアだ。き、きさまには……分るまいが……こんどはだれかが……きさまを、こ、こ、殺す」

ヘラーは駐車しているフィアットへ戻った。エリザベスはフェンダーにもたれ、目を閉じた顔を太陽の最後の光のほうへ向けていた。彼女の影が舗道に長く伸びていた。勘が働いたのか、エリザベスは目を開き、ひとことも口をきかないで、しばらくヘラーの顔を見つめていた。やっとのことで唇が動く。「ずいぶん長かったわね？」

「太っちょと話していたんだよ」とヘラーは弁解した。

「あの生ぶ毛の？　緑のオーバーの？」ヘラーが黙っていると、「ロジェンコのほうはどうなったの？」と迫る。

「エドワード・デ・ヴィアについて一席ぶっていたよ」

エリザベスは「エドワード・デ・ヴィアって？」と訊いたが、答えに関心などないのは口ぶりにありありとしていた。

ヘラーはエリザベスが不快げに身体をくねらせているのに気づいた。「どうかしたのか？」

エリザベスはヘラーの足に視線を向けた。「あなた、わたしの影、踏んでるじゃないの」ヘラーは自分の足もとを見た。エリザベスがいった、「他人の影踏んだら不幸になるっていうわよ」

ヘラーは脇へどいた。「ごめん、ごめん」と彼はいった。「不幸なんて一度でたくさんだよね」

第十三章

教授は書類が大好きだった。背の部分が垂直になっている木の椅子《いす》に腰を下ろすと、かかってくる電話はすべて保留装置《ホールド・オン》にまわし、事務室専用の東ドイツ製テープレコーダーでお気に入りのモーツァルトのソナタを静かに流しながら、山積みになった報告書に順序だてて取り組むのが何よりの楽しみだった。アメリカ外交官の動静、アメリカ大使館が発・受信する膨大な暗号電文、ワシントン駐在チェコ大使館付武官について諜報筋《ちょうほうすじ》に流布《るふ》されているスキャンダルの噂《うわさ》、越境アメリカ人エージェント情報の出所に関するカロルの分析、過去二十四時間における太っちょの行動調査等々、教授は、世間の人たちが小説に熱中するように、それらの報告書類に読みふけり始めた。仮に電話のベルが鳴っても聞えないほどに没頭するまでに、何ほどの時間もかからなかった。いつか昼食をとるはずの時刻が過ぎ、机上のポットの紅茶も徐々に冷えていったが、教授はいっかな書類の山から目を上げようとはせず、ただひたすら読みに読んだ。モーツァルトのテープが切れて、もう音楽は聞えなくなっても、いっこう気にならなかった。舌なめずりせんばかりにこちらの一行、あちらの一節と堪能《たんのう》しながら、この世でフランシス・ベーコンについてと同じくらい関心を寄せている数少ない問題の一つに打ちこんでいたのだった。

資料を十分に読みこみさえすれば、おのずから〝調査の筋道〟が見えてくるというのが教授の持論であり、深い信念であった。初めのうちは矛盾が目についたり、あるいは当然あってしかるべきところに矛盾がないのはおかしいぞと思ったりすることがあるかもしれない。しかし、あいまいな細部《ディテール》に、別のあいまいな細部《ディテール》の光をあててみると、にわかに一つの意味があらわになってくることもあるのだ。

教授は資料読みこみの専門家として、もう三十年の経験を持っていた。ドイツ軍占領中、ボヘミア警察に若手刑事として就職したのが、この道への第一歩だった。初めて解決したのは、ドイツ軍軍曹がチェコの若い女優を殺した事件（手がかりはプラハの闇市《やみいち》に関する定期報告書から偶然得たのだった）で、逮捕寸前、ドイツ軍当局はこっそり軍曹をソ連戦線へ転属させ（この人殺しは結局立ち往生した戦車内で凍死した）、同時に若い刑事だった教授をも隠密裏《おんみつり》に解雇したのだった。

放浪の身となった教授はスロヴァキアへ入り、そこで地下出版の新聞発行にたずさわっているうちに、一九四四年、共産党による反独蜂起《ほうき》を計画、指導することになる某団体の有力メンバーとなった。この闘争の真っ最中、教授はダブル・スパイに裏切られたのだった。男は片親がドイツ人のスロヴァキア官吏で、チェコ人はシンパと信じ、教授は友人と思いこんでいた。教授はゲシュタポに逮捕され、ペンチのような道具で拷問《ごうもん》された。それは〝いわぬが花〟の経験だった。結局、彼は地下の取調室で同志の名前を白状した（その前に、二十四時間考えさせてくれと要求し、幾人かが逃げられるだけの時間を作りはしたが）。あとはアウシュヴィッツ送りの運命が待っているばかりだった。大戦末期、ソ連軍が強制収容所に進入してきたとき、教授はまだ生きていた——骨と皮になり果ててはいたが。これもまた〝いわぬが花〟の経験だった。それから約一年、病院生活を過したのち、プラハの警察へ戻った。一九四八年、共産党が政権を握ると、地下運動の経歴を買われて防諜部に配置替えされた。

一九五〇年代の終りごろ、教授は自分をゲシュタポの手に売ったダブル・スパイ突きとめにやっと成功した。男は羽ぶりのいい実業家となって西ドイツに住んでいた。

教授は、ドイツ側のダブル・スパイであった証拠を書き記した一件書類を、チェコ警察経由で西ドイツ当局へ送った。西ドイツの検事総長は慎重に証拠書類を検討したすえ、当該ドイツ人は格別戦争犯罪に当る行為をしたわけではなく、むしろ警察の一員として合法的な役割を果したにすぎないとし、丁重に告発拒否を通告してきた。

事務室のドアを、だれかが静かに叩《たた》いた。教授は無視して調べをつづけた。ちょうど駐プラハＣＩＡ支部長《レジダン》に関する報告に目を通しているところだった。まず、この太っちょ、博物館近くのアジトで来客を接待する準備を進めていたようだが、問題の客は現われなかった、とある。次いで、ここ数日来、太っちょはＫＧＢ支部長《レジダン》ロジェンコが住んでいるアパートメント・ハウスの張りこみをつづけている、とあった。教授は視線を上げ、物思いに沈んだ。ロジェンコは、グレートヒェンなるドイツ娘との接触を通じ、在ミュンヘン・アメリカ総領事館襲撃をやってのけたテロリスト・チームを監督している担当官《ケース・オフィサー》のはずだ。ロジェンコはまた、グレートヒェンの愛人でもある。この報告書の筆者である教授の部下は、太っちょはロジェンコに嫌がらせをすることを企《たくら》んでいるのか、それとも三人のテロリストの居どころを突きとめようとしているのかのいずれかであろうが、いずれにせよ理由は推測できないと記していた。

教授は書類の山からもう一枚、紙を取った。国境でうまうまと逃げおおせた例のアメリカ人らしい男と、ホロホロチョウを西側に輸出しているチェコ女性とのあいだで交わされた会話のコピーだった。アメリカ人の来訪は女にとってまったくの不意打ちである、二人はベッドをともにした、アメリカ人は暗号の専門家らしく、女に一回式暗号の正しい作成法を教えており、シェイクスピアを話題にすることがある等々の事実はコピーに明らかであったが、シェイクスピア講義の個所は盗聴器の調子が悪く、詳細は不明だった。アメリカ人はまた、ロシア人ロジェンコ、ドイツ娘グレートヒェンに深い関心を示していた。どれも教授の思索の糧《かて》になりそうな事柄ばかりだった。またまただれかがドアをこつんこつん叩く。いやにしつっこい。教授は悩ましげに眉《まゆ》をひそめた。指を一本、カラーと首のあいだに差しこむ。赤いみみずばれができかかっているのだ。昔ながらに糊《のり》のきいたカラーをつけているのだが、いつまでたっても首が慣れないのだった。おれは、ようするに二十世紀というのが気に入らんのだな、と教授は思った。結局のところ、二十世紀なるものが教授には気にくわないのだった。だから、どっぷり二十世紀に浸《つ》かってのんきな顔をしている人間——たとえばコンピューター・プログラマー、ヘリコプターのパイロット、ズボン姿の女ども、ボタン・ダウンの柔らかいシャツを着こなすカロルのような野心満々の部下、それにディナーの席でホストの許可も得ずに紫煙をくゆらす同僚たちと、ざっと挙げてもこういった連中はたくさんいるわけだが、教授は彼らを見ていると不快感を抱かずにはいられなかった。とはいえ、罠《わな》に落ちた動物同様、人間は自分の生れた世紀から逃げるわけにはいかないではないか？　教授は考えこむ。多様な欲求不満があふれる迷宮の二十世紀から抜け出て、昔の時代に帰る手がかりなぞ、いったい見つけられるものだろうか？

夕闇が机を覆《おお》い始めていた。教授は手を伸ばし、旧式の電気スタンドのスイッチを押した。またもや丁重にドアを叩く音。ああやって二十世紀がおれを呼んどるというわけだ、と教授は思った。肩をすくめてみせたいくらいうんざりしたが、「入れ」と大声で呼ばわった。

カロルが入室し、ドアを閉めた。教授は書類から視線を上げた。「おや、ちょっと髪型を変えたようだな、きみ？　さてと、奴《やつ》の容体はどうかね？」

「ヤーネフは一命をとりとめました」と秘書は答えた。「しかし、左足は当分不自由かと存じます」

「弾丸は？」

「ドイツ製のP－38」とカロルは答え、眉をひそめてかぶりを振った。「ご承知のとおり、まったくプロ向きではないピストルです。貫通力は抜群ですが、反動が激烈で、二の矢を放つのに苦労するというしろもので」

「アメリカ側の動きは?」近親者の安否を気づかうような口調で教授は訊いた。

「それなりに騒ぎ立てております」とカロルはいった。「本人が意識を回復し次第、西ドイツへ送還する計画のようです。わが方の医師団はもう少し様子をみるべきだと勧告しておるのですが、先方の方針は不動のようで。大使館派遣の人物が日夜ベッドに張りついておりまして、なかなか本人を訊問《じんもん》するチャンスが得られません」

教授はドイツの方角へ片手をひらひら振ってみせた。「出たいというならいつでも出してやりたまえ」そういって、また書類に目を落す。カロルは電気スタンドが描く光の輪の中で、まだもじもじしている。

「部長は、例のアメリカ人、太っちょを殺す目的で入国したとお思いでしょうか?」

どうも訳が分らないんですがという響きをこめて、カロルが訊いた。

「いいか、きみ」と教授は答えた、「ひかがみに弾丸《たま》を当てれば殺せるんだぞとエージェントに教えこむ国が、いったいどこにあるのかね?」

カロルは愚問を発した自分自身に腹を立て、名誉挽回《めいよばんかい》を企てた。「すると、奴の目的に太っちょがじゃまだてしたということになりますね」カロルは、もひとつ分らんといわんばかりに小首を傾《かし》げる。「不法越境の男はアメリカ人。奴はだれかを殺す目的で入国した。太っちょもアメリカ人。こっちは不法越境の男がだれかを殺すのをじゃまだてした――こういうことでしょうか？」

「なかなかいい線いってるぞ」と教授はいった。

カロルは微笑した。「私、こんな奇妙な事件、初めてです」

「まあな」教授はそういってふたたび書類の山に、彼の鋭い目が見のがすはずはない〝調査の筋道〟の埋もれている場所に戻っていった。


ヘラーはわれとわが目が信じられなかった。それはちょうど現像皿に浸けた印画紙に映像が現われるような具合だった――まず大まかな輪郭が徐々に、しかし、まぎれもない形でにじみ出る、次に細部、そして遂《つい》には全体が完全な姿で見るものの目に映ってくるというふうに。

エリザベスの家の書棚でたまたま手に取った『テンペスト』のエピローグに、強く興味をそそられたのはたしかだった。ロジェンコを尾行している最中とか、エリザベスに速成の暗号講義をしているあいだ、また太っちょに狙撃《そげき》されたときですら、エピローグがちらちら頭に浮んだものだった。その夜もまだ宵の口のころ、ヘラーは鉛筆を握り、一枚のルーズリーフに縦線《たてせん》を引いて（もともと横線があったから、結局は方眼紙同様になったわけだ）、そこに「さて私の魔法はすっかり消えました」で始まり、「どうかお慈悲で私を自由にして下さいますように」で終るエピローグを一字一字書いていった。

ヘラーが格別注目したのは第九行、第十行だった。

どうか皆さまの拍手喝采《グッド・ハンズ》で
私の縄を解いて下さいますように

この二行の筆者は、エピローグに暗号が隠されていることをほのめかし、解読者の〝見事な腕前《グッド・ハンズ》〟で暗号を〝解いて下〟さることを望んでいるのではなかろうか？ ここに解くべき暗号があるとすれば、それは〝グッド・ハンズ〟の二語が暗示しているとおり、〝手を使ってやってごらん〟ということなのかもしれない——あれこれ考えているヘラーの頭に、そのとき、〝紐《ひも》暗号〟の名で一部に知られている方法が思い浮んだ。この暗号法を初めて世間に紹介したのは一六二三年に出版された『暗号作成と暗号解読』と題する本で、著者はブラウンシュヴァイク－リューネベルク公爵《こうしゃく》だった。紐暗号は平べったい長方形の板を使う。まず板に縦の線を引いてたくさんの欄を作り、各欄がそれぞれアルファベットの一文字を表わす仕組みとする。次に板の両端に刻み目をつけ、一本の紐を左上の刻み目から右下の刻み目へと巻きつける。さて、この紐に複数個の結び紐をゆわえると、それぞれが平面上のどこかの欄に該当することになり、その位置によって一文字を表わす結果になる。

ヘラーは、ふとエピローグに含まれた大文字の数を勘定してみた。一行につき一ないし三個あって、合計三十四個。それから数時間、その大文字とにらめっこしているうちに、ようやく次のような考えがひらめいたのだった——大文字の配置は結び紐の配置と同様に考えられるのではないか、もしこの仮説が正しいとすれば、〝見事な腕前《グッド・ハンズ》〟を発揮することで三十四文字から成るメッセージを解読できるのではないか！

「いま何時だと思ってるの？」エリザベスが下の寝室から呼ばわった。ヘラーは、少し離れたところで電気ヒーターが赤あかと放熱している書庫の床に腹這《はらば》いになっていた。「もういいかげんにお寝《やす》みなさいな」

ヘラーは腕時計を見た。かれこれ四時だった。「ぼく、きみのどんなところが好きなのか、知ってるかい？」と大声でいう。

「どんなとこ？」

「男の乳首を——男の性感帯をくすぐるのが堂に入ってるってとこがさ」

スリッパが一つ、書庫のある小部屋へ飛んできた。つづいてもう一つ。浴室のドアがばたんと閉まった。ヘラーは解きかけている暗号にだけ精神を集中し、さらに作業をつづけた。アルファベットを二十六文字としたり、また二十四文字（この場合はIとJ、UとVとで相互を表わせることにした）にして当てはめてみたりした。しかし、結び紐に相当する大文字を並べてあれこれやってみても、得られた結果はちんぷんかんぷんだった。ところが、夜明けの光がうっすらと敷居にさし始めてきたころ、一挙に謎《なぞ》が解けた。Fで始まり、Eで終る二十四文字のアルファベットを使って試してみたところ、結び紐はそれぞれしかるべき場所に落着いて、音節、次いで単語、さらに一個の文章となって現われたのだった。まさかこんな文章が！　ヘラーはすっかり興奮して、始めからもう一度、さらに二度と繰り返したしかめてみた。結果は同じだった。三十四文字から成る一つの文章が、まるで生きもののように紙から立ち上がってヘラーの目に飛びこんできた。彼は、例のモナ・リザの微笑を浮べながら、その文章にじっと目をこらした。FRANCISCO BACON WRIT SHAKESPEARS PLAY（フランシスコ・ベーコン、シェイクスピアの劇を書けり）

家の真上を、朝の最初のジェット機が轟音《ごうおん》をあげて空港の滑走路へ飛んでいった。

ヘラーは服をぬいでベッドに入った。うつ伏せに眠っていたエリザベスはもそもそと手足を動かし、チェコ語で何か寝言をいって、手をヘラーのほうへ伸ばした。「やったぞ」とヘラーは得意満面でささやいた。「フランシス・ベーコンがシェイクスピア劇の真の作者だってこと、証明したぞ！」

しかし、イタリア製の耳栓《みみせん》をしていたエリザベスには、ヘラーの話がひとことも聞きとれなかった。

その夜、いつものとおり駐車したフィアットの座席でロジェンコの四階の部屋に目を釘《くぎ》づけにしていたヘラーは、部屋の明りが消えると、舌打ちせんばかりに頭を左右に振った。エリザベスが何かいいかけた。ヘラーは片手を上げて制した。「いわんでも分っとる。人生、辛抱だ、っていいたいんだろう」ロジェンコの明りの消えた部屋に視線を戻したヘラーは、ふとあることを思いついた。「あいつ、例のボール箱、今夜も持っていたっけね？」念を押すようにエリザベスに訊《き》いた。

「毎晩よ」とエリザベスが答えた。「それがどうしたの？」

ヘラーは包装専門家の友人、スレーターを思い出して微笑を浮べた。彼がこの場にいたらなんというだろう？「ボール箱は細長い。小脇に抱えてるってことは、中身が重くないものってことだな！」とヘラーは考え考えいった。「たぶん加熱綴《と》じで密封した細長くて軽い白のボール箱。これをドイツ娘の愛人が毎晩持って行くとすると、さて、中身はなんだ？」ヘラーはエリザベスの顔をじっと見つめた。「きまってるじゃないか！　バラ！　茎の長いバラだよ！」いうなり掌《てのひら》で自分の額をぴしゃりと叩いた。「電話をかけたいんだがな」

エリザベスは車を市の中心部へ向け、電話ボックスの前で止めた。見ているとヘラーは親指で電話帳をせっかちに繰り、指を上下させて一欄ごとに調べていたが、やっと目当ての名前がみつかったらしい。番号をダイヤルする。相手側に鳴るベルを空《むな》しく聞くこと数分、ヘラーはゆっくり受話器を掛けた。「ぼくもばかだな」車に戻るとエリザベスに呟《つぶや》いた。

「だれも出ないの？」

「むろん出やしないさ！　ルンルンの恋人同士がいちばん熱くなる時間だぜ！」

ヘラーがなぜ興奮しているか、エリザベスにも少し分り始めた。「きまってるじゃないの、顔に口があるみたいに」

ヘラーは嬉《うれ》しそうに笑った。「鼻だよ」と常用句《クリシェ》の言い間違いを正し、エリザベスの鼻のてっぺんにキスをした。「顔に鼻があるみたいに、だよ」それから唇に長いこと濃厚なキスをした。息苦しくなって顔を上げたヘラーは、上ずった声で念を押した。

「口じゃないよ」

あくる晩、二人はロジェンコが大使館から退《ひ》けるところを待ち伏せするのをやめ、アパートへ直行することにした。ぼたん雪が降りつづき、駐車したフィアットの屋根に、なかでちぢこまっている二人を暖め、保護する白い毛布のように積った。ロジェンコのシュコダが六時半、アパートの前に止った。ロビーのあたりをひとわたり調べてから、運転手が車のドアを開けた。ロジェンコは降りしきる雪に首を屈《かが》めながらアパートの入口へ駆けていった。細長い白のボール箱を小脇に抱えていた。

四階の部屋の明りがつくと、ヘラーはエリザベスに振り向いて「オーケイ、さあ行こう」といった。

エリザベスはエンジンをかけ、フロントガラスをワイパーでぬぐった。それから徐行してすぐの角を曲ると、ロジェンコの住んでいるアパートの棟《むね》と並行している通りに入った。大きなテール・ランプを付けた旧式のフォードのうしろが空いていたので、そこに駐車した。ヘラーは窓を少し開けた。ロジェンコのアパートが、道ひとつ隔《へだ》てたところに建っている小さなアパートを威圧するように聳《そび》えていた。「きょうの午後、調べてみたんだ」とヘラーがエリザベスにいった。「ロジェンコは非常階段からあっさりボイラー室へ下りて行けたのさ。ドアは内側から引っかけ鉤《かぎ》で閉められている。奴はごみ入れが積んである中庭を通って別の建物に入るわけだな。そこのドアは普通の錠だけど、KGBのことだ、鍵《かぎ》を手に入れるなんてお茶のこさいさいさ。さて、それから地下ガレージへ行く。そこにだね、なんと、外交官ナンバーの車があったのさ――茶色のボルボだ」

二十分後、二人の耳に道を隔てた地下ガレージの扉の開く音が聞えた。駐車灯だけをつけた茶色のボルボが勾配《こうばい》を上ってきた。ボルボはヘッドライトをつけた。フィアットの二人は座席に深く身体を沈めた。ボルボが近づき、フィアットの雪だらけの窓がきらっと光った。ボルボが通り過ぎるとき、ヘラーは窓を開けて運転している人間をちらっと見てみた。ロジェンコだった。

エリザベスはボルボが角を曲るのをたしかめてからフィアットを発車させた。プラハの市街は降り積った雪で静まり返っていた。すべての交通機関が滑りやすい舗道をのろのろと走っていて、クヴェトナ大通りを南へ向うボルボを尾行するのに何の苦労もいらなかった。大通りには路面電車のレールが走っていて、数ブロックごとに次の電車を待つ人びとの肩を寄せ合っている影が見えた。しばらくするとクヴェトナ大通りからブドヨヴィスカ通りに入った。アンタラ・ストスカでボルボは右折し、さらに左折してペルチャロヴァ通りへ出た。ペルチャロヴァ通りを半分ほど行くと、びっしり立ち並ぶ戦前のアパートメント・ハウスが現われた。どの建物も窓は大型で、入口の壁は例外なく剝《は》げ落ちていた。ロジェンコの車は、その界隈《かいわい》で唯一《ゆいいつ》モダンなアパートの地下駐車場に入っていった。

ヘラーはエリザベスに前進を指示した。駐車場出入り口前を通り過ぎるとき、ちょうど地下に潜るボルボのテール・ランプが見えた。

「ドイツ娘が住んでる部屋、どうやってみつけるつもりなの？」とエリザベスが訊いた。

「そいつはきみがやるんだよ、あしたね」とヘラーがいった。「心配しなさんな。赤ん坊の手からキャンデーをひったくるようなものさ」

翌朝、二人はソ連大使館近くの通りでロジェンコが出勤するのをたしかめてから、雑踏する街を縫って車をペルチャロヴァ通りのモダンなアパートへ走らせた。少し手前の角でヘラーはエリザベスを下ろした。窓を巻き下ろすと、エリザベスが車をひとまわりして寄ってきて、じゃあね、といった。「きみ、タバコ持ってないかな？」へラーは神経質になっていた。エリザベスを敵地に潜入させてうまくいくのかどうか、急に不安になったのだった。

エリザベスは開けた窓からのぞきこんだ。「わたし吸わないの。あなた吸わないの。二人とも吸わないの。リラックスしなさいよ。赤ん坊の手からニンジンをひったくるようなものよ」そういうとヘラーの唇に軽くキスし、すたすた歩いていった。

左手にクリップボード、右手にボールペンを持ったエリザベスは最上階から仕事にとりかかった。まず、とばくちのドアのベルを押した。「国家住宅協同組合から住宅調査に参りました」ドアを開けた主婦はプラスチックのカール・クリップで髪をアップに束ねていた。エリザベスは仕事の内容を説明した。相手が役人と知った主婦は急に顔をこわばらせ、エリザベスを中に入れて、部屋から部屋へまわりながらクリップボードに何やらノートをとっている彼女のあとにつき従った。次の家では鼻水を垂らした十歳くらいの女の子が出てきて、あたし一人よ、かあさんがだれも入れちゃいけないっていってたよ、ときんきん声でいった。エリザベスは半分開いたドアから無遠慮に中をのぞきこんで、ここは除外してもいいなと思った。

そうやって一軒、また一軒とまわっていった。複焦点眼鏡をずらしてエリザベスをじろじろ見つめた鼻声の女。粋《いき》な身ぶりで一歩さがり、彼女を中に招じ入れた退職官吏。双生児《ふたご》の赤ん坊の泣き声でエリザベスのいうことがほとんど耳に入らないらしい、いじけた若い母親。

一階下りたフロアには、スキーで腕を折った婦人歯科医がいた。年とったしゅうとめが、どうやら折り合いのよくないらしい嫁に代って子どもの面倒をみていた。次の二軒は留守だった。次の家は、奇妙なことにのぞき穴つきのドアだった。ドアの上に〝405〟と記した小さな札が貼《は》ってある。エリザベスは人さし指でベルを押した。応答がないのでもう一度押した。のぞき窓の魚眼レンズでこちらを探っているんだな、と思った。やっとのことでドアがほんの少し開き、青のトレパン姿のずんぐりした男が顔をのぞかせた。

エリザベスは、精いっぱい愛想笑いを浮べてみせた。「国家住宅協同組合から調査に参りましたの」

ずんぐりした男はうさんくさげにエリザベスをじろじろ見た。「いま、ちょっとつごうがわるいんだけどな」チェコ語にロシア訛《なま》りがあるわ、とエリザベスは思った。「お手間はとらせません」エリザベスはなんとか説得しようとした。「いま調査しなくても、いずれまたわたくしが派遣されるだけのことですわ。部屋数と、常時住んでいる方の数を勘定したいのですけれど」彼女は大きく開けた無邪気な目で男を見つめた。

男は少し考えていたが、「まあ、いいだろう」としぶしぶ答えた。

ずんぐりした男はドアを大きく開き、廊下の左右に一瞥《べつ》をくれてからエリザベスを中に入れ、ドアを閉めた。


ヘラーはわざと意地わるく尋ねた。「どうしてそんなに自信たっぷりなんだい？」

「八室に三人なのよ！ よほどの重要人物でなけりゃ、そんな大きな家に住めないわ。それにドアで応対した男——ロシア訛りのチェコ語なのよっ！」

「その家でほかに顔を見たのは？」

「キッチンにもう一人、コーヒーを飲んでる男がいたわ」

「ロシア人かい？」

エリザベスは肩をすくめてみせた。「その男、ひとこともしゃべらなかったの」

「あの娘は？」ヘラーは詳しい報告を聞きたさのあまり、エリザベスの手首をきつく握りしめた。「グレートヒェンの手がかりは？」

「いくつもある寝室の一つを開けようとしたら」とエリザベスは話し始めた、「鍵がかかってるのよ。たしか中から、かすかではあったけれど、咳《せき》をする声が聞えたわ。でも、それが男か女かと訊かれれば、私、なんともいえないな」

赤電灯《ランプ》を点滅させながら雪かき自動車がやってきて、道の縁石《へりいし》に雪を片寄せていった。ヘラーは駐車しているフィアットのシートに背をもたせた。胸に重たいものを押しつけられているような感じで、なんとかその痛みを抑えつけなければと、繰り返し深呼吸をした。「それ、きっとグレートヒェンにちがいないよ」やっとヘラーは静かな声でいった。

「だとしたら」とエリザベスが嬉しそうにいった、「その子があしたの朝八時半、どこへ行くか、私、知ってるのよ！」

「なんだって？」

「その家を出るときね、私、クリップボードを玄関のテーブルにのせて調査事項を書きこもうとしたの。そのとき、ボールペンのインクが切れちゃったようなふりをした——五、六回、振ってみせたりして——ハンドバッグにあるもう一本を捜す芝居をしたのよ。のよ。つまり、時間かせぎをして、テーブルの金物の皿に入ってるいろんなものを観察してみたかったわけ。紙マッチ、洗濯屋のレシート数枚、鍵束、それに医者の予約カードが一枚あったわ」

「その内容、覚えているんだね？」とヘラーが訊いた。

「覚えてるわ」エリザベスは自信満々だった。「ドクター・ヴラティスラフ・ハヴェルカ、放射線科専門と印刷してあって、その下にこうインクで書いてあったの——火曜日、八時半って」

家へ戻る車の中で、ヘラーは手をエリザベスの腿《もも》に置いた。「ありがとう」と彼は言葉短かにいった、「助けてくれて」

「いいのよ、そんな」とエリザベスは答えたが、見るからに嬉しそうな顔つきだった。

「演奏家はあなた。私は楽譜をめくるだけ」


キッチンでコーヒーを飲んでいた男は、表にとめた車の中で待っていた。ロシア訛りのチェコ語を話すずんぐりした男は、〝放射線科専門医・ヴラティスラフ・ハヴェルカ〟と青銅の表札をかかげたドアの、すぐ外の廊下で見張りをしていた。中の待合室では、グレートヒェンがつまらなそうにファッション雑誌のページをめくり、骨格のスマートなモデルの写真を軽蔑《けいべつ》したような目つきで見ていた。数分おきに空咳の発作が起り、そのたびに身をよじらせていた。

髪を束髪にしたせいで人ちがいと思われかねないが、まぎれもないエリザベスが待合室の入口に現われた。看護婦の制服を着ていた。「こちらへどうぞ……」とチェコ語でいう。

「あの、あたし、チェコ語がしゃべれないんだけど」とグレートヒェンが英語でいった。

エリザベスは微笑し、英語で言い直した。「こちらへどうぞ……」

グレートヒェンは雑誌を放《ほう》り投げ、エリザベスのあとについて事務室を抜け、〝危険――X線〟と記したドアに行った。エリザベスはセーター、ブラウス、ブラジャー（数カ月も洗ったことがなさそうなしろものだった）をぬぐように指示した。患者の衣類を椅子に積み重ねて、部屋を出る。腰から上が裸のグレートヒェンは診察台に仰《あお》向《む》けに寝た。

背広の上に白の診察着をまとったヘラーが、制御室の配電盤の前の椅子に坐《すわ》った。椅子からは厚いのぞきガラスを通してX線室が見えるようになっていた。X線装置はロンドンから輸入した機械だった。スイッチ、目盛盤、ノブ、計器類の指示用語はすべて英語。ヘラーがレバーを押すと、大きな灰色のX線機械が仰向いているグレートヒェンの上から下がってきて、ドイツ娘の胸部を斜めに狙《ねら》った。ヘラーは小型マイクロフォンに上体を屈め、スイッチを入れた。

「聞えるか？」

グレートヒェンは制御室へ頭を向けた。「ハヴェルカ先生じゃありませんね」とドイツ娘はいった。「ハヴェルカ先生、どうしたんですか？」

「きょうはぼくが代理だ」とヘラーはいった。「きみ、X線についての知識は？」

「みんなが知っている程度ですよ」少しのあいだ片手を口に当てて咳をし、収まると手首で唇をぬぐった。「あまりX線を浴びすぎるとよくないんでしょ」

ヘラーがいった、「被曝《ひばく》過剰は嘔吐《おうと》を引き起す。さらに大量被曝すると髪の毛が抜け落ち、皮膚癌《ひふがん》を発生させる。あんたを殺すことにもなるんだ」

やっとグレートヒェンは異状に気づいた。診察台に上体を起し、片腕で大きな乳房を隠す。「あんた、ずいぶん英語が上手ね！　どうしてそんな話するの？」

「フワン・アントニオはどこだ？　ホルスト・シラーはどこにいる？」

声は消えても質問は部屋じゅうを覆っていた。グレートヒェンは身の危険を悟り、厚いのぞきガラスの向うにいるヘラーを見つめる。「あんた、だれなのよ？」かすれたような声だ。

ヘラーは配電盤のスイッチを入れた。グレートヒェンの頭上からX線の機械がまる五秒間、静かにズズズズズと鳴った。

グレートヒェンは恐怖に襲われ、目をかっと剝《む》いた。震えながらしばらくX線機械の黒い放射口を見つめていたが、つと立ってドアに駆け寄り、取っ手を引いた。ドアには錠が下りていた。

「フワン・アントニオはどこだ？」ヘラーは質問を繰り返した。「ホルスト・シラーはどこにいる？」X線機械の位置を移動させるリモート・コントロールのレバーを引いた。機械はゆっくり回転して、ドアに背中を押しつけているグレートヒェンのほうに進んだ。ふたたび静かなズズズズズの音が放射口から洩《も》れた。

グレートヒェンは部屋の別の隅へ駆けていった。壁にぴったり身体《からだ》をつけ、悲鳴をあげ始めたけれど、それはすぐに咳の発作に変り、ドイツ娘は力なく床に倒れ伏して苦しげにあえいだ。ドイツ語でうめくようにいう、「よ、よくもこんな目に」

離れたところから、またX線の放射口が一回転し、グレートヒェンの方向に迫ってきた。

ヘラーはマイクロフォンに言葉をつづける。「おまえがミュンヘンで殺した女の子、覚えているか？」

「あたしじゃない、殺したのは！」とドイツ娘は叫んだ。「シラーだよ、やったのは」

「シラーは引き金を引いた」きつい口調だ。「おまえが籤《くじ》みたいにあの子のパスポートを引いたからだ。フワン・アントニオはどこだ？ ホルスト・シラーはどこにいる？」

X線の放射口はグレートヒェンめがけて下がっていった。這って逃げようとする娘をどこまでも追っていく。制御室の中でヘラーは目を閉じ、サラのイメージを思い浮べながら——サラは太陽の隠れた空に視線を向け、来る見込みのない助けの手を求めていたのだ——放射口作動スイッチを入れた。三たび例のズズズズズがグレートヒエンの肉体を襲った。

「おねがい、どうか——」また咳の発作で娘は身をよじる。やっと収まると、大声で「ああ神さま、あたし、どうしてこんなことに?」と叫んだ。首を曲げて放射口がやってくるのを知ると、自分とヘラーを隔てているのぞきガラスへ這って行き、伸び上がって数インチ先にいるヘラーの顔を見た。「いえないわ」とあえぎあえぎいう。「そ、そんなことしたら、こ、殺されちゃう」

「いわなきゃ、おれが殺す」ヘラーは冷たく言い放った。

スイッチを入れる。静かなズズズズズがグレートヒエンの背中を爆撃する。

グレートヒエンの歯がだらしなくかたかたと鳴っている。少し前に唇をきつく噛《か》んだのか、血が顎《あご》に垂れていた。「フワン・アントニオは……フワン・アントニオはホテル・フローラにアパート住まいだよ……プラハのね……シラーは、カルロヴィヴァリにいる……お、温泉の近くの、ち、ち、小さなホテル……ホテル・バルカンさ」激しく咳《せ》いて、どっと床にくずおれた。

制御室のヘラーはレバーを操作し、放射口をグレートヒェンの肉体に向け、作動スイッチを押した。

グレートヒェンは部屋を満たす静かで確実なズズズズズの音でわれに返った。ひとつ身ぶるいし、残る力を絞って首をまわすと放射口が見えた。大きく開いた口から悲鳴がほとばしった。

のぞきガラス越しに様子をうかがっていたヘラーはマイクロフォンを切った。口を開いているグレートヒェンは見えたが、声は聞えなかった。白い診察着をぬぐと、それを椅子の背に放り投げ、よろめきながら制御室を出た。

外でエリザベスが待っていた。頭を振って、かねて自分が鍵をかけておいた事務室の正面ドアを指した。ずんぐり男がピストルの台尻《だいじり》でドアを連打し、ロシア語で何か叫んでいた。「行こう」とヘラーがいった。

「ほしい情報、手に入ったの?」エリザベスが訊いた。

ヘラーはむっつり頷《うなず》いた。「思いどおりにね」

エリザベスに手を引かれて、ヘラーは狭い診察室を駆け抜け、裏のドアから外へ出た。診察室にはドクター・ハヴェルカと看護婦が、外科用テープで高手小手に縛られ、猿ぐつわをかまされていた。まもなく逃げて行く二人の耳にピストルの音が聞えた。ずんぐり男、あのロシア人のボディーガードが鍵を撃ちこわし、診察室に突入したのだった。

第十四章

教授は手術室の見学者用の窓から一部始終を観察していた。幾人もの医師が手術台に横たわる裸の肉体をかこんで忙《せわ》しげに動きまわっていた。一人は掌《てのひら》の付け根でグレートヒェンの心臓のあたりを上下に摩擦していた。別の医師は頸部《けいぶ》に注射していたところだった。教授の秘書カロルは、医師用の白衣に手術用のマスクといういでたちで少し離れたところに立ち、患者が意識を取り戻して何事か口走る場合に備え、様子をうかがっていた。女医が脈拍を調べたが、すぐ疲れきったような表情をみせて手術台を離れた。屈《かが》んで心臓部を摩擦していた医師が上体を起した。カロルは見学者用の窓からのぞいている教授に、かぶりを振ってみせた。

教授は明るい廊下を通って非常口のほうへぶらぶら歩いていった。両手をうしろに組み合せ、思慮ぶかげに眉《まゆ》を寄せている。アメリカ人の暗号専門家、ホロホロチョウを飼育しているチェコ女、ひかがみを撃たれた太っちょ——この三人とフランシス・ベーコンとの関係になんとか筋道をつけようと苦慮しているのだった。

血の気を失って真っさおな顔をしたロジェンコが廊下のはずれから駆けてきた。

「たったいま、知らせを、聞いた、ものですから」息をはあはあいわせている。嘘《うそ》いつわりのないあわてようだ。教授は初めて、ロジェンコとグレートヒェンの情事《いろごと》、ひょっとしたら仕事上の便宜からだけではなく、本気だったのかもしれないな、と思った。

「お気の毒だが、もう手おくれだ」教授はできるだけ静かな口調で告げ、自分の腕をロジェンコの腕に巻きつけ、非常口のほうへ連れ戻した。

「だれのしわざですか？」ロジェンコが訊《き》いた。

教授はいちおう困惑のマスクをつけてみせた。「それがさっぱり見当がつかなくてね」この道に長年たずさわっている人間特有の、しっぽをつかませないような表情を浮べながら、内心、なんとかして疑問の脈絡をたどるのに必死だった。国境の風車小屋の情報を売ったブルガリア筋↓ヴルタヴァ河畔のアール・デコ式住宅↓太っちょ↓

ロジェンコ→グレートヒエン。この脈絡がここで終るという理屈はない。グレートヒエンはフワン・アントニオへのいわば途中下車駅であり、フワン・アントニオは梯子《はしご》の上にいるホルスト・シラーからみれば一段下にいる人物にすぎない。さらにホルスト・シラーは……シラーは教授にとって、この世でフランシス・ベーコンよりも強く好奇心をそそられる唯一《ゆいいつ》の人物だった。

長官は昼食をともにした二人の上院議員を、大げさ過ぎるほど愛想よく正面玄関に送っていった。ラトリッジ本部長は三人から一、二歩うしろに慎《つつ》ましく控えていた。

「いや、おもてなし、どうもありがとう」とバートン議員がいった。でっぷり太って、頭皮に汗がきらきら光っていた。まるで自分たちにテレビ・カメラでも向けられているみたいに、握った長官の手をポンプ漕《こ》ぎよろしく、激しく上下に動かしている。

「正直な話、きみは上等のワインにずいぶん予算を使っとると思うが、まあしかし、善意から出たことだからな」

東部上流階級出身らしく、音を随所に省略する話し方でものをいうのが身についているロジャーズ議員も、長官に握手の手を差し伸べた。「情勢報告もワインも、いずれ劣らずけっこうだったよ」

「またいらしてください、お二方」と長官はいった。「祖国への奉仕、われわれの念頭にあるのはそれです。わがCIAの全職員、全書類、場所と時間を問わず、いつでも議員先生方の要求にはオープンの状態にありますから、さようご承知を」

上院議員の姿が見えなくなると、長官はラトリッジと連れだって幾列も並ぶエレベーターの乗り場へ歩いていった。ついさっきまでの愛想のいい、くつろいだ表情は、冷たい怒気を含んだそれにとって代られていた。「いったいヘラーの一件はどうなっとるのかね？」ラトリッジ本長にくってかからんばかりだ。

ラトリッジは顔色青ざめ、いかにも落着かなげに答える。「古いことわざに、『一つ悪けりゃまた二つ』というのがありますが、まったくそのとおりでして。西ドイツの医師団はどうにかヤーネフの足を切断手術せずにすませましたので、また歩くことはできましょうが、以前のように早くはとても。例のドイツ娘の件ですが、発見されたのは放射線医の診療所です。これもヘラーのしわざにちがいありません。X線の機械はかけっぱなしで、スイッチを切っていません。つまり、娘は大量被曝《ひばく》したわけですが、しからば奴《やつ》に殺されたのかといえば、なかなかそうはいえなくて、直接の死因は心不全なのです」しどろもどろなしゃべり方のラトリッジ、ここでいやに歯切れよく付け加える。「ヘラーがドイツ娘からいかなる情報を得たかにつきましては、いっさい不明であります」

ラトリッジは長官のあとについてエレベーターに乗り、7のボタンを押した。ドアが音もなく閉まる。「奴がヘラーのところまで押しかける可能性を考慮に入れねばならんだろうな」と長官がいった。

「万一そうなった場合には」とラトリッジが意見を述べた、「問題が明るみに出ぬうちに、どちらかが相手を殺すチャンスは十分にあります」

長官は首を左右に振った。「おれはヘラーに死んでもらいたい。とにかくシラーに近寄らせてはならん」

「大佐の報告では、目下インクワラインをつけ狙《ねら》っているとのことで。ひょっとしたらヘラーもろとも、インクワラインも失う羽目になるやも」

長官は問題にならんといわんばかりに手を振った。「そのくらいの犠牲、当然払わにゃならんよ」

エレベーターは七階に着いた。ラトリッジがぼそりといった、「後任になりたがっている人間もおりますしな」

こちらのエレベーターはこの世のものとも思われぬ前世紀の遺物だった。ばかに容積が大きく、床はカーペット敷き、壁はキルト状の革で内張りされ、マホガニー材で枠《わく》どりされている。奥の壁ぎわには腰かけがあり、その上がステンドグラスの丸天井になっていた。エレベーターはグリースを塗った鋼線をするすると昇っていった。エレベーター係の老人は、真鍮《しんちゅう》と木の操縦桿《そうじゅうかん》を乱暴に引き、中央の位置に戻した。エレベーターはゆるやかに九階に止った。金《きん》モールつきの擦り切れた制服を一着に及び、胸ポケットに〝マルティン〟と金糸で名前を縫いつけている老人は、白手袋をはめた手を伸ばし、鉄柵《てっさく》のドアを手前に引くと、まず自分がエレベーターから出て外側のドアを手で押え、客が下りるのを待った。

まず二人のロシア人が外に出た。一人はスモモのような顔の男、もう一人は女性用の傘を持っていた。二人は人気《ひとけ》のない廊下の左右を一瞥《いちべつ》した。それから一人が、まだエレベーターに残っている男に声をかけた。

何か考えごとでもしているのか、やつれた顔を床に向けていたホルスト・シラーは、ロシア人にもう一度声をかけられて、やっと気づいたらしく、老人に丁寧に礼をいい、ロシア人のあとについて廊下を歩いていった。一つの部屋の前で、一回だけドアを叩《たた》いた。すぐに開いた。シラーは中に入った。二人のロシア人は廊下で待っていた。

シラーは寝室に駆けこむと、頭上の電灯のスイッチを押した。たいそうかっこよく金髪に染めた女とベッドをともにしていたフワン・アントニオは、いつも枕《まくら》の下に隠しているピストルを大あわてで探ったが、相手がシラーと知ると、大声で笑いだし、女の臀部《でんぶ》をぱしゃっと叩いた。浴室へ消えた。フワン・アントニオはナイト・テーブルに置いたタバコを一本とり、火をつけた。ベッドのうしろの壁に貼《は》ったチェ・ゲバラのポスターに悠然と背をもたせる。

「心配事でもあるみたいだな」とフワン・アントニオがスペイン語でいった。

シラーはドイツ語で答える。「だれかがグレートヒェンをやりやがった。放射線の医者のところで、X線をたっぷり浴びせやがったとさ」

フワン・アントニオの首の筋肉がこわばった。「あの女、ばらしたのか?」

シラーはベッドの脇《わき》を行ったり来たりした。一度立ち止って、フワン・アントニオのバーベルを一本とり、どのくらいの重さかたしかめるように持ち上げ、また元の位置に下ろした。「知るか、そんなこと。発見されたときは意識不明だった。死んだのは病院。心不全だそうだ」シラーは、時代おくれの理論をしりぞける学校教師のように、首を左右に振った。「あの女、恐怖のあまり死んだのさ」

フワン・アントニオは不安そうにシラーを見つめた。「イスラエルかな。それとも別の過激分子の――」

「アメちゃんさ」とシラーがいった。「CIAよ。プロの殺し屋を送りこんできやがった。越境してきたところを、チェコ野郎、もう一歩のところで取り逃がしやがってよ」

シラーは窓ぎわに行ってベネシアン・ブラインドを指一本の幅だけ開け、通りを見下ろした。椅子《いす》やテーブルを山のように積んだ家具運送トラックが道をふさいでいて、うしろに車が数珠《じゅず》つなぎになり、ドライバーたちが怒声をあげていた。シラーは、自分の困惑の表情を相手に知られぬように、フワン・アントニオに背を向けつづけていた。「CIAだよ、おれたちを追いまわしてるのは」と念を押すようにいった。

第十五章

家の外では霰《あられ》を伴う嵐が荒れ狂って視界はほとんどゼロ、定期のジェット機はいつもよりずっと低空を飛んで進入していた。ヘラーとエリザベス、大音響のまん真ん中で生きているようなものだった。存在するのは音ばかり、他のいっさいは消えうせていた。ヘラーはエリザベスの口に自分のを押しつけ、乳首を親指と人さし指のあいだにつまんだ。エリザベスは相手の口の中で叫び声をあげた。少なくとも自分ではそうしたと思った。どんな叫び声をあげたところで、嵐の空を突進するジェット機の轟音《ごうおん》にのみこまれてしまったろう。エリザベスはヘラーの口から逃れようと猛烈な勢いで頭を左右に振り、少しでも離れると新鮮な空気をむさぼり吸ったが、たちまち相手の口に押しふさがれてしまうのだった。またジェット機が近づき、部屋の中の二人の小世界は分解して、ばらばらな感覚だけがちぐはぐに残された。ジェット機が行ってしまうと、ヘラーは寝返りをうってエリザベスから離れ、苦しげに呼吸する彼女の脇《わき》に手足を伸ばした。

さらに一機が飛び去ったあとで、エリザベスは頭をヘラーのほうに向け、暗闇《くらやみ》へ語りかけるように口を開いた。声が震えていた。「いまのはとてもセックスなんていうものじゃなかったわ。あなた、心ここにあらずだったじゃない？ 相手がわたしじゃなくたってよかったのよ。おねがい、もうやめて、あんなの」少しの間《ま》。エリザベスはベッドに片肱《かたひじ》をつき、顔をのせる。「あんなセックス、あなた、どういうつもりでやるの？」

「自己滅却のためさ」とヘラーは答えた。「死の寸前にまで行きたいのさ」闇に手を伸ばし、エリザベスの身体《からだ》にさわる。「もひとつ、きみに快楽を与えたいからさ」

「まるでプロの色事師が義理でやってるみたいな言い草ね」

ヘラーは思わず苦笑した。「アマチュアの義理なんとかさ。ぼく、アマチュアだもん」

「プロフェッショナルとアマチュア、どこがちがうのよ？」エリザベスは難問を突きつける。

ヘラーは少し考えてから答えた。「アマチュアというのはね、満腹はごちそうにあらずと思ってる人のことだよ」

エリザベスはにこりともしない。「あなた、それ、本気?」

「本気さ。言い換えれば、アマチュアとは、やりがいのあることなら、失敗してもやるだけの価値があるのではと思ってる人のことさ」

「なるほど」──エリザベスはヘラーの答えにいたく感心したようだった──「とってもユニークな考え方ね」手を伸ばして男の唇にさわる。「あなたって、とってもユニークね。ときどき──ほんとにときどきだけれど──もう少しであなたに惚《ほ》れちゃいそうになるときがあるの。でも、そんな気持ち、すぐに消えてしまう。あとになって思うのよ、わたしにあるのは、ただ好奇心と、それに……」

「それに?」

エリザベスは上ずった声になっていた。「それに……性欲だけって」

二人は数時間眠った、エリザベスはイタリア製耳栓《みみせん》をやっていたからぐっすりと、ヘラーは枕《まくら》で両耳を覆《おお》いながらまんじりともせずに。真夜中を過ぎるとジェット機の飛来は間遠になり、遂《つい》にはまったく絶えたけれど、その静けさがかえってヘラーの目を冴《さ》えさせてしまった。しょうことなしにキルトの掛けぶとんを身体に巻き、置いてきたコニャックの壜《びん》をとりに手探りで闇の、二階より少し高い所にある書庫へ。置いて

ふとホロホロチョウの羽ばたきが聞えた。すぐに静まったかと思うと、こんどはひどく怯《おび》えたような啼《な》き声。ヘラーは一瞬耳を澄まし、肩をすくめてみせてから、コニャックの壜を片手に寝室へ下りていった。そのとき、階下のどこからか、ごくかすかな、小さなグラスが倒れたような響きのよい音が聞えた。鳥肌が立った。忍び足でドアに寄り、耳を当てた。静まり返っている。オーバーのポケットにあるピストルを取ろうかと思ったが、それには電気をつけなければならないし、結局ドアの隙間《すきま》から明りが洩《も》れて、こちらの有利な立場――つまり、だれが忍びこんだにせよ、そいつはこの家に目ざめた人間がいるのに気づいていないという状況がふいになってしまう、と考え直した。コニャック壜の首を握って壁にぴったり身体をつけ、じっと様子をうかがう。

ずいぶん時間がたった。ひょっとしたら侵入者は自分の想像の産物ではないかと思われるほどだった。不意に、侵入者はドアの向う側にいるにちがいない、と頭にひらめいた。物音は全然聞えなかったけれど、絶対の確信があった。指先を軽くドアに這《は》わせると、ごくゆっくりドアが開いて、指先が押されるのが分った。ヘラーは口を大

きく開いて呼吸を整え、壜をそろそろと頭上に構えた。ラバー・ソウルの靴で抜き足さし足、一つの影が部屋に入ってきた。上体を屈《かが》めた姿勢のようだ。金属製のものを前に突き出していて、ヘラーはそれがかすかに光ったように思った。一歩踏みだし、コニャック壜を相手の頭めがけて振り下ろす。

　壜が砕け散った。コニャックがヘラーの腕と脚に振りかかった。侵入者はベッドにくずおれ、床に転がった。エリザベスがベッドの中で飛び上がった。「だれっ?」叫びながらベッド・ランプの鎖スイッチを探る。ランプがひっくり返って床に落ちた。手探りでコードに指を這わせながらも、恐怖のせいか、いささか呼吸が乱れている。やっとランプを探りあて、スイッチを引いた。

　床に落ちたランプの黄色い光の輪の中にヘラーが立ち、足もとにうつ伏せにのびている怪漢を見下ろしていた。ヘラーは首の部分だけになった壜を握り、木の葉みたいに震えている。エリザベスが裸足《はだし》で寄ってきて抱きつくと、震えは止った。エリザベスは屈みこんで怪漢のピストルを遠くへ投げ、気を失っている男の肩をつかんで仰向けにした。

　ヘラーは男の顔を見てびっくり仰天、「ヘンダーソン大佐!」

「知ってるのね?」エリザベスが訊《き》いた。

「知ってるとも」

「どっち側なの？」立ち上がって、ヘラーの目をのぞきこむように見る。「だいたい、わたしたち、どっち側なの？」静かな声で問う。

ヘラーはエリザベスが真っ裸なのに初めて気づいた。腕をつかんで浴室へ押しやりながら「この家、出なきゃならないな」と呟《つぶや》いた。

エリザベスは口をとがらせた。「なぜよ？」

ヘラーはヘンダーソン大佐のもとに引き返し、膝《ひざ》をついた。脈を調べると、たしかに触れた。ほっとしたような、がっかりしたような、妙な気分だった。「ぼくがチェコでしようとしてることをじゃまする奴《やつ》がいるんでね」とヘラーは説明した。「どこかからこの家までつけてきた奴がいるにちがいない」

「わたしをつけてきて、わたしの正体を知ったら、それはつまり……」

ヘラーは頭で浴室をさした。「それはつまり、早く服を着たほうが身のためってこと」

十分後、エリザベスは服を着終っていた。「いつかここへ戻ってこられるかしら？」

ヘラーはかぶりを振った。

エリザベスは小型の袋に衣類少々と化粧道具を詰め、枕をはずしたカバーに結婚写真をくるむと、それを袋のいちばん上に入れた。「鳥は？　だれがわたしの鳥の面倒をみるの？」

ヘラーは舌打ちをした。「きみの鳥なんかどうだっていいや」ピストルを出し、ピンが滑り止めから出ているのをたしかめてから、ゆっくり階段を下りていった。ヘンダーソンの仲間がいる可能性はいつでもあると思わなければならなかった。外へ出ると、嵐のあとの信じられないほどの静けさがあたりを支配していた。ヘラーは背を丸めてフィアットに乗りこみ、座席の下に隠した鍵《キー》でエンジンをかける。エリザベスが運転席に駆けてきた。並みなみならぬ決意の色がみえる。「たった一分だから待っててね！」叫ぶが早いか、返事も待たずにホロホロチョウの細長い飼育舎へひた走り。鳥どもは大喜び。エリザベスは手前の飼育舎の戸を力いっぱい引き開けた。ついで二番めの飼育舎。数羽が角質の頭を突き出し、外の様子をうかがう。どうやら気に入ったとみえて肥え太った身体を夜の庭に運び、首をスタッカートの要領で上下させながら濡《ぬ》れた地面をついばみ始めた。エリザベスが車に戻った時分には、狂ったように啼きかわすホロホロチョウ数百羽、新たに得た自由の境涯で却《かえ》って生活が複雑になるのではあるまいかと心配しているかのように、車寄せのあたりで不安気に肩を寄せあっていた。ヘラーはクラッチをローに入れ、ゆっくりとフィアットを発進させた。行く手に密集した鳥どもが、海面のように開き、うしろですぐに閉じた。エリザベスは振り返りもしなかった。いつかヘラーにいったとおり、ハッピー・エンディングではなく、終《エンディング》りだけでたくさん、と思っていたのだった。すべてはヘラーの手にゆだね、まっすぐ前方を見つめたままの顔は無表情、膝に両手を組んで、心から愛していた家から遠ざかっていった。

黄色っぽい光がわずかに濡れた地面に光っている照明の悪い道を、車はプラハの方向へ進んだ。また雨が降りだし、しまいにはワイパーでぬぐいきれぬほどの土砂降りになったが、いっときすると不意に上がった。車中に濡れたウールのような匂《にお》いがこもっていた。ある交差路にくると、信号が赤のままでなかなか変らなかった。ヘラーはしばらく待ったあげく、やっと交差路を突っきり、針のような二本の尖塔《せんとう》がそびえている教会の近くにフィアットを止めた。

エリザベスがぴくりと震えた。寒さよりも自分の考えにぞっとしたらしかった。

「ヘンダーソン大佐って、あなたと同じ役所の人でしょ？」

「うん」

エリザベスはしばらく考えてから、思いきっていった。「するとＣＩＡはあなたの仕事を面白く思ってないってことになる」

「ぼくもそう思う」

「あなたがチェコへ来た目的、わたしに暗号を教えることじゃないでしょ?」

「うん」

「あのドイツ娘を捜しにきたのね?」

「ドイツ娘と、もう二人」

「あなたに何かひどいことをしたのね、その三人?」

ヘラーは頷《うなず》いた。

「その傷痕《きずあと》、どこにあるの?」

ヘラーはびっくりして相手の顔を見た。「傷痕だって?」

「そう、傷痕よ。どこにあるの?」

「きみのがあるのと同じ場所さ」

エリザベスは少し口を開けた。何かいおうとしたのだが、やめてしまった。

ヘラーが尋ねた、「ねえ、どこか行くとこないかな——次の手が思いつくまでぼくたちを置いてくれそうな友だちの家とかさ?」

エリザベスはちょっと考えこんで、「年寄りの叔父がいるんだけど——」と答えた。

「叔父さんなら、すぐ身元が割れちゃうよ」

「本当の叔父じゃないの」とエリザベスが説明した。「わたしの母の妹と婚約したんだけれど、結婚しないうちに叔母が死んじゃったのよ。子どものころからよく知ってるのよ、わたし。叔父の家を捜索するなんて、まずだれも思いつかないんじゃないかしら」

「その本当の叔父さんじゃない叔父さんて、どこに住んでるの？」

「工場の夜間警備員よ。住居はプラハ中心街の大観光ホテルにかこまれたちっぽけなアパート」

「ホテル・フローラの近くかな？」

「フローラ、知ってるの？」

ヘラーは厳しい表情で頷いた。「ぼくが捜している二人の男のうちの一人がホテル・フローラに住んでるんだ」

エリザベスが微笑した。「それなら一岩二鳥《いちがんにちょう》ってわけね」

「一石《いっせき》だよ」とヘラーは訂正した。「二鳥はだね、通常一石で殺されるってことになってる」

エリザベスは肩をすくめて見せた。「岩。石。どこがちがうの？」遠くを見つめているような目つきだ。「どっちにしたって鳥が二羽死ぬんじゃない」

「理屈は分るけど」ヘラーは妥協した。

エリザベスの叔父が夜の当直から戻ってくるまで、二人はフィアットの中で身体を寄せ合っていた。空は雨雲に覆われていた。ごく稀《まれ》に光が洩れはしたが、おおむね密雲の緩むときはなかった。太陽は二度と照らないのではあるまいかと思われるほど暗かった。

エリザベスが道路の向うからやってくる叔父を指さした。頭を昂然《こうぜん》ともたげている。厚い眼鏡が早朝の湿気に触れてやや曇っていた。歩き方から推して沈着冷静、自らをたのむ心の人一倍強い人物のように思われた。

叔父が通り過ぎると、二人は車を六ブロックばかり先の路地に止め——ヘンダーソン大佐がインクワラインの身元を知っているとすれば、彼女の車も当然知っているはずだった——そこから歩いて叔父のアパートへ引き返した。

ヘラーは大戦前の造りである古い建物の、最上階からすぐ下の踊り場でぶらぶらしていた。エリザベスが一階段上の廊下でそっとドアを叩《たた》いた。「ルドヴィク叔父さん、いる？」小さな声がチェコ語でいう。「わたしよ、エリザベスよ」

ヘラーが待っていた踊り場は暗かったが、ルドヴィクがドアを少し開けた瞬間、光の矢がさっと射《さ》した。くぐもった早口で叔父に話しているエリザベスの声が聞えた。まもなく彼女は手摺《てすり》に顔をのぞかせ、「いいわ、上がってきて」とヘラーに告げた。ヘラーは階段を上って天井の低い部屋に入った。エリザベスが二人の男を引き合せた。「こちらがわたしの叔父のルドヴィクよ。叔父さん、こちらがいま話したわたしの友だちのアメリカさん」

ヘラーは手を差し伸べた。老人の手がそれを握った。老人は厚い眼鏡越しにヘラーを見つめた。「光栄だな」つかえつかえながらも正確な英語であいさつした、「きみと知り合いになれて。うちでは、エリザベスの友人ならだれでも大歓迎さ」

ヘラーは部屋をひとわたり見まわしてみた。アパート最上階の屋根裏に位置するルドヴィクの家は、逆V字型の天井、ちっぽけな窓にかこまれた二部屋から成っていて、全体が旧時代の威厳に満ちた書斎という感じだった。家具、カーペット、戦前の古道具など、ここにあるより遥《はる》かに周囲と調和がとれていた豪華アパートからやっとの思いで運びこんだものばかりだった。テーブルには旧式のグラモフォン蓄音器と78回転のクラシック・レコードのコレクションがあった。金縁《きんぶち》の大きな鏡がはまっている壁と隣りあっている壁面には、小さな油絵がいくつか掛けてあり、ルドヴィクはそれらを年に一つずつ売り払っては家計の足しにしているのだった。鏡には一九四六年、チエコスロヴァキア大統領に選ばれたエドワルド・ベネシュの新聞写真がテープで留めてあったが、古くなって四隅がめくれ上がっていた。

ルドヴィクは狭い浴室に姿を消し、ダブルのスーツに着替えて出てくると、こんどはキッチンに模様替えした部屋の片隅でお茶の支度にとりかかった。ヘラーの耳に、幾たびもほころびをつくろった跡のある絹のカーテンの向うから、茶碗《ちゃわん》やスプーンを盆にそろえる音が聞えた。ルドヴィクは、いまにも壊れそうな年代もののポットでお茶をいれてくれたが、口が欠けていて注《つ》ぐときに少しこぼれた。

ヘラーは茶碗を不器用に膝で支えながら、脚の部分がいまにも折れそうな小テーブルの上の壺《つぼ》から角砂糖を三個つまみ、ルドヴィクの手からバター・クラッカーを一枚受け取った。お茶をすすりすすり、ごく漠然とプラハに来たわけを説明する。「ホテル・フローラに住んでるのはフワン・アントニオという男です」と話の結びにヘラーはいった。「テロリスト、殺し屋なんですよ」

ルドヴィクは頷きながらヘラーの説明に聴き入っていた。話が終るとお茶をひとくち飲み、足もとの擦り切れたカーペットに長いこと視線を向けたままでいた。若い二人にどう返答すべきか、あれこれ考えているようだった。エリザベスとヘラーは目交《めま》ぜをした。やっとルドヴィクは顔を上げた。「なあ、きみ」とヘラーにいう、「わしは第一次大戦でロシア人と戦うつもりでおったんだ。ところがお上《かみ》に、おまえはまだ若すぎるといわれた。第二次大戦ではドイツ人どもと戦う気でおった。ところがこんどは、おまえは年をとりすぎてるといわれた」ここでお茶をまたひとすり。「一九四八年、共産党がチェコスロヴァキアの政権をとった折も、わしはボルシェヴィキどもと戦う準備オーケーだったが、むだな抵抗はやめろといわれた」品のいい顔がにこやかに笑う。「筋の通った戦いなら、いまだってやる気はあるぞ。こうしろ、ああしろと、指図さえしてくれれば何でもやる」

三人は昼までの時間の大半を四方山《よもやま》話で過した――詩、哲学、毛鉤《けばり》釣り、チェスの無盤対局、医学、十九世紀と二十世紀の比較、政治制度や男女問題。ルドヴィクは傷だらけの78回転レコードでモーツァルトのソナタをかけ、やや調子っぱずれの裏声でうっとりハミングしてみせた。ヘラーが何の話題に触れたときだったか、老人は興奮して突然立ち上がると、眼鏡をはずしたり拭《ふ》いたり、また手につかんで振りまわしたりしながら室内を歩きまわったことがあった。「ちがう、ちがうんだ！」と老人は叫んだ。「問題はわれわれがみな共犯者だということさ――みんな自分たちの破滅に貢献しとるのよ。アイヒマンのためにユダヤ人がユダヤ人を逮捕する、白人の奴隷《どれい》商人のために黒人が黒人をとっつかまえる、強制徴募の水兵が集団を作って、こんど自分たちが水兵を強制徴募するという具合にだ」

「そういうことって終りがないのかしらね？」とエリザベスが訊いた。

ルドヴィクは眼鏡をかけ直し、二人の客をまじまじと見た。「わしはもうごめんだね」と老人は目を輝かせていった。「自分自身の破滅に手を貸すようなことはせんよ」

ルドヴィクは、思わず興奮してしまったことを恥じ、手を振って陳謝すると、また椅子《いす》に腰を下ろした。ヘラーが咳《せき》払いをして、タバコを一本、とねだった。ルドヴィクは銀のケースから一本抜いて手渡し、それを受け取ったヘラーが例のとおり匂いを嗅《か》いですぐに返したけれど、老人はひとことも文句をいわなかった。正午近くになると、老人は行く先をいわずに外出し、一時間後、小さな包みを小脇に抱えて帰ってきたが、包みの中には、どこで仕入れてきたのか、サケの切り身が三枚入っていた。老人はそれをバターであっさり焼いてテーブルに並べると、こんどはぎっしり詰ったたんすの奥から一九三九年のシャトー・ラフィットを出し、ヘラーに栓を抜いてくれたまえといった。「いよいよというときのためにとっておいたんだよ」老人は嬉《うれ》しそうに手をこすりあわせながら、ちょっぴり得意そうだった。「どうも、そのいよいよが来たような気がするんだ！」

ルドヴィクは、どこにでもあるような料理用のコップにワインを少し注ぐと、コップをぐるりとまわしてから口に入れた。「よろしい、全然古くなってない」いかにも嬉しそうだ。「ちと気が抜けておるが、すばらしい香りだ」——そういいながら長い鼻をコップに突っこみ、さかんに匂いを嗅いでいた——「しおれかかったスミレの野原というところかな」ヘラーとエリザベスのグラスにはたっぷり、自分のには半分ほど、こぼさぬように注いだ。「親父《おやじ》がくれたのさ、わし、もうじき結婚するんだといったらな。わしの未来の妻、つまりエリザベスの叔母は、赤ちゃんが生れたら栓を抜きましょうね、といっておった」老人はにっこり笑った。表情にも口調にもまったく憐《あわ》れっぽいところはなかった。「あいにく、栓を抜くチャンスはなかったわけだ」エリザベスがヘラーにいった、「叔母はね、ナチのオーストリア併合のときに殺されたの——デモの流れ弾《だま》丸で」

老人はヘラーが気まずい思いをするのを心配して、すぐに話題を変えた。「わしのワイン、どうかね?」と丁重に訊く。

ヘラーはうやうやしくワインを口に含んで味わってから、「こんなにすてきなワイン、飲んだことがありません」と、ありのままの感想を述べた。

しばらくしてルドヴィクは、エリザベスが繰り返し「それはいけないわ」と主張するのをしりぞけて、自分のベッドをもう一つの部屋、もとの住人がスキーの格納に使っていた小室にしつらえた。その夜、老人はつなぎの作業服に着替えてから二人と遅い夕食をとり、夜中の十二時近く、工場に出ていった。

エリザベスは服をぬぎ、あまり大きくない叔父のベッドにヘラーと並んで寝た。「叔父には夜勤の仕事しかみつからなかったのよ」ヘラーにルドヴィクが妙な時間に働いている訳を訊かれて、エリザベスはそう答えた。「叔父はいまの政治にもずけずけいうほうだったの。仕事にありつけるだけでも運がいいのよ」

二人はベッドに横になりながらグラモフォンで78回転のレコードを聴いた。いろいろ聴いているうちに、あるレコードで針が溝《みぞ》につかえてしまった。エリザベスが身体《からだ》にキルトの掛けぶとんを巻きつけて歩いて行き、新しいレコードにかけ替えた。〝悲しきワルツ〟が屋根裏部屋に流れ始めた。ベッドに戻りかけると、ヘラーが行く手をふさいでいた――毛布を身体に巻きつけて、ちょっとおかしな格好だったが。ヘラーは両手を差し伸べていた。踊ろうというわけだった。エリザベスは一瞬ためらったが、すぐにヘラーの腕に飛びこみ、こうしてふとん類を巻きつけた二人は、冷たい部屋でスロー・テンポのワルツを踊り始めたのだった。レコードは止ったけれど、二人は白い息を吐きながら踊りつづけた。そのうちに、ふとエリザベスが足を止め、妙な顔をしてヘラーを見つめた。

「どうしたんだい？」ヘラーが訊いた。

エリザベスがまるで信仰告白文を読むみたいにいった。「これまでのわたしの経験では、人生では何かを手に入れたら、必ず別のものを手放さなきゃならなかったのね」

まるで自分だけに分る暗号でしゃべっているような趣があった。ところがヘラーには、自分でもびっくりしたのだけれど、彼女のいいたいことがすぐピンときたのだった。「万一、きみが、ぼくを、手に入れるとなるとだね」――エリザベスが悩んでいる問題を一語一語、区切って述べた――「過去を、つまり、あの人の思い出を、手放すことになるんだぜ」

エリザベスは少し考えてからいった、「べつにあの人のことじゃないのよ。あれはごく特殊な例で、わたしたちがお互いに抱きあった愛情というのはまったく別世界、別次元のもので、二度とありえないものだ、というのがわたしの確信だったの、この世ではね」――そこでエリザベスは憤懣《ふんまん》やる方ない様子で屋根裏の部屋を見まわした――「この世っていうのは、叔父みたいなひとかどの人物につなぎの服を着せて深夜勤務をやらせる、そんな世の中のことよ」エリザベスはヘラーにもたれかかり、長いこと頭を相手の胸に預けたままでいた。やがてふたたび顔を上げたとき、彼女は微笑を浮べていた――ヘラーの知らないこと、人生を変えるかもしれない重要なことをわたしだけが知っているのよといわんばかりに。それは、なんとも謎《なぞ》めいた微笑だった。

ヘラーが不安気に訊いた。「どうして笑うんだい？」

エリザベスの顔から微笑が消えた。「猫は九度生き返るっていうけど」と大まじめでいう、「人間だって二度ぐらい生き返ったっていいんじゃないかしら？」

ルドヴィクはその男が通用口から出てくるところをつかまえ、街角の喫茶店へ連れていった。

「変った話はないかね？」ルドヴィクは小銭入れから数えながら硬貨を出し、きれいにそろえてカウンターに置いた。

「この十五年間で初めてあんたがコーヒーをおごってくれる――これこそ変った話だよ」と男は答えた。男はオーバーのボタンをはずし、厚ぼったいウールのマフラーを取った。オーバーの下に着ている擦り切れた青の制服には金モールがついていて、胸ポケットには金糸で〝マルティン〟と名前が縫いとってあった。「いや、文句をいってるわけじゃねえよ」と男は急いで付け加えた、「ちっともな」ちらりとルドヴィクの顔をうかがい、熱いコーヒーを大げさにふうふう吹く。「で、何がほしいんだね、ルドヴィク?」

ルドヴィクは人さし指を唇に当て、どう答えるべきか、少し考えてからいった、

「わしにほしいものがあるって、よく分ったな?」

マルティンは、そのくらい分らないでかとばかり、鼻の孔《あな》をふくらませた。

「わしのほしいのは」しばらくしてルドヴィクがいった、「情報だよ」

ルドヴィクは足音を忍ばせて家に入った。ヘラーとエリザベスは、彼の古い木製ベッドに背中合せに眠っていた。ヘラーが寝返りをうって目を開けた。ルドヴィクは人さし指を唇に当て、服を着て小テーブルに来るようにと身ぶりで示した。ヘラーが服を着終るころには、ルドヴィクもお茶の用意をすませていた。二人はひそひそ声で話し始めた。

「わしの知り合いにホテル・フローラでエレベーター係をしている男がおるんだよ」

ルドヴィクは成果があがった喜びを正直に顔に表わしていた。「名前はマルティン。けさ勤務明けのところをとっつかまえて、フワン・アントニオのことを訊いてみた」

そこで首を伸ばし、エリザベスが眠っているのをたしかめる。「やっこさん、きみがいったとおり、あのホテルにおるぞ。九階の二間つづきの部屋だ。ドアのそとではボ

ディーガードが一人か二人、常時張りこんどる。ロシア人だ。だからみんな、フワン・アントニオもロシア人だと思っとるようだな。しかしマルティンの話では、エレベーターの中で一度、スペイン語で相手のロシア人を罵《ののし》ったことがあると。朝、下へおりて水泳をするのだそうだ」

ヘラーは、こいつは面白いぞ、と思った。「朝、水泳を？　どこでですか？」

ルドヴィクは角砂糖を一個、茶碗に入れ、それが溶けて湯気が指のあいだに上ってくるのを見つめていた。「マルティンによれば、フワン・アントニオが部屋を離れるのはそのときだけということだ。食事も差し入れ、女も差し入れ。だが泳ぎだけは毎朝、ホテルのプールが客に公開されないうちに、ボディーガードといっしょに下へおりていって、やっとるのだな」

「毎朝泳いでいるのか」とヘラーは興奮して呟いた。

「公開前にな。八時、つまりマルティンが夜勤明けで帰る時刻にだよ。だからマルティンが勤めの最後に運ぶ客がフワン・アントニオという場合がよくあるそうだ」ルドヴィクはヘラーの心配を先取りしてつづけた。「ボディーガードは常時張りついとる。近寄るのはまず無理だ。ただし、フワン・アントニオを見ようと思えば見られる――地下室のバーに水面下のガラス窓があるんだよ」

部屋の隅のベッドで、エリザベスが寝返りをうち、ひとつあくびをして枕から頭を上げた。「もう起きてるの?」

「ルドヴィクが帰ってきたんでね」とヘラーはいった。

「おはよう、エリザベス」とルドヴィクがいった。

エリザベスはキルトの掛けぶとんを顎《あご》に引き上げ、ベッドの背板によりかかった。

「いやな夢、みたわ」と小さな声でいう。「部屋に閉じこめられた夢なんだけど、その部屋がだんだん小さくなるのよ。逃げ口のドアが一つあって、組み合せ錠がかかってるのね。組み合せ数字をとっかえひっかえやってみたけど、全部だめ。もう少しで壁に押し潰《つぶ》されちゃうってところで、やっと正しい数字が分って、ドアがばたんと開き、どうにか外へ出られたわ」ふふふと笑う。「間一本《かんいっぽん》ってところだったのね」

ヘラーは物思いにふけっていたので、エリザベスの常用句《クリシェ》の誤用を訂正しなかった。

エリザベスはヘラーが一人で行くのをなかなか承知しなかった。「せめてわたしだけでも連れてってよう」と哀願するようにいった。「二つの心《ハート》は一つにまさるっていうじゃない」

「それをいうなら二つの頭《ヘッド》は、だ」とヘラーはいった。それから唇にキスして、じっとエリザベスの目を見つめ、ルドヴィクに二度めのさよならをいってから思いきりよくまわれ右、一気に階段を下りていった。正面入口のドアを出ると、油断なくあたりに目をくばった。これといって変りはないようだった。一般商店はだいぶ以前から夜は休業だった。たった一軒、レストランが営業していて、コーヒー一杯でねばっているたくさんのカップルが見えた。ギターを抱えた数人を含めたティーンエージャーのグループが街角にかたまり、車の切れ目を待っていた。やっと交通が途切れると、少年たちは喚声をあげて通りを突っきっていった。ヘラーはオーバーの襟《えり》を立てると、夕闇の歩行者の中に溶けこみ、ホテル・フローラのほうへ歩いていった。

三十分後、旧式のシルバー・タクシーがルドヴィクのアパートの前の縁石《ふちいし》に止った。男が一人出てきて、前部座席の二人にそのままでいるように合図し、建物の中に入っていった。階段を見上げ、しばらく耳を澄ませてから最上階へ上っていった。ルドヴィクの家の前に着くと、ポケットから自動ピストルを出し、装填《そうてん》してあるのをたしかめてから、ドアをこつこつ叩いた。

「いま開けるよ」錠をはずしながらルドヴィクがいった。

ヘラーは一時間あまりも、大通りをへだててホテル・フローラのちょうど真向いにあるデパートの横の通路にがんばっていた。オーストリア・ハンガリー帝国の崩壊と共和国独立戦争のあいだに初めてその派手な回転ドアを開いたホテル・フローラは、当時としては超モダンであったろうが、いまは古色蒼然《こしょくそうぜん》たるビルディングにすぎない。ヘラーが観察しているあいだに、格別変った動きはなかった。観光客、旅行業者、それに売春婦らしいのがときたま交じって、明るい照明のロビーはごった返していた。制服の上に軍隊用の大外套《おおがいとう》を着た大男のドアマンが、時折するどい口笛を吹いてタクシーを呼んだ。観光ガイドらしい女が数人、ホテル前の歩道でおしゃべりしていたが、まもなく頰《ほ》っぺたをくっつけあったのち、左右に別れていった。

ヘラーが待ちかまえていたチャンスは、バレエの夜間興行見物を終えて満員のドイツ人観光客を運んできたバスがホテル前に止ったときに到来した。客が回転ドアに列をなして入り始めたのを見ると、ヘラーは大通りを駆け足で横断し、何くわぬ顔で列に潜りこんでしまった。

中に入ったヘラーは、落着かなげにあたりを見まわした。カーペットは厚く、だれの足音も聞えないくらいだ。天井の巨大なシャンデリアのカットグラスには無数の面があって、そこから放射される黄色の光線が気弱なチョウチョウさながら、小さな点々となって四方の壁に舞っていた。奥に磨きあげられた高めの受付けカウンターがあって、着古したタキシード姿のやつれた男が掌を下に向けてベルを押し、ぴったり身体についた制服、丸い帽子というでたちの年若いボーイを呼んで、ヴェールで深く顔を隠した女性客のトランク二個を運ぶように指示した。ロビーはイギリス人観光客でいっぱいだった。ヘラーはすぐに見覚えのある顔を一つみつけた。つづいて二人！　三人！　ぞっとしたことに、いつのまにかプラハまでバスを同乗した例のイギリス人観光団の真ん中に入ってしまったのだった。彼はすぐにまわれ右をし、壁に貼《は》ってあるショパン・ピアノ曲リサイタルのポスターに目を釘《くぎ》づけにした。

棒みたいに瘦《や》せた男が夜勤のフロント係から鍵《キー》を受け取りに行こうとして、ロビーを歩きかけたところだった。細君の肱を突っつき、「あいつ、バスにいた男じゃないか？」と訊いた。

細君は夫の袖《そで》を引っぱった。「もう寝るのよ。わたしたちの知ったこっちゃないわ」

棒みたいな男は細君に引っぱられるままになっていた。「誓ってもいいが、あいつは絶対……」肩越しに振り返り、目をぱちくりして首を左右に振っていたが、そのうちに二人ともエレベーターに吸い込まれてしまった。

ヘラーは、泊り客用のナイトクラブの位置を示す目立たない広告があるのに気づいた。明るい赤の矢印をたどって行けばよいらしい。両側にくすんだ真鍮の手摺がある長い階段を下りて行き、回転ドアを一つ、さらに二つと押すと、そこがナイトクラブだった。

資本主義モデルの社会主義的イミテーション、おまけに悪《あ》しきイミテーションといってよかった。照明はネオンで、それも人の肌が真っ青に、ときには虹《にじ》色にみえるというどぎつい色合いだ。ぴかぴかの金属片《シークイン》をあしらったタイト・ドレスの中年チェコ人歌手と、疲れきった顔つきの四人編成コンボが、ポピュラー・ソングを演奏していた——十五年前のアメリカの流行歌で、ヘラーには歌手の英語がほとんど分らなかった。何よりも音響効果がひどい。

十ばかりのテーブルにざっと三十人の、ほとんど男ばかりの客が群がっていて、音楽などそっちのけで騒々しく一杯やっていた。ウェーターが、ビールのジョッキのお代りを運んだり、勘定をすませた客の釣り銭を持っていったりで、忙しげにテーブルとカウンターのあいだを歩きまわっていた。ヘラーは狭いクロークルームの釘にオーバーを掛けた。その部屋の端っこに人目を引かぬドアがあり、いったいどこに通じているのかいぶかったが、後刻調べてみることにして、ひとまずバーの空いているスツールに陣どることにした。

「コニャックをもらおうか」いわれたバーテンダーは三つ星のついたブルガリアのプ

リスカ一杯分を、いやに厳密に量《はか》ってブランデー・グラスに入れると、キャッシュ・レジスターをちーんと鳴らして勘定書《ビル》を剝《は》ぎとり、グラスといっしょにヘラーの前に置いた。

ヘラーはコニャックをすすりながら身体をまわし、ナイトクラブの様子をひとわたり眺めてみた。部屋の隅、ちょうど歌手と四人編成のコンボが演奏している壇のうしろのあたりに、チェコ語、フランス語、英語で非常口と記されたドアが見えた。真鍮製の横棒を内側から押して開く式のドアだった。バーテンダーの一人が左手のクロークルームに入り、まもなくシュヴェップスを一箱運んできた。どうやらクロークルームの端の目立たぬドアは倉庫に通じているらしい。

ヘラーは顔を正面に戻し、カウンターのうしろの分厚い大ガラスに目をやった。はめ殺しになっていて、そこからホテル専用プールの水面下の様子が一目で見える仕掛けになっている。ワンピースの水着をつけた長い髪の女がガラスすれすれに泳いでいった。次はビキニの女、一直線に下りてきて手摺につかまり、息を吐いてぶくぶくと泡《あわ》を立ててた。

隣に坐《すわ》っていたイギリス人がヘラーのほうに顔を寄せた。「おれたちはみんな監視されとるんだぞ、きみ」と小声でいう。

ヘラーはぎくっとした。

イギリス人はひとり頷いて、「あの女、こっちを見てやがる」――と、しゃっくり一つ――「おれをチェックしてるんだ」

ヘラーが訊いた、「チェックしてるって、だれがです?」

イギリス人はビキニの女を頭で指した。「おれの女房がだよ。おれが飲みすぎていないか、ああやって見張ってるのさ。あいつ、ずいぶん長く息を止めているだろう、なあ」――と、またしゃっくり――「なあ? 水中に二分間、潜ったままでいられるんだ。おや?」

ビキニの女は一気に息を吐いて大ガラスから水面に上がっていった。イギリス人はあいさつ代りに手を振った。ヘラーのほうに向き直り、内緒話でもするような調子でいう、「おれ、一度だけだがね、水中セックスっていうのやったことがあるんだ。もう少しで溺《おぼ》れるところだった。女房のやつ、ことの最中だけでなく、終ってからも口をつけっ放しさ(訳注 口移しの人工呼吸法をしたとの意)」男は自分のジョークに大笑いし、スコッチをもう一度、ひと息に飲んだ。

大きく息を吸いこみ、しばらくそのままでがまんしているうちに、やっとしゃっくりが止った。長い髪をなびかせたワンピース水着の女がまた大ガラスに現われると、投げキスなぞをしている。ふたたびヘラーに上体を寄せて「ちと難しい質問をするけど、覚悟はいいか?」という。

「その気になりさえすれば、覚悟なんか簡単につきますよ」

イギリス人は初めてヘラーの顔をまじまじと見た。「そうは思えんがね。ま、いいや。質問というのはこうだ——内部にスパイみたいなやつがうようよしているのは、あの女の子のいる社会か、それともおれたちのほうのか、どっちだと思う?」

女の子は水面に浮上していった。イギリス人はまたしゃっくりをし、もう一度息を止めた。しばらくしてイギリス人は片肱をカウンターにのせ、掌《てのひら》に顎を置いて、ヘラーのほうへ上体を寄せた。「きみ、アメリカ人だろう? アクセントで分るよ。本心をいってくれ。こういったこと、どう思う?」といいながら、ナイトクラブ、プラハ市、チェコスロヴァキア国を取り込むみたいに、片手を振りまわす。

「こういったことって?」

「この国の政治制度、どう思うってことさ」

ヘラーは社会主義の功罪なる議論に引きずりこまれるなんて、まっぴら御免だった。「よく知らないんですよね、ぼく」とあいまいに答える。「通りがかりにやって来ただけだから、まとまった意見なんか、ありようわけがない」

「おれには意見があるんだ」とイギリス人がいった。声をひそめ、こちらに肩を寄せてくるにつれて、酒くさい息が一段と強くにおう。「ちゃんとした意見がね。オーウェルはまったく分っていなかった。人民を監視してるのはビッグ・ブラザーなんかではない。ファーザーなんだよ（訳注 オーウェルは小説『一九八四年』の作者。ビッグ・ブラザーは同小説中の独裁国家指導者）。ファーザーは人民を子ども扱いしやがる。いいことをすれば頭を撫《な》で、悪さをすれば拳固《げんこ》でぶんなぐる。きみは信じないだろうけど、きのう、おれが交通規則を無視して道を横断したらだね、おまわりに止められたんだ。たかが交通規則無視でだぜ！ そのあと、あの下劣なポリめ、いったいどうしたと思う？ もう一回、さっきと同じ道を規則無視させて元の位置へ戻し、そこから規則どおりの横断をさせやがったんだよ！」

ちょうどそのときイギリス人の細君がバーへやって来た。ヘラーは適当な偽名をいって握手した。「プラハではプールが最高ね」と細君はいい、まだしっとり湿っている髪を細い指で撫でた。

「いちばんエロチックでもあるよ、プールは」とイギリス人がいった。

「ひどい国よ」細君が溜《た》め息をついた。「どこの薬局でもピルが買えるんだけど、箱の〝適応症〟に産児制限を除き、すべてに有効って書いてあるの」

ナイトクラブは午前一時ごろから空き始めた。ヘラーは客がほとんどいなくなるまでねばり、潮どきを見はからってイギリス人に楽しい夜でしたと礼を述べ、クロークルームへ歩いていった。途中、一度振り返って、だれも自分のほうを見ているものがいないのをたしかめた。オーバーを掛け釘からはずし、奥のドアのノブをまわすとすぐに開いたので、しめたとばかり飛びこんだ。

やはり倉庫だった。スペアの椅子やテーブル、ビールなど酒類のカートンが十数個あった。ヘラーは大急ぎでカートンのいくつかを並べ替えて、うしろの壁とのあいだに小空間を作ると、床にオーバーを広げ、それにくるまって寝た。

二十分後、ドアが開いた。ウェーターが空箱を一個、つづいてすぐに二つめのを持ってきた。ドアが閉まると、音楽は聞えなかった。二度めにドアが開いたときには、音楽は完全に終っていた。カートンのうしろに隠れているヘラーの耳に、ドア近くに空箱を積み上げる音が聞えた。ウェーターやバーテンダーたちがチェコ語で何かしゃべっていたが、どうやら商売上の軽口をたたきあっているらしかった。やがて電気が消え、倉庫の入口のドアがばたんと閉まった。鍵《かぎ》をかける音がした。ヘラーは長いことじっとしていた。物音ひとつ聞えなくなるのを待って、カートンの洞窟《どうくつ》から這い出ると、手さぐりで電灯のスイッチを捜した。やっとみつけて、天井の裸電球をつけた。

ドアに耳を当てて様子をうかがった。ナイトクラブは静まり返っていた。倉庫の中を見まわすと、折れ曲った金《かね》の細板がみつかった。平らに伸ばして錠のこじ開け作業を始めた。錠と脇柱のあいだに突っこんで上下に動かすこと数分、かちんと音がしてドアが開いた。

ヘラーはおっかなびっくりにクロークルームをのぞき、耳を澄ました。だれもいないのに安心して、クロークルームから暗いナイトクラブへ足音を忍ばせていった。ただ一つの光源は、はめ殺しの大ガラスから差すプールの照明だった。ナイトクラブの壁に水の影が帯状に映って薄気味わるく、ヘラーは自分が水中にいるような心持ちになった。壁の時計に目をやると二時十分だった。分針が一刻み動くたびに、錠が下りるときのような音がはっきり聞えた。ヘラーは椅子の背にオーバーを掛け、別の椅子を引き寄せてそれに足をのせて、ちょうど大ガラスとプールに真正面に向きあうような位置をとった。そのままで時間が過ぎるのを待った。いろいろなことが頭に浮んだ。強い欲望で迫ったサラ。怪しげな手引書のパンフレットを封筒に辛抱づよく詰めていたサラの父。プラハまでの長いバスの旅。エピローグにメッセージを隠した元セント・オールバンズ子爵《ししゃく》、フランシス・ベーコン。なかでも格別エリザベスのことが頭から離れなかった。あの子はハッピー・エンディングではない終《エンディング》りを覚悟しているなんていっているが、ホロホロチョウをまず手始めに自由の身にさせられるだけの器量があるではないか！

やっと眠気を催し、ヘラーは椅子の背に頭をもたせかけた。幾度か目ざめて時計をのぞいたが、そのたびにフワン・アントニオとまみえるまでにまだ何時間もあるのを知って、また椅子に手足を伸ばし、うつらうつらするのだった。

ボディーガードの一人がボタンを押してエレベーターを呼んだ。それが九階に止ると、男はマルティンに頷いてみせ、ドアの前に立っている仲間に合図した。ホテルから特別客に提供される厚地の白いバスローブを着たフワン・アントニオがエレベーターに乗った。ドアに張り番をしていたガードマンがしんがりをつとめた。エレベーター係が手動装置を操作した。エレベーターはゆっくり一階ロビーの下まで降りていった。ボディーガードの一人が、プールに通じている鍵をかけたドアの丸いのぞき穴から様子をうかがい、だれもいないのを確認してから、大きな鍵でドアを開けた。フワン・アントニオが入ると、また急いで鍵をかけた。

フワン・アントニオはバスローブをぬぎ、しかめっ面《つら》のボディーガードに渡した。いつも雇い人みたいな人扱いをするフワン・アントニオのやり方が面白くなかったのだ。ボディーガードはバスローブを椅子の背に掛け、ポケットに手を突っこんでタバコを捜した。

フワン・アントニオは水泳に自信を持っていた。ボリビアの脳外科医の息子に生れ、首都ラパスで育った彼は、高校時代、短距離泳者のナンバー・ワンで、いくつかの国際競技にも推薦される動きがあったが、初めての逮捕（不法文書配布）、出国（資金は父親負担）、さらに政治運動への全面加担によって、どの場合も実現にまでは至らなかった。とはいえ、フワン・アントニオは水泳への愛着をなくしたわけではなかった。〝使命〟の中休みにホテル・フローラへ来たくなるのは、なんといってもプールを使える便利があるからだった。

さて彼は、まず膝を曲げたり上体をひねったりして、筋肉をほぐす運動を始めた。そのあと、初めて肉体が水にふれる、あの何ともいえない感触に胸を震わせて飛込み台に立った。

ヘラーはびくっとして目がさめた。いまどこにいるのか、なぜこんなことになったのかを思い出すまでいくらもかからなかった。プールの大ガラス窓を見たとたん、すべてが記憶に戻ってきたのだった。壁の時計を見た。もうじき八時だった。首が痛むのをこらえながらオーバーに手を通すと、ポケットを探って大型のドイツ製ピストルを取り出した。弾丸《たま》が一発、弾倉に入っているのをたしかめてから、背中が楽団の演奏台の奥の非常口にぶつかるまであとずさりをつづけた。それから、ヴァージニアの研修所ではあまりうまく会得《えとく》できなかったが、ぐっと腰を落し、両手で固く握ったピストルを前に突き出すという、一目でCIA式と分る例の前傾姿勢をとった。銃口が狙《ねら》っているのはプールの大ガラス窓だった。

完璧《かんぺき》な前飛び伸び型のダイビングで水中に飛びこみ、プールの中央に向うフワン・アントニオが見えてきた。長髪がうしろになびいていた。目を大きく見開いている。ヘラーは引き金を絞った。射撃音がナイトクラブじゅうにとどろいた。大ガラスに小さな穴があいた。巨大な水圧のせいで、その穴からジェット気流のような水が噴きだした。小さな穴の周囲から無数のひび割れがガラス全体に広がった。そして遂に、ヘラーの計算どおり、ダムは決壊した。水圧で粉ごなに砕けた大ガラスから、大量の水が激流となってナイトクラブにほとばしり出た。

ヘラーは振り向いて非常口を開け、階段を駆け上って無事、裏手の路地へ逃げた。フワン・アントニオはプールの壁に激突したうえ、壊れた大ガラス窓の穴からナイトクラブに吐き出された。めちゃめちゃになった彼の肉体は顔を下に向けて、家具やドラムや壜といっしょにゆらゆら漂っていた。水の勢いがおさまるにつれて、それらの物体の揺れ方も次第に安定していった。

第十六章

消防隊員のポンプ排水作業もあらかた終り、ズボンを膝《ひざ》までまくり上げた裸足《はだし》の男子看護人たちが死体を担架にのせているところだった。フワン・アントニオと識別するのは不可能なほどの傷《いた》みようだった。顔はつぶれた風船みたいに陥没し、片足は折れ曲って尻《しり》のまうしろにくっついていた。なんともグロテスクな形態で、まわりにいた人たちの中には、思わずその場を離れた者もいたほどだった。

教授は、うしろにまわした両手の指を固く組み合せたまま、処理作業の進行を見つめていた。冷静な目が、どんな小さな手がかりでもあればと光っていた。フワン・アントニオは（ロシア人のボディーガードによると）いつものとおりエレベーターで下りてきて朝の水泳をした。プールの壁面にあるはめ殺しの大ガラスが割れた。フワン・アントニオが水といっしょに吐き出された――それが事件の大要だった。ホテルは支配人二人制をとっていたが、この二人は口をそろえて、今回の不幸な出来事はまったくの事故であると主張していた。無理もなかった。西ドイツの保険会社と結んでいた契約では、事故の場合にのみ保険金を支払うことになっていて、〝戦闘行為〟は適用外と明記されていたのだった。

看護人たちは担架の死体に白いシーツを掛けると、階段にきちんと並べておいた自分たちの靴や靴下のほうへ歩いていった。どこで手に入れたのか、漁師用の腰まで届くゴム長靴をはいたカロルが、がらくたの浮く床をじゃぶじゃぶいわせて、ドアのすぐ内側の椅子《いす》に一人ぽつんと立っている教授のところへやってきた。若い秘書兼助手は、かつては強大な水圧を支えていた大ガラスの破片のいくつかを盆にのせて教授に差し出した。教授は手袋をはめた手に拡大鏡を握り、破片をいちいち調べていたが、そのうちから端っこに十六分の一くらいの円型が残っている小さなかけらを選び出した。頭上の非常灯にかざして、つくづく観察する。

「弾痕《だんこん》ですか？」とカロルが訊《き》いた。

「指で突っついてもガラスに穴はあけられまい」と教授は答えた。すぐに、皮肉なんかいうんじゃなかったと後悔した。しかし、臭跡がシラーに近づけば近づくほど、気持ちがさされだってくるのだ。おまけに教授は、カロルの知らないことを知っていた——臭跡の指すところは、もう疑いの余地はないということを。シラーは恐怖に駆られて逃げまわっている。プラハのどこかに名刺を、招待状を置いてきてしまっている。

あとに残っているのは大団円に姿を現わすことだけだった。

本来なら意気大いにあがっているのが当然のはずだった。二人をやっつけ、残るは一人。よくここまでこぎつけてきたものと思ってしかるべきだった。ところが、そうはいかなかった。残ったものがあるとすれば、疲労と空虚——自分自身を浪費してしまったような感覚だけだった。復讐《ふくしゅう》の味はあまくなかった。にがあまかった。もうそんなことに熱中する気持ちなぞなかった。追跡はもう終りだ。第三の男なんかどうでもいい。一件落着だ。エリザベスが、いつも常用句《クリシェ》を少し間違えるエリザベスが頭に浮んだ。きっとあの子は何か——ほかの人たちが知らない、大事な何かを知っているのだ。常用句《クリシェ》をいつも間違えるのだって、本当は彼女独特の世界観のせいなのだ。あれは一種の詩的歪曲《わいきょく》ではないか。結局のところ、二つの心は一つよりましってことだ！

エリザベスを、自分が巻きこんだいざこざの場から救い出してやらなければ、と思った。いったんそこから出てしまえば、二人のあいだに――間違いだらけの常用句《クリシェ》を風にほうり投げる麦わらみたいにまき散らすエリザベスと、行間に真のテキストを求める仕事に熱中している自分のあいだに、ひとつの世界を建設できないでもなかろう。東から巻き起った突風で、頭上の雲はほとんど吹き払われていた。残っていたほんの少しの雲が、プラハ市の遥《はる》か上空を駆けている。陽光は明るかったが、暖かくはなかった。街頭は買物客でごった返していた。祝日の前の日で、三連休の週末に備えての仕入れに駆けずりまわっているのだった。

ヘラーは、なるべくは横町づたいに、それが無理な場合は大通りを人波にもまれて、ルドヴィクのアパートの方向へゆっくり歩いていった。ある街角で、目の血走った女がヘラーの腕をつかみ、何か訊いた。きっと道を尋ねているのだな、と思ったけれど、腕を振りほどいてにっこり笑い、何もいわずに急いで女から離れた。ルドヴィクのアパートの前で、若い母親が玄関に通じる段々に重たいソ連製の乳母車をのせようと苦労していた。ヘラーは身を屈《かが》めて片端を持ち、母親を助けてやった。母親は何度もお礼を繰り返した。

階段をひと足で二段ずつ上っていった。ドアの近くに来て、思わず歩調が緩んだ。ドアが開けっ放しになっていた。

ヘラーは壁にもたれ、ピストルを出した。「エリザベス？」小さな声で呼んだ。「ルドヴィク？」

答えはなかった。

ヘラーは不安気にあたりを見まわした。頭上の裸電球が板廊下に長い影を投げている。ハンカチでくるんで電球をとり、廊下を真っ暗にした。それから、背中を壁にぴったりつけたまま、爪先《つまさき》で開いているドアをそっと押した。

家の中は静まり返っている。ヘラーは手を伸ばして電球をほうりこんだ。奥の壁に当って砕けると同時に、ドアから飛びこんでいった。真の闇《やみ》だった。戦争の遺物である厚いカーテンが窓いっぱいに引かれていたのだった。両手にピストルを握ったまま擦り切れたカーペットに腹這《はらば》い、息をころした。闇に目をこらし、身体《からだ》じゅうを耳にしていた。

聞えるのは遠くの路面電車のかすかなとどろきだけで、なんの物音もしない。

ヘラーは音を立てぬように少しずつ膝を引き、ゆっくり立ち上がると、電灯のスイッチを手探りした。左手の指が、幾層にもペンキを塗り重ねた滑っこい金属板に触れた。スイッチを入れる。天井の灯がたちまち部屋じゅうを照らし出した。ヘラーはピストルを構えたまま前進した。隅のほうにある得体《えたい》の知れないものが目を引いた。ピストルをまっすぐそこへ向け、引き金を引こうとして——やっと脳髄がそのものの正体を見わけた。

つなぎ服のルドヴィクだった。金縁の大鏡があった壁のフックにピアノ線がひっかけられ、それを首に巻いてぶらさがっていた。鏡ははずされ、壁に立てかけられていたが、ひと蹴《け》りされたとみえて、ひどく割れていた。

部屋を荒した奴《やつ》は怒り狂っていたか、あるいは怯《おび》えていたにちがいなかった。引出しという引出しは残らず抜き出されて、中身もろとも隅に投げ捨てられていた。ふとん類はずたずたに切り裂かれていた。書籍は堅《かた》表紙が剝《は》がされ、ルドヴィク秘蔵の油絵は額縁から引き破られていた。旧式の小さい木のベッドまで壊されていた。

目がまわりそうだった。唾《つば》をのみこむことも、普通に呼吸することも、目を閉じることもできず、夢心地でヘラーは浴室の前に行った。鍵《かぎ》がかかっていたのを蹴破られたらしかった。かろうじて蝶番《ちょうつがい》に支えられた斜めのドアが少し開いていた。猥褻《わいせつ》な光景だった。

恐怖で無感覚になった指先で、そっと壊れたドアを押す。中にあるものが何か、覚悟していただけに、エリザベスが浴室にいないのを知ったときの安堵《あんど》はひとかたではなく、喜びが電流のように身体を貫いた。小さな薬品棚の蝶番式の戸が大きく開いていた。ヘラーはガラスの棚にある品物に指を走らせた——デンタルフロス、嗅《か》ぎ塩(訳注 気つけ薬の一種)、目薬、錠剤の入った薬壜《くすりびん》。ヘラーはぼんやり屈みこむと、ぽとぽと滴《しずく》が垂れている水道のコックを開き、薬品棚の戸を閉めた。

その戸の表側にはめこまれた鏡にメッセージみたいなものがリップスティックで書かれていた。"Ho　　　Sc"

襲ったのが警察ならまだここにいるはずだ、とヘラーは思った。だから警察ではない。流しに落ちていたリップスティックをとると、まるでCIAの事務室で暗号解読をしているみたいに、欠けた部分の文字を補った。"*Horst*《ホルスト》 *Schiller*《シラー》"

「シラー!」ヘラーは荒された部屋とルドヴィクの死体のほうに向き直った。「シラー!」

ヘラーは片隅に投げられていた本の山から電話帳を捜し出した。大使館は〝アメリカ合衆国〟の欄にあった。番号は三桁《みけた》だった。ヘラーはそのページを剝ぎとると、配線を手さぐりして壊れたベッドの下に電話をみつけ、間違えぬように番号をダイヤルした。

出たのは女だった。ヘラーは大使館付き武官に用があるのだが、といった。ちょうど別の電話に出ているところだった。七、八回電話して、やっと別の男が出た。ヘラーは一語一語、言葉を選んで丁寧にいった。「私、ヘンダーソン大佐どのにお話ししたいのですが」

男の戸惑いは芝居とは思われなかった。「こちらにヘンダーソン大佐なる人物、おりませんけどなあ」

「大佐というのは本当の階級ではないのです」低い声だけれど、思わず調子がきつくなる。なんだか指のあいだから自制心がすり抜けていくような感じだった。「ヘンダーソンも本名ではないのです。人の生死がかかっている問題なのです。どうしても彼と話したいのですが」

大使館員は同室の女とふたことみこと話していたが、ヘラーには聞きとれなかった。また男が出た。「何かお間違えになっているようですな」と相手はいった。「こちらはアメリカ大使館ですよ。あなたがお話しになりたいというのは、いったいどんな人物なんですか？　もしもし、もしもし」

ヘラーは電話を切ったわけではなかった。床に取り落した受話器がそのままになっていただけのことだった。

報道されない細部。断片。(恐怖の?) 作り話。ごった返している古い駅舎。都会ですっかり気に入ってしまった商品——東ドイツ製のラジオ、セーター、LPレコード、子ども用の三輪車等々を田舎へ持って帰る農民たちでいっぱいだ。列車の発着を告げるラウドスピーカー。ガラスのないドームに反響する。列車のコンパートメント。アストラカンの帽子をかぶり、半長のオーバーシューズをはいた、瘦《や》せて背《せい》の高い、気むずかしそうな男。五十歳代の双生児《ふたご》の姉妹。ひとことも口をきかない母親と息子、二人の連れている放屁《ほうひ》ぐせのある犬。切符に鋏《はさみ》を入れるたびに、その鋏に残ったちっぽけな丸い切り屑《くず》をいちいち取って上着のポケットに入れる車掌。遥かかなたの地平線まで延びている冬キャベツの畑。かみそりの刃みたいに光り、天文航法にうってつけの地平線。

まず第一に双生児の姉妹が下車した。次のモダンな駅では、母と息子が(相変らず無口のまま)犬を連れて下りた。あとに残ったのは瘦せて背の高い、気むずかしそうな男で、犬がいなくなって大いにほっとした様子が正直に顔に出ている。ちらりとヘラーの顔を見上げる。これから渡り合う相手をもっとよく観察しようと、しきりに眼鏡を動かしていたが、そのうちに、かなり巧みな英語で話しかけてきた。「やれやれ、やっと人心地がついた」教授はヘラーのほうに上体を寄せ——二人は向い合せに坐《すわ》っていて、膝が触れそうなくらいだった——話をつづけた。「何が面白いといって、心理的環境くらい興味あるものはありませんな。どういう因縁でか、大のおとなが六人、このコンパートメントに入れられたわけです。有毒ガスを発散する犬が足もとに寝そべっていても、だれも口をきこうとしない。まるで犬の放屁問題なぞ、デリケートすぎて意見が述べられん、黙っておれば自然と放屁問題は氷解するといわんばかりでしたな」

男はステンレス・スチールをかぶせた二本の門歯を見せて微笑した。「自己紹介させていただきましょう。教授エメリトゥス・ヨゼフ・ラコと申すふつつかものです。これから年一回のカルロヴィヴァリでの十五日間泥浴《でいよく》、温泉治療に参るところで。これが私の長寿延命法なのですよ」

ヘラーは差し伸べられた手を握り——そうせざるを得なかった——そしてもう一度、その手を見た。手首の内側に薄青い番号の刺青《いれずみ》があった！　ヘラーは、いやになれなれしい教授の顔をじっと見つめた。「ぼくに英語が分るって、どうして分りました？」と彼は訊いた。

教授は派手なハンカチで鼻をかむと、それを丁寧に畳んでポケットにしまった。

「自慢話になりますが、私、国籍をあてる才能があるんですな。衆目の一致するところ、あなたはチェコ人ではない。私の知っておる限りでは、プラハで歯の穴埋め《インレー》に金《きん》を使う歯医者は一人もいません。金歯はあるけど、金の穴埋めはないんですな」そこで謝るように頭をひょいと曲げ、「失礼ながら、あなたがあくびをしたときに分ったのです。さて、先をつづけますか。あなたはスカンディナヴィア人でもない。全体の骨格を拝見すれば一目で分ります。ドイツ人らしくもあるが、唇が彼らほど分厚くない。イギリス人の可能性もあるけれど、頬骨《ほおぼね》が張っておらん。すると残るのはフランス人、スペイン人、アメリカ人となりますが、目がスペイン人にしてはラテン的でないし、フランス人にしては深みに欠ける。残るひとつは」――エメリトゥス・ラコ教授は上品に肩をすくめてみせた――「アメリカ合衆国人ですな」

ヘラーは相手の顔つきや身ぶり手ぶりで、やっと教授がだれであるかを思い出した。大学でフランシス・ベーコン論を展開していた男とコンパートメントをともにするとは、なんたる奇遇だろう！

多弁な教授こそ医者の処方のようなものだった。ヘラーは自分の始めた中途半端《はんぱ》な仕事に疲れきり、びくついていて、ともかくもだれか人の話に耳を傾けていたかった。

話を聴いていれば悩みは消えた。世間にはわれとわが声に聞きほれる人たちがいるが、教授もその一人のようだった。教授をしゃべらしておくには、時折、「なるほど」とか、「ごもっとも」とかの慣用句をはさみさえすればよかった。頷《うなず》くだけでも事足りた。ひとたび口を開くと教授の話は惰性のままにどんどん進み、一つの話題から別の話題へと気ままに飛び移って、これではさして難しくない大学の試験でも落第してしまいそうな変幻自在ぶりだった。

「むろん、彼は立派な旧家の出であることを大いに主張しましたよ、会う人ごとにね」教授はだれかヘラーの知らない人物の話をしているようだった。星のない夜がトンネルのように列車を包みこんでいた。「私はこのことについて何度もいっているんだが、どの家だってみんな旧家なんですよ。ただ立派な記録が残っているかどうかの差にすぎない。彼がいちばん力を注いだのは、私の理解が正しいとすればですが、どんな言語にも微妙な言いまわしが根本的に欠如している、というテーマです。彼が行なった厳しいテストのポイントは——彼が流暢《りゅうちょう》に話せた十四の言語、さらに読み書きできた十二の言語のいずれもが要求を満たさぬと分ったのですけれど——ある人間がそれぞれの対象に感じる愛情を区別して表現する語彙《ごい》がどれくらいあるか、という点にありました。愛といってもみんな違うでしょう？　たとえば、母親、兄弟、友人、性交の相手、犬、花に対する愛、人生に対する愛、肉体的欲望の度合いが大きい愛、忍耐と習慣に起因する愛、淡い愛、初恋、第二の恋等々」教授は鼻を鳴らし、頭をぐいと上げて感嘆の意を表した。「私の考えでは、彼の文章は絶対に翻訳不可能で、それゆえにこそわが故郷スロヴァキア以外の土地では広く知られていないのです。現在、世に行われている唯一《ゆいいつ》のテキストは私家版なんですな。その私家版では、さすがの彼もわれわれがみな持っておるありふれた誘惑に屈服していますよ」

「誘惑って、どのような?」ヘラーが丁重に訊いた。

教授はヘラーの質問に驚いた様子だった。「もちろん、道徳的に優位に立とうという誘惑ですよ。さすがの彼もこれには抵抗できなかった。彼はまた、死に対する態度が独特なんですな。彼が結婚する際、義父が遺言書の作成を条件にしたんですが、彼にしてみれば世間一般の型にはまった表現を使うのではプライドが許さない。ふつう『私が死んだときには』とするところを、『もし私が死ぬとすれば』と書いたんです。彼はバンスカ・ビストゥリカに埋葬されていますよ。じつにユニークな人物でした。死因は梅毒です。墓がまたすばらしい。墓碑銘はこうです――『死は人間が自然界に返すべき借金である。私はいま借金を返した!』」エメリトゥス・ラコ教授は考え深げに微笑した。「『私はいま借金を返した!』じつに意味深長ではないですか?」

教授はチョッキのポケットから金側懐中時計のパテック・フィリップを出し、ぱちんと蓋《ふた》を開けた。「もうじきカルロヴィヴァリに到着ですよ。私の泊るホテルから車が迎えにくるはずです。よろしかったらあなたの下りるところまでご一緒しましょうか？」

ヘラーは丁重に断わった。着いてからどうするという当てはなかったが、ともかく一人で行動したかった。列車はスピードを落した。ブレーキが車輪を嚙《か》み、火花が散って、列車は駅に止った。ヘラーがまず先に下り、手を伸ばして教授の小さなプラスチック製トランクを取ってやった。プラットフォームでトランクを渡した。

「いや、どうもありがとう」教授はそういっただけで、おかしなことにさよならひとついわず、怱々《そうそう》に立ち去っていった。

ヘラーは、煌々《こうこう》と電灯に照らされて駅の入口に掲げられている看板を見上げた――カルロヴィヴァリと、荘重な黒一色の字体で書いてあった。その下に西側でもよく知られているこの温泉のドイツ語名が小さい字で書き添えてあった――カルルスバート。列車から下りた乗客は少なかった。足早に駅から通りに出て、タクシーや自家用車に乗り、たちまち見えなくなってしまう。ヘラーは心細げにあたりを見まわした。列車が駅から出るところだった。蒸気がヘラーの足もとに渦巻いた。プラットフォームのいちばん端、駅舎からちょっとはずれたところに、レインコートとソフト帽の二人連れがぼんやり見えた。肩越しにうしろを見ると、プラットフォームのこちら側の端っこにも二人の男がいた。ヘラーは急ぎ足で駅舎に入った。切符売場の老人とモップで床をふいている農婦のほかに人影はなかった。ヘラーは湿気くさい待合室を抜けて、正面入口のドアから冷たい夜の中へ出た。

社会主義諸国が大愛国戦争と呼んでいる時代には流行の最先端だった旧式のシルバー・タクシーが一台、エンジンをアイドリングにし、排気管から白い煙を静かに出しながら縁石《ふちいし》のところに止っていた。後部座席のドアが、どうぞお乗りくださいといわんばかりに、ほんの少し開いている。運転手はまっすぐ前を見つめたままだ。ヘラーは決心をつけかねた。左手、駅舎のほうから、レインコートとフェルト帽の二人組がゆっくり近づいてくる。右手にも別の二人の姿が見えてきた。

ヘラーは正面入口の幅の広い大理石階段を駆け下り、タクシーの車体をひとまわりして運転手の様子を見た。葬儀屋みたいな顔の中年男で、小ざっぱりした黒のスーツを着こみ、補聴器をはめている。

包みこむように迫ってくる四人に一瞥《いちべつ》をくれ、背を丸めて後部座席に乗りこんだ。運転手はそつなく手を伸ばし、ドアを閉めると、メーターのフラッグを倒してゆっくりギアを入れた。いかにもだるそうに、ゆっくり走りだした車は、丸石舗装の駅前広場を横断し、深い渓谷沿いの広い道に折れていった。渓谷の向う側の急斜面には、ホテル、ペンション、温泉付きの別荘が林立し、それらの建物の灯が雨の降りそうな夜空にきらきら輝き、星の代役をつとめていた。

メーターがかちかち鳴っていた。数字がやたらに早く変る。「すてきな夜だね」とヘラーはいった。運転手が無言のままなので、肩を軽く叩《たた》いた。「15と出てるけど、どういうこと？」とメーターを指さして訊いた。「十五なんなの？　ルピーかい？　ストディンキかい？　それともペンスかな？　きっと十五ペンスなんだな」

大きなハンドルをしっかり握りしめたまま、運転手は相変らず無表情だ。

片側の斜面に、有名な帝国サナトリウムが見えてきた。照明灯を浴びて二本の塔がくっきり浮き出ている。高いところに位置しているため、温泉へはケーブル・カーが通じていた。

「赤ん坊の手からニンジンをとるって、きみ、どう思う？」とヘラーは訊いた。自分で声を出していると、少しは元気が出て、いつまでこの状態がつづくのかまったく予想がつかなかったけれど、せめて生きている実感にひたれるのだった。「干し草に糸っていうのはどう？」ヘラーは運転手の補聴器に口がつくほど上体を乗りだしていた。

「きみの意見ではだねーっ」と、もうやけくその大声だ、「ネズミがいないと息ぬきできるのはだれかな？　犬？　猫？　それとも両方？　一つより二つがましといった場合、二つってえのは心臓か頭か、どっちだと思うかねーっ？」

運転手は客を無視した。車は巨大なガラスのアーケードを通過した。シーズンともなると、ここには大勢の客が手に手にジョッキを持って集まり、この世になんの憂《うれ》いもないかのごとき顔つきで三々五々、散策する。ジョッキには心身を清める温泉水が入っていて、各人、二つに折れ曲ったガラスのストローで、ちゅうちゅう吸いのみするのだ。タクシーは左折して、オフ・シーズンには閉鎖する戦前建築の荒廃したホテルが立ち並んでいる狭い道を上っていった。ヘラーは腰をまわして、小さなリア・ウインドウからうしろを見てみた。どうやらだれもつけていないようだった。ヘラーは一種あきらめの気分に陥って、だれにともなく肩をすくめてみせた。だれもおれのあとをつけてくるはずはないんだ。おれは自分の行く先を知らないのに、奴らは知っていて、わざわざこの車までまわしてくれたんだから。

渓谷を渡ると、タクシーは工業地帯に入っていった。陶磁器・ガラス工場、最新式の電灯製造工場、商店、倉庫数棟《すうむね》とつづき、その先の一帯は古い建物が全部破壊されて新たな産業複合体用の建設敷地になっていた。前方に、巨大な古倉庫の輪郭が見えてきた。一棟だけ道から引っこんでぽつんと建っている。タクシーはそこへ直進し、側面の小さなドアの前にぴたりと止った。ドアの上に裸電球が光っていた。運転手はメーターをとめ、手を伸ばして後部座席のドアを開けた。

ヘラーはあまり下りる気にもならず、開いたドアを見つめていた。「そうか、代金はいらないのかい?」神経質に笑う。「つまり、懐中の一鳥《いっちょう》は藪《やぶ》の二鳥の値打ちあり、ってことだな」ヘラーは運転手の無表情な顔に、この先待ちかまえている運命を知るうえで何かヒントになるものを読みとろうとした。「じゃあまたね、といっても、そのまたはなさそうだな」いい捨てて車を下りた。背後でドアがばたんと閉まり、葬儀屋は振り向きもせず、即座に発進していった。

ヘラーはほんの少し開いているドアに近寄り、中をのぞいてみた。真っ暗だ。背を外壁につけたまま、片足を伸ばし、右手の指先で脚の広さだけドアを開けてみた。そのまましばらくじっとしていた。またのぞく。相変らず明りもつかず、物音もしない。ぞっとするような深い静寂だけがある。

ヘラーは外壁に全身をもたせかけた。胸郭にぶち当るように心臓が高鳴った。不意に、自分が暴力を与える側なのか受ける側なのかが気になりだしたのだった。一瞬、いま心臓麻痺《まひ》でぶっ倒れるとしたら、ずいぶん皮肉だな、と思った。世間はシェイクスピア劇の真の作者を遂《つい》に知らぬままになってしまうのだ！　ヘラーは数回、慎重に深呼吸を繰り返し、ともかくも心身に落着きらしいものを取り戻した。

　ヘラーは最後の努力を尽して、なんとか考えをまとめようとした。ピクニックに出た小学生みたいに、まんまと獣の跡をつけて敵の罠《わな》に落ちたようなものだった——カルロヴィヴァリ、タクシー、倉庫、開いているドア。まさに敵の考えどおりに動いてきた。ドアを蹴って中へ入れば、もう二度と生きて出られまいと思った。しかし、いまほど生きのびたいと実感したことはなかった。それでも中に入ろうと思った——エリザベスの命を助けるために。二人の生命は同じ盾の両面なのだ。

　ヘラーは、プロのヘンダーソン大佐ならどうするだろうと考えてみた。成功、失敗の確率を考えたうえで、さっさと倉庫からおさらばするのではないか。ヘラーは倉庫の左右を見渡してみた。左手、十二、三歩のところに事務室の窓らしいのが見えた。

　ヘラーはオーバーをぬぎ、ピストルをポケットから出すと、オーバーを丸く巻いた。右手で開いているドアの端をつかんだ。ばたんと押し開けるや否《いな》や、丸めたオーバーをできるだけ遠くへ放《ほう》りこんだ。と同時に、外壁沿いに事務室の窓へ。

　かつてのヘラーは——ひらの暗号係、回文《パリンドローム》の考案者、この上なくみすぼらしいＣＩＡ職員、サラの恋人であったヘラーは、急いで仕事にかかれば、たいていの問題は解決すると思っていたものだった。しかし、いまの彼は、どんなことでもゆっくり、辛抱してかからねば、と直感していた。かのソルジェニーツィンいうところの〝最後の一インチの仕事〟だ。ヘラーは窓の敷居に頭を上げ、中をのぞいた。見えたのはガラスに映るやつれ果てた己《おの》が顔だけ。手を伸ばして窓を開けようとした。指先で押し上げると苦もなく開いた。吉か凶か？　だれか声をかけて助けてくれる者がいればな、と思った。一人で何もかもやるのにうんざりしていた。片足を敷居にかけ、中に入ると、床にかがみこんで様子をうかがった。

しばらくすると、闇の中でも目が慣れてきて、物が少しは見えるようになった。机、木製のファイリング・キャビネット、本箱、ドア。ゆっくり立ち上がり、ドアへ擦り足で進む。用心深くあたりを手探りする。ドアには窓がついていたが、シェードが下りている。手探りしてみると、窓はごく薄手のガラスのようだった。さわる指先が冷たい。これ以上ゆっくりとはできないほどの動きでノブをまわすと、すぐにドアが開いた。昆虫《こんちゅう》が鳴くように、かすかに蝶番が軋《きし》った。ちょっと耳を澄ましてから倉庫の母屋《おもや》へ入り、ドアを静かに閉める。閉まるときに錠が立てたかちっという音が、目の前いっぱいに広がっているらしい巨大な空間に響き渡ったような気がした。

右手にピストルを握り、銃口を下に向けてそろそろ前へ。一歩、また一歩。両側の氷のような壁に小さな光の点々が踊っているようだ。セメントの床が足の裏に冷たい。押し包もうとするみたいな奇妙な壁のあいだを進んで行く。

片側の壁が切れたかと思うと、元のスイッチを入れる大きな音がはっきり聞え、高い天井から長いコードで吊《つ》り下げられたたくさんの裸電球がいっせいについた。どの電球にも上に古風な丸い反射笠《リフレクター》がかぶせられ、そこから大量の光が、影と闇にかこまれたセメントの床にそそいでいた。

電灯がついて、ヘラーは一瞬ぎくっとなったが、すぐに落着いて前傾姿勢をとった。ピストルを両手に握って前へ突き出し、首を左右に振って目標を捜す。両側の壁が氷のように思われたわけが分った。彼は水晶宮にいるようなものだった。そこは大きな厚板ガラスや鏡の倉庫で、それらの商品を縦に納めた木製の架台が、おびただしい列をなして並んでいる。どちらへ向いても厚板ガラス・鏡製品の反射光があふれ、中のいくつかには、ピストルに屈みこんでいるヘラー自身の姿、大きく開けた口、刺すような目が映っていた。

光の洪水のはざまにある影の場所を選びながら、背をぴんと伸ばして歩いていった。巨大な板ガラスや鏡にかこまれては小人みたいなものだった。右手にピストルをだらりと下げ、時折呼吸を整えながら、水晶宮の廊下を進んで行く。片側に、前方に、繰り返し人影を認めたが、それは鏡に映る自分の姿だった。天井のほうや、角《かど》ごとに四方に折れ曲っている狭い通路のあたりに油断なく目をくばる。いくつも重なって立てかけられてある厚板ガラスの隙間《すきま》から、自分がいる狭い通路と並行している別の通路をのぞいてもみた。

ガラスや鏡に自分の姿が五つも六つも映っている通路の交差しているところに出て、ヘラーは思わず立ち止った。目の前に、幽霊のようなヘンダーソン大佐がいた。もつれた髪には血がこびりついている。両脚を広げ、両手にピストルを握って前へ突き出す、例のCIA式射撃姿勢をとり、銃口をまっすぐヘラーに向けていた。

目の前に垂れる髪を、頭をひと振りしてうしろへ払った。このしぐさも別の場所、別の時でなら、空《から》いばりの好きなヘンダーソンに似合っていたろう。しかし、いま、この場所では、神経症的な筋肉痙攣《けいれん》のようなものだった。ほとんど狂気に近い、悲壮なしぐさとしかみえなかった。

ヘンダーソン大佐は、ヘラーの胃のあたりを見つめつづけていた。ヘラーは息をころして、弾丸が撃ちこまれるのを待っていた。ヘンダーソンは口を動かしたが、すぐには声にならなかった。やっとヘラーの耳に音として伝わってきた大佐の声は、憎悪《ぞうお》に歪《ゆが》んでいて、ほとんど聞きとれないほどだった。

「おれはヘンダーソン大佐だ」まるでうなるような声だ。国民健康保険で作った眼鏡のうしろの目が、いやにふくれている。舌が唇をなめる。「ヘンダーソンは本名ではない。大佐も本当の階級ではない。どうでもいい、そんなこと」目にかかっている雲を払うように、何度も瞬《まばた》きをする。「どうでもいいんだ。たとえきさまがおれのいいつけを正確に守ったところで、きさまがここから生きて帰れるチャンスは全然ないんだからな」

「エリザベスはどこだ?」とヘラーは訊いた。自分の声がこだまのように空《うつ》ろに聞えた。

ヘンダーソン大佐は銃をまわして小さな円を描いた。「奴にいってやれ」大佐がかん高い声で命令した。「奴を殺そうとしているのはきさまであって、われわれではないと、奴にいってやれ」

ヘラーは左右に目をやった。鏡やガラスには、ヘンダーソン大佐と自分の姿しか見えなかった。「奴ってだれだ?」

「シラーだ」大佐がどなった。上体がだんだん傾いてくる。「シラーにいえ。ミュンヘンの女のこともいってやれ」

「シラーがここにいるのか?」

「きさまがおれたちを脅迫してチェコスロヴァキアに入国させたんだと、奴にいってやれーっ」力を振り絞って叫ぶ。それからあとは支離滅裂な言葉を出まかせにわめくだけだった。口の片端からよだれが垂れていた。

ヘラーは水晶宮の入り組んだ通路のほうへ首を向けて叫んだ。「シラー！」

声が倉庫じゅうに反響した。

ヘンダーソン大佐は、わずかに残っていた自制心を急速に失っていった。すすり泣くようなしゃがれ声で途切れとぎれにどなる。「奴にいってやれ、ちくしょう……きさまが盗んだ機密電文のことを……研修所の……ミュンヘンの女の……ことを。いってやれ、みんなきさまの考えで……ちくしょう……国境で……」ほとんど絶叫に近くなっていた。「こ、こ、国境でおれを射殺すべきだったんだ、き、き、きさまは。そ、それなのに生意気に……」銃口を上げ、目の前の髪を払って、いまにも引き金にかけた指を引こうとしたとき、ガラスと鏡の廊下に一発の銃声がとどろいた。

ヘンダーソン大佐の指からピストルが落ち、セメントの床がかたんと鳴った。大佐は目を大きく見開いた（不意を打たれてか？　ほっとしてか？）。と、そのままゆっくりくずおれて膝をつく。顔の筋肉が次第に緩んできた。もう一度口を開いた大佐は、どうやら最後の空《から》いばりの文句を思い出せたらしかった。「おれたちはまだ人がいいほうさ」とあざけるようにいって苦しげにむせる。不意に血が口からあふれる。「あとに控えているのは、もっと――」

ヘンダーソン大佐は前に倒れ、顔をセメントの床に押しつけて、息絶えた。

ヘラーは尻きれトンボになった大佐の言葉を補足した。「――悪い奴だ」どうにか、警戒すべき一点の見当がついた。目を上げて右手を見る。そこにシラーはいた――厚板ガラスを幾層にも並べた水晶宮の高いところに、まるで宙に浮いているみたいに。いかにも猥褻にエリザベスに寄り添い、右手で胸をしっかり抱きしめ、左手に握ったエジプト製九ミリ口径パラベルムを彼女の頭に押しつけていた。

エリザベスは、そこに存在しない太陽へ向けるように、顔を上げていた。恐ろしいほどの静寂。ぴったり止ってしまった時間。エリザベスは笑おうとした。頬につうっと涙が流れる。目を閉じる。

ヘラーは射撃の轟音《ごうおん》がしじまを破る瞬間を待っていた。これでおれの二度めの人生もめちゃめちゃになるのだと思った。

発音は正確、声は冷静、シラーが英語で訊いた、「おれにいってやれ、とかいってたな?　きさまに何をいわせたかったんだ?」

声は鏡に映っている姿からではなく、ヘラーのうしろから、、、、聞えてくるようだった。

ヘラーは振り返った。もう一人のシラーが、幾層にも並べられたガラスの中に浮いていた、猥褻にエリザベスに寄り添って。その右に第三の、左にも第四のシラーがいた！

「計画どおりに事が運べば、先手を打った奴が勝ちといわせたかったんだろ。早起きは三文の得といってな」とヘラーは大声でいった。

シラーが叫んだ、「ふざけるなっ！」いくつもの映像のあいだをこだまが飛びかった。「おれはブラフをかけてるんじゃない。やむを得なければ引き金を引くぞ。この女はＣＩＡ、ヘンダーソンも、きさまもＣＩＡ。なぜＣＩＡはおれを殺そうとするんだ？」エリザベスを押しながら一歩前へ出て、また質問の矢を放つ。「なぜＣＩＡはおれを消そうとするんだ？　ミュンヘンの殺しで、おれについての疑惑は、きれいさっぱり晴れたはずだぞ」

「ミュンヘンの殺しで疑惑が晴れただって？」ヘラーは聞きちがえたのかと思った。

「おれはＣＩＡのために、だれも思いつかぬような仕事をやっていたんだぞ」シラーは早口でわめきだした。「おれたちは、そのつもりになれば、世界中のどんなテロリスト運動にも潜りこめた。テロリストどもを顎《あご》でこき使えた……」

シラーは熱くなっているのに、ヘラーのほうは、当事者兼傍観者という例の感覚が、またぞろ身内に広がるのを自覚して、落着かぬ気分でいた。当事者はシラーの話の意外さに呆然《ぼうぜん》としている。傍観者は冷静超然、何か様子が変だぞ、よく分らんがどこかおかしいぞと、漠然とながら思っている。シラーの声は、いまヘラーが見ている相手の姿から来ているとは思えなかった。こだまとなって入り乱れ、発声の方向がしかとつかめない。そのうちにはたと思い当った。いま見ているシラーは右手でエリザベスの胸を抱え、左手で握ったピストルを彼女の頭に当てている。ヘラーは目を閉じ、ミュンヘン総領事館前で撮影されたフィルムを思い出そうとした。はっきり頭に浮んできたのは、シラーが左手でサラを抱き、右手でピストルを彼女の頭に当てているシーンだった。シラーは右利《き》きなのだ！　ヘラーはもう一度、目の前のシラーを見つめた――やっぱり鏡の映像だった！　ヘラーは振り返ってみた。四つのシラーのうち、二つは右手にピストルを握っていた。

ヘラーは、相手にもっとしゃべらせておかなければ、と思った。

「ＣＩＡのために仕事をしていただと？」と、まずヘラーは挑発に出た。

「そうだとも、ＣＩＡのためにな」とシラーが叫んだ。「襲撃も共同で計画した。だれもＣＩＡに疑いをかけぬようにアメリカ総領事館を選んだのだ。西ドイツ政府はすぐにいうことをきくという想定で、ＣＩＡもしかるべき手を打った。ところが西ドイツ首相、こちらの思惑より頑固《がんこ》な男だった。女を殺《や》ったのは――おれの思いつきよ」シラーは得意になってしゃべりつづけた。「戦場の兵士に必要なのは創意工夫さ。その気になれば、世界をこの手でつかむことができたのだ、おれたちは」

「おれたちは、だと？」ヘラーはせせら笑った。

エリザベスが顔をひきつらせて皮肉っぽく微笑した。「おれたちって、こいつらのことよ」

シラーが怒り狂って叫んだ、「テロリズムは一種の病気なんだ。おれはそれを治す医者だ。おかげで、むだに過しちゃったよ、長い年月をな！」なんとか激情を抑えようとしていた。「長い年月を」と繰り返してから、もう一度、こんどは精いっぱいの声で叫ぶ、「長い年月をよう！」その単語が倉庫じゅうにこだました。「ながいがいがい……としつきつきつき……」

ヘラーはいまだ、と思った。鏡から鏡へと目を走らせ、角度と距離を計算し、声の出どこをたどってシラーを、一枚の巨大な厚板ガラスのうしろに立っている本当のシラーの位置をたしかめた。

「CIAはおまえを殺したくはないんだよ」ヘラーがどなった。心臓の鼓動が早くなっていた。「おまえを殺したいのは、このおれなんだ。おれは、きさまがミュンヘンで殺した女の子と婚約してたんだ」

　エリザベスが目を大きく見開いた。これで何もかも分った。

「おれは役所を脅迫して、ここに送りこませるようにした。復讐したかったのでな」

「復讐だと？」シラーが身体《からだ》を揺すって下品に笑った。エリザベスを抱えていた腕を緩め、一歩前に出たが、指はまだ彼女のシャツの前をつかんでいた。「ヘンダーソンのいったことは本当だったんだな。ＣＩＡじゃなかったのか！　きさま一人の思惑だったのか！」

　エリザベスはシラーの指を振りほどくが早いか、矢のように走っていった。シラーは、クモが糸を吐くように腕を伸ばし、クラシックなＣＩＡ式射撃姿勢をとった。両手に握ったピストルは、鏡のあいだを駆けていくエリザベスの背中を狙《ねら》う。

　ヘラーはまわれ右をすると、かねて実物のシラーと見当をつけておいた標的にピストルを向けた。息をひとつ吸いこんで、ゆっくり半分出し、静かに引き金に指をかける。何がなんでも当ててみせるぞと思わなきゃ当るものじゃないといっていたスミス曹長の言葉を思い浮べていた。何がなんでもと強く思いすぎたせいか、舌に血の味まで感じられた。ヘラーはピストルでシラーを狙っていたというより、自分と相手とを結びつけようとしていた。銃口から目標まで直線を一本伸ばし、その直線に弾丸を走らせたいと思っていた。

ヘラーのピストルが轟音を発し、激しくはねあがった。彼とシラーのあいだにあった巨大な板ガラスは弾丸の貫通でひびだらけになり、不透明物体となってしまった。いまは一枚のスクリーンと化したその向うで、一度、さらにもう一度、ピストルの音が鳴った。脇のほうで五、六枚の大鏡が砕けた。破片が四方に散り、セメントの床に落ちて、いやに音楽的な音を立てた。

ひびだらけの厚板ガラスのうしろからよろよろ出てきたシラーは、首から大量の血を流していた。目はかっと開いていたが、全然見えないようだった。どっと床に倒れる。わずかに残っている命が見るまに消えていく。倒れた身体のまわりに血の海が広がる。指が一本、ぴくっとひきつったが、そのまま動かなくなった。咽喉《のど》の奥からごろごろいう音がしたが、それもすぐに聞えなくなった。

エリザベスがヘラーのもとに駆け寄ってきた。ヘラーの顔にモナ・リザの微笑が広がった。終った。一件落着だ。しかし、このあと起るかもしれないことを考えると、微笑は凍りつき、潮のように引いていった。片腕をエリザベスの肩にまわし、胸に引き寄せた。エリザベスはぐったりともたれかかった。身体が小刻みに震えていた。

「もう終ったんだよ」ヘラーが慰めるようにいった。

「ちがうわ」エリザベスが静かにいった。「まだ始まったばかりよ」

いやに白けた声なので、ヘラーは思わず相手の顔を見た。涙のあふれる灰色の目が、肩ごしに遠くを見ていた。その視線の先に、彼女の見たものが見え、彼女のいったとおりだと思った。まだ始まったばかりだった。

軽機関銃を持ったチェコの兵士が十数人、二人のうしろに迫っていた。ヘラーは左右に目を走らせた。思ったとおり、兵士は四方から進んできていた。

先頭に立っているのはエメリトゥス・ラコ教授だった。手をうしろに組み、物問いたげに首を曲げながら、重そうな半長オーバーシューズでセメントの床をどたんばたん踏み鳴らしている。まずシラーの死体に近寄り、爪先でちょっと死体を動かすと、何やらドイツ語（詩の一行か？　呪《のろ》いの言葉か？）で呟《つぶや》いた。しばらく死体を見つめていたが、不意につかつかとヘラーの前にやってくると、ひとつ咳《せき》払いして、手袋をはめた片手をゆっくり差し出し、掌《てのひら》を上に向けた。

ヘラーは一瞬、どういう意味なのか分らなかったが、すぐに気づき、P－38を床尾を先にして教授の掌にのせた。教授はそれをカロルに渡すと、ヘラーのほうに向き直った。

「ひとつ質問してよろしいですか？」とヘラーは訊いた。

「べつにひとつでなくても、どうぞ」と教授は答えた。

「エメリトゥス教授のご専門、正確には何なのですか?」

ラコは気味のわるい微笑を浮べた。「専門は人間喜劇」と教授はいった。「この科目については、世界的な権威だよ」

第十七章

ヘラーとエリザベスは、幌《ほろ》つき軍用トラックの奥の腰掛けに、二人並んで坐《すわ》っていた。どうやらあまり使われない道を進んでいるらしく、ひどく乗り心地が悪かった。二人の両側には、膝《ひざ》に軽機関銃をかまえた童顔の兵士とカロルが坐っていた。エメリトゥス・ラコ教授はその向い側に坐っていた。腰掛けの端を両手でつかみ、オーバーシューズの足でトラックの床をしっかり踏みしめている。トラックがしきりに跳ねるせいで靴下がくるぶしまで下がってしまい、本当はそれを引っぱり上げたいのだが、じっと我慢していた。そんなみっともないことはすべきではないと思っているのだった。

ヘラーが教授にいった、「タバコを一本、いただけますか？」

「いいとも」エメリトゥス・ラコ教授は一本抜いてヘラーに渡し、もう一本を自分のために取った。教授は一日三本と決めていて、この日はもう割り当て分を吸ってしまったのだが、この日の自分の仕事ぶりからボーナスとして一本よけいに吸ってもいいと思ったのだった。タバコに火をつけてから、そのライターをヘラーにほうった。こちらは自分のに火をつけようとしたけれど、少し考えてライターの火を消し、それを教授に返した。タバコも返した。エメリトゥス・ラコ教授は、ごく当然のことのようにそれを受け取り、なんの感想も述べなかった。チョッキから金側懐中時計を出し、ぱちんと蓋《ふた》を開ける。「もうじき着くよ」とヘラーにいった。

「どこに行くんですの？」エリザベスが訊《き》いた。

教授は心配ご無用といわんばかりににっこり笑ってみせた。「着いてみれば、ははあ、ここかと思うはずだよ、奥さん《ディア・レディ》」

ヘラーが尋ねた、「ぼくに最初に気づいたのはどうしたことからなんですか？」

教授は声に出して少し笑った。「越境したときから気づいておったのだがね」キツネにつままれたような顔をしているヘラーを前に、教授は詳しく説明し始めた。「どうしたんだね、カロル？　もう話してもかまわんさ。まずアメリカのエージェント越境中の情報が入った。目的は殺しだという。このこと自体、たいそう異常なんだね。アメリカ人というのはこの種の仕事に手なれておるんだが、実際に手を下すのは、たいていその場で雇った金のほしい奴《やつ》にまかせている。雇われるのはほとんど、英語が話せて、使命達成次第、すぐ脱走できる東ヨーロッパ人だよ。ところで、こんどの場合、じつに興味津々《しんしん》だったのは、情報の出どこが、なんとアメリカ側であるという点だった！」教授は異議申し立てをするみたいに掌《てのひら》を上げてみせた。「いうまでもなくアメリカ側は、私が情報をつかんでいることを知らなかった。地面に鼻をつけて情報の出どこを探ったのは、有能な私の部下、このカロルさ。われわれに密告してくれたのはブルガリア筋。そのブルガリア筋はこの種の豆ニュースの扱いに慣れている某ポーランド人から仕入れたのだという。ところがこのポーランド人、情報を流してくれただけでなく、ほんの少し報酬をはずんだら、その出どこまで知らせてくれおったのだよ。それがCIAのプラハ支部長、大分よくなったという話だが、いま西ドイツの病院で重傷を負ったひかがみを治療中の、たいそう太った男だったのだ」

　エメリトゥス・ラコ教授は、そこで一服、いかにもゆっくりとタバコを吸いこんだが——親指と中指でタバコを持つのが彼の癖だった——突然むせて、激しい咳《せき》をした。「ひどいしろものだよ」タバコを口から離して、やっと話ができるようになる。「ブルガリア・タバコ。じつに強くてね、私もそろそろ……やめようかと思っとるんだ」

「じつはぼくもそれが十八番《おはこ》の問題でして」とヘラーがいった。

「話はどこまでいったっけな？」エメリトゥス・ラコ教授が訊いた。

「ひかがみの重傷で治療中の太っちょのところまでです」カロルがもどかしげにいった。

「そうだったな。さて、私の視点から状況をおさらいしてみようか。私は不法越境してきたアメリカのエージェントをどこで見つけられるか知っておった——風車小屋の近くの古い納屋《なや》さ——」

ヘラーはその折のことを思い返していた。「あなたが捜索したのは風車小屋で、納屋じゃなかったですよ！」と思わず叫んで、「するとわざと逃がしてくれたんですね！」

エメリトゥス・ラコ教授は羞《は》ずかしそうに両手を広げた。「きみは論理的な頭脳の持ち主だ。私の立場をよく理解してくれとるよ。ともかく私は行動に出ねばならなかった。さもなくば、情報を入手しながら手を打たんということでアメリカ側の疑惑を招きかねなかった。いずれにせよ、アメリカ側がアメリカのエージェントの行動を密告するとは奇怪千万《きっかいせんばん》だった。人間喜劇学の熱心な学徒である私は、このエージェント、アメリカ側が死んでもらいたくないだれかを殺しに来たのではないかと考えた。ともかく、アメリカ側が死ぬんではなくて生きていてもらいたいだれかなんて、人間喜劇というあまりおめでたくない学問が得意の人間には興味津々だよ」

運転手が運転席と荷台のあいだのカーテンを引き、チェコ語で教授に何か尋ねた。

「トラックを目的地のどのくらい近くまで運転していくのか、訊いてるのよ」とエリザベスが小声でヘラーに教えた。「教授は、歩いていける範囲内で、人目に触れない程度離れたところで止れって指示したわ」

エメリトゥス・ラコ教授のタバコは、いまにも火が唇に触れそうなほど短くなっていたけれど、先生、平気ですぱすぱやっている。「もう何もかもすんだわけだが、ただひとつ、ごく細かい点でわれわれは計算ちがいをしておった。そうだな、カロル？　何者かが殺しの目的で潜入した。当然われわれはプロにちがいないと想像したわけだ」

「ぼくがそうじゃないと、どうして分るんです？」ヘラーが口をとがらせた。

エメリトゥス・ラコ教授は無邪気に目を剝《む》いた。「だってきみ、きみは生きてるじゃないか！　それが何よりの証拠だよ。きみはアマチュアだからこそ成功したのだ。プロフェッショナルなら死んでいたろうね」

ヘラーは苦笑した。「プラハに入ったぼくを探知したのはいつでした？」

教授は困って目をそらす。間《ま》を置いて「きみがこの人に会ったときさ」と答えた。ヘラーはエリザベスをじろりと見た。「ちがう、ちがう、きみが考えているようなことじゃない」教授はあわてて付け加えた。「この人はわれわれの手先じゃないよ。正直な話、結局はわれわれのために働いてくれるだろうと思っておったが。われわれは太っちょがこの人を雇ったときから、あの男をマークしておったのだ。鳥の巣みたいな変な家にも、この人の車にも盗聴器を取り付けた。われわれはエリザベスがアメリカ側の信用を十分に得てから、こちらの味方にするつもりでおったのだ。この人の仕事は割りに無害な内容だったね。たぶんアメリカ側はテストしていたのだろう。いずれもっと大事な仕事をやらされることになったろうがね」

「ぼくがだれを殺しに来たのか、あなたにはすぐ知れてしまった」ヘラーは眉《まゆ》を寄せた。「それなのにぼくを止めもしなかった」

教授は短くなったタバコに気づき、しぶしぶ床に捨てると、火が消えるまで踏みにじった。目を上げて、人さし指で自分の頭を軽く叩《たた》く。「いいかね、私は人間喜劇専攻のエメリトゥスだよ！　きみはドイツ娘グレートヒェンを追っていたのではない。フワン・アントニオを追っていたのでもない。どちらもいわば……重要人物ではない」教授は〝重要人物〟なる言葉を強いアクセントで繰り返した。遠くを見ているような目つきで、急に低い声になる。「ホルスト・シラーこそ、まさに重要人物だったのだ——われわれのロシアの友人にとって、パレスチナ人にとって、私にとってもね。われわれとしては、シラーのように多くの民族、グループとつながりのある人間は、日常業務上、綿密に監視する必要があるのだよ。ところが、彼については一点の疑惑もなかった——きみが奴を殺そうとし、アメリカ側がきみをそうさせまいとしている事実を知るまではね！　きみを奴に近づけまいと、街頭できみの射殺未遂事件を起すまではね！」教授は言葉を和らげ、こんどはエリザベスにいった、「きみにいっておかなければならんが、私だって感情のない人間じゃない。面白ければこそゲームだって楽しむ。できればシラーにルドヴィクを殺させたりはしなかったろう。われわれはシラーをつけておった。現場に行ったのは奴が逃げたあとだったのだ」教授は遠慮がちに肩をすくめてみせた。「まったく、死は人間が自然界に返すべき借金である、ではないかな？　ルドヴィクは借金を返したんだよ」

ヘラーがいった、「シラーがぼくをカルロヴィヴァリに誘導したのはご存じだったんでしょう？」

エメリトゥス・ラコ教授は少しくたびれたようだった。「奴はきみから何か重要な

ことをどうしても聞きだしたかったのだ。われわれもシラーの質問を聞きたかった
――きみの答えもね」

「そして、あなたはその両方を知った」とヘラーがいった。

「そのとおりだ。シラーはCIAに雇われておったのだな。ソ連のKGBはもちろん、各種テロリスト・グループに浸透しておって、情報をワシントンに流していた。信任を確固たるものとしたいがために、殺人までやらねばならなかった。殺しならなんでもよろしい。そこできみは巻きこまれることになる。つまり、奴はきみと仲よしの女性を殺し、きみは復讐《ふくしゅう》の旅に出る、とこういうわけだな」

トラックがスピードを落し、ゆっくり止った。運転手はエンジンを切った。エメリトゥス・ラコ教授が横目でヘラーを見た。「きみはシラーに、CIAを脅迫してわが国に送りこませるようにしたといっておったね?」わざとらしいくらい何気なく訊く。

「立ち入ったことをうかがうが、いったい脅迫のネタは何かね?」

ヘラーの目が嬉《うれ》しそうに輝いた。「新聞に公表されたらCIAが壊滅するほどの機密電文ですよ」

教授はひとつ頷《うなず》いて、「で、そうなるのかね?」と訊く。

ヘラーがすぐに答えないでいると、「それ、新聞に公表されるのかね?」と質問を

言い直した。

ヘラーには質問の意味が分った。うまく答えれば出国切符になるというわけだろう。

「ぼくらがチェコスロヴァキアにいる限りは公表されないでしょう」

教授は両手を膝にのせ、幌のキャンバス地の天井を数分間見つめていた。それからヘラーに視線を移し、また天井を見つめる。やっと口を開いた。「ＣＩＡは脅《おど》されてからしばらく、きみのいうとおり動いていたのだから、きみが機密電文を保管しとったことに間違いはあるまい」教授は慎重のうえにも慎重を期して話を進めていった。まるで言葉は地雷原であって、間違っても危い単語を踏んではならぬと心に決めているようなあんばいだった。「きみらの家から盗聴したところによるとだね、きみは一回式暗号のエキスパートということだったな。とすると、機密電文というのは、きみが上層部のために解読した電文と推定できる。きみがアメリカを離れてから、ＣＩＡ当局は数度にわたってきみを消そうとした。これは、当局が機密電文なるものを発見、回収し、同時にきみの脅迫が無効になったからと推測される。きみは頭がいいから、私同様、これらのことには気づいていないわけがないと思うが」

ヘラーが嬉しそうにいった、「機密電文は回収されたかもしれませんよ、たしかに。でも、ぼくには別のが一そろいあるんですよ！」

「その話、私にたしかめようがあるかね?」と教授は訊いた。

「どちらにしても、あなた方にとって、まずい結果にはならないのじゃないですか?」とヘラーはいった。「ホルスト・シラーはミュンヘンでぼくの彼女を殺した。ホルスト・シラーはCIAに雇われていた。もしぼくが、いまいったとおり、本当に機密電文を持っているとすれば、自分の意志でそれを利用していけないという筋合いはない。たとえぼくが嘘《うそ》をいったのだとしても、帰国後、良識ある人たちにCIAはテロリストを雇ってミュンヘン総領事館を襲撃させたと話してまわることぐらいはできます」

「なるほど」エメリトゥス・ラコはまた金時計をのぞいた。「エリザベスもわれわれの取引きの対象だと思うがね?」

ヘラーは頷いた。「ええ。ぼくには証拠が――証人が、どうしてもいります」

エリザベスが本当かしらという表情でヘラーを見た。「教授はわたしたちを出国させてくださるつもりなのね?」

ヘラーはエリザベスに手を伸ばした。「そうだよ」

カロルが、トラックの後部から教授が下りるのに手を貸した。ヘラーとエリザベスもあとについて下りた。朝の空は曇っていて、かなり寒かったが、だれもそれを口に出さなかった。教授はヘラーの腕に自分の腕を巻きつけ、バスから見えないところへ連れていった。カロルとエリザベスがのろのろあとに従った。「教えてくれたまえ」教授が内緒話をするみたいに声を低めていった、「きみ、本当にベーコンがシェイクスピア劇を書いたと思っとるのかね？」そういって申し訳なさそうに微笑する。「盗聴器によれば……」

「一点の疑う余地もありませんよ」

「証明は万全というわけかな？」

「暗号を解読したんですよ」ヘラーは得意満面だった。「だれも無視できませんよ、これは」

「帰国したら公表するつもりかね？」

「むろんです」

「ふうむ」――エメリトゥス・ラコは溜《た》め息をついた。「なるほど」

ヘラーの目に国境警備所が見えてきた。観光バスの窓から、観光客たちが外をのぞいていた。数人の警備隊員が横断開閉機のあたりに群がり、タバコをふかしながら小声でおしゃべりしていた。エメリトゥス・ラコ教授がしぶしぶ足を止めた。「この辺できみらとさよならしたほうがよかろう」

ヘラーが尋ねた、「シラーのあとを、どのくらいの期間、追っていたのです？」

教授は唇をすぼめてみせた。たいそう辛《つら》そうな表情だった。「どうやらきみもうすうす勘づいているらしいな。私は、モスクワのパトリス・ルムンバ大学入学以来の全足跡をフォローしてきた」教授には、自分の答えがさらに多くの問いを引き起すのが分っていた。背中に両手を組み合せ、顎《あご》を上げて朝の冷たい空気をくんくん嗅《か》いだ。「第二次大戦ちゅう、私は親友と思っとった男に裏切られ、ゲシュタポに売られた。命をかけて信頼しとった奴だが、もう少しでその命を失うところだったよ。カール・シラーという名前でな、ホルスト・シラーの親父《おやじ》なのさ」

ヘラーは人さし指で眼鏡を上へ押した。「するとあなたも復讐というわけで？」

「まあな」

「復讐の仕甲斐《しがい》がありましたか？」

教授の目が曇ったようだった。「うん、まあ……たいへん満足すべきものだった。で、きみは？」

ヘラーは数歩離れたところに待っているエリザベスをちらりと見た。「二度とごめんですね」と率直にいった、「でも、ともかく大っぴらにいいふらしてたとおりにできました。おかげで元気にもなれたし」

観光客は口ぐちに不満を述べあっていたが、声は小さかった。なんといってもまだ共産圏の内側にいるのだ。国境に罐詰《かんづ》めにされてから、もう二時間たっていた。「信じてください、形式だけのことなんですよ」汗だくの税関吏が釈明したけれど、形式とは何かについての説明はなかったし、あえて質問する観光客もいなかった。やっとバスのドアが開き、男女の二人づれが乗車してきて、ロンドンを出発してから二十六日めのイギリス人観光客たちは、初めて国境に長いこと止められたわけを知ったのだった。棒みたいに瘦《や》せた、赤ら顔、かつら着用の学校教師がヘラーに気づいた。「おやおや」と男は叫んだ。「またあいつだぜ！」

ヘラーはもうがまんができなかった。エリザベスに完全無欠の英語で大音声《だいおんじょう》、「あいつの上着、どう見ても四〇年代のしろものだねえ。それにあのかつら、格別若く見えもしないのにさあ」

ヘラーとエリザベスはいちばん奥の座席に坐った。バスが動きだした。警備隊員が横断開閉機を巻き上げた。バスが国境のオーストリア側に入ったときも、座席にへばりついたイギリス人観光客たちはひとことも口をきかなかった。

エメリトゥス・ラコ教授は、手をうしろに組んだまま、遠ざかっていくバスを見つめていた。一歩離れた脇《わき》で、カロルは足踏みをし、寒さでかじかんだ指先に息を吹きかけている。「あの男、本当に別の一そろいを持っているとお考えですか？」とカロルが訊いた。この朝の寒さに、声まできんきん響いて聞えた。

教授はカロルの問いをのみこんでしまったように、しばらく黙っていた。瞼《まぶた》が半分下りていて、遠くを見ている表情が瞳《ひとみ》にも両目のまわりにも広がっていた。まるで他の国、他の世紀への〝調査の筋道〟を追っているみたいだった。

「持っているさ」エメリトゥス・ラコ教授は自信たっぷりにいった。青い唇に微笑のかけらのようなものが潜んでいた。

教授の気持ちなら隅から隅まで知っているつもりのカロルは、いま自分の前にいる教授が別人のように思われた。ささやかな満足感からくる半微笑《ハーフ・スマイル》が教授の顔を徐々に変えていく。そしてとうとう、まぎれもない微笑！　それはレオナルド・ダ・ヴィンチ描くところのモナ・リザなる女性の唇に凍りついているのと同じ種類のものだった！

第十八章

バスは高速道路の車がヘッドライトをつけ始めたころに、駐車場に入ってきた。エア・ブレーキが引かれ、バスは完全に停車し、ドアが開く。乗客がぞろぞろ下車し、食堂へ向う。「四十五分ですよ、休憩は」運転手は席から振り向いて下りるお客に注意していた。

ヘラーとエリザベスは窓ぎわに席をとった。ウェートレスは紙に注文の品を書きこみ、数分後にナンバー4のクラブ・サンドイッチ二人前を運んできた。一つはマヨネーズ付き、もう一つはマヨネーズ抜き。そのあと二人は紅茶を注文した。一つはクリーム入り、もう一つはクリーム抜き。ぼんやり紅茶をかきまわしながら、ヘラーがエリザベスに、タバコはないか、と訊《き》いた。

「吸わないじゃないの、あなた」しっかりしなさいよ、といわんばかりだった。

「きみのいうとおりだ」とヘラーは頷《うなず》いた。「ぼく、吸わないよ」そういいながら隣の席の男に、「タバコ一本、いただけますか？」

男は箱を差し出した。ヘラーは一本抜き取り、マッチも借りて、エリザベスのほうに向き直る。唇にタバコがぶらさがっていた。マッチを一本すり、タバコのぎりぎりのところまで近づけて、うっとり炎に見とれている。それから「どうにでもなれ」と呟《つぶや》いて、タバコに火を。深ぶかと吸って煙を肺に入れ、ゆっくり鼻の孔《あな》から出す。

エリザベスがいった、「とうとう吸ってしまったのね」テーブルに上体を屈《かが》めて、「あなた、いつわたしに話してくれるつもりなの？」

ヘラーはもう一服、タバコを吸いこむ楽しさを味わいながら、とぼけて訊いた。

「さて、なんの話だっけ？」

エリザベスは目をぎょろりと食事の皿に向け、よく見てごらんなさいというしぐさ。

「ニュージャージーとかいうところの奥にある、いっぷう変ったレストランに、わざわざお食事にきたわけをよ。はっきりいって、ここのお食事、あんまりおいしくなかったわ」

「星占いを見せたかったんだよ」そういうとヘラーは席を立ち、エリザベスもあとにつづいた。キャッシュ・レジスターにいたリンゴの頬《ほ》っぺの若いマネジャーが、前を通るヘラーに気づいて声をかけた。「お客さんでしたか。こんどは星占いをしにおいでになったので？」そういって笑った。

「実際のところ、そのとおりなんだ」とヘラーは答えた。

ヘラーは、正面入口の近くの小部屋にあるコンピューター式星占い機の前へエリザベスを連れていった。ポケットを探って二十五セント銀貨を二枚出すと、それをスロットに入れ、自分の生年月日、出生時刻をパンチした。「ぼくは一九四三年一月八日、午後三時三十分に生れたんだ。星宿《アセンダント》は獅子《しし》座《ざ》だよ」

データを入力されたコンピューターは長いことぶんぶんうなっていたが、やがてヘラーの運勢を少しずつ吐き出し始めた。印字された紙を手に受けるヘラーの顔に、例のモナ・リザの微笑が広がった。そこにはこうあった——

メキシコ・シティ支部長ヨリ　長官親展　共産党書記長ノ死ハ事故ト判定サル　当局調査ニヨルモ銃弾、毒薬発見不能　地方検視局長オヨビ事故死ト判定シ不起訴トスルヲ承諾セシ検事ニ各十万スイス・フラン　チューリヒ口座ニ振リ込マレタシローマ支部長ヨリ長官親展　ジュネーヴヘノ振リ込ミ確認……

エリザベスは、鉄は重いうちに打てと主張した。

「熱いうちにだよ」とヘラーが訂正した。「鉄は熱いうちに打て、さ。重いうちにじゃないよ」しかしヘラーは彼女の意志にそい、ニューヨークに到着後、直ちに新聞社へ電話を入れた。ヘラーがワシントンにいたころ、一度電話をかけてきたことがあるフランク・モールトン記者がすぐに出た。ヘラーはモールトンに名前を告げた。電話の向うで相手が息をのむのが分った。「あなたについては町じゅう噂《うわさ》で持ちきりですよ」とモールトンがいった。

「そちらへうかがって、噂の真偽をたしかめましょう」とヘラーはいった。

二人は六階の編集局長室で会った。出席者はヘラーのほかにモールトン、編集局長、論説委員、全員の発言を速記する秘書、それに（これはヘラーが出席を強く要請したのだが）学芸部長の計五人だった。学芸部長はなぜ自分が呼ばれたのか分らず、隅っこの椅子《いす》に坐《すわ》っていた。

「すごい、すごい」ヘラーが星占い機から得た紙きれを斜めに読みながら、モールトンは〝すごい〟を連発した。パラグラフからパラグラフへ、目を移すのももどかしいくらい、大スピードで読んでいた。モールトンの肩越しにのぞき読みをしていた局長が、ひゅーっと口笛を吹いた。「長官はこの件について委員会で否定してたぞ」と、マニラ支部長発とヘディングのついた電文を指で叩《たた》きながら叫ぶ。

ヘラーは隅っこの学芸部長の席に歩いていった。「ぼく、ヘラーです」とまず自己紹介し、椅子を部長の前に引き寄せた。「もとCIAにいたのですけれど、もうそこで働くつもりはありません。まだ正式に辞めたわけではありませんが、そうするつもりです。じつはぼく、プロのクリプトロジスト——つまり暗号の専門家なんですよ」

学芸部長は人あたりの柔らかい男だった。両肱《りょうひじ》にアイヴィー・リーグ専用の当て布をつけた古い型のハリス・ツイード・ジャケットを着ていた。ヘラーの話を聞いて丁重に頷いた。モールトン、編集局長、論説委員の三人は、第一報をどうぶつけるか議論していた。局長は、第一報が出るまで社内でも事を秘密裏に運ばなければならないから、まず植字工、秘書、調査室員を含むチームを作る必要があると力説した。モールトンは全体を三部に分けるべきだとし、その構成の概略を思いつきで述べたてていた。「まずホルスト・シラー関係の記事を第一部とする——ミュンヘンで人を殺した当時の、奴《やつ》のCIA内での役割だな。そのあとにCIAの汚ない手口に関する第二部がつづく。むろん秘密電文が基礎になるわけだが……」

ヘラーは学芸部長のほうに向き直り、真剣な顔つきで尋ねた、「ところで、あなたがいちばん最近お読みになったのはいつですか、ベーコン作『テンペスト』のエピローグを？」

解　説

北村太郎

ロバート・リテル（一九三九年生まれ）の長篇小説には一九八三年六月現在、次の六冊がある。

The Defection of A. J. Lewinter（一九七三年、邦訳『ルウィンターの亡命』）
Sweet Reason（一九七四年）
The October Circle（一九七五年）
Mother Russia（一九七八年）
The Debriefing（一九七九年、邦訳『迷いこんだスパイ』）
The Amateur（一九八一年、本書）

邦訳の二書はいずれも菊池光氏の翻訳（早川書房刊）によるものである。本書を入れてリテルの長篇は半分が日本に紹介されたことになるわけだ。

邦訳された前記二書でリテルを知った読者に、この『チャーリー・ヘラーの復讐《ふくしゅう》（本書、改題）』はかなり異様に受け取られるだろうと思う。作風がちがうというか、ひとことでいえば『ルウィンターの亡命』、『迷いこんだスパイ』（原題のThe Debriefingは〝情報聴取〟の意味）は地味であり、本書は派手なのである。『ルウィンターの亡命』は、出版された一九七三年にイギリス推理作家協会のゴールデン・ダガー賞を受けていて、なるほどこれは、いかにもスパイ小説の本家・イギリスの人たちが好みそうな渋い出来あがりであった。アメリカの科学者、A・J・ルウィンターが重要書類など何も持たずにソ連へ亡命するのだが、この男の亡命をめぐっての米・ソ両国諜報《ちょうほう》関係者の知恵くらべが精細かつ緻密《ちみつ》に描かれていて、イギリス伝統のスパイ小説が好きな読者には大いに気に入られるはずだ（余談だが、この小説には本書『チャーリー・ヘラーの復讐』の前半で重要な役割を果たしているダイアモンド父娘《おやこ》の名前が、全然別の人物にそっくりそのまま付けられている――こちらは恋人同士。リテルくん、どういう了見なのだろう?）。

著者は『ルウィンターの亡命』の六年後に『迷いこんだスパイ』を世に問うているのだが、これが前著と同工異曲、つまり、こんどはソ連の外交文書送達係がたくさんの重要書類を携えてアメリカに亡命するというお話であって、ふつうの作家なら忌避するはずのテーマ選びである。しかし、ロバート・リテルなる作家、なかなかただものにあらずで、いわば〝繰り返し〟である『迷いこんだスパイ』が傑作といっていい出来ばえなのだ。考えてみれば当たりまえの話であって、よほどの自信がなければどんな小説家だって同じようなテーマを二度採りあげる愚は犯さないだろう。わたくしの印象では『ルウィンターの亡命』を遥《はる》かに上まわるスパイ小説であり、諜報用語でいうディスインフォメーション、すなわち敵をあざむくための逆情報、反情報作戦を本質とする米・ソ諜報当局の駆け引きが驚くべき巧みさで展開され、読者を倦《う》ませないのである。とはいえ両書とも、物語の性質上、たいそう地味であって、どちらかといえば正統（イギリス的）スパイ小説ファンに好まれそうな辛口《からくち》といえよう。

本書『チャーリー・ヘラーの復讐』は前二書とはがらりと変わって、ごらんのとおり一種の〝アクションもの〟である。それだけにこちらのほうがより一般向きでポピュラリティーがあるという理屈になるが、そこがまたリテルくんのいっぷう変わったところで、大いにアクションの妙を発揮するはずの主人公の殺し屋がプロ（フェッショナル）ではなくてアマ（チュア）という設定になっていて、なかなか一筋縄では捉《とら》えにくいくふうが凝らされている。主人公、チャーリー・ヘラーはもともと暗号解読の一職員、CIA内のコンピューターを利用して「シェイクスピア劇の真の作者はだれか」を探究するのが趣味の男であり、千軍万馬のCIA工作員らからは「あのインテリめ！」と軽蔑《けいべつ》されているような、眼鏡をかけた青白い孤独人間《ローナー》にすぎない。したがって話は滑稽味《こっけいみ》を帯びざるをえない。だいたいリテルの文章は警句やジョークに満ちていて、さっき渋いと書いた前二作にしても、渋いながらにユーモア感覚が随所にみられるから、そのへんが作者の地《じ》なのだろう。まして本書の作りが前述のようであれば、ユーモアの味つけは一段と濃くなる筋合いである。話の発端は悲劇であるし、中には深刻なエピソードもいくつか出てくるけれど、ユーモア精神はいつにも増してあらわであり、全篇に隈《くま》なく行きわたっているようにみえる。

さっき〝アクションもの〟と書いたけれど、イアン・フレミング描くところの００７ほどの実技の腕は、アマのチャーリー・ヘラーに望みうべくもないのは当然で、あんまりこの面を強調すべきではなかろう。著者が本書でチャーリーの趣味として描いている「シェイクスピア劇の真の作者はだれか」の探究で示しているような、いわば知的な遊びの一面も、本書に別の面白味を与えているといえるので、単なる〝アクションもの〟ではないのである。ついでにいえば「フランシス・ベーコン即シェイクスピア」は昔から世間に流布《るふ》されていた説で、いまはむろん解決ずみといってよい〝架空〟の話である。ただし、ベーコン卿《きょう》が暗号に興味を持っていたのは事実であり、この点と「ベーコン即シェイクスピア」説とをからめた話の大要を知りたい向きには『暗号の天才』（R・W・クラーク著、新庄哲夫訳＝新潮選書）という便利な本をおすすめしたい。

とにかくリテルくんというお人、この本をずいぶん楽しんで書いたにちがいない。その気持ちは十分読み手のわれわれに伝わってくる。そのうえリテルは、少々遊んですらいる。本書の献辞をごらんなさい。訳文といっしょに原文も掲げておいたけれど、これがなんと、暗号文。もし読者のなかで、これを解読されたいと思われるひとがいるとしたら、どうぞ試してごらんなさい、とリテルは挑戦しているのである。いかがですか、みなさん？　お解きになりたい方は九九ページをごらんください。ここに鍵《キー》がありますから、ひとつチャレンジしてみては？

（昭和五十八年六月）

＊献辞の暗号を解読すれば——

thiS booK IS dedicAted

to tHE GraNdpaReNts

LeOn anD syD littElL

anD

their GranDchIlDreN

jonATHaN octOber And

jeSsE AuGuST lItTelL

Char(lie) Heller

writ this book

チャー（リー）ヘラーがこの本を書いた

この作品は昭和五十八年七月新潮社より刊行された
『チャーリー・ヘラーの復讐』を改題した。

表記について

新潮文庫の文字表記については、原文を尊重するという見地に立ち、次のように方針を定めました。

一、旧仮名づかいで書かれた口語文の作品は、新仮名づかいに改める。
二、文語文の作品は旧仮名づかいのままとする。
三、旧字体で書かれているものは、原則として新字体に改める。
四、難読と思われる語には振仮名をつける。

なお本作品集中には、今日の観点からみると差別的表現ととられかねない箇所が散見しますが、著者自身に差別的意図はなく、作品自体のもつ文学性ならびに芸術性、また訳者がすでに故人であるという事情に鑑《かんが》み、原文どおりとしました。

（新潮文庫編集部）

D・ベントレー
村上和久訳
奪還のベイルート（上・下）
拉致された物理学者の母と息子を救え！　大統領子息ジャック・ライアン・ジュニアの孤高の死闘を描く軍事謀略サスペンスの白眉。

G・ケイン
濱野大道訳
AI監獄ウイグル
監視カメラや行動履歴。中国新疆ではAIが〝将来の犯罪者〟を予想し、無実の人が収容所に送られていた。衝撃のノンフィクション。

T・R・スミス
田口俊樹訳
チャイルド44（上・下）
CWA賞最優秀スリラー賞受賞
連続殺人の存在を認めない国家。ゆえに自由に凶行を重ねる犯人。それに独り立ち向かう男――。世界を震撼させた戦慄のデビュー作。

C・ドイル
延原謙訳
シャーロック・ホームズの冒険
ロンドンにまき起る奇怪な事件を追う名探偵シャーロック・ホームズの推理が冴える第一短編集。「赤髪組合」「唇の捩れた男」等、10編。

C・ドイル
延原謙訳
シャーロック・ホームズの帰還
読者の強い要望に応えて、作者の巧妙なトリックにより死の淵から生還したホームズ。帰還後初の事件「空家の冒険」など、10編収録。

C・ドイル
延原謙訳
シャーロック・ホームズの思い出
探偵を生涯の仕事と決める機縁となった「グロリア・スコット号」の事件。宿敵モリアティ教授との決死の対決「最後の事件」等、10短編。

シャーロック・ホームズの事件簿

C・ドイル
延原謙訳

知的な風貌の裏側に恐るべき残忍さを秘めたグルーナ男爵との対決を描く「高名な依頼人」など、難事件に挑み続けるホームズの傑作集。

緋色の研究

C・ドイル
延原謙訳

名探偵とワトスンの最初の出会いののち、空家でアメリカ人の死体が発見され、続いて第二の殺人事件が……。ホームズ初登場の長編。

四つの署名

C・ドイル
延原謙訳

インド王族の宝石箱の秘密を知る帰還少佐の遺児が殺害され、そこには〝四つの署名〟が残されていた。犯人は誰か？　テムズ河に展開される大捕物。

バスカヴィル家の犬

C・ドイル
延原謙訳

爛々と光る眼、火を吐く口、全身が青い炎で包まれているという魔の犬――恐怖に彩られた伝説の謎を追うホームズ物語中の最高傑作。

恐怖の谷

C・ドイル
延原謙訳

イングランドの古い館に起った奇怪な殺人事件に端を発し、アメリカ開拓時代の炭坑町に跋扈する悪の集団に挑むホームズの大冒険。

シャーロック・ホームズ最後の挨拶

C・ドイル
延原謙訳

引退して悠々自適のホームズがドイツのスパイ逮捕に協力するという異色作「最後の挨拶」など、鋭い推理力を駆使する名探偵ホームズ。

C・ドイル
延原謙訳
シャーロック・ホームズの叡智
親指を切断された技師がワトスンのもとに駆込んでくる「技師の親指」のほか、ホームズの活躍で解決される八つの怪事件を収める。

延原謙訳
ドイル傑作集(I)
—ミステリー編—
奇妙な客の依頼で出した特別列車が、線路上から忽然と姿を消す「消えた臨急」等、ホームズ生みの親によるアイディアを凝らした8編。

R・トーマス
松本剛史訳
愚者の街(上・下)
腐敗した街をさらに腐敗させろ——突拍子もない都市再興計画を引き受けた元諜報員。手練手管の騙し合いを描いた巨匠の最高傑作！

R・トーマス
松本剛史訳
狂った宴
楽園を舞台にした放埒な選挙戦は、美女に酒に金にと制御不能な様相を呈していく……。政治的カオスが過熱する悪党どもの騙し合い。

J・ノックス
池田真紀子訳
堕落刑事
—マンチェスター市警
エイダン・ウェイツ—
ドラッグで停職になった刑事が麻薬組織に潜入捜査。悲劇の連鎖の果てに炙りだした悪の正体とは……大型新人衝撃のデビュー作！

J・ノックス
池田真紀子訳
笑う死体
—マンチェスター市警
エイダン・ウェイツ—
身元不明、指紋無し、なぜか笑顔——謎の死体〈笑う男《スマイリー》〉事件を追うエイダンに迫る狂気の罠。読者を底無き闇に誘《いざな》うシリーズ第二弾！

J・ノックス
池田真紀子訳

スリープウォーカー
―マンチェスター市警
エイダン・ウェイツ―

癌で余命宣告された一家惨殺事件の犯人が病室内で殺害された……。ついに本格ミステリーの謎解きを超えた警察ノワールの完成型。

J・ノックス
池田真紀子訳

トゥルー・クライム・ストーリー

作者すら信用できない――。女子学生失踪事件を取材したノンフィクションに隠された驚愕の真実とは？　最先端ノワール問題作。

T・ハリス
高見浩訳

羊たちの沈黙（上・下）

FBI訓練生クラリスは、連続女性誘拐殺人犯を特定すべく稀代の連続殺人犯レクター博士に助言を請う。歴史に輝く〝悪の金字塔〟。

T・ハリス
高見浩訳

ハンニバル（上・下）

怪物は「沈黙」を破る……。血みどろの逃亡劇から7年。FBI特別捜査官となったクラリスとレクター博士の運命が凄絶に交錯する！

T・ハリス
高見浩訳

ハンニバル・ライジング（上・下）

稀代の怪物はいかにして誕生したのか――。第二次大戦の東部戦線からフランスを舞台に展開する、若きハンニバルの壮絶な愛と復讐。

フリーマントル
稲葉明雄訳

消されかけた男

KGBの大物カレーニン将軍が、西側に亡命を希望しているという情報が英国情報部に入った！　ニュータイプのエスピオナージュ。

M・ラフ
浜野アキオ訳
魂に秩序を
〝26歳で生まれたぼく〟は、はたして自分を虐待していた継父を殺したのだろうか？ 多重人格障害を題材に描かれた物語の万華鏡！

G・ルルー
村松 潔 訳
オペラ座の怪人
19世紀末パリ、オペラ座。夜ごと流麗な舞台が繰り広げられるが、地下には魔物が棲んでいるのだった。世紀の名作の画期的新訳。

レマルク
秦 豊吉 訳
西部戦線異状なし
著者の実際の体験をもとに、第一次大戦における兵士たちの愛と友情と死を描いて、反戦小説として世界的な反響を巻き起した名作。

有栖川有栖著
絶叫城殺人事件
「黒鳥亭」「壺中庵」「月宮殿」「雪華楼」「紅雨荘」「絶叫城」――底知れぬ恐怖を孕んで闇に聳える六つの館に火村とアリスが挑む。

有栖川有栖著
乱鴉の島
無数の鴉が舞い飛ぶ絶海の孤島で、火村英生と有栖川有栖は「魔」に出遭う――。精緻な推理、瞠目の真実。著者会心の本格ミステリ。

赤松利市著
ボダ子
優しかった愛娘は、境界性人格障害だった。事業も破綻。再起をかけた父親は、娘とともに東日本大震災の被災地へと向かうが――。

伊坂幸太郎著
オーデュボンの祈り
卓越したイメージ喚起力、洒脱な会話、気の利いた警句、抑えようのない才気がほとばしる！　伝説のデビュー作、待望の文庫化！

伊坂幸太郎著
ラッシュライフ
未来を決めるのは、神の恩寵か、偶然の連鎖か。リンクして並走する4つの人生にバラバラ死体が乱入。巧緻な騙し絵のごとき物語。

伊坂幸太郎著
重力ピエロ
ルールは越えられるか、世界は変えられるか。未知の感動をたたえて、発表時より読書界を圧倒した記念碑的名作、待望の文庫化！

伊坂幸太郎著
フィッシュストーリー
売れないロックバンドの叫びが、時空を超えて奇蹟を呼ぶ。緻密な仕掛け、爽快なエンディング。伊坂マジック冴え渡る中篇4連打。

伊坂幸太郎著
砂漠
未熟さに悩み、過剰さを持て余し、それでも何かを求め、手探りで進もうとする青春時代。二度とない季節の光と闇を描く長編小説。

伊坂幸太郎著
ゴールデンスランバー
山本周五郎賞受賞
本屋大賞受賞
俺は犯人じゃない！　首相暗殺の濡れ衣をきせられ、巨大な陰謀に包囲された男。必死の逃走。スリル炸裂超弩級エンタテインメント。

伊坂幸太郎著

オー！ファーザー

一人息子に四人の父親!? 軽快な会話、悪魔的な箴言、鮮やかな伏線。伊坂ワールド第一期を締め括る、面白さ四〇〇%の長篇小説。

伊坂幸太郎著

あるキング
—完全版—

本当の「天才」が現れたとき、人は〝それ〟をどう受け取るのか——。一人の超人的野球選手を通じて描かれる、運命の寓話。

伊坂幸太郎著

ジャイロスコープ

「助言あり☑《ます》」の看板を掲げる謎の相談屋。バスジャック事件の〝もし、あの時……〟。書下ろし短編収録の文庫オリジナル作品集！

伊坂幸太郎著

首折り男のための協奏曲

被害者は一瞬で首を捻られ、殺された。殺し屋の名は、首折り男。彼を巡り、合コン、いじめ、濡れ衣……様々な物語が絡み合う！

伊坂幸太郎著

クジラアタマの王様

どう考えても絶体絶命だ。製菓会社に勤める岸が遭遇する不祥事、猛獣、そして——。現実の正体を看破するスリリングな長編小説！

阿部和重
伊坂幸太郎著

キャプテンサンダーボルト 新装版

新型ウイルス「村上病」と戦時中に墜落したB29。二つの謎が交差するとき、怒濤の物語の幕が上がる！ 書下ろし短編収録の新装版。

アマチュア

新潮文庫　リ－4－1

Published 2025 in Japan
by Shinchosha Company

昭和五十八年七月十五日　発行
令和七年三月一日　新版発行

訳者　北《きた》村《むら》太《た》郎《ろう》
発行者　佐藤隆信
発行所　株式会社新潮社
郵便番号　一六二―八七一一
東京都新宿区矢来町七一
電話　編集部(〇三)三二六六―五四四〇
読者係(〇三)三二六六―五一一一
https://www.shinchosha.co.jp

価格はカバーに表示してあります。

乱丁・落丁本は、ご面倒ですが小社読者係宛ご送付ください。送料小社負担にてお取替えいたします。

印刷・株式会社光邦　製本・株式会社大進堂

ISBN978-4-10-220106-0　C0197